KB173218

THE LAST GIRL

노벨 평화상 수상자 나디아 무라드의 전쟁, 폭력
그리고 여성 이야기

나디아 무라드 | 제나 크라제스키

공경희
옮김

이 책은 야지디를 위해 쓰였습니다.

나디아 무라드의 용기에 쏟아지는 찬사

전쟁 범죄와 싸우고 그에 관한 주의를 환기하는 데 결정적인 역할을 했다.

— 노르웨이 노벨위원회

잔학한 행위로 그녀의 입을 다물게 하려던 자들이 틀렸다. 나디아 무라드의 정신은 무너지지 않았고, 그녀의 목소리는 잦아들지 않을 것이다. 오히려 이 책을 통해 그녀의 목소리는 어느 때보다 크게 울려 퍼질 것이다.

— 아말 클루니(인권 변호사)

《THE LAST GIRL》은 아직 끝나지 않은 이야기다. 나디아 무라드는 직접 겪은 비극을 이라크 역사와 미국의 개입에 관련된 더욱 커다란 흐름 속에 놓았다. 이는 독자들에게 매우 긴급하고 선동적인 질문을 남긴다. 우리는 무엇을 했는가? 그리고 우리가 무엇을 할 수 있는가?

— 《뉴욕타임즈》

나디아 무라드는 우리로 하여금 그의 가족을 파괴하고 공동체를 거의 전멸시켰던 잔혹행위에 대해 생각해 볼 수 있도록 하나의 관점을 제시한다. 참혹한 범죄를 저지른 사람들을 단죄하는 중요한 발걸음이 되는 용기 있는 회고록이다.

— 《워싱턴포스트》

나디아 무라드의 용기 있는 이야기는 끔찍하지만 반드시 읽어야 한다. 이른바 이슬람 국가를 이해하려는 사람이라면 누구나 이 책을 읽어야 한다.

— 《이코노미스트》

이 엄청난 회고록은 나디아 무라드의 경험에 대해 거침없이 짚어 내려가며, 타인의 고통을 묵인했던 목격자들의 행동에 의문을 제기한다.

— 《뉴요커》

정신을 버쩍 들게 한다. 그리고 영감을 준다.

— 《퍼플》

올해 가장 감동적인 페미니즘 회고록일 것이다.

— 《버슬》

나디아 무라드는 이제 IS에 의해 납치되고, 인신매매되고, 성 노예가 된 모든 여성들을 보호하고 정의를 되찾을 것을 주장하는 인권 운동가가 되었다. 이 책은 IS의 잔혹성과 이라크에서 벌어지는 전쟁으로 인한 참상을 적나라하게 다루고 있다. — 《퍼블리셔스위클리》

나디아 무라드는 생생한 묘사와 가슴 아픈 감정을 가감 없이 드러내는 진솔함으로, 상상조차 할 수 없는 비극뿐 아니라 대부분이 외면하는 고난을 맞닥뜨린 국민의 비극을 드러낸다. 파괴적이지만 고무적인 이 회고록은, 사람들로 하여금 긴급한 조치를 취해야 한다는 요구로도 읽힌다. — 《커커스》 리뷰

나디아 무라드는 자신에게 고통을 준 자들을 무찌를 수 있는 가장 강력한 무기는 바로 자기 자신의 이야기라는 것을 알게 되었다. 그를 폭력적으로 강간하기 전에 안경을 테이블 위에 섬세하게 올려놓던 IS의 테러범, 이들의 조직적인 활동에 대한 폭로는 오싹하다. UN 최초의 '인신매매 생존자 존엄성을 위한 친선 대사'가 된 나디아 무라드는 잃어버린 지역사회에 가슴 아픈 애도를 표하고, IS의 잔학한 행위에 대한 단호한 조치를 촉구했다. — 《북리스트》

나디아 무라드는 야지디의 풍부한 문화를 엿볼 수 있는 드문 기회를 우리에게 제공한다. 그의 회고록은 강력한 메시지를 우리에게 전하며, 가슴이 찢어질 것 같은 느낌이 들게 만든다. 이 책은 전 세계가 행동에 나서도록 고무시킬 것이다. — 《라이브러리 저널》

참혹하고 용감한 책. 인간의 회복력을 증명해 주는 책. — 《프로그레시브》

타의 추종을 불허할 정도로 귀중한 책인 《THE LAST GIRL》로 나디아 무라드는 엘리 비젤(노벨 평화상 수상자, 나치 강제노동수용소의 참상을 글로써 알린 저술가)에 비견할 수 있게 되었다. 야지디 집단 학살에 대한 기록이며, 이제 거의 없어져 버린 삶의 방식에 대한 애정 어린 이야기이기도 하다. — 《쥬이시저널》

강간은 전쟁에서 체계적으로 사용되는 무기며, '대량 살상 무기'처럼 강경하게 다뤄져야 한다. 나는 세상 사람들에게 자신의 생존 이유를 알리고자 하는 나디아 무라드의 뜻을 지지하며 이 책을 읽었다. 이 책은 예상보다 더 많은 통찰력을 내게 주었으며, 나는 그가 어떤 조직에서 일하기로 했든지 지지할 것이다. — 아마존 독자

북부 이라크
2014년 8~9월

이 란

쿠르드민주당(KDP)
영역

이라크
쿠르디스탄

● 에르빌

술라이마니야 ●

키르쿠크 ●

쿠르드애국연맹(PUK)
영역

서문

내게 나디아 무라드는 일개 의뢰인이 아니라 친구다. 런던에서 나디아는 나에게 변호사 역할을 해 주겠느냐고 물었다. 그녀는 여기 드는 비용을 마련할 수 없을 테고, 오랜 기간이 소요되는 데다 성공하지 못할 거라고 설명했다. 그녀는 말했다. "하지만 결정하기 전에 제 이야기를 들어 주세요."

2014년 ISIS가 나디아의 고향인 이라크 마을을 공격했고, 21세 학생이던 그녀의 삶은 산산이 부서졌다. 그녀는 어머니와 형제들이 끌려가 처형되는 광경을 지켜봐야 했다. 그런 다음 ISIS* 대원에서 대원에게로 넘겨졌다. 그들은 강간할 준비로, 나디아에게 강제로 기도하게 하고, 옷을 갈아입혔으며, 화장하게 했다. 어느 밤에 그녀는 한 무리의 사

---

*   Islamic State of Iraq and Syria. 2003년 국제 테러 조직 알 카에다의 이라크 하부 조직에서 출발해, 2011년 시리아 내전 이후 시리아로 거점을 옮겨 활동하였으며 세력을 넓혔다. 급진 수니파 무장 단체로, 집단 학살과 잔인한 테러를 일삼았다. ISIS는 IS(Islamic State)가 그들 스스로 국가 수립을 선언하기 이전의 이름이다. 2019년 현재 IS는 대부분 와해된 것으로 알려져 있다.

내들에게 잔인하게 유린당해 결국 의식을 잃었다. 나디아는 담뱃불로 지져지고 구타당한 흉터들을 내게 보여 주었다. 시련을 당하는 내내 ISIS에게 '더러운 불신자'라는 말을 들었다고 했다. 그들은 야지디(이라크 모술, 터키 디야르바키르, 이란 일부 지역, 아르메니아 등지에 분포된 종파. 조로아스터교, 마니교, 유대교, 네스토리우스파의 그리스도교, 이슬람교적인 요소가 혼합된 종교: 옮긴이) 여자들을 정복하고 지구에서 야지디를 쓸어 내겠다며 우쭐댔다.

나디아는 ISIS가 시장 혹은 페이스북을 통해 팔아넘긴 수천 명의 야지디 여성 중 한 명이었다. 그들은 여자를 단돈 20달러에 팔기도 했다. 어머니는 나이 든 여인 여든 명과 함께 처형당해 묘비도 없이 매장되었다. 오빠 여섯 명은 남자 수백 명과 같은 날 살해당했다.

나디아는 내게 집단 학살에 대해 들려주었다. 집단 학살은 결코 우연히 일어나지 않는다. 그것은 계획된다. 집단 학살을 벌이기 전 ISIS는 야지디파를 연구했다. 그들은 경전이 없는 쿠르드어 사용 집단인 야지디파가 불신자들이니, 이슬람 율법에 따라 노예로 삼는 것이 옳다고 결론지었다. ISIS의 왜곡된 윤리관에 따르면 야지디들을—기독교도, 시아파 등 다른 종파와 달리—체계적으로 유린해도 괜찮았다. 사실 이것은 야지디를 파괴할 가장 효과적인 수단으로 꼽혔다.

이어서 대대적인 규모로 악의 관료화가 진행되었다. ISIS는 「포로와 노예 포획에 대한 질문과 응답」이라는 소책자까지 배부하여 자세한 가이드라인을 제시했다.

질문: 사춘기 이전의 여자와 성교가 허용되는가?

답: 성교하기에 적당하면 사춘기 이전의 여자 노예와 성교가 가능하다.

질문: 여자 포로의 판매가 허용되는가?

답: 여자 포로와 노예는 재산에 불과하므로 사거나 팔거나 선물하는 게 가능하다.

런던에서 나디아가 내게 사연을 들려준 시기는 ISIS의 야지디 집단 학살이 시작되고 2년쯤 뒤였다. 야지디 여성들과 어린이들이 여전히 ISIS의 포로로 잡혀 있었지만, 세계 어디에서도 ISIS 대원이 이런 죄목으로 법정에서 선고받고 처형된 적이 없었다. 이미 증거가 없어지거나 파괴된 상태였다. 정의의 실현은 요원해 보였다.

물론 나는 사건을 맡았다. 나디아와 같이 1년이 넘는 시간 동안 정의를 요구하는 작전을 벌였다. 우리는 이라크 정부, UN 대사들, UN 안전보장이사회 회원들, ISIS 피해자들과 여러 번 반복해서 만났다. 나는 보고서를 준비했고 법안 초고를 작성하며 법적인 분석을 맡았다. UN의 조치를 촉구하는 연설도 했다. 우리를 만난 교섭 상대 대부분은 불가능한 일이라고 말했다. 안보리는 몇 년간 국제적인 정의를 위한 실질적인 조처를 하지 않았다.

하지만 서문을 쓰는 지금, UN 안보리는 ISIS가 이라크에서 저지른 범죄의 증거를 수집할 조사팀을 결성한다는 중요한 결의를 채택했다. 이것은 나디아와 모든 ISIS 피해자들에게 크나큰 승리다. 앞으로는 증거가 보존되고 개별적인 ISIS 대원이 법정에 설 수 있게 된다는 뜻이기 때문이다. 안보리 회의에서 기명으로 결의가 채택되는 순간, 나는 나디아 옆에 앉아 있었다. 열다섯 명이 손을 들었고 우린 서로 바라보며 미소 지었다.

나는 인권 변호사로서 침묵을 강요당한 이들의 목소리가 되는 일을 자주 맡는다. 법정에서 싸우는 옥중 언론인들이나 전쟁 범죄 희생자들을 대리한다. 하물며 ISIS가 나디아를 납치해 노예로 만들고 성폭행하고 고문했던 일, 같은 날 가족 일곱을 죽인 뒤 그녀를 함구시키려 했던 일에는 의심의 여지 없이 뛰어들 수밖에 없었다.

나디아는 침묵을 거부했다. 인생이 그녀에게 준 고아, 성폭행 피해자, 노예, 난민의 꼬리표를 거부했다. 그 대신 새 꼬리표를 만들어 냈다. 생존자. 야지디 지도자. 여성의 대변자. 노벨 평화상 지명자*. UN 친선대사. 이제는 저술가.

시간이 흐르면서 나디아는 자기 목소리를 찾았을 뿐 아니라 집단 학살의 희생자인 모든 야지디의 목소리가 되었다. 유린당한 모든 여성의 목소리, 남겨진 모든 난민의 목소리가 되었다.

잔학한 행위로 그녀의 입을 다물게 하려던 자들이 틀렸다. 나디아 무라드의 정신은 무너지지 않았고, 그녀의 목소리는 잦아들지 않을 것이다. 오히려 이 책을 통해 그녀의 목소리는 어느 때보다 크게 울려 퍼질 것이다.

아말 클루니, 변호사

2017년 9월

---

*   2018년 10월, 나디아 무라드는 노벨 평화상을 수상했다.

PART
1

1.

코초는 이라크 북쪽 지역에 있는 작은 야지디 마을로, 내가 태어나서 자란 고향이고 최근까지 평생 살 줄 알았던 곳이다. 2014년 초여름 내가 고교 졸업반 준비로 바쁠 때, 농부 두 사람이 코초 외곽의 밭에서 사라졌다. 집에서 만든 까칠한 방수포 그늘에서 빈둥대던 농부 둘이 다음 날 수니파 아랍족이 사는 인근 마을의 작은 방에 갇힌 것이다. 그들이 두 농부를 납치하는 동시에 닭 한 마리와 병아리 몇 마리를 훔쳐 가자 우린 어리둥절했다. '그냥 배가 고팠나 보네.' 우리는 납치범들을 두고 이렇게들 말하면서도 좀처럼 진정하지 못했다.

내가 태어나기도 전부터 코초는 야지디 마을이었다. 처음에는 유목민 농부들과 목부들이 불쑥 나타나 자신의 아내들이 사막 같은 더위를 피할 집을 짓기로 결정했다. 부인들이 집에 있는 동안 그들은 가축을 몰고 더 풍성한 초지로 나갔다. 그들은 농사짓기 좋은 땅을 선택했을 뿐이지만 여기는 위험한 지역이기도 했다. 이라크에서 대다수의 야지디가 거주하는 이곳은 신자르 지역의 남쪽 끝자락으로, 비(非)야지디인 이라크와 아주 가까웠다. 1950년대 첫 야지디 가족들이 도착했을 무렵, 코초에는 주로 모술에 사는 지주들의 땅을 소작하는 수니파 아랍족 농부들이 살았다. 이런 상황에서 새로 온 야지디 가족들이 변호사를 고용해 대지를 매입했고—무슬림인 이 변호사는 여전히 영웅 대접을 받는다—내가 태어날 무렵 코초는 야지디 200가구가 대가족처럼 가까이 지내는 고장으로 성장했다. 우리는 가족이나 다름없었다.

이 땅은 우리 야지디를 특별하게 만들었지만 위험에 놓이게도 했다. 야지디는 종교적인 신념 때문에 수백 년 동안 박해받았다. 코초가 다른 야지디 마을들과 비교해 산이 높고 폭이 좁아 대대로 방패가 되어 줄 수 있는 신자르산과 멀다는 것도 약점이 되었다. 오랜 세월 우린 이라크의 수니파 아랍족과 수니파 쿠르드족 사이에 끼어 살았다. 그들은 우리에게 야지디 신앙을 버리고 쿠르드족이나 아랍족이 되라고 요구했다. 2013년 마침내 코초와 신자르산을 잇는 포장도로가 놓이기 전까지는, 흰 트럭을 몰고 먼지 나는 흙길을 달려 신자르시를 지나 산 아래까지 가는 데에 한 시간이나 걸렸다. 내 고향은 우리의 신성한 사원들보다 시리아와 더 가깝고, 안전보다 이방인들과 더 가까웠다.

신자르산으로 가는 드라이브는 재미났다. 신자르시에 들어서면 코초에 없는 사탕과 특별한 양고기 샌드위치를 구할 수 있었다. 아버지는 늘 시장에 들러 우리가 원하는 것을 사게 해 주었다. 트럭이 먼지구름을 일으키면서 달리는 와중에도 난 밖이 좋아서 짐칸에 엎드려 갔다. 그러다 마을 변두리와 우릴 흘끔대는 주민들을 벗어나면, 재빨리 일어나 머리카락을 흩날리게 하는 바람결을 느끼며 도로변에서 풀을 먹는 가축들을 구경했다. 짐칸에서 몸을 일으켜 똑바로 서기도 했다. 그러면 아버지나 큰오빠 엘리아스가 조심하지 않으면 트럭에서 떨어진다고 소리쳤다.

양고기 샌드위치가 있는 안전한 산의 반대편에는 나머지 이라크 지역이 자리 잡고 있었다. 곡식이나 우유를 파는 야지디 상인은 여유 있게 15분이면 가까운 수니파 마을에 도착할 수 있었다. 그곳 수니파 마을에도 우리가 아는 사람들이 있었다. 예를 들면 내가 결혼식에서 만나는 여자애들, 학기 중에 코초의 학교에 와서 숙식하며 근무하는 선생님들, 야지디 남자 아기의 할례 의식 때 아기를 안아 주고 대부 역할을 해 주는 남자인 *키리브*들 말이다. 종종 무슬림 의사들이 코초나 신자르시로 왕진을 오기도 했다. 그런가 하면 무슬림 상인들은 마을을 돌면서, 생필품만 파는 코초의 가게들에 없는 옷과 사탕을 팔았다.

자라면서 오빠들은 자주 비(非)야지디 마을들에 가서 잡일을 하고 푼돈을 벌었다. 수 세기 동안 묵은 불신이 깊게 자리 잡은 관계였지만 —결혼 하객으로 온 무슬림이 우리가 주는 음식을 거절하면, 아무리 공손한 태도로 말했다고 해도 언짢을 수밖에 없었다—진정한 우정을 맺는 경우도 있었다. 이런 관계는 오스만 점령 시기, 영국 식민지, 사담 후세인 집권기, 미국 점령 시기를 지나며 대대로 이어졌다. 코초 마을은 수니파 마을들과 친밀한 관계라고 익히 알려져 있었다.

하지만 이라크에서 싸움이 일어나자—이라크는 항상 분쟁이 있는 것 같았다—수니파 마을들은 우리를 하잘것없는 야지디 이웃이라고 무시했고, 해묵은 편견은 쉽게 증오로 굳어졌다. 그 증오에서 폭력이 일어나기 일쑤였다. 2003년 이라크는 미국과의 전쟁에 휘말렸으며, 그 뒤로 내전이 일어나 결국 본격적으로 테러리즘에 빠지게 되었다. 이라크에 극심한 혼란이 있었던 시간 동안, 그러니까 최소한 지난 10년간, 우리 고향 마을들은 극히 소원해졌다. 기독교도와 비(非)수니파 무슬림들을 비난하는 극단주의자들이 이웃 마을들을 피란처로 삼기 시작했다. 이들이 야지디를 죽여도 마땅한 '쿠파르(비무슬림: 옮긴이) 불신자'로 보는 것은 정말 심각한 문제였다. 2007년에는 이런 극단주의자 몇 명이 연료 탱크 한 대와 승용차 석 대를 몰고, 코초에서 북서쪽으로 16킬로미터 떨어진 야지디 타운의 중심부로 돌진하기도 했다. 곧 차량이 폭발했고, 시장에 물건을 팔러 온 차로 알고 있던 주민 수백 명이 목숨을 잃었다.

야지디는 고대 일신교로, 성자들의 입을 통해 전해졌다. 미트라(고대 페르시아 종교: 옮긴이), 조로아스터교부터 이슬람교, 유대교 등 중동의 여러 종교와 공통점이 많지만, 매우 독특한 교리를 갖고 있다. 야지디교의 교리는 우리 이야기를 잘 아는 성자들에게도 부담이 될 만큼 어렵다. 나는 내 종교가 수천 개의 나이테가 있는 고목과 같으며, 나이테마다 야지디의 오랜 역사가 담겨 있다고 생각한다. 그 이야기들 중에는 슬프게도 비극이 많다.

오늘날 세계에 사는 야지디는 겨우 백만 명 정도다. 내가 태어난 뒤로, 아니 그 전에도 오랫동안 신앙은 우리를 규정하고 공동체로 하나되게 했다. 하지만 오스만부터 사담 후세인의 바스당(제2차 세계대전 이후 몇 개의 아랍 제국에 탄생한 아랍민족주의 정당: 옮긴이)에 이르기까지 우리보다 더욱 큰 집단들에 박해받도록 만들기도 했다. 그들은 우리를 공격하거나 충성 서약을 하라고 회유했다. 우리더러 악마를 숭배한다거나 불결하다면서 종교를 폄하했고, 신앙을 포기하라고 요구했다. 그들은 우리를 죽이거나, 개종시키거나, 우리 재산을 빼앗고 사는 곳에서 쫓아내려고 공격했다. 우린 대대로 그런 공격에서 살아남았다. 2014년 이전에 외부 세력들은 73차례나 우리를 파괴시키려고 시도했다. 우린 집단학살이란 말을 알기 전부터 야지디에 대한 공격을 오스만어로 '피르만(firman)'이라고 불렀다.

납치된 농부 둘에 대해 납치범들이 몸값을 요구한다는 소식을 듣고 온 동네가 경악했다. 납치범들은 농부의 부인들에게 전화해서 말했다. "4만 달러를 내. 아니면 자식들을 데리고 이리 와서 온 가족이 이슬람교로 개종해도 좋고." 그렇게 하지 않으면 남편이 죽을 거라고 했다. 부인들이 마을 족장 아흐메드 자소 앞에서 주저앉아 통곡한 것은 돈 때문이 아니었다. 4만 달러는 엄청난 거액이었지만, 그건 그냥 돈이었다. 사람들은 어차피 농부들이 개종보다 죽음을 택하리란 걸 알았다. 다행히 어느 늦은 밤 두 농부는 깨진 창문으로 빠져나와 보리밭을 뚫고 도망쳐서 집에 왔고, 마을 사람들은 안도의 눈물을 흘렸다. 그들은 무릎에 잔뜩 흙을 묻히고 겁에 질려 헐떡였다. 하지만 그 뒤로도 납치 사건은 일어났다.

며칠 뒤, 우리 집 일꾼 디샨이 신자르산 근처 들판에서 양 떼를 치다가 납치당했다. 우리는 가축을 자랑으로 여기며 살았다. 어머니와 오빠들이 수년에 걸쳐 사서 키운 양들이라 한 마리 한 마리가 자랑이었다. 우리는 양들이 마을 외곽에서 풀을 뜯지 않을 때면 집 마당에 두고 애완동물을 보듯 했다. 매년 양털을 깎는 일은 그 자체로 축제였다. 나는 털 깎는 의식을 좋아했다. 깎인 털이 바닥에 구름 더미처럼 떨어지는 것, 집에 자욱한 퀴퀴한 냄새, 양들이 조용히 시무룩하게 우는 소리, 모든 게 좋았다. 어머니 샤미가 화려한 천 커버에 양털을 채워 만든 두툼한 이불을 덮고 자는 것도 좋았다. 가끔 그런 양을 잡을 시기가 오면 나는 마음이 아파 집을 떠나 있어야 했다. 디샨이 납치당한 즈음 집의 양은 백 마리가 넘었는데, 이게 우리에게는 큰 재산이었다.

사이드 오빠는 지난 농부 납치 사건 때 암탉 한 마리와 병아리 몇 마리도 함께 도둑맞은 것을 기억하고는, 트럭을 몰고 신자르산 아래로 갔다. 그러고는 포장도로로 20분쯤 달려가 우리 양 떼가 무사한지 확인했다. 가족은 한탄했다. "당연히 놈들이 빼앗아 갔을 거야. 우리 재산이라곤 그 양들뿐인데." 나중에 사이드는 어머니에게 전화해 어리둥절한 목소리로 보고했다. "두 마리만 데려갔네요." 굼뜬 늙은 수컷과 어린 암컷 한 마리씩. 나머지는 누런 초지에서 태평하게 풀을 뜯고 있었다. 하지만 큰오빠 엘리아스는 걱정했다. "이해가 안 돼. 그 마을 사람들은 형편이 나쁜데 왜 양들을 그냥 두고 갔을까?" 그는 뭔가 이유가 있을 거라고 생각했다.

디샨이 납치된 다음 날, 코초는 혼란에 빠졌다. 주민들이 집 앞에 나왔고 남자들은 마을 성벽 뒤편에 새로 지은 검문소를 교대로 지키며 낯선 차량이 지나는지 감시했다. 신자르시에서 경찰관으로 근무하는 헤즈니 오빠는 일이 끝나고, 마을 남자들과 함께 이 일에 대해 의논했다. 디샨의 숙부는 보복하겠다면서, 코초 동쪽의 보수적인 수니파가 이끄는 마을을 급습할 작전을 세웠다. 그는 분기탱천해서 선포했다. "저들의 양치기 둘을 데려옵시다. 그러면 디샨을 내놓을 수밖에 없겠지!"

그건 위험천만한 계획이었기에 디샨의 숙부를 지지하지 않는 주민들도 있었다. 아버지의 용맹함과 민첩한 싸움 솜씨를 닮은 오빠들도 제각각 의견이 갈렸다. 나보다 두어 살 많은 막내 오빠 사이드는 늘 자신의 영웅적인 자질을 증명할 날을 꿈꾸었다. 그는 보복에 찬성했다. 반면 열 살이나 많고 가장 공감 능력이 뛰어난 헤즈니 오빠는 보복이 너무 위험하다고 생각했다. 디샨의 숙부는 아랑곳 않고 동지들을 모아서 수니파 아랍족 목동 두 명을 납치해서 코초로 데려왔다. 그는 이들을 자기 집에 가두고 기다렸다.

::

우리 마을에서 일어나는 대부분의 논란은 현실적이고 외교 감각이 뛰어난 마을의 지도자 아흐메드 자소가 해결했다. 이번에 그는 헤즈니 편을 들었다. "이미 수니파 이웃들과 우리는 긴장 상태에 있소. 우리가 맞서 싸우려 한다면 저들이 어떻게 나올지 누가 알겠소?" 게다가 그는 코초 밖 상황이 예상보다 훨씬 나쁘고 복잡하다고 경고했다. 'IS' 혹은 'ISIS'라는 단체*는 주로 이곳 이라크에서 생겨나 몇 년 사이 시리아에

---

*   이 책에서는 'IS'와 'ISIS'가 혼용되어 쓰였다.

서 성장했고, 우리와 가까운 마을들을 점령해 나갔다. 종종 검은 옷을 입은 이들이 트럭을 타고 마을을 지나갔는데, 족장은 바로 그들이 우리 목동을 데리고 있다고 말했다. 그는 디샨의 숙부에게 말했다. "당신은 상황을 악화시키기만 할 거요." 얼마 뒤 디샨의 숙부가 감금했던 수니파 목동들은 납치된 지 반나절도 안 되어 풀려났다. 하지만 디샨은 포로로 남아 있었다.

아흐메드 자소는 똑똑한 인물이었다. 그의 집안은 수십 년간 수니파 아랍 부족들과 협상한 경험이 있었다. 코초 밖에서는 능란한 외교술로 명성이 높았고, 마을 주민 누구나 문제가 생기면 그 집안과 의논했다. 하지만 일부 주민은 이번에 그가 너무 협조적인 것 같다는 의구심을 떨치지 못했다. 야지디가 스스로를 지킬 힘이 없다는 의미 같기도 했다. 사실 우리와 ISIS 사이에는 '페슈메르가'라는 이라크 쿠르드족 전사들이 있었다. 두 달 전 모술이 함락되자 쿠르드 자치 지구에서 코초를 지키려고 보낸 민병대였다. 우린 페슈메르가를 귀한 손님으로 여겼다. 야지디의 각 가정이 돌아가면서 매주 양을 잡아 그들을 대접할 정도였다. 그건 가난한 마을 주민들로서는 큰 희생이었다. 나도 페슈메르가를 존경했다. 시리아와 터키 출신의 쿠르드족 여전사가 무기를 들고 테러분자들과 싸운다는 이야기를 들은 적이 있었다. 그 생각만 하면 용기가 솟았다.

오빠 몇 명을 포함해 일부 사람들은 코초 사람들도 스스로 방어해야 한다고 생각했다. 그들은 검문소들을 지키고 싶었다. 아흐메드 자소의 형제인 나이프는 야지디가 민병대를 설립할 수 있도록 허락해 달라고 쿠르드 당국자들을 설득했다. 하지만 무시당했다. 아무도 야지디를 훈련시키겠다고 나서지 않았다. 아무도 함께 테러분자들과 싸우자고 권하지 않았다. 페슈메르가는 그들이 여기 있는 한 우린 걱정하지 않아도 된다고 장담했다. 그들이 쿠르드 자치구의 수도를 방위하듯 확실히 야지디를 수호하겠노라 장담했다. 그들은 말했다. "신자르를 잃느니 에르빌(이라크 북부의 고대 도시: 옮긴이)을 잃겠습니다." 그들은 이 말을 믿으라 했고, 우린 그들을 믿었다.

코초의 모든 가정은 집에 무기를 두고 있었다. 투박한 칼라슈니코프 라이플총, 명절에 가축 잡는 데 쓰는 큰 칼 한두 자루 같은 것들 말이다. 나이 많은 내 오빠들을 포함하여 많은 야지디 남자들은 2003년 이후 생긴 국경 수비대나 경찰관 자리에 지원해 근무한 경험이 있었다. 남자들은 코초의 경계 지역을 전문 집단이 지키고 있으니, 스스로 가족을 지키면 된다고들 믿었다. 2007년 테러분자들의 공격 이후 맨손으로 마을에 흙 장벽을 쌓은 것은 페슈메르가가 아닌 우리 코초 남자들이었고, 1년 내내 밤낮으로 장벽을 순찰하는 것도 이들이었다. 남자들은 급조한 검문소들을 지키면서 지나가는 차량을 세우고 낯선 자들을 확인했다. 이들 덕분에 우린 평상시처럼 생활해도 안전하다고 느꼈다.

디샨의 납치는 우리를 공포로 몰아넣었다. 하지만 이런 때 페슈메르가는 아무 도움도 되지 않았다. 아마도 그들은 이 사건을 마을들 간의 사소한 다툼으로 치부하고, 자기들이 개입할 일이 아니라고 여겼을 것이다. 그들은 쿠르드 자치 정부 수반인 마소우드 바르자니에 의해 안전한 자치구를 벗어나 이라크의 무방비 지역으로 파견된 자들이었다.

어쩌면 그들도 우리처럼 두려웠을 것이다. 병사 몇 명은 우리 집 막내 아들인 사이드 오빠보다 고작 몇 살 더 많아 보였다.

전쟁은 사람들, 특히 남자들을 바꾸어 놓았다. 불과 얼마 전까지만 해도 사이드는 나와 조카 캐스린과 함께 마당에서 놀았다. 사이드는 남자들이 인형을 좋아하면 안 된다는 것을 알까 말까 한 나이였다. 그런 그가 자꾸 이라크와 시리아를 휩쓴 폭력에 집착하기 시작한 것이다. 난 사이드 오빠가 휴대폰으로 IS가 누군가를 참수하는 영상을 보는 모습을 목격했다. 그가 내 쪽으로 휴대폰이 보이도록 들고 서 있어서, 나는 화면을 보고 깜짝 놀랄 수밖에 없었다. 손위 오빠 마소우드가 방에 들어와서 벌컥 화를 냈다. "어떻게 나디아에게 이런 걸 보여 줄 수 있니!" 오빠가 윽박지르자 사이드는 풀이 죽었다. 사이드는 미안해했지만 난 이해했다. 우리 근처에서 일어나는 오싹한 상황을 어떻게 외면할 수 있을까.

포로로 잡힌 목동의 딱한 처지를 생각하니, 내 머릿속에는 그때 봤던 비디오 이미지가 떠올랐다. '페슈메르가가 디샨이 풀려나도록 도와주지 않으면, 내가 뭐라도 할 거야.' 이렇게 생각하며 집에 뛰어들어갔다. 난 집안에서 가장 어린 11남매 중 막내인 데다 여자아이였다. 그래도 할 말은 하며 살았고, 다들 내 말에 귀를 기울여 주었다. 분노로 가득 찬 나는 내가 뭐라도 되는 것처럼 느껴졌다.

우리 집은 마을의 북쪽 끝 가까이 있는 단층 주택이었다. 흙벽돌을 쌓은 방들이 구슬 목걸이처럼 일렬로 늘어서서, 문 없이 문간들로 연결되어 있었다. 모든 방은 큰 마당으로 이어졌고, 마당에 채소를 키우는 텃밭은 물론이고 빵, 양고기, 닭고기를 굽는 화덕이 있었다. 나는 어머니, 여덟 오빠 중 여섯, 언니 둘, 올케 둘, 조카들과 이 집에 살았고, 걸어서 갈 수 있는 거리에 나머지 오빠, 이복형제자매, 숙모, 숙부, 사촌 들이 살았다. 겨울에 비가 내리면 우리 집은 지붕이 샜고, 이라크의 여름 날씨에 실내는 찜통 같아서 우린 옥상에서 잤다. 옥상의 한 부분이 움푹 패면 오빠 마소우드가 정비소에서 가져온 쇳조각들로 때웠고, 공간이 필요하면 방을 더 만들었다. 우리 가족은 새 집을 마련할 자금을 모으는 중이었다. 시멘트 블록으로 지은 튼튼한 집에서 살게 될 그날이 점점 다가오고 있었다.

난 언니들과 함께 쓰는 방으로 뛰어들어갔다. 그 방에 거울이 있었다. 난 평소 텃밭에서 일할 때 쓰는 옅은 색 스카프를 머리에 두르고, 전투를 준비하는 여전사의 모습을 상상하려 애썼다. 밭에서 오래 일해서인지 난 겉보기보다 튼튼했다. 그렇긴 하지만 납치범들이나 차를 타고 코초를 지나는 타지 사람을 만나면 어떻게 해야 할지 아무런 생각이 떠오르지 않았다. 뭐라고 말해야 할까? 거울을 보고 얼굴을 찡그리면서 연습했다. "테러분자들이 우리 목동을 납치해 당신네 마을로 데려갔다. 당신들은 그들을 막을 수도 있었다. 적어도 그가 어디로 끌려갔는지 우리에게 말해 줄 수는 있겠지." 난 마당 구석에서 목동이 쓰는 지팡이처럼 생긴 각목을 챙겨 들고 다시 대문으로 향했다. 오빠 몇 명이 어머니와 모여 서서 한창 대화하는 중이었다. 내가 다가가도 몰랐다.

몇 분 뒤 납치범들의 마을에서 흰 트럭 한 대가 대로를 달려왔다. 앞에 사내 둘, 짐칸에 사내 둘이 타고 있었다. 디샨을 납치한 수니파 아랍족 같았다. 우린 트럭이 마을을 구불구불 지나는 비포장도로를 겁 없이 느릿느릿 내려오는 것을 보았다. 마을을 빙 둘러 신자르, 모술 같은 도시들과 연결되는 도로들이 있는데, 굳이 그들이 코초 안쪽을 지나갈 이유는 없었다. 그들은 일부러 우리 마을 사람들을 조롱하려고 들어온 것 같았다. 나는 도로 가운데로 뛰어들어 트럭이 가려는 길에 섰다. "멈춰!" 이렇게 소리치면서 각목을 머리 위로 흔들었다. "디샨이 어디 있는지 말해!"

가족 절반이 달려와서 날 끌어냈다. "무슨 짓을 하려는 거야? 놈들을 공격하려고? 트럭 앞창을 깨려고?" 엘리아스 오빠가 호통을 쳤다. 다른 형제자매들과 밭일을 하고 막 돌아온 오빠의 몸에서 양파 냄새가 진동했다. 가족은 디샨의 복수를 하려는 내 시도를 어린아이의 앙탈로 보았다. 어머니 역시 내가 차도로 뛰어든 데 발끈했다. 평소 같으면 어머니는 내 성미를 참아 주고 재미로 받아들여 주었을 것이다. 하지만 그 무렵에는 다들 신경이 날카로웠다. 남의 이목을 끄는 것은, 특히 미혼의 여자가 그러는 것은 위험해 보였다. 어머니가 강경하게 말했다. "이리 와, 나디아. 한심한 짓 하지 마라. 네가 할 일이 아니란 말이다. 남자들이 알아서 할 게야."

삶은 흘러간다. 이라크인, 특히 야지디족 같은 소수 부족들은 새로운 위협에 잘 적응했다. 무너지는 나라에서 살아남고 싶다면 그래야 한다. 적응이라 하면 때론 아주 소소한 일들을 뜻한다. 우리는 꿈의 크기를 줄였다. 학교를 졸업하는 것, 농사일을 그만두고 덜 힘든 일을 하는 것, 제때 결혼식을 하는 것 같은 바람들 말이다. 그리고 애초에 그런 꿈은 이룰 수 없었다고 쉽사리 자신을 설득했다. 이따금 적응은 아무도 모르게 차츰 이루어졌다. 학교에서 무슬림 학생들과 대화하는 것을 멈추었고, 낯선 이가 마을을 지나면 집 안으로 들어갔다. 또 공격과 관련된 TV 뉴스를 보면서 정세를 걱정하기 시작했다. 혹은 입 다물고 지내는 게 가장 안전하다고 느끼고 아예 정치 이야기를 하지 않기도 했다. 매번 공격이 있을 때마다 남자들은 시리아에 면한 서쪽에서 시작해 코초 외곽 장벽을 연장했다. 어느 날 깨어 보니 성벽이 마을을 완전히 에워싸고 있었다. 그래도 불안해서 남자들은 마을 주변에 참호를 팠다.

우리는 대대로 작은 고통이나 상처에 적응했고, 결국 그 정도는 자연스레 무시할 수 있게 되었다. 음식을 거부당하는 일 같은 모욕들을 받아들이게 된 것도 그 때문이란 생각이 든다. 처음 당하면 범죄로 느낄 만한 모욕들도 그냥 지나치게 되었다. 집단 학살을 당할지도 모른다는 위협에 적응하는 것도 야지디의 몫이었다. 사실 그건 적응이 아니라 왜곡에 가까운 일이었다. 그게 너무나 마음 아팠다.

아직 디샨은 풀려나지 않았다. 난 남매들과 양파밭으로 돌아갔다. 그곳은 변한 게 없었다. 몇 달 전 심은 채소들이 이제 자라났다. 우리가 수확하지 않으면 그 일을 할 사람이 없었다. 농작물을 팔지 않으면 돈이 생기지 않았다. 그래서 다들 엉킨 초록색 양파 줄기 앞에 한 줄로 무릎을 꿇고 앉아 한 번에 몇 개씩 구근을 뽑아냈다. 양파를 비닐봉지에 모아서 익혔다가 때가 되면 시장에 내다 팔 터였다. '올해 무슬림 마을들에 양파를 내다 팔게 될까?' 궁금했지만 아무도 답을 알지 못했다. 누군가 검게 썩은 악취 나는 양파를 뽑으면 다들 신음하면서 코를 감싸

쥐고 일손을 도왔다.

우리는 일하는 동안 소문에 대해 떠들고, 서로를 놀리고, 백만 번도 더 들은 이야기를 주고받았다. 내 언니이자 집안의 익살꾼인 아드키는 트럭을 쫓던 날의 내 꼬락서니를 놀렸다. 깡마른 시골 여자애가 스카프를 동여매고 머리 위로 작대기를 흔드는 광경. 다들 웃다가 흙 밭에 고꾸라질 뻔했다. 그런가 하면 우리는 누가 양파를 가장 많이 뽑는지 시합하기도 했다. 몇 달 전 모종을 심을 때도 똑같은 게임을 했었다. 그러다 해가 뉘엿뉘엿 지기 시작하면 집 마당에 가서 어머니와 식사하고, 옥상에 매트리스를 펴고, 어깨를 맞댄 채 누워서 잤다. 달을 보면서 소곤대다 보면 어느새 피로한 가족이 잠들어서 주위가 잠잠해졌다.

납치범들이 가축을―암탉, 병아리들, 우리 양 두 마리―훔쳐 간 이유가 밝혀지지 않은 채 2주가 흘렀다. 그즈음은 ISIS가 코초와 신자르 대부분을 점령한 상태였다. 뒷날 모든 코초 주민들을 학교로 몰아넣는 일을 도왔던 ISIS 무장 단체원이, 마을 여자들 몇몇에게 납치한 이유를 설명했다. 그는 어깨에 맨 라이플총을 흔들면서 말했다. "우리가 암탉과 병아리들을 가져간 것은, 너희 여자들과 애들을 데려갈 거라는 경고였다. 숫양을 가져간 것은 너희 부족 지도자들을 데려간다는 뜻이고, 숫양을 죽인 것은 그 지도자들을 죽일 계획이라는 뜻이야. 그리고 어린 암양은 너희 소녀들을 뜻한다."

2.

어머니는 날 사랑했지만, 사실 날 갖기 전에는 임신을 원치 않았다고 한다. 나를 임신하기 전 몇 달간 기회만 있으면 어머니는 푼돈을 모았다. 시장에 갔다가 잔돈을 챙기거나 몰래 토마토 한 근을 팔아 푼돈을 챙기는 식으로 말이다. 그렇게 돈을 모아, 아버지에게 감히 요구하지 못하는 피임약을 구입했다. 야지디는 같은 종교를 믿는 이들끼리만 결혼할 수 있는 데다가, 다른 사람이 야지디로 개종하는 일도 허용하지 않는다. 그러니 대가족이야말로 야지디가 완전히 소멸되는 것을 막을 최고의 방책이었다. 게다가 자식이 많으면 농사를 지을 일손도 늘어난다. 어머니는 석 달치 피임약을 구입할 수 있었지만, 돈이 떨어져서 피임약을 구할 수 없게 되자마자 열한 번째이자 마지막 자식인 나를 임신하게 되었다.

어머니는 아버지의 두 번째 처였다. 첫 아내는 네 아이를 남기고 요절했고, 아버지에게는 이 아이들을 키울 여인이 필요했다. 코초의 가난하고 독실한 집안에서 태어난 어머니는 아름다웠다. 외할아버지는 반색하면서 아버지에게 냉큼 딸을 내주었다고 한다. 아버지는 이미 땅과 가축을 갖고 있었고, 다른 코초 사람들보다 형편이 넉넉했기 때문이다. 그리하여 어머니는 스무 살이 되기 전에, 음식 만드는 법을 배우기도 전에 아내이자 네 아이의 새어머니가 되었고 곧 임신했다.

어머니는 학교에 다닌 적이 없어서 글 읽기나 쓰기를 못 했다. 많은 야지디처럼 쿠르드어로 소통했고, 아랍어를 잘 쓰지 않았다. 그래서 결혼식에 오는 아랍족이나 상인들과 의사소통을 할 수 없었다. 어머니는 우리 종교 이야기들도 잘 알지 못했다. 하지만 농부의 아내로서 감당해야 할 많은 소임을 맡아 열심히 일했다. 열한 번의 출산은 물론이고 산통이 시작되기 전까지는 임신부의 몸으로 땔나무를 해 오고 작물을 심고 트랙터를 운전해야 했다. 쌍둥이 사오우드와 마소우드를 집에서 출산하느라 위험했을 때만 제외하고서 매번 그랬다. 출산한 뒤에는 아기를 업고 일했다.

코초 주변에서 아버지는 대단히 전통적이고 신실한 야지디 남자로 알려져 있었다. 그는 긴 머리를 땋고 머리에 흰 천을 둘렀다. 피리와 북을 연주하고 성가를 암송하는 종교 지도자들이 순회를 오면, 아버지는 그들을 맞이했다. 남자 주민들이 마을 족장과 함께 공동체의 여러 문제를 의논하는 회관에서도 아버지는 탁월한 의견을 냈다.

그는 몸에 난 상처보다 불의를 아파했고, 자부심으로 살아가는 사람이었다. 친한 주민들은 아버지의 영웅심과 관련된 일화를 즐겨 이야기했다. 이웃 부족에 의해 암살당할 위기에 놓인 족장 아흐메드 자소를 구한 일 같은 것 말이다. 언젠가 수니파 아랍족 지도자의 달아난 말을 가난한 코초 농부 칼라프가 타다가 걸려서 죽을 위기에 처한 적이 있었다고 한다. 그때 아버지는 권총으로 칼라프를 구해 주었다고 했다.

아버지가 세상을 떠난 뒤 그의 친구들은 이렇게 말하곤 했다. "너희 아버지는 늘 옳은 일을 하고 싶어 했지. 한번은 이라크군에게서 도망친 쿠르드족 반군을 집에 재워 준 적이 있는데, 그 때문에 경찰이 집에 들이닥쳤지." 이야기는 계속 이어졌다. 쿠르드족 반군이 붙잡히자 경찰은 두 사람을 모두 가두려 했지만, 아버지는 잘 설득하여 빠져나왔다고 한다. 아버지는 경찰에게 말했다. "나는 정치적인 이유로 그를 도운 게 아니었소. 그저 그가 사람이고, 나도 사람이기 때문에 도운 것뿐이오." 경찰은 이 말을 듣고 아버지를 풀어 주었다. 아버지의 친구들은 "그런데 그 반군이 알고 보니 마소우드 바르자니의 친구로 밝혀졌지!"라고 말하면서 감탄했다.

아버지는 싸움꾼은 아니었다. 그러나 싸워야 하는 상황이면 물러서지 않고 싸웠다. 아버지는 밭에서 일어난 사고로 눈 하나를 잃었다. 아버지의 눈구멍에는 내가 어릴 때 갖고 놀던 구슬과 비슷해 보이는 작은 흰 덩어리가 남아 있었다. 이후 나는 ISIS가 코초에 왔을 때, 아버지가 살아 있었다면 테러분자들에게 맞서 무장봉기를 주도했을지도 모른다는 생각을 자주 했다.

1993년 내가 태어날 즈음 부모님은 서로 사이가 나빠졌고, 어머니는 매우 괴로워했다. 몇 해 전 이란─이라크전에서 전처소생의 맏아들이 죽은 뒤로, 집안에 좋은 일이 없었다고 어머니는 내게 푸념했다. 아버지는 집에 사라라는 여자를 데려와 결혼했다. 그녀는 자식들을 데리고 우리 집의 한쪽 끝에서 살았다. 어머니가 오래전부터 자신의 집이라고 여긴 집에서 말이다. 야지디교가 다처제를 금지하지는 않았지만 그렇다고 코초의 남자들이 모두 부인을 여럿 둔 것은 아니었다. 하지만 이 일로 아버지에게 시비를 거는 사람은 없었다. 사라와 혼인한 무렵에 아버지는 상당히 많은 땅과 양들을 갖고 있었고, 이라크 제재와 이란전이 발발해 살아남기 어려운 이런 시기에는 대가족의 도움이 절실했다. 어머니가 이룰 수 있는 가족 규모는 아버지의 성에 차지 않았다.

나는 사라와 결혼한 아버지를 비난하기 어렵다고 생각한다. 연간 수확하는 토마토의 양이나 양을 초원으로 몰고 가는 데 쓴 시간이 생존과 직결되어 있음을 아는 사람이라면, 왜 아버지가 다른 처와 자식을 원했는지 이해할 것이다. 이것은 개인적인 감정과 관계가 없었다. 하지만 나중에 아버지는 공식적으로 어머니를 버리고, 우리 모두를 돈도 땅도 없이 집 뒤편 작은 건물로 내보냈다. 그때 난 아버지가 후처를 들인 게 완전히 현실적인 이유 때문만은 아니라는 걸 깨달았다. 아버지는 내 어머니보다 사라를 더 사랑했다. 그 사실을 인정할 수밖에 없었다. 새 여자가 들어와서 어머니의 억장이 무너졌으리란 것 역시 받아들였다. 아버지가 우리를 버린 뒤, 어머니는 나와 두 언니 디말과 아드키에게 자주 이르곤 했다. "제발 내가 겪은 일을 너희는 겪지 말아야 할 텐데." 난 모든 면에서 어머니를 닮고 싶었다. 버림받는 것만 빼고.

오빠들이 모두 아버지를 이해한 것은 아니었다. "신이 대가를 톡톡히 치르게 하실 거예요!" 마소우드는 분노하며 아버지에게 소리쳤다. 하지만 적어도 두 부인이 한 지붕 아래 살면서 아버지의 관심을 놓고 경쟁할 일이 없게 되니, 살기가 편해진 것은 오빠들도 인정할 수밖에 없었다. 몇 년 뒤 우린 같이 사는 법을 터득했다. 코초는 작은 동네여서 우린 아버지나 사라와 자주 마주쳤다. 나는 매일 초등학교 가는 길에 그 집 앞을 지났다. 내가 태어난 곳이었다. 동네에서 그 집 개만 나를 알아보고 짖지 않았다. 우린 명절을 같이 보냈고, 아버지는 가끔 우리를 차에 태워 신자르시나 산에 데려가기도 했다.

2003년 아버지는 갑자기 심장마비를 일으켰다. 우린 강인한 아버지가 갑자기 병든 노인이 되어 휠체어를 타고 병원 생활을 하는 과정을 지켜보아야 했다. 며칠 뒤 그는 죽었다. 어쩌면 심장병이 아니라 허약해진 게 스스로 치욕스러워서 죽은 것 같기도 했다. 마소우드는 아버지에게 소리쳤던 걸 후회했다. 그때 오빠가 대든 것은 아버지가 뭐든 받아들일 만큼 강하다고 생각해서였다.

신실한 어머니는 야지디가 여러 징후와 꿈으로 현재와 미래를 점칠 수 있다고 믿었다. 하늘에 초승달이 처음 뜨면 어머니는 마당에서 초를 밝히곤 했다. 어머니는 이야기했다. "지금은 자식들이 병들고 사고당하기 쉬운 시기란다. 너희 중 아무도 나쁜 일을 당하지 않게 해 달라고 기도하는 거야."

어머니는 자주 배앓이를 하던 나를 야지디 치료사들에게 데려가곤 했다. 그들은 나에게 약초와 차를 주었다. 난 그 맛이 싫었지만 어머니 때문에 먹을 수밖에 없었다. 그런가 하면 누군가 세상을 떠났을 때 어머니는 야지디 무당을 찾아가서, 고인이 저승으로 잘 갔는지 확인하려고 했다. 야지디 순례자들은 가장 성스러운 사원들이 있는 북부 이라크 랄리시 계곡의 흙을 떠 담는다. 그리고 그 흙을 작은 천에 삼각형 모양으로 싸서 주머니나 지갑에 부적처럼 간직한다. 어머니는 늘 그 성스러운 흙을 지니고 다녔다. 오빠들이 집을 떠나 군에 입대한 뒤로는 더욱 신경 써서 챙겼다. 어머니는 말하곤 했다. "그 애들은 신의 가호가 필요하단다, 나디아. 워낙 위험한 일을 하잖니."

어머니는 현실적이고 근면했으며 가족이 더 나은 삶을 살 수 있도록 노력했다. 야지디가 이라크에서 가장 빈곤한 공동체로 꼽히긴 했지만, 우리 가족은 코초의 기준으로도 가난했다. 부모님이 헤어진 뒤로 특히 궁핍해졌다. 오랜 세월 동안 오빠들은 다치지 않게 조심하면서, 젖은 누런 땅바닥 밑으로 천천히 내려가며 손으로 우물을 팠다. 그런가 하면 오빠들은 어머니, 언니들과 함께 남의 땅에 농사를 지어야 했다. 그렇게 수확한 토마토와 양파는 대부분 주인 손으로 가고, 우리는 겨우 조금 얻을 뿐이었다. 내가 열 살이 될 때까지도 우린 고기는 구경도 못 하고 삶은 채소를 먹었다. 오빠들은 바지가 찢어져 다리가 보일 정도는 되어야 새 바지를 살 수 있었다고 말하곤 했다.

어머니의 고생과 더불어 2003년 이후 북부 이라크가 경제적으로 성공한 덕분에, 우리를 비롯한 대부분의 야지디는 형편이 나아졌다. 중앙정부와 쿠르드 자치 정부가 야지디에게 일자리를 열자 오빠들은 국경 수비대와 경찰 자리에 취직했다. 위험한 일이었지만—잘로 오빠가 들어간 탈 아파르 공항을 수비하는 경찰 부대는 첫해에 전투가 벌어져 많은 대원이 죽었다—보수가 좋았다. 마침내 우린 아버지의 땅에서 나와 새 집으로 이사할 수 있었다.

어머니가 근면하고 깊은 신앙심을 가진 사람인 줄로만 알았던 이들은, 어머니가 얼마나 재미나고 유머러스한지 알게 되면 놀라곤 했다. 어머니는 유머러스하게 놀릴 줄 알았다. 재혼하지 않겠다는 의지도 그런 식으로 표현했다. 아버지와 헤어지고 몇 년 뒤 어느 날, 어떤 남자가 어머니의 마음을 얻으려고 코초에 왔다. 그가 집 앞에 왔다는 말을 들은 어머니는 작대기를 들고 쫓아 나가서는 가라고, 재혼하지 않을 거라고 호통을 쳤다. 어머니는 다시 집에 들어와서 깔깔댔다. "그자가 얼마나 혼쭐이 났는지 너희가 봤어야 하는데!" 어머니가 사내 흉내를 내며 말했고 우리도 웃음을 터뜨렸다. "설령 내가 재혼한다 해도, 작대기를 든 노인네를 피해 꽁무니 빼는 사내랑은 어림도 없지!"

어머니는 아버지에게 버림받은 것, 내가 헤어와 메이크업에 빠져 정신없는 것, 자신의 실패까지 매사 농담거리로 삼았다. 어머니는 날 낳기 전부터 글을 모르는 이들을 위한 글공부 수업을 듣고 있었다. 내가 나이가 들어서는 어머니를 가르쳐 준 적도 있었는데, 어머니는 글을 익히는 속도가 빨랐다. 아마 실수를 웃어넘길 줄 아는 태도가 글을 배우는 데도 큰 도움이 되었을 것이다.

어머니는 날 갖기 전에 피임 때문에 쩔쩔맸다는 말을, 마치 오래전에 읽은 책의 아픈 대목을 발견한 것처럼 이야기했다. 어머니가 나를 임신하기 싫었다는 말이 우스웠다. 이제 어머니는 막내딸 없는 인생은 상상도 못 하니까. 어머니는 내가 태어나자마자 단박에 사랑하게 되었다면서 웃었다. 아침마다 화덕에 빵을 구우면 어린 내가 옆에 앉아 몸을 녹이면서 수다를 떨었다고 한다. 어머니가 언니들이나 조카들을 예뻐할 때면 내가 질투했던 이야기를 하면서 우린 깔깔댔다. 어린 내가 절대 집을 떠나지 않을 거라고 맹세했던 것을 두고 웃었고, 내가 태어난 날부터 모두 같이 잤다며 웃었다. ISIS가 코초에 와서 모두를 갈라놓기 전까지 우린 함께 잤다. 어머니는 우리에게 어머니이자 아버지 같은 존재였다. 철이 들면서 어머니의 고생을 깨닫게 되었고, 우린 더욱 어머니를 사랑할 수밖에 없었다.

::

나는 우리 집을 좋아했다. 집이 아닌 다른 곳에서 사는 것은 상상도 못 해 봤다. 외지인들이 보기에 코초는 너무 가난해서 행복하게 살 수 없는 곳, 외지고 황폐해서 아무것도 잘 자라지 못하는 곳일 것이다. 미군들도 그런 인상을 받았을 게 뻔하다. 그들이 코초에 왔을 때 아이들이 몰려들어 펜과 사탕을 구걸했으니까. 나도 물건을 달라고 조른 아이들 중 하나였다.

주로 선거 때문이긴 해도 그즈음 쿠르드 정치인들이 코초를 찾아왔다. 이라크 쿠르드 자치 정부 수반 마소우드 바르자니가 이끄는 쿠르드민주당(KDP)은 2003년 이후 코초에 방 두 개짜리 사무소를 열었다. 하지만 주로 당원인 마을 남자들의 사랑방으로나 이용되었다. 쿠르드민주당이 야지디에게 지지를 강요한다고 불평하는 사람들이 많았다. 쿠르드민주당은 야지디가 쿠르드족에 속하며, 신자르는 쿠르디스탄(쿠르드족이 거주하는 땅. 터키, 이란, 이라크에 걸친 고원지대로, 쿠르드 자치 지구:

옮긴이)의 일부임을 인정하라고 압박했다. 그런가 하면 이라크 정치인들은 우리를 무시했고, 사담 후세인은 우리에게 아랍족이라 말하라고 강요했다. 그런 협박으로 야지디의 정체성을 충분히 포기시킬 수 있으며, 일단 우리가 인정하기만 하면 다시는 저항하지 않을 것이라고 생각하는 듯했다.

어떤 면에서는 코초에 살고 있다는 것만으로도 저항이 되었다. 1970년대 중반 사담은 쿠르드와 야지디를 포함한 소수족들을 더욱 수월하게 통제하려는 움직임을 보였다. 계획적으로 만든 공동체의 콘크리트블록 집으로 우리를 강제 이주시키기 시작한 것이다. 이것을 북부의 '아랍화' 작전이라고 부른다. 다행히 코초는 신자르산에서 멀리 떨어진 지역이라 강제 이주를 피할 수 있었다. 신생 공동체에서 야지디 전통은 구식이 됐지만 우리 마을 내에서는 그 문화가 잘 보존되었다. 여자들은 할머니들이 입던 하늘하늘한 흰 드레스와 스카프를 착용했다. 야지디 전통 결혼식에는 야지디 음악과 춤이 빠지지 않았다. 많은 야지디가 버린 관습이지만, 우린 죄를 지으면 금식으로 속죄했다. 이웃 간의 사이는 가깝고 친밀했으며, 땅이나 혼인 때문에 싸우더라도 큰 감정 싸움 없이 마무리되었다. 적어도 그런 불화가 이웃 간의 사랑에 영향을 미치지 않았다. 마을 사람들은 종종 이웃집에 가서 밤늦도록 머물렀고, 두려움 없이 길을 나다녔다. 외지인들은 밤에 멀리서 보면 코초가 어둠 속에 환하다고 말했다. 아드키 언니는 누군가 코초를 '신자르의 파리'라고 묘사하는 걸 들었다고 장담했다.

코초는 아이들이 많은 젊은 마을이었다. 집단 학살을 직접 목격했을 만큼 나이 든 주민이 없기에 그런 일은 과거지사로 여기고 살았다. 이렇게 현대화되고 문명화된 세상에서 집단 전체가 종교 때문에 몰살될 리 없다고 믿었다. 물론 나도 그렇게 생각했다. 우린 과거에 벌어졌던 집단 학살 이야기를 그저 우리의 연대 의식을 강화시켜 주는 민담처럼 들으면서 성장했다. 어머니의 친구는 한때 야지디가 많이 살던 터키에서 박해를 피해 어머니, 언니와 탈출했다고 한다. 여러 날 동굴에 숨어 있다가 먹을 게 없자, 그 친구 어머니는 가죽을 삶아 가족을 연명시켰다. 여러 번 이 일화를 들을 때마다 배 속이 뒤틀리는 것 같았다. 쫄쫄 굶을지언정 도저히 가죽은 못 먹을 것 같았다. 하지만 실제로 있었던 일인 건 분명했다.

물론 코초 생활도 무척 힘든 편이었다. 아무리 사랑받는 아이들이라고 해도 부모에게는 짐이 되었다. 부모들은 가족을 먹여 살리기 위해 밤낮으로 일해야 했다. 아이들이 병이 났을 때 약초가 듣지 않으면 멀리 신자르나 모술의 의사에게 데려가야 했다. 어머니는 손바느질로 아이들의 옷을 만들었고, 형편이 조금 나아지면 1년에 한 번 시장에서 옷을 사서 입힐 수 있었다. 사담을 퇴위시키려고 UN이 제재를 가하는 동안, 우린 설탕을 구할 수 없게 되어서 발을 동동거렸다.

마침내 마을에 학교가 지어졌다. 처음에는 초등학교가, 여러 해 지나 중학교가 생겼다. 그러자 부모들은 아이를 교육시킬 것인지 집에서 일을 시킬 것인지를 두고 저울질했다. 보통의 야지디는 오랫동안 교육을 받지 못했다. 이는 단지 이라크 정부의 조치뿐 아니라 야지디 종교 지도자들 때문이기도 했다. 그들은 국가 차원의 교육이 타 종교 간의 결혼을 부추기고, 우릴 다른 종교로 개종시켜 야지디 인구를 감소시킬까 봐 염려했다. 어쨌든 부모들에게 공짜 노동력을 포기하는 것은 큰 희생이었다. 교육을 받는다 해도 아이들에게 어떤 미래가 펼쳐질지, 어떤 일자리를 갖고 어디에서 일하게 될지 의구심을 가졌다. 코초에는 일자리가 없었다. 그렇다고 마을을 영영 떠나 야지디와 떨어져 사는 것은 절망적인 상황에 놓여 있거나 야심에 가득 찬 사람들이나 할 일이었다.

부모의 사랑은 괴로움의 원천이 되기 십상이었다. 농사짓는 일은 위험하여 종종 사고가 일어났다. 어머니의 언니는 이제 어른이라고 불릴 만한 나이에 달리는 트랙터에서 떨어져 밀밭 가운데서 죽었다고 했다. 아이가 병이 나면 치료할 돈이 없었다. 잘로 오빠 내외는 올케 제난의 유전병 때문에 계속 아기를 잃었다. 그들은 너무 가난해서 아기에게 약을 사 먹이거나 의사에게 데려갈 수 없었다. 결국 여덟 명의 아기 중 네 명이 죽었다.

디말 언니는 이혼 때문에 자식들을 잃었다. 다른 이라크 지역처럼 야지디 사회에서도, 이혼한 이유와 관계없이 이혼한 여자에게는 권리가 없었다. 전쟁 통에 죽은 아이들도 있었다. 나는 1차 걸프전이 발발하고 2년 뒤, 이란-이라크전이 끝나고 5년 뒤에 태어났다. 이란-이라크전은 국민을 괴롭히려는 사담의 욕망을 채우려는 8년간의 무모한 분쟁이었다. 다시는 못 볼 아이들에 대한 기억이 우리 집에 유령처럼 머물렀다. 아버지는 큰아들을 잃고 나서 그 이름을 다른 아들에게 주었다. 그러나 차마 이름을 부르지 못하고 '헤즈니'라는 별명으로 불렀다. 헤즈니는 '슬픔'이라는 뜻이었다.

수확할 때가 오고 야지디 명절이 오면 시간이 얼마나 지났는지 가늠할 수 있었다. 계절마다 가혹한 날씨가 기다리고 있었다. 겨울이면 코초 골목마다 시멘트 같은 진흙이 깔려서 신발이 푹푹 빠졌고, 여름이면 햇빛이 너무 강렬해서 뙤약볕 아래 일하다 쓰러질까 봐 밤중에 밭에 나가야 했다. 때때로 거둬들인 곡식의 양이 너무나 형편없어서, 다시 파종할 때까지 몇 달이나 침울하게 지내야 했다. 수확량과 무관하게 수입이 적은 때도 있었다. 우린 무엇이 잘 팔리고 팔리지 않는지 어렵게 배웠다. 농산물을 갖고 장터에 나갔을 때 손님들이 야채를 만져 보고 그냥 가 버리는 경우를 겪으면서 터득한 결과였다. 밀과 보리가 가장 수익이 좋았다. 양파는 팔려도 푼돈이었다. 그런가 하면 오래전부터 농익은 토마토를 가축 사료로 쓰는 식으로 남는 농작물을 처리했다.

그러나 아무리 고생스러워도 난 코초 아닌 어디서도 살고 싶지 않았다. 겨울에 골목마다 진흙탕으로 변해도, 사랑하는 사람들이 가까이 사니 굳이 어디 멀리 갈 필요가 없었다. 여름에 숨 막히는 더위가 찾아올 땐 가족이 모두 옥상에서 나란히 누워 자면 그만이었다. 옥상에서 이웃들과 수다 떨고 웃으며 잠드는 날도 많았다. 농사일이 힘들어도 소박한 행복을 누릴 만큼의 돈은 벌 수 있었다. 난 어릴 때 버려진 상자와 쓰레기로 미니어처 코초를 만들며 놀았을 정도로 마을을 좋아했다. 그때 난 조카 캐스린과 함께 만든 작은 집 안에 목각 인형들을 넣었고, 그 인형끼리 결혼시켰다. 물론 결혼식을 하기 전에 여자 인형들은 내가 토마토를 담았던 플라스틱 상자로 공들여 만든 미장원을 방문했다.

코초를 떠나기 싫은 가장 중요한 이유는 가족이 거기 있어서였다.

우리 가족이 곧 작은 마을이었다. 오빠가 여덟이나 있었다. 맏이인 엘리아스는 아버지 같은 존재였다. 카이리는 처음으로 목숨 걸고 국경 수비대가 되어 우리를 먹여 살렸다. 고집 세고 성실한 피세는 우리가 어떤 부당한 일도 당하지 않게 했다. 마소우드는 성장해서 코초 최고의 기술자(그리고 최고의 축구 선수)가 되었고, 쌍둥이 사오우드는 마을에서 구멍가게를 운영했다. 잘로는 모두에게, 심지어 외지인들에게도 마음을 열었다. 사이드는 활기와 장난기가 넘쳤고 영웅이 되고 싶어 했다. 헤즈니는 몽상가였고 다들 그의 사랑을 받고 싶어 했다. 언니 두 명도 우리 집에 같이 살았다. 친정살이를 하는 디말은 조용한 성격이었고, 아드키는 트럭을 운전하게 해 달라며 오빠들과 싸우다가도 곧 마당의 죽은 양을 보고 눈물을 흘리는 언니였다. 또 이복형제인 칼레드, 왈리드, 하지, 나와프와 이복자매인 할람, 하이암이 근처에 살았다.

세상의 모든 좋은 어머니들이 그렇겠지만, 코초는 어머니 샤미가 인생을 바쳐 우리를 먹이고 희망을 갖게 한 곳이었다. 코초는 어머니를 마지막으로 본 곳은 아니지만, 지금도 매일 어머니를 떠올리면 생각나는 곳이다. 최악의 제재가 가해진 시기에도 어머니는 우리에게 필요한 것을 챙겨 주었다. 주전부리를 살 돈이 없으면 어머니는 보리를 주면서 동네 가게에 가서 껌이랑 바꾸라고 했다. 옷을 파는 상인이 코초에 오면 어머니는 외상 거래를 해서라도 필요한 옷을 사려고 했다. 오빠들 중 누군가 왜 빚을 지냐고 불평하자 어머니는 말했다. "적어도 이제 상인이 코초에 오면 우리 집에 맨 먼저 들르게 됐잖니!"

가난하게 자란 어머니는 우리가 궁색해 보이는 걸 꺼렸다. 하지만 마을 사람들은 여유가 생기면 우리에게 밀가루나 쿠스쿠스를 조금이라도 챙겨 주려고 했다. 내가 아주 어릴 때의 일인데, 어머니가 방앗간에서 밀가루가 조금 든 자루를 들고 돌아오다가 숙부인 술라이만을 만난 적이 있었다. 숙부가 "내 도움이 필요한 걸 안다. 왜 나를 찾아오지 않니?" 하고 물었다.

어머니는 고개를 가만히 저었다. "괜찮아요, 숙부님. 저희는 부족한 게 없습니다." 그러나 술라이만은 고집을 부렸다. "나한테 밀이 너무 많이 남는데, 네가 좀 가져가야겠다." 결국 밀이 가득 담긴 큰 기름통 네 개가 집에 배달되었고, 우린 두 달간 빵을 먹을 수 있었다. 어머니는 도움이 필요한 형편을 부끄러워하며 눈물 고인 눈으로 우리에게 사정을 설명해 주었다. 그리고 우리가 더 잘살게 하도록 노력하겠다고 맹세했다. 어머니는 그 약속을 매일매일 실천했다. 인근에 테러범들이 있을 때에도 어머니는 그 존재만으로도 위로가 되었다. 어머니는 우리에게 말했다. "신께서 야지디를 보호하실 거야."

어머니를 생각하면 정말 많은 게 떠오른다. 하얀색. 재미있고 어쩌면 생뚱맞은 농담. 야지디가 신성한 상징으로 여기는 공작새와, 공작새 그림을 보면서 머릿속으로 중얼대는 짧은 기도. 나의 21년간 하루하루의 중심에 어머니가 있었다. 매일 아침 그녀는 일찍 일어나 빵을 구웠다. 마당의 화덕 앞에 낮은 의자를 놓고 앉아, 반죽 덩이를 납작하게 눌러 화덕 안쪽 벽에 탁탁 치면 빵이 부풀면서 구워졌다. 그러면 노르스름하게 녹은 양젖 버터에 찍어 먹을 준비가 되었다.

21년간 매일 아침 밀가루 반죽이 탁 탁 탁 화덕 벽에 부딪치는 소리와 상큼한 버터 냄새에 잠을 깼다. 그걸로 어머니가 곁에 있는 걸 알았다. 난 잠에 취해 어머니가 있는 화덕 앞으로 갔고, 겨울에는 화덕 옆에 앉아 손을 쬐면서 온갖 얘기를 늘어놓았다. 학교, 결혼식, 언니 오빠와 싸운 일 같은 사소한 이야기 말이다. 오래전부터 난 옥외 샤워실의 양철 지붕에서 뱀들이 알을 깐다고 믿었다. "소리를 들었다니까요!" 난 뱀이 미끄러지는 소리를 내면서 어머니에게 말했다. 하지만 어머니는 막내인 날 보며 빙긋 웃을 뿐이었다. "나디아는 무서워서 혼자 목욕도 못 한대요!" 언니 오빠들이 놀려 댔다. 하지만 어느 날 진짜로 내 머리에 새끼 뱀이 떨어지자, 결국 샤워실을 다시 지어야 했다. 그래도 그들의 말이 틀린 것은 아니었다. 내가 혼자 있기 싫어한다는 건 맞는 말이었다.

난 갓 구운 빵의 탄 부분을 뜯어내면서 어머니에게 인생 계획에 대해 조잘댔다. 집에 미용실을 열되 머리만 손질하진 않을 작정이었다. 이제 코초 밖 도시들에서 인기 있는 아이라이너와 아이셰도를 살 형편이 되니까 메이크업도 해 줘야지. 낮에 중학교에서 역사를 가르치고 돌아와서 미용실 영업을 할 거야. 그런 말을 하면 어머니는 고개를 끄덕였다. "내 곁을 떠나지만 않으면 뭐든 다 좋다, 나디아." 어머니는 뜨거운 빵을 천에 싸면서 말했다. 난 항상 이렇게 대답했다. "당연하죠. 절대 어머니 곁을 떠나지 않을 거예요."

3.

야지디는 신이 인간을 만들기 전에 신성한 일곱 천사를 창조했다고 믿는다. 흔히 천사로 불리는 이들은 신의 현신이다. 신은 진주 같은 구의 깨진 조각들로 우주를 만든 뒤, 대천사 타우시 멜렉을 지상으로 보냈다. 공작새 형상을 한 타우시 멜렉은 화려한 깃털 색깔로 세상을 물들였다. 이야기는 이렇다. 대천사 타우시 멜렉은 하느님이 완벽한 불멸의 존재로 만든 첫 번째 인간 아담을 보게 된다. 타우시 멜렉은 신의 뜻에 반박한다. 그는 아담이 완전한 존재가 될 수 없다고 생각했다. 신이 아담에게 밀을 먹는 일을 금지했지만, 타우시 멜렉이 보기에 자손을 낳으려면 아담은 밀을 먹어야 했기 때문이다. 신은 알아서 하라며 세상의 운명을 타우시 멜렉에게 맡긴다. 결국 아담은 밀을 먹고 낙원에서 쫓겨나고, 그런 뒤로 야지디의 두 번째 세대가 세상에 태어나게 된다.

자신의 가치를 신에게 입증한 타우시 멜렉은 신과 지상을 연결하는 존재, 인간과 천국을 이어 주는 고리가 되었다. 우리는 자주 타우시 멜렉에게 기도한다. 그가 지상에 강림한 날은 야지디의 신년 축일이다.

야지디 집집마다 걸린 화려한 공작새 이미지는, 그의 성스러운 지혜 덕분에 우리가 존재한다는 점을 상기시켜 준다. 야지디 사람들은 타우시 멜렉을 사랑한다. 타우시 멜렉이 신과 우리를 이어 주는 존재라고 여기기 때문이다. 하지만 이라크의 무슬림들은 온갖 이유를 들어 공작새 천사를 조롱하고 그에게 기도하는 우리를 모욕한다.

야지디로서 이런 말을 꺼내는 자체가 괴로운 일이지만, 많은 이라크인은 우리를 악마 숭배자라고 부른다. 그들은 타우시 멜렉이 쿠란의 악마 이블리스 같은 존재라고 말한다. 또한 우리 천사 타우시 멜렉이 아담을 거부한 행위는 곧 신을 거부한 것과 같다고 주장한다. 일부 인용문들은—대개 야지디의 구전 관습에 익숙하지 않은 이방 학자들이 20세기 초에 집필한—타우시 멜렉이 아담에게 절하기를 거부해서 지옥에 보내졌다고 말한다. 그것은 사실이 아니다. 분명한 오역이 끔찍한 결과를 낳았다. 야지디 종교의 핵심을 나타낸 이야기가 우리의 집단 학살을 정당화하는 데 이용된 것이다. 이것은 야지디에 대한 최악의 기만이다.

거짓말은 여기서 그치지 않는다. 그들은 성경이나 쿠란 같은 정식 경전이 없는 야지디가 '진짜' 종교가 아니라고 말한다. 일부 야지디가 수요일에 씻지 않는 것을 두고—이날은 타우시 멜렉이 처음 지상에 온 날로 우리가 휴식하고 기도하는 날이다—우리가 불결하다고 말한다. 우린 태양을 향해 기도한다는 이유로 이교도라고 불린다. 그런가 하면 야지디는 환생을 믿는데, 무슬림들은 아브라함 종파들 중 어느 누구도 환생을 믿지 않는다는 이유로 이 교리가 잘못되었다고 말한다. 환생에 대한 믿음이 죽음을 잘 받아들이도록 해 주고 공동체를 하나로 묶어 준다는 사실은 그들에게 중요하지 않다. 일부 야지디가 양상추 같은 특정 음식을 피하는 것을 두고도 사람들은 이상한 관습이라며 조롱한다. 어떤 야지디는 타우시 멜렉의 색으로 여겨지는 파란색을 신성시하며 같은 색의 옷을 입지 않는데, 이런 선택까지도 경멸거리가 된다.

어린 시절 난 우리 종교에 대해서 잘 몰랐다. 소수의 야지디만이 야지디 종교 계급에서 태어나고, 그 계급에 속하는 족장들과 장로들이 교리를 가르친다. 집에서는 십 대가 된 나를 성지(聖地)인 랄리시로 데려가 세례를 받게 할 돈이 없었다. 이 때문에 난 랄리시의 족장들로부터 교리를 제대로 배울 기회가 없었다. 점차 공격과 박해로 인해 야지디가 흩어지고 야지디 인구는 줄어들었으며, 종교 이야기를 전하기가 더욱 어려워졌다. 그래도 난 종교 지도자들이 야지디 종파를 지키고 있다는 사실이 행복했다. 못된 자들의 손아귀에서 야지디교는 우리를 박해하는 도구로 쓰이기 쉬웠을 테니까.

야지디라면 누구나 어렸을 때부터 배우는 것들이 있다. 난 야지디 축일들을 배웠다. 비록 축일의 배경이 되는 교리보다는 축하하는 방식을 더욱 자세히 배웠지만 말이다. 야지디는 새해에 달걀을 물들이고, 성묘를 하고, 사원에 초를 밝힌다. 10월이 랄리시를 방문할 최적의 시기라는 것도 안다. 랄리시는 셰이칸 지역에 있는 성스러운 계곡이다. 그곳에 가면 우리에게 가장 중요한 영적 지도자인 족장 바바 셰이크와 그곳 신전들을 관리하는 사제 바바 샤이시가 순례자들을 맞이한다. 우리는 12월에 속죄하기 위해 사흘간 금식한다. 야지디는 다른 종교를 믿는 이들과의 혼인은 허용되지 않고 개종도 허용되지 않는다. 우리는 과거 야지디에게 73번의 집단 학살이 가해졌다는 사실도 배웠다. 이는 모두 우리의 정체성을 일깨워 주는 성스러운 이야기였다. 난 종교를 지키도록 태어난 사람들과 함께하면서 나 또한 그렇게 해야 한다는 것을 깨달았다.

어머니는 우리에게 기도법을 가르쳤다. 아침에는 태양을, 낮에는 랄리시를, 밤에는 달을 향해 기도했다. 규율들에는 적당한 융통성이 있다. 기도는 스스로 진심으로 하는 것이어야지, 겉치레나 의무적으로 하는 일이 되어서는 안 된다. 혼자 조용히 기도해도 되고, 여럿이 모여 기도해도 된다. 기도에는 몇 가지 몸짓이 따라온다. 빨간색과 흰색이 섞인 팔찌에 입을 맞추는 등의 동작이다. 남자는 전통 의상인 흰 속옷의 칼라에 입을 맞춘다.

나는 어린 시절부터 하루 세 차례 기도했다. 어디서 기도해도 크게 상관은 없었기에 사원, 혹은 밭이나 옥상에서도 기도했다. 심지어 주방에서 어머니를 도우면서 기도하기도 했다. 기도할 때는 신과 타우시 멜렉을 찬미하는 정해진 문구를 암송하고 나서 하고 싶은 말을 하면 된다. 어머니는 몸짓들을 몸소 가르쳐 주었다. "마음에 걸리는 일이 있으면 타우시 멜렉에게 말해. 사랑하는 사람에 대한 걱정을 털어놓아도 좋아. 겁나는 일을 이야기해도 좋고. 타우시 멜렉은 우릴 도와주신단다." 나는 학교 졸업이나 미용실 개업 같은 장래 이야기를 하거나, 언니 오빠들과 어머니의 미래를 위해 기도하곤 했다. 지금 나는 내 종교와 종족의 생존을 위해 기도한다.

야지디는 오랜 시간 동안 다른 공동체들 사이에서 종교를 지키면서 자부심을 느끼며 살았다. 더 많은 땅이나 권력을 가지려고 욕심내지 않았다. 야지디 교리에도 야지디가 아닌 이들을 정복하고 전도하라는 명령은 없다. 어차피 누구도 야지디로 개종할 수 없게 되어 있다.

그런데 내가 어렸을 때부터 야지디 공동체에도 조금씩 변화가 생겼다. 주민들이 집에 TV를 두기 시작한 것이다. 처음에는 국영방송을 보다가 나중에는 위성안테나를 설치하여 터키의 연속극과 쿠르드어 뉴스까지 볼 수 있게 되었다. 그런가 하면 처음 써 보는 전기세탁기는 마법과도 같았다. 어머니는 여전히 하얀 전통 의상을 손세탁했지만 말이다. 점차 많은 야지디가 미국, 독일, 캐나다로 이주하여 서방세계와 관계를 맺었다.

내 세대는 부모 세대가 꿈도 못 꾼 일들을 할 수 있었다. 바로 학교에 다니는 것이었다. 코초 최초의 학교는 1970년대 사담 치하에서 세워졌다. 겨우 초등학교 5학년까지의 과정이었다. 수업은 쿠르드어가 아닌 아랍어로 진행되었으며, 우린 이라크 중심의 국수주의적인 교육을 받았다. 국정 교과 과정은 이라크에서 누가 중요한 존재인지, 그들이 어떤 종교를 추종하는지에 대해 명확히 밝혔다. 내가 읽은 이라크 역사책들에 야지디는 존재하지 않았다. 심지어 책에는 쿠르드족이 국가의 위협이라고까지 묘사되었다. 이라크 역사는 아랍족 이라크 군인들과 나라를 빼앗으려는 적들의 전투에 대해 이야기하고 있었다. 이라크가 영국 식민지에서 벗어나기 위해 영국이 내세운 꼭두각시 왕을 퇴위시키고 식민지 사람들을 추방했던 역사들에 대해서도 자랑스럽게

서술하고 있었다. 그러나 나중에 생각하니 이런 역사책들 때문에 이웃들이 ISIS에 합류하거나 테러분자들이 야지디를 공격할 때 주위 사람들이 아무런 반응도 하지 않았을 것이라는 생각이 들었다. 이라크의 정규교육을 받은 사람이라면 우리 종교가 보호받을 자격이 없다고 느낄 터였다. 혹은 끝없이 이어지는 전쟁을 나쁘다고 생각하거나 이상하게 바라보지 않을 것이 분명했다. 우리는 초등학교에 들어간 첫날부터 폭력에 대해 배웠으니까.

어린 시절 나는 내 나라가 참으로 이상하다고 생각했다. 여러 제재와 전쟁, 극악한 정치, 점령 등이 일어나는 행성 같았고, 이런 상황 속에서 이웃들은 서로 등을 돌려 버렸다. 이라크 북단은 쿠르드족이 독립을 원하는 지역이었다. 남쪽은 주로 시아파 무슬림들의 본거지였는데, 이들이 종교와 정치의 주류를 이루고 있었다. 중부에는 수니파 아랍족이 있다. 이들은 한때 수니파 대통령 사담 후세인과 함께 주(州)를 지배했던 적도 있었으나, 이라크 침공 이후 지금은 시아파로부터 벗어나기 위해 이라크에 저항하는 세력이 되었다.

간단히 설명하면 이렇다. 이라크 지도에서, 나라 전체를 가로로 나눠 삼색으로 칠하면 된다. 여기서 야지디는 아예 빠지거나 '기타'로 구분된다. 내가 자랄 때 코초 주민들은 정치 이야기를 하지 않았다. 농작물의 주기는 어떻게 되는지, 누가 누구와 결혼하는지, 양이 젖을 생산하는지 같은 일상적인 일에만 관심을 쏟았다. 작은 시골 출신이라면 다 이해할 것이다. 중앙정부는 전쟁에 보낼 사람을 모으거나 바스당에 가입시킬 인원을 모집할 때 외에는 우리에게 무관심한 것 같았다. 이런 상황 속에서도 우린 이라크에서 소수족이라는 게 무엇을 의미하는지 수없이 고민했다. 야지디를 포함해 '기타'에 드는 많은 집단들이 이라크 지도에 포함된다면 여러 빛깔 화려한 색의 그림이 되겠지.

코초의 북동쪽, 쿠르드 자치구의 남쪽 경계에는 아랍인과 쿠르드인에 이어 제3의 민족인 투르크멘족이 산다. 무슬림인 투르크멘족 역시 시아파와 수니파로 나뉜다. 기독교인들은—그중 아시리아인, 칼데아인, 아르메니아인—나라 전역, 특히 니네베 평원에 흩어져 산다. 기타 지역에는 아프리카인과 같은 마쉬 아랍족을 비롯해 카카이, 샤박, 로마니, 만다야 같은 소수 집단이 산다. 바그다드 인근 어딘가에는 아직도 이라크의 유대인 집단이 공동체를 이루며 산다고 들었다. 이라크의 종교와 민족을 두고서는 다양한 구분을 할 수 있다. 예를 들어 대부분의 쿠르드족은 수니파 무슬림이지만, 그들은 쿠르드족이라는 정체성을 더욱 중요하게 여긴다. 야지디의 경우는 종교를 믿는 이들이 그 자체로 하나의 민족이라는 정체성을 갖고 있다. 그런가 하면 대부분의 이라크 아랍족은 시아파나 수니파 무슬림이다. 이러한 복잡한 구분들이 오랜 세월 수많은 분쟁을 야기해 왔다. 이런 세세한 이야기는 이라크 역사책에 나오지 않는다.

집에서 학교까지 가려면 마을을 에워싸는 흙길을 걸어, 알 카에다에 아버지를 잃은 바샤르의 집을 지나야 했다. 그 후에 내가 태어났던 곳이면서 아직 아버지와 사라가 살고 있던 집 앞을 지나면 친구 왈라아의 집이 나왔다. 왈라아는 희고 동그랗고 예쁜 얼굴에 얌전한 성격인데, 왈가닥인 나와 잘 어울렸다. 매일 아침 내가 그 집을 지나가면 왈라아도 뛰어나와서 같이 학교에 갔다. 혼자 그 길을 가기는 힘들었다. 집집마다 키우는 양치기 개들이 정원에 서서 지나가는 사람을 향해 짖고 으르렁댔기 때문이다. 대문이 열려 있으면 개들이 턱을 딱딱 부딪치면서 우리를 쫓아왔다. 애완견이 아니라 크고 무서운 개들이었다. 왈라아와 나는 개들을 피해 달음질쳤다. 학교에 도착할 즈음이면 숨이 가쁘고 땀이 줄줄 흘렀다. 유일하게 아버지네 개만 내가 누군지 알아보고 가만히 있었다.

누런 콘크리트로 지은 칙칙한 학교 건물 여기저기에는 빛바랜 포스터들이 붙어 있었다. 낮은 담장이 학교를 둘러쌌고, 마당은 좁고 지저분했다. 학교가 어떻게 생겼든지간에 그곳에서 함께 공부할 친구들을 만날 수 있다는 건 기적 같았다. 학교 마당에서 왈라아, 캐스린과 나는 다른 여자애 몇 명과 게임을 하곤 했다. 쿠르드어로 '빈 아키', 그러니까 '흙 속에서'라는 게임이었다. 다들 구슬, 동전, 음료수 마개 같은 것들을 한꺼번에 땅속에 숨긴 다음, 미치광이처럼 뛰어다니면서 땅바닥을 팠다. 땅속에서 물건을 찾으면 내 것이 되는 게임이었다. 그러다가 선생님께 걸리면 게임을 멈추었다. 집에 가면 어머니들은 손톱 밑에 흙이 박힌 우리 손을 보고서 한 소리를 했다. 사실 어머니도 어렸을 때는 이런 놀이를 했다고 들었다.

비록 부당한 내용이 많아도 역사는 내가 유일하게 좋아하고 잘하는 과목이었다. 영어를 제일 못했다. 내가 공부하는 동안 언니 오빠들은 밭에서 일을 해야 했다. 그 사실을 아는 나는 공부를 열심히 하려고 노력했다. 어머니는 가난한 탓에 학생들이 다 매는 백 팩을 사 주지 못

했지만, 나는 불평하지 않았다. 어머니에게 뭘 사 달라고 요구하고 싶지 않았다. 그때는 집과 가까운 곳에 중학교를 짓는 중이어서, 나는 멀리 떨어진 마을에 있는 중학교에 다녀야 했다. 물론 우리 집 형편에 택시비 같은 건 기대할 수 없었다. 학교가 끝나고 다시 밭일을 하면서, 난 학교가 빨리 지어지기를 기도했다. 불평해 봤자 소용없었다. 돈이 하늘에서 뚝 떨어지는 것은 아니니까. 코초에서 학교 갈 형편이 되지 않는 아이가 나 하나는 아니었다.

1990년 사담 후세인이 쿠웨이트를 침략했고, UN은 이라크 대통령의 권력을 축소시키고자 여러 제재를 가했다. 그때 나는 왜 이라크가 제재를 받는지 몰랐다. 집에서 사담에 대해 언급하는 사람은 마소우드와 헤즈니뿐이었다. 그것도 TV 연설을 볼 때 누가 투덜대면 조용히 시키려고 그러는 것뿐이었다. 사담은 쿠르드족과 분쟁을 치렀고, 야지디로부터 지지와 충성을 받으려고 했다. 또한 그는 바스당에 입당하고 정권을 잡으면서 우리에게 스스로를 '야지디'가 아닌 '아랍족'으로 여기라고 요구했다.

가끔 TV에 사담이 나와 연설을 하는 경우가 있었다. 그의 옆에는 콧수염을 기른 경호원이 앉아 있었다. 사담은 의자에 앉아 담배를 피우면서 이란에 대해 이야기했고, 전쟁과 자신의 역량에 대해 늘어놓았다. "저 사람 지금 뭐라고 하는 거야?" 우린 다들 어깨를 으쓱했다. 가끔 우스꽝스러운 모자를 쓰고 TV에 등장한 독재자 사담을 보면 웃음이 나왔지만, 오빠들이 그러지 말라고 주의를 주었다. 마소우드는 말했다. "그들이 우리를 지켜보고 있어. 말조심해." 사담의 거대한 정보기관은 어디나 눈과 귀를 두고 있었다. 또한 헌법에는 야지디가 언급되지 않았으니, 우리가 정부에 저항하려는 움직임만 보여도 즉시 처벌받게 되어 있었다.

그 시기 내가 아는 것은, 제재를 받은 이후 가장 고생하는 계층은 정치 엘리트들과 사담이 아닌 보통 이라크 사람들이라는 사실이었다. 병원과 시장이 무너졌다. 약품이 더 비싸졌고 밀가루에 시멘트를 만드는 재료인 석고가 섞였다. 내가 보기에 상태가 가장 나쁜 곳은 학교였다. 예전에 이라크의 교육 수준은 중동 전역에서 학생들이 올 정도로 높았지만, 제재 이후로 교육의 질이 형편없어졌다. 교사 급여가 푼돈 수준으로 줄어들어서, 이라크 남자의 50퍼센트가 실직 상태인데도 교사가 되려고 하지 않았다. 우리 학교의 선생님은—야지디 교사들과 합류해 학교에서 기거한 아랍 무슬림들—내게는 영웅이었다. 난 그들에게 고마운 마음에 더욱 열심히 공부했다.

사담에게 학교의 목적은 한 가지였다. 그는 국가적인 차원의 교육을 통해 야지디의 정체성을 없애려고 했다. 교과서와 모든 수업 내용을 보면 이런 의도를 정확히 파악할 수 있었다. 어디에도 우리, 우리 가족들, 우리 종교, 우리가 당한 집단 학살이 언급되어 있지 않았다. 대부분의 야지디는 쿠르드어를 말하면서 자랐지만, 수업은 아랍어로 이루어졌다. 쿠르드어는 정부에 저항하는 이들이 쓰는 언어였고, 야지디의 쿠르드어 사용은 국가에 훨씬 위협적으로 보일 수 있었기 때문이다. 그래도 난 매일같이 학교에 가서 열심히 아랍어를 익혔다. 아랍어를 배우거나 불완전한 이라크 역사를 공부한다고 해서 사담에게 굴복하거나 야지디를 배신하는 것은 아니라고 생각했다. 공부를 하면 내가 힘 있고 똑똑한 사람이 되는 듯한 기분이 들었다. 물론 여전히 집에서는 쿠르드어로 말하고 기도했으며, 단짝인 왈라아나 조카 캐스린에게도 쿠르드어로 쪽지를 썼지만 말이다. 어쨌든 난 나를 야지디 아닌 무엇으로도 부르지 않을 작정이었다. 뭘 배우든 학교에 다니는 게 중요했을 뿐이다. 코초의 모든 아이가 교육을 받는 동안 나라에 변화가 일어났고 국제 정세도 변하고 있었다. 또한 우리 사회도 점차 개방되고 있었다. 젊은 야지디는 종교를 사랑했지만 세상일에도 참여하고 싶어 했다. 난 우리가 어른이 되면 교사가 되고, 역사책에 야지디에 대해 기록할 수 있으리라 믿었다. 국회의원이 되어서 바그다드에서 야지디의 권리를 위해 싸우리라. 그때가 되면 우리를 멸종시키려는 사담의 계획이 역풍을 맞을 것이라고 생각했다.

4.

2003년 아버지가 세상을 떠나고 몇 달 뒤, 미국이 바그다드를 침략했다. 우린 휴대폰도 위성 TV도 없어서 상황이 어떻게 돌아가는지 몰랐다. 사담 후세인이 급격히 몰락했다는 것은 뒤늦게 알게 되었다. 바그다드로 가는 다국적군이 코초 상공을 시끄럽게 날아가는 소리에 우린 깜짝 놀라 잠에서 깨곤 했다. 그때 처음으로 비행기를 보았다. 당시에는 전쟁이 얼마나 길어질지, 또 이라크에 어떤 영향을 미칠지 알지 못했다. 그저 사담이 물러가면 조리할 때 쓰는 가스를 더 쉽게 구하리라 기대했을 뿐이다.

미국의 침략 직후 몇 달간 가장 기억에 남는 일은 아버지가 돌아가신 것밖에 없다. 야지디 문화에서는 누군가 죽으면—특히 갑작스럽게 찾아온 죽음이면—오랜 시간 마을 전체가 애도한다. 모든 집과 가게 곳곳을 덮친 슬픔이 거리를 따라 번져 간다. 이웃들도 평소와 다르게 행동한다. 결혼식을 취소하고 명절 축하도 집 안에서만 조용히 한다. 여인들은 흰옷 대신 검은 옷을 입는다. 그런 시기면 행복이라는 감정을 도둑 취급한다. 고인에 대한 기억을 훔쳐 가 버리는 도둑 말이다. 행복은 슬픔을 잊게 할 수 있음을 기억하고, 사람들은 한눈팔지 않으려 한다. 바그다드에서 어떤 일이 벌어지든 TV와 라디오를 켜지 않는 것도 그 때문이다.

세상을 떠나기 몇 년 전 아버지는 나와 조카 캐스린을 데리고 야지디 설날을 축하하러 신자르산에 갔다. 아버지와 나의 마지막 산행이었다. 야지디 설은 4월이다. 이라크 북부 언덕에 연초록색이 번지고 매서운 바람이 선선해지는 때, 하지만 아직 여름 더위가 본격적으로 찾아오기 이전의 시기다. 4월은 풍년을 기대하는 달인 동시에 우리를 바깥으로 이끄는 달이다. 4월이 되면 추위에서 벗어나 지붕 위에서 잘 수 있다. 야지디는 자연과 밀접하게 연결되어 있다. 자연은 우리를 먹이고 보호한다. 또한 우리가 죽으면 육신은 흙으로 돌아가 자연이 된다고 믿는다. 설날은 이걸 상기시킨다.

우린 그때 양을 초지에서 기르는 목동을 찾아갔다. 야지디의 가족 중 일부는 양들을 산 근처에 싣고 가서 들판을 돌아다니며 풀을 먹인다. 어떤 면에서 그 일은 재미있어 보였다. 목동들은 손으로 짠 담요를 덮고 잠들며, 생각은 많이 하되 걱정은 하지 않는 단순한 삶을 살았다. 하지만 집과 떨어져 살다 보면 양을 치러 간 사람은 향수병에 걸리기 일쑤였고, 그때쯤이면 집에 남은 가족들도 그들이 그리워졌다. 어머니가 양을 치러 초지로 갔던 해에 나는 중학생이었다. 어머니가 없어서 마음이 심란해서인지 전 과목에서 낙제점을 받았다. 어머니가 집에 돌아오자마자 나는 이렇게 말했다. "어머니가 없으면, 내 눈이 머나 봐요."

아버지와 보낸 설날의 마지막 날, 캐스린과 나는 짐칸에 탔다. 아버지와 엘리아스는 운전석에서 백미러로 우리가 무모한 짓을 하지는 않는지 감시했다. 촉촉한 봄의 풀과 노란 밀이 섞인 풍경이 휙휙 지나갔다. 우린 손을 잡고 수다를 떨었다. 집에서 기다리고 있는 어린아이들에게 들려줄 이야기를 모으느라 바빴다. 학교 공부와 밭일에서 벗어난, 매우 즐거운 시간이었다. 트럭이 도로를 질주할 때 우린 트럭 밖으로 떨어질 뻔했다. 우리 옆에는 이제껏 본 것 중 제일 큰 양이 묶여 있었다. 집에 돌아가면 우릴 부러워하는 얼굴들을 보면서 말하리라. "사탕 진짜 많이 먹었어. 밤새 춤추다가 밖이 환해질 무렵에야 자러 갔지. 너희도 왔어야 하는데 아쉽다."

정말로 그랬다. 아버지는 사탕을 사 달라는 우리의 부탁을 거절하지 못했다. 또한 우린 산 아래에서 목동들과 재회하며 넘치는 기쁨을 느꼈다. 트럭 짐칸에 묶어 두었던 양이 그날의 요릿감이었다. 아버지가 양을 잡았고 아낙들이 요리했는데, 정말이지 입에서 살살 녹았다. 밥을 먹으면서 우린 야지디 춤을 추었다. 양의 가장 맛있는 부위를 다 먹고 춤을 한참 춘 뒤에는 천막에서 잠을 청했다. 원래는 천막 주변에 갈대를 엮은 울타리를 둘러 바람을 막는데, 그날은 날씨가 따뜻해서 그냥 울타리를 걷고 자도 될 정도였다. 참으로 소박하고 비밀스러운 삶이었다. 바로 내 곁의 물건과 사람들만 챙기면 그만이었다. 모든 것이 손이 닿을 거리에 가까이 있었다.

아버지가 살아 있었다면 미국이 이라크를 침략해 사담을 사퇴시킨 일을 어떻게 생각했을지 모르겠다. 아버지가 이라크의 변화를 보지 못했다는 사실이 아쉽다. 쿠르드는 미군을 환영했고, 사담 후세인이 축출된다는 기대에 들떠 있었다. 쿠르드는 미국이 이라크에 들어올 수 있도록 도왔다. 쿠르드족과 사담의 갈등은 필연적인 것이었다. 독재자 사담은 수십 년간 쿠르드족을 표적으로 삼아 왔다. 1980년대 후반 사담은 공군으로 하여금 '알 안팔 작전'을 감행해 화학무기로 쿠르드족을 몰살하려 했다(화학무기를 이용한 알 안팔 작전으로 군대에 갈 나이인 남성은 물론이고 여성과 어린이들도 희생되었다: 옮긴이). 그 집단 학살이 쿠르드족을 각성시켰다. 모든 힘을 총동원하여 정부로부터 자신들을 지켜야 한다고 다짐하게 되었던 것이다. 알 안팔 작전 이후로 미국, 영국, 프랑스는 남부 시아파 지역처럼 북부 쿠르드 지역도 비행 금지 구역으로 정하여 사담의 공군이 쿠르드를 공격하지 못하게 했고, 쿠르드족과의 동맹을 강화했다. 오늘날에도 쿠르드족은 2003년 미국의 이라크 침략을 쿠르드족의 '해방'으로 부른다. 그들은 미국의 이라크 침략이, 힘없는 작은 마을을 호텔과 정유 회사가 북적대는 현대적인 도시로 변모하게 만들어 준 단초라고 여긴다.

야지디도 미국의 이라크 침략을 대체로 환영했다. 그러나 사담 이후의 삶에 대한 기대가 쿠르드족보다는 적은 편이었다. 미국에 의한 갖가지 제재들이 다른 이라크인들처럼 우리를 더욱 살기 어렵게 했기 때문이다. 우리도 사담이 공포로 이라크를 통치한 독재자라는 사실은 알고 있었다. 그 아래에서 야지디는 가난한 데다 늘 교육에서 소외되었고, 이라크에서 가장 어렵고 더럽고 보수가 적은 일자리를 떠맡아 왔다. 그렇더라도 사담의 바스당이 집권했을 때 우린 코초에서 종교를 지키고, 농사를 짓고, 가족을 일굴 수 있었다. 할례 때 아기의 대부가 되어 주는 아랍인 키리브와 가족처럼 지낼 정도로 수니파 아랍 가족들과 가깝게 지내기도 했다. 고립된 삶은 관계의 소중함을 일깨워 주었고, 늘 우릴 따라다닌 궁핍은 무엇보다 현실적이 되어야 함을 가르쳐 주었다. 이라크의 수도 바그다드와 쿠르드의 수도 에르빌은 코초에서 아주 먼 세상 같았다. 그때 부유하고 줄 있는 쿠르드족과 아랍족이 야지디에 대해 내린 결정은 그저 내버려 두는 것이었다.

이런 상황에서 일자리, 자유, 안전과 같은 미국의 약속은 야지디를 그들 편으로 만들었다. 미국은 우리를 신뢰했다. 야지디는 미국이 적으로 여기는 누구에게도 충성할 이유가 없었기 때문이다. 많은 야지디가 이라크군이나 미군의 통역을 맡거나 다른 일을 도왔다. 사담은 축출당해 은신처에 숨어 있다가 붙잡혀 2006년 교수형을 당했고, 그의 바스당 조직은 와해되었다. 코초와 가까웠던 이들을 포함해 수니파 아랍족이 권력을 잃게 되었다. 신자르 야지디 지역의 수니파 아랍 경찰관들과 정치인들의 자리는 쿠르드인들이 차지했다.

이라크 정부와 쿠르디스탄 모두에 전략적 요충지인 신자르는 분쟁 지역으로, 모술과 시리아에 가깝고 풍부한 천연가스가 매장되었을 가능성이 있는 곳이다. 동부 이라크의 다른 분쟁 지역인 키르쿠크처럼, 쿠르드 정당들은 신자르를 쿠르드 근거지의 일부로 본다. 그들은 신자르가 없으면 쿠르드 국가—그런 게 있다면—는 불완전하게 세워질 것이라고 주장한다. 2003년 이후 미국의 지원이 밀려들고 수니파 아랍족이 점차 부와 권력을 잃는 사이에, 쿠르드민주당(KDP)과 손을 잡은 쿠르드인이 신자르의 공백을 의기양양하게 채웠다. 그들은 정치 사무소들을 만들고 당원을 모집했다. 수니파의 폭동이 일어나자 쿠르드민주당은 우리 도로 검문소에 경비를 배치했다. 쿠르드인은 사담이 야지디를 아랍족이라고 한 것은 틀렸다고, 우린 원래 쿠르드족이었다고 말했다.

사담이 축출된 2003년 이후 코초에 대대적인 변화가 생겼다. 2년쯤 됐을 때 쿠르드족은 통신 탑을 건설하기 시작했고, 난 수업이 끝나고 친구들과 마을 밖의 거대한 철제 구조물을 구경하러 갔다. 탑이 우리 농토 위에 마천루처럼 치솟았다. "드디어 코초가 바깥세상과 연결되는구나!" 오빠들은 기뻐했다. 곧 대부분의 남자들과 일부 여자들이 휴대폰을 갖게 되었다. 주택 지붕에 설치된 위성안테나 덕분에 시리아 영화와 이라크 국영방송만 보는 신세를 면하게 되었다. 거실 TV를 틀면 매일 나오던 사담의 행진과 연설이 사라졌다. 숙부는 발 빠르게 위성안테나를 설치했고, 우린 숙부네 응접실에 몰려가서 TV를 시청했다. 오빠들은 뉴스를, 특히 쿠르드어 채널들을 찾아봤고, 나는 연애 이야기가 가득한 터키 연속극에 반했다.

야지디 사람들은 스스로 아랍족으로 부르기를 거부했었지만, 쿠르드족으로 자처하는 것은 받아들이기 쉽다고들 말했다. 언어와 종족이 같기 때문에 많은 야지디가 쿠르드 정체성과 가깝다고 느꼈기 때문이다. 게다가 비록 미국이 일으킨 변화라고 해도, 쿠르드가 들어온 뒤로 분명히 신자르가 발전했음은 무시할 수 없었다. 군대와 경비대 일자리가 갑자기 야지디에게 개방되었고, 곧 오빠 몇 명과 사촌들이 에르빌의 호텔과 레스토랑에 취직했다. 매일 새 호텔과 레스토랑이 지어지는 것 같았다. 신자르시에 이라크의 다른 지역에서 온 정유 노동자나 관광객들이 들어찼다. 관광객들은 위험한 지역을 피하여, 더 시원하고 전기 수급 사정이 좋은 곳을 찾아왔던 것이다. 사오우드 오빠는 쿠르디스탄 서쪽인 두혹 인근의 건설 현장에서 시멘트 믹서를 조작하는 일을 했다. 오빠는 집에 돌아와서 쿠르드족도 아랍족이 그랬듯 야지디를 똑같이 멸시한다고 말하며 여러 일화를 들려주었다. 그래도 어쩔 수 없이, 우리는 돈이 필요했다.

카이리 오빠는 국경 수비대로 근무하기 시작했고, 헤즈니는 신자르시의 경찰관이 되었다. 그들의 급여는 가족에게 처음으로 주어지는 안정된 수입이었다. 그때부터 우린 진짜 인생이라고 생각할 만한 삶을 살기 시작했다. 당장 다음 날이 아닌, 미래를 생각할 수 있었던 것이다. 드디어 농토와 양들을 사들일 수 있었고, 더 이상 남의 땅을 소작하지 않아도 되었다. 또 코초 외곽의 아스팔트 도로 덕분에 신자르산까지 훨씬 빨리 가게 되었다. 우린 마을 근처 들판에서 소풍을 하고 고기와 다진 야채를 먹었고, 남자들은 터키 맥주를 마신 다음 입술이 주름질 정도로 달달한 차를 마셨다. 결혼식은 훨씬 거창해졌고, 여인들은 가끔 옷을 사러 신자르시에 두 차례 나들이했다. 남자들은 더 많은 양을 잡아서—더욱 부유한 경우에는 소를 잡아서—손님들과 나눴다.

일부 야지디 사람들은 신자르가 이라크 내의 강력한 지방자치 정부가 되리라 기대했지만, 또 다른 이들은 우리가 독립한 쿠르디스탄의 일부가 될 거라고 생각했다. 어릴 때 나는 코초에 쿠르드민주당 사무소가, 신자르에 페슈메르가가 있는 것이 너무나 당연하다고 여겼다. 우린 수니파 아랍 이웃들과 점점 멀어졌다. 쿠르디스탄에 가기는 더욱 수월 해졌지만, 수니파 마을들에 가기는 더 어려워졌다. 극단주의자들과 극단적인 신학이 수니파 마을을 지키고 득세했기 때문이다.

한편 수니파 아랍족은 신자르에 쿠르드족이 있는 것을 못마땅히 여겼다. 그들은 자기들이 실권했음을 되새겼고, 쿠르드족의 통제 아래에 있는 신자르에서는 환영받을 수 없다고 생각했다. 수니파 아랍족은 더 이상 야지디 마을을 방문할 수 없었으며, 키리브가 사는 마을에도 갈 수 없었다. 한때 바스당이 지켰던 검문소에서는 이제 쿠르드 페슈메르가가 수니파 아랍족을 검문했고, 미군이 사담의 조직을 와해시킨 뒤로 수많은 수니파 아랍족이 일자리와 급여를 잃었다. 얼마 전까지만 해도 이라크에서 가장 부유하고 배후가 든든했던 수니파 아랍족이 갑자기 권력을 잃게 된 것이다. 미국의 지원을 받은 시아파 정부가 득세함으로써 일어난 일이었다. 고립된 수니파 아랍족은 저항하기로 결정했다. 그로부터 몇 년 이내에 종교가 촉발한 싸움이 일어났고, 이때 이라크에서 아무 힘이 없는 야지디가 수니파 아랍족의 표적이 된 것이다.

나는 당시 쿠르드 정부가 왜 굳이 야지디를 아랍족 이웃과 분리하려 하는지 알지 못했다. 지금 와서 생각해 보면 그건 쿠르드 정부가 신자르를 차지하는 데 야지디가 도움이 되기 때문이었다. 미군의 이라크 점령이 보통의 수니파에게 얼마나 큰 영향을 미치는지도 잘 몰랐다. 학창 시절 종종 일어났던 폭동이 테러 단체 알 카에다로 발전되고, 나중에는 ISIS가 이웃 마을에서 자리 잡는 길을 닦았다는 것 역시 알아차리지 못했다. 이라크 전역의 수니파는 바그다드의 시아파 당국과 미군에 저항했지만 거의 실패했다. 그들은 폭력과 엄격한 규칙에 익숙해졌고, 내 또래나 어린 수니파는 오랫동안 전쟁의 원인이 된 이슬람 근본주의만 알고 성장했다.

ISIS는 우리 경계 지역 바로 너머 마을들에서 천천히 형성되었다. 그러나 작은 불꽃이 횃불이 될 때까지도 난 눈치채지 못했다. 어린 야지디 소녀에게 미군과 쿠르드족이 점령한 뒤의 생활은 더 좋기만 했다. 코초 마을이 성장했고, 나는 학교에 다녔고, 우린 점점 가난에서 벗어났으니까. 새 헌법은 쿠르드족에게 더 많은 권한을 주고, 소수족들도 정부의 일원이 되도록 요구했다. 내 나라가 전쟁 중인 건 알았지만 그게 우리와 관련 있는 싸움으로 보이지는 않았다.

::

처음에 미군 병사들은 일주일에 한 번씩 코초에 찾아와서, 식량과 보급품을 나눠 주고 마을 지도자들과 대화했다. 코초에 학교가 필요한가? 도로 포장을 해야 하는가? 수도 시설이 있으면 물을 사지 않아도 될 텐데? 모든 질문의 답은 당연히 '예스'였다. 족장 아흐메드 자소는 병사들을 정성껏 차린 식사 자리에 초대했다. 코초는 안전해서 무기를 담장에 걸치고 쉴 수 있을 정도라고 미군들이 이야기하자, 동네 남자들은 자부심에 표정이 환해졌다. 아흐메드 자소는 말했다. "우리 야지디가 미군을 지켜 줄 거란 걸 그들도 안다니까."

무장한 미군 차량이 먼지를 일으키며 시끄럽게 코초에 들어올 때면, 아이들은 병사들에게 뛰어갔다. 그들은 우리에게 껌과 사탕을 나눠 주고, 선물을 들고 활짝 웃는 우리 사진을 찍었다. 우리는 빳빳한 군복을 입은 그들이 친절하게 말을 걸어 주는 데에 감탄했다. 전에 왔던 이란군과 너무 달랐다. 미군은 우리 부모님들에게 코초의 환대와 마을의 깔끔함을 극찬했다. 미국이 사담으로부터 이라크를 해방시켰다는 사실을 어린이들이 안다고 칭찬하기도 했다. "미국인들은 야지디를 사랑합니다." 그들은 이렇게 말했다. "특히 코초, 우린 이곳이 집처럼 편합니다." 그들의 방문이 줄어 드문드문 찾아올 때도 우린 미국인의 칭찬을 훈장처럼 간직했다.

2006년, 내가 열세 살이었을 때 미국 병사에게 반지를 선물로 받았다. 빨간 보석이 박힌 단순한 가락지였는데, 내가 처음으로 갖게 된 장신구였다. 곧 그것은 내 보물 1호가 되었다. 학교 갈 때, 땅 파러 밭에 갈 때, 집에서 어머니가 빵 굽는 것을 구경할 때, 심지어 밤에 잘 때도 그 반지를 끼고 있었다. 1년 뒤 반지가 넷째 손가락에 들어가지 않자 새끼손가락에 바꿔 끼었다. 그러고 나니 헐거워서 반지가 빠져 버릴까 봐 걱정스러웠다. 난 계속 흘금대며 손가락에 반지가 있는지 확인했고, 주먹을 쥐어서 반지가 빠지지 않게 했다.

그러던 어느 날, 언니 오빠들과 함께 밭에 늘어서서 양파 모종을 심을 때의 일이다. 일하다 무심코 아래를 보니 손가락에 반지가 없는 것이다. 안 그래도 양파를 심기가 싫던 참이라—찬 바닥에 하나하나 심어야 하는 데다가 모종을 심는 건데도 손에 고약한 냄새가 배었다—작은 모종에게 성질을 부리고 나서 정신없이 모종들을 뒤적이며 반지를 찾았다. 언니 오빠들은 넋이 나간 나를 보고 무슨 일이냐고 물었다. "반지를 잃어버렸어!" 그러자 그들도 일손을 멈추고 반지 찾는 걸 도와주었다. 그게 내게 얼마나 소중한 건지 다들 알았기 때문이다.

온 밭의 검은흙을 뒤적이며 빨간 알이 박힌 금반지를 열심히 찾았지만, 나오지 않았다. 울어도 소용없었다. 해가 지기 시작하자 이제 그만 저녁 식사를 하러 집에 갈 수밖에 없었다. 집에 걸어가면서 엘리아스가 달랬다. "나디아, 별것 아니잖아. 그냥 작은 물건일 뿐이야. 앞으로 보석을 많이 갖게 될 거야." 하지만 난 며칠 내내 울었다. 다시는 그렇게 좋은 물건을 갖지 못하리라 확신했고, 반지를 준 미군이 내가 선물을 잃어버린 걸 알면 화를 낼까 봐 걱정스러웠다.

1년 뒤 기적이 일어났다. 모종에서 자란 새 양파를 수확하다가 카이리가 흙 속에서 작은 금반지를 찾은 것이다. "나디아, 네 반지다!" 오빠가 환하게 웃으면서 반지를 내밀자, 난 뛰어가서 반지를 낚아채고 내 영웅인 오빠를 얼싸안았다. 그러고 나서 반지를 끼려 했지만, 아무리 밀어 넣어도 새끼손가락에조차 들어가지 않았다. 나중에 어머니는 서랍장에 놓인 반지를 보고 팔라고 채근했다. "이제 손에 맞지도 않잖니, 나디아. 낄 수도 없는 반지를 갖고 있어 봤자 무슨 소용이 있니." 어머니에게 가난은 한 발만 잘못 움직여도 달려드는 것이었다. 난 항상 어머니가 시키는 대로 했기에 신자르시의 시장에 가서 보석상에 반지를 팔았다.

나중에 큰 죄책감에 시달렸다. 선물로 받은 반지를 팔다니 옳지 못한 행동을 한 것 같았다. 나에게 반지를 선물로 준 미군이 그 사실을 알게 되면 뭐라고 할지 걱정됐다. 내가 배신했다고 생각할까? 반지를 좋아하지 않았다고 여기려나? 이라크의 나머지 지역에서 전투가 격렬해진 뒤로는 이미 무장 차량들의 코초 방문은 훨씬 뜸해졌고, 난 몇 달간 그 병사를 보지 못했다. 일부 이웃은 미군이 우릴 잊었다고 불평했고, 미군이 없으면 야지디가 보호받지 못할까 봐 걱정했다. 하지만 나로선 반지가 어떻게 됐는지 설명할 필요가 없어서 다행이었다. 반지를 준 미군이 아무리 친절한 사람이라도 내가 신자르시의 상인에게 선물을 판 걸 알면 화를 내겠지. 미국에서 온 그는 한 푼이 아쉬운 우리의 처지를 이해하지 못하겠지.

5.

이라크의 상황이 매우 악화된 뒤로, 야지디는 지진 뒤에 여진이 오듯 그 영향을 받게 되었다. 우린 최악의 상황에서—안바르 지역에서 벌어진 반란군과 미국 해병대 간의 전투, 바그다드에서 일어난 시아파 독재주의의 위세, 테러 조직 알 카에다의 강화—비껴나 있었다. 야지디 사람들은 TV를 보면서 경찰과 군인으로 일하는 이웃을 걱정했다. 하지만 다른 지역에서 매일 일어나는 듯한 자살 폭탄이나 사제 폭발물 사고는 코초에서 일어나지 않았다. 이라크의 분열은 회복될 수 없을 정도로 심각해 보였다. 우린 멀찍이서 그 분열을 지켜보았다.

카이리, 헤즈니, 잘로는 멀리서 장기간 근무하다가 집으로 돌아올 때면 외지에서의 전투 이야기를 잔뜩 들고 왔다. 그들은 쿠르디스탄에서 근무를 서기도 했는데, 다행히 테러분자들이 그곳을 공격했다는 소식은 들려오지 않았다. 때로 그들은 페슈메르가가 지키는 구역을 지나 이라크의 생소한 지역에 파견되었는데, 그럴 때면 남은 가족은 겁을 먹었다. 그들이 맡은 임무가 극도로 위험한 것일 수도 있었다. 직접 전투

나 테러와 관련이 없어도, 통역관으로서 미국과 일한다는 사실만으로도 적의 표적이 될 수 있었다. 미국을 위해 일한 사실이 반란군에게 발각되어 생명의 위협을 받고 미국에 보호를 요청한 야지디가 많았다.

전쟁은 어느 누구의 예상보다도 오래 지속되었다. 사람들은 사담이 축출된 직후의 들떴던 첫 달을 잊었다. 당시 사람들은 바그다드 프리도스 광장에 있는 사담 동상을 무너뜨렸고, 미군은 이라크 전역에 흩어져서 마을 사람들에게 손을 흔들었다. 그들은 학교를 짓고 정치범을 석방해 주겠다고 약속했고, 보통 사람들이 더 나은 삶을 살게 해 주겠다고 장담했다. 그러나 사담이 몰락하고 2년 뒤인 2007년 즈음, 이라크는 폭력에 시달렸다. 이에 미국은 2만 명 이상의 군사를 추가로 파병했는데―'증파'라고 불렀다―이는 주로 안바르와 바그다드에서 증가한 폭력 사태에 대응하기 위해서였다. 한동안 증파는 효과가 있는 것 같았다. 해병대가 도시들을 점령하여 집집마다 돌면서 반군을 수색했고, 공격이 줄어들었다. 그러나 사실 야지디에게 증파의 해는 우리 문 앞으로 전쟁이 당도한 시기였다.

2007년 8월 이라크전을 통틀어 최악의 테러 공격이자 역사상 두 번째로 극악한 테러 공격이 일어났다. 코초 서쪽에 있는 두 야지디 마을인 시바 셰이크 키데르와 텔 에제르(바스당원들은 카타니야와 자지라라고 하는 곳)에서 일어난 일이다. 8월 14일 저녁에 연료 탱크 한 대와 자동차 석 대가 타운 복판에 주차되어 있다가 폭발했다. 야지디에게 보급품과 식량을 운반하는 차량들이라고 알고 있던 사람들도 있었다. 폭발로 인해 800여 명이 온몸이 찢기거나 무너진 건물에 깔려 죽었고, 1,000여 명이 부상당했다. 폭발의 위력이 워낙 엄청나서 불길과 연기가 코초에서도 보일 정도였다. 우린 도로에 모르는 차량들이 있는지 훑기 시작했다.

이런 무시무시한 공격이 또 일어나는 것은 시간문제였다. 몇 년 사이 야지디와 수니파 아랍족 간에 긴장감이 고조된 데다, 그즈음 신자르에서 쿠르드의 영향력이 높아지고 수니파 지역에서의 저항이 과격해지고 있었기 때문이다. 그해 초, 미군이 증파된 지 몇 달 됐을 즈음, 수니파는 두아 카릴 아스와드라는 야지디 처녀의 죽음을 복수하겠다고 큰소리쳤다. 야지디 처녀 두아는 이슬람으로 개종하고 무슬림 남자와 결혼하려 했다는 의심을 받고, 친척들에 의해 돌에 맞아 죽었다. 다른 야지디들도 똑같이 그녀의 죽음을 끔찍해했지만, 그것은 하나도 중요하지 않았다. 이방인들은 우리를 야만적이고 반(反)이슬람적이라고 생각했다.

아직도 이라크 전역에서 명예 살인이 일어나고 있고, 야지디 내에서도 마찬가지다. 야지디 입장에서 개종은 가족과 공동체를 배신하는 행위로 여겨진다. 수 세기 동안 야지디가 목숨을 보존하기 위해 개종을 강요당했기 때문이기도 하다. 그래도 우린 야지디 신앙을 버렸다는 이유로 살인을 하지는 않았기에 두아의 가족이 그녀에게 한 짓이 수치스러웠다. 두아는 사람들이 뜨악한 눈으로 바라보는 가운데 돌에 맞아 죽었다. 사람들은 말릴 수 없거나 말릴 의향이 없었다. 이때 누군가 살해 장면을 촬영한 비디오가 온라인으로 퍼져 뉴스에 방송되었고, 이는 야지디 공격을 정당화할 빌미가 되었다.

두아의 사연이 널리 퍼지자 우리를 이교도라고 부르는 사람들이 늘어났다. 또한 이교도인 야지디를 마땅히 죽여야 한다는—오늘날 ISIS가 하는 말과 비슷하다—선전이 모술 주변에 돌기 시작했다. 대부분 수니파인 쿠르드족 역시 우리에게 등을 돌렸다. 우리는 수치와 공포 속에 살았다. 야지디 대학생들은 쿠르디스탄과 모술의 대학을 중퇴했고, 외국에 사는 야지디는 사람들에게 우리 종교에 대한 변명을 해야 했다. 그때껏 야지디에 대해 들어 본 적도 없었던 사람들까지도 이제 야지디를 살인자들의 종교로 생각했다.

야지디의 진실을 설명할 대표자가 언론계에 없었고, 정치계에서도 강력한 목소리를 낼 수 없었다. 수니파 공동체들에서 우리를 향한 증오가 커지는 것은 당연했다. 수면 아래에 숨어 있던 증오가 밖으로 튀어나와 급속히 퍼져 나갔다. 두아가 살해되고 2주 뒤, 수니파 무장 괴한들이 야지디가 탄 버스를 세우고, 두아의 살해를 복수한다면서 23명을 처형했다.

우린 공격받을 줄은 알았지만, 시바 셰이크 키데르와 텔 에제르에서 일어난 규모의 공격은 상상도 못 했다. 오빠들은 폭발 사고가 났다는 사실을 알자마자 차를 끌고 현장에 가서, 수백 명의 야지디와 합류해 식량과 매트리스와 약을 마을들에 운송했다. 그날 밤 그들은 슬픔과 피로에 지쳐 귀가했다. 엘리아스가 말했다. "상상도 못 할 만큼 끔찍했어. 타운들이 파괴되고 사방에 시신이 널브러져 있었어."

어머니는 그들에게 손을 씻고 자리에 앉으라고 권한 뒤에 차를 준비했다. 헤즈니가 고개를 저으며 말했다. "반으로 토막 난 몸을 봤어. 온 동네가 피범벅이 된 것 같아." 강력한 폭발이 몸을 찢어 머리칼과 옷

조각이 높은 전깃줄에 걸렸다. 큰 병원들과 개인 의원들은 발 디딜 틈도 없었고 약이 금세 동났다. 오빠의 친구 샤우캇은 발이 질질 끌리며 옮겨지는 시신을 보고 당황하더니, 구급 요원에게서 그 시신을 빼앗아서 직접 안치소로 옮겼다. 그는 말했다. "이렇게 흙바닥에서 질질 끌려가는 이 사람은 누군가의 아버지나 아들이었어."

가족들은 망연자실해서 사고 현장을 에워싸고 연기와 먼지 낀 대기 속을 말없이 누비면서 사람을 찾았다. 혹은 울부짖으며 사랑하는 이들을 찾아다녔지만 한참 전에 이미 죽은 이도 많았다. 마침내 마을을 치우고 시신들의 신원을 파악한 뒤에는, 수많은 가족이 초상을 치러야 할 판이었다. 헤즈니가 말했다. "어쩌면 살아 있는 게 더 힘든 일일지도 몰라."

그 공격 이후 여러 대책이 마련되었다. 남자들은 코초의 동서쪽에 각 두 명씩 배치되어, 칼라슈니코프 소총과 권총을 들고 교대로 지켰다. 그들은 낯선 자동차에 탄 사람들을—주로 모르는 수니파 아랍족과 쿠르드족—검문했고, 위협적으로 보이는 사람이 있는지 계속 살폈다. 다른 야지디는 마을에 흙으로 바리케이드를 쌓고 참호를 파서 자동차 폭탄이 들어올 수 없도록 했다. 코초의 경우는, 수니파 아랍 마을들과 아주 가까운데도 우린 몇 년 뒤까지도 흙벽을 쌓지 않았다. 이유를 모르겠지만, 수니파 아랍 이웃들이 우리를 지켜 줄 만큼 유대 관계가 단단하기를 바랐던 것 같다. 어쩌면 우린 덫에 걸려 고립되었다고 느끼고 싶지 않았던 것일 수도 있다. 그 이후로 별다른 공격 없이 1년이 지나자 마을 남자들은 검문소를 떠났다.

::

유일하게 가족 중 이라크를 떠나려고 시도했던 사람이 있었다. 바로 헤즈니였다. 폭발 공격이 일어나고 2년 뒤인 2009년이었다. 그는 이웃집 딸 질란과 사랑에 빠졌지만, 질란의 부모님이 둘의 결혼을 반대했다. 그 집에 비해 우리가 가진 게 너무 없었기 때문이다. 그래도 헤즈니는 포기하지 않았다. 질란의 부모님이 질란과 헤즈니를 만나지 못하게 하자, 두 사람은 옥상에 올라가서 양가 사이의 좁은 골목을 사이에 두고 대화했다. 헤즈니의 부모님이 지붕 주변에 담장을 쌓자 헤즈니는 벽돌을 쌓고 위에 올라서서 담장 너머를 바라보았다. 그는 "아무것도 날 말리지 못해."라고 단호하게 말했다. 원래 수줍은 성격이었지만, 사랑에 빠지자 질란을 만나기 위해서라면 무슨 일이든 하려 했다.

헤즈니는 사촌들이나 형제들을 일부러 질란의 집에 보냈다. 야지디 사람들은 손님이 오면 차와 음식을 대접하는 게 전통이었다. 질란의 가족이 손님을 대접하느라 한눈파는 사이, 질란은 집을 빠져나와 헤즈니와 만났다. 헤즈니만큼이나 질란의 사랑도 깊었다. 둘은 얼른 결혼하고 싶은 마음뿐이었지만, 질란의 부모님은 여전히 반대했다. 헤즈니를 얻게 되면 질란은 운이 좋은 거였다. 오빠는 정말 사랑이 많은 사람이기 때문이다. 나는 그들의 반대에 분개했지만 어머니는 늘 그렇듯 웃음으로 넘겼다. 어머니는 말했다. "그 집에서 우리를 꺼리는 이유가 가난 하나뿐이니 다행이지 뭐냐. 가난이 잘못은 아니니까."

헤즈니는 돈을 벌지 않으면 질란의 부모가 결혼을 승낙하지 않으리란 걸 알았다. 당시 그는 운이 없어서 이라크에서 일자리를 얻지 못한 상태였다. 그는 점점 낙심했다. 질란을 얻을 수 없다면 집에 있을 이유가 없었다. 헤즈니는 동네 남자 몇 명과 독일에 가 보기로 결정했다. 독일에 자리를 잡고 있던 몇 명의 야지디가 있었는데, 헤즈니도 거기에 합류하기로 했다. 그가 가방을 꾸리자 우리 모두 울었다. 난 오빠가 떠나는 게 너무 싫었다. 어떤 오빠든지 없는 집은 상상할 수 없었다.

헤즈니는 떠나기 전에 질란을 코초 밖에서 열린 결혼식에 초대했다. 동네 사람들의 눈치를 볼 필요 없이 편하게 대화하기 위해서였다. 질란은 결혼식 하객 무리에서 헤즈니를 찾았다. 헤즈니는 그때 질란이 흰옷이 입었다는 사실을 지금도 기억한다. 오빠가 그녀에게 말했다. "2, 3년 내로 돌아올 거야. 우리가 살림을 차릴 수 있을 정도의 돈을 벌어 올게." 우리가 2년마다 하는 금식을 시작하기 며칠 전, 헤즈니와 동네 남자들은 코초를 떠났다.

처음에 일행은 걸어서 이라크 북쪽 국경을 넘어 터키로 들어가 천천히 이스탄불로 향했다. 거기 도착해서는 밀입국 안내자에게 돈을 주고, 화물자동차 뒤에 태워 그리스로 데려다 달라고 하기로 했다. 안내자는 국경 수비대에게 팔레스타인 사람이라고 말하라고 당부했다. "당신들이 이라크인인 걸 알면 그들이 체포할 거요." 안내자는 짐칸의 문을 닫고 트럭을 몰고 국경을 넘었다.

며칠 뒤, 우리가 금식을 마치고 자리에 둘러앉았을 때, 어머니의 휴대폰이 울렸다. 감옥에서 헤즈니가 건 전화였다. 동행한 이라크인 한 명이 겁을 먹고 국적을 거짓으로 둘러대지 못해서 모두 발각되었다는 것이다. 헤즈니는 감옥이 끔찍하다고 말했다. 콘크리트 슬라브 지붕 아래 비좁은 곳의 얇은 매트리스에서 자야 한다고. 헤즈니가 언제 풀려날지, 유죄 판결을 받게 될지에 대해서는 아무도 말해 주지 않았다. 한번은 죄수들이 감옥에서 간수의 관심을 끌기 위해 매트리스에 불을 질렀던 일이 있었다고, 그때 헤즈니는 질식할까 봐 걱정했었다고 말했다. 헤즈니는 우리에게 금식이 어떻게 됐냐고 물었다. "나도 배고프긴 마찬가지예요."라고 말하면서. 그런 말을 들은 뒤로 헤즈니가 전화할 때마다 어머니가 통곡하는 바람에, 전화벨이 울리면 오빠들이 뛰어가 먼저 전화를 받아야 했다.

석 달 반이 지난 뒤 수척해진 헤즈니가 민망해하며 코초로 돌아왔다. 난 그를 보면서 독일에 가고 싶은 마음이 사라져서 다행스러웠다. 두려움 때문에 집을 떠나는 것은 인간이 맞닥뜨리게 되는 최악의 불의라는 생각이 든다. 사랑하는 모든 걸 빼앗기고 연고도 없는 곳에서 목숨 걸고 살아야 하니까. 그것도 전쟁과 테러가 자행되는 나라에서 왔다고 박대하는 곳에서.

헤즈니의 실패에 좋은 점도 있었다. 그는 질란과 결혼하겠다는 각오가 더 단단해져서 집에 왔다. 헤어져 지내는 동안 질란 역시 결혼을 절대 포기하지 않기로 결심했다. 질란의 부모님은 여전히 반대했지만 야지디 관습은 두 사람의 편이었다. 우리 문화에서는 두 사람이 사랑해서 혼인하고 싶으면 집안이 어떻게 생각하든 '사랑의 도피'를 하면 된다. 이것은 둘이 서로를 가장 소중히 여긴다는 증거고, 이후에 어떻게 화해하는가는 가족에게 달려 있다. 여자가 사랑의 도피를 하는 이런 방식은 구식이고 후진적으로까지 보일 수 있다. 하지만 어떻게 보면 이는 주도권을 젊은 연인에게 주고, 부모님으로부터 해방되도록 해 주는 방법일 수도 있다.

마침내 어느 저녁, 아무에게도 말하지 않고 질란은 집 뒷문으로 빠져나와, 잘로의 차에서 기다리는 헤즈니를 만났다. 둘은 알 카에다가 통제하는 도로를 타고 인근 마을을 향해 달렸다. 중앙 대로로 갔다가는 질란의 아버지와 마주칠지도 몰랐기 때문이다. (헤즈니는 테러범들보다 질란의 아버지가 더 무섭다고 농담했다) 며칠 뒤 그들은 결혼했으며, 몇 달 뒤 때로는 사이가 좋고 때로는 긴장이 감돌던 두 집안이 돈 문제를 협상한 뒤에는 코초에서 정식 결혼식을 올리게 되었다. 이후에 헤즈니는 독일로 이주하려던 일을 회상하고 웃으면서 "그리스에서 붙잡히길 얼마나 다행인지!"라고 말하며 아내를 끌어안곤 했다.

점차 외부 상황으로부터 오는 위협이 커졌지만, 우리는 모두 체념하고 코초에서 지냈다. 2010년 국회의원 선거가 있고 나서 몇 달 뒤 미군이 떠나자, 전국의 모든 집단이 혼란스러운 권력 투쟁을 벌였다. 이라크 전역에서 매일 폭탄이 터지는가 하면, 바그다드에서 시아파 순례자나 아이들이 죽었다. 미군이 철수한 뒤로 이라크 평화에 대한 소망이 산산조각 나 버렸다. 바그다드에서 주류 상점들을 운영하는 야지디는 극단주의자들의 표적이 되었고, 우린 상대적으로 안전한 야지디 타운과 마을로 더 깊숙이 물러나야 했다.

튀니지에서 시작된 반정부 시위는 곧 시리아로 퍼졌고, 바샤르 알−아사드 시리아 대통령은 즉시 가혹하게 진압했다. 2012년 시리아는 내란의 소용돌이에 휘말렸고, 2013년 이라크전 이후 힘을 키운 '이라크와 알샴의 이슬람 국가(Islamic State of Iraq and al-Sham, ISIS)'라는 단체가 시리아의 혼돈 속에서 급성장하기 시작했다. ISIS는 곧 시리아 대부분을 점령하고 국경 너머 이라크로 시선을 돌렸다. 이라크 수니파 지역에서는 그들의 동조자들이 기다리고 있었다. 2년 뒤 ISIS는 북부의 이라크군을 완전히 격파했다. 군은 주둔지를 포기하면서 예상보다 훨씬 약체였다는 것을 증명했다. 2014년 6월, 우리가 모르는 사이 ISIS는 이라크 제2의 도시 모술을 점령했다. 모술은 코초에서 동쪽으로 120킬로미터 떨어진 곳이다.

::

모술이 함락된 뒤 쿠르드 자치 정부(KRG)는 야지디 타운들을 방어하기 위해 신자르에 추가 페슈메르가 병력을 보냈다. 트럭을 타고 도착한 병사들은 우리를 지키겠다고 안심시켰다. 일부 야지디는 ISIS의 위협으로부터 쿠르드 자치구가 훨씬 안전하다고 느끼고, 신자르를 떠나 쿠르드 난민 캠프로 가길 원했다. 그러나 쿠르드 당국이 우리를 만류했다. 마을 주변 검문소에 주둔한 쿠르드 페슈메르가들은 신자르를 떠나 쿠르드 자치구로 가려는 야지디를 돌려보내면서 걱정하지 말라고 안심시켰다.

일부 가족들은 코초에 머무는 걸 자살 행위로 여겼다. "우린 온통 다에시(IS의 아랍식 명칭으로, 일부 아랍권 국가나 서방 주요 정치가나 언론에서 IS를

거부하는 명칭: 옮긴이)에 에워싸인걸!" 그건 맞는 말이었다. 시리아로 가는 도로들 중 ISIS와 직통으로 연결되지 않은 도로는 한 군데뿐이었다. 한편으로 우리는 노력해서 쌓아 온 모든 것을 포기하기 싫었다. 가족들이 평생을 바쳐 마련한 콘크리트 집, 학교, 대규모 양 떼, 아기들이 태어난 방 같은 것들 말이다. 야지디가 아닌 이라크인들은 신자르가 야지디의 근거지라는 것을 늘 의심했다. 그러니 우리가 여길 떠나면 그들이 옳다는 것을 증명하는 셈이었다. 우리가 신자르에 머물지 않는다면, 그곳을 사랑한다던 말은 거짓이 될 터였다. 족장 아흐메드 자소가 마을 회관에서 회의를 소집했고 결정이 내려졌다. "우린 마을에 머물기로 합니다." 그는 우리가 수니파 아랍 마을들과 돈독한 관계이니 안전할 것이라고 믿었다. 우린 그의 말을 따랐다.

어머니는 최대한 평소처럼 생활하려고 애썼지만, 우린 낯선 손님이나 위협적인 소리에 주의했다. 7월 어느 밤 11시쯤 나는 아드키, 캐스린, 카이리, 헤즈니와 가축을 먹일 건초를 찧으려고 가까운 들에 걸어갔다. 여름이면 낮에 너무 더워 들에 나갈 수가 없어서 저녁 식사를 마치고 가곤 했다. 밤에는 공기가 서늘한 데다가 달빛을 받으며 일할 수도 있었다. 우린 천천히 걸었다. 건초 찧기는 고되고 지저분한 일이어서, 다들 그 일을 달가워하지 않았다. 건초를 가루로 만들기 위해 맷돌을 돌리느라 팔이 아팠고, 아무리 조심해도 늘 머리와 옷 속에 건초 가루를 뒤집어쓰게 되어서 피부가 가려웠다.

우린 한참 일을 했다. 캐스린과 나는 다른 사람이 아래서 던진 건초를 트레일러에 차곡차곡 쌓았다. 우린 농담을 하면서 대화했지만 평소처럼 수다스럽지는 않았다. 트인 들판에서 코초 너머가 보였고, 난 그곳의 어둠 속에서 무슨 일이 벌어지는지 걱정하지 않을 수 없었다. 그때 갑자기 우리 마을과 남쪽이 연결되는 도로에 자동차 불빛이 번쩍였다. 우린 헤드라이트 불빛이 점점 밝아지면서 차량들의 윤곽선이 또렷해지는 광경을 지켜보았다. 군대에서 쓰는 대형 무장 트럭들이 줄지어 달렸다.

"여기 있으면 안 돼." 캐스린이 중얼댔다. 캐스린과 내가 제일 겁을 먹었다. 하지만 아드키는 달아나려고 하지 않았다. 언니는 건초 묶는 기계에 건초를 한 아름 담으면서 말했다. "계속 일해야지. 늘 그렇게 겁내면서 살 순 없잖아."

카이리는 국경 정찰 대원으로 일하다가 휴가를 받아 집에 와 있었다. 9년이나 대원으로 일했기에 코초 밖의 상황을 제일 잘 알고 있었다. 카이리는 건초를 내려놓고 헤드라이트 불빛 쪽을 응시했다. "저들은 IS 호위대야. 시리아에 가려고 국경으로 가는 것 같은데." 오빠는 그들이 이렇게 가깝게 지나가는 게 예사롭지 않다고 말했다.

6.

ISIS가 코초 외곽에 들어온 것은 2014년 8월 3일 해 뜨기 전 이른 아침의 일이다. 첫 트럭이 왔을 때 난 옥상에 매트를 깔고 아드키와 디말 사이에 누워 있었다. 이라크의 여름 공기는 뜨겁고 먼지가 자욱했지만, 난 항상 밖에서 자는 게 좋았다. 트럭을 타도 차 안에 갇혀 있는 것보다 천장 없는 짐칸에 앉는 게 좋았다. 밖에서 자주 자는 우리 가족은 집 옥상에 칸막이를 쳐서, 가족 간에 프라이버시를 지켰다. 물론 칸막이를 사이에 두고 대화를 나눌 수는 있었다. 이웃들이 하루 일을 두런두런 말하거나 조용히 기도하는 소리가 들려도 난 금방 잠들곤 했다. 요즘처럼 폭력이 난무할 때는 옥상에 있으면 오가는 사람들을 살펴볼 수 있어서 안전하게 느껴지기도 했다.

그날 밤에는 아무도 자지 않았다. 몇 시간 전에는 ISIS가 인근 마을 몇 곳을 불시에 공격했고, 야지디 수천 명이 집을 떠나 신자르산으로 향했다. 혼비백산한 피란민 행렬은 곧 규모가 줄어들었다. 뒤에서 무장 단체원들이 이슬람 개종을 거부하거나 미처 피란하지 못한 이들을 마구 죽였기 때문이다. 그들은 느리게 걷는 사람들을 쫓아와 총살하거나 참수했다. 트럭들이 코초 인근을 지날 때 조용한 시골에 수류탄 터지는 소리가 났다. 우리는 공포에 움찔하면서 서로 더 가까이 모였다.

ISIS는 신자르를 쉽게 정복했다. 야지디 남자 몇백 명만이 무기를 들고 마을을 지키려고 저항했으나 탄환이 바닥났다. 곧 수니파 아랍 이웃들이 무장 단체를 환영하고, 그들에게 동조해 도로를 차단하여 야지디의 피신을 막았음이 밝혀졌다. 이에 테러범들은 코초 인근 마을에서 미처 피란하지 못한 비(非)수니파 전원을 포로로 잡았다. 수니파 아랍 이웃들은 테러범들과 합세해 텅 빈 야지디 마을들을 약탈했다. 그러나 더욱 충격을 안긴 것은 우리를 지켜 주겠다고 맹세한 쿠르드족이었다. 끝까지 우리를 위해 싸우겠다고 몇 달간 안심시키더니, 페슈메르가는 심야에 경고도 없이 신자르를 빠져나갔다. ISIS가 들이닥치기 전에 그들은 트럭에 타고 안전한 곳으로 철수해 버렸다.

나중에 쿠르드 자치 정부는 그것이 '전략상 후퇴'였다고 발표했다. 쿠르드 자치 구역을 방어할 병사가 부족한 상황에서 지휘관들이 신자르에 남는 게 자살 행위라고 판단했다는 것이다. 그들은 가능성이 있는 다른 지역에서 싸우는 게 더 효율적이라고 했다. 우린 민병대 개인이 아니라, 결정을 내린 쿠르디스탄의 지도자들에게 분노의 화살을 돌리려고 노력했다. 하지만 왜 그들이 우리에게 미리 경고하거나, 안전한 곳으로 피하도록 도와주지 않았는지 이해되지 않았다. 페슈메르가가 떠날 줄 알았다면 우린 쿠르디스탄으로 갔을 것이다. 그랬다면 ISIS가 들이닥쳤을 때 코초는 텅 빈 상태였을 것이라고 확신한다.

주민들은 이것을 배신이라고 했다. 집이 주둔지에서 가까운 주민들은 떠나는 쿠르드 병사들에게 마을에서 쓸 수 있도록 무기라도 놓고 가라고 애원했지만 소용없었다. 나머지 마을에도 소식이 빠르게 퍼졌지만 현실을 받아들이는 데는 시간이 걸렸다. 워낙 존경받았던 페슈메르가였기에, 그들이 다시 돌아와서 임무를 수행할 것이라고 믿는 주민도 많았다. 처음 코초에 IS의 총성이 울렸을 때, 일부 여자들은 *"페슈메르가가 우리를 구하러 왔나 봐."*라고 속삭이기도 했다.

쿠르드 병사들이 떠나자 ISIS가 군 초소와 검문소를 득달같이 채워서 우리를 사면초가로 만들었다. 우린 탈출 계획이 없었다. ISIS는 코초 같은 남쪽 신자르 마을들에서 신자르산으로 가는 도로를 막았다. 신자르산은 이미 피신한 가족들로 꽉 찼다. 몇 가족은 탈출을 감행하다가 잡혀서 살해되거나 납치되었다. 어머니의 조카는 차를 타고 가족과 피란을 떠나다가 ISIS에게 붙잡혔다. ISIS는 그 자리에서 남자들을 죽였다고 했다. "여자들은 어떻게 됐는지 모르겠구나." 긴 통화 후 어머니가 그렇게 말하자 우린 최악을 상상하게 되었다. 이런 이야기들이 코초의 가족들을 공포에 빠뜨리기 시작했다.

ISIS가 들어왔을 때 코초를 떠나 있던 헤즈니와 사오우드는 밤새 전화했다. 그때 헤즈니는 신자르시에, 사오우드는 쿠르디스탄에 있었다. 그들은 자신들만 멀리 안전한 곳에 있다는 사실에 괴로워했다. 오빠들은 신자르에서 벌어진 상황을 아는 대로 말해 주었다. 야지디 피란민 수만 명이 가축을 끌고 신자르산까지 1차선 도로를 걸어갔다. 운이 좋은 사람들은 차를 타거나 트럭에 매달려 인파 사이를 내달렸다. 일부는 노인을 손수레에 태우거나 등에 업고서 허리를 굽혀 걸었다. 한낮의 태양은 위험할 만치 뜨거웠다. 몇몇 노인과 병자들이 길가에서 죽었고, 수척한 시신들이 나뭇가지처럼 모래바닥에 쓰러졌다. 사람들은 시신들 옆을 지나면서도 산으로 가려는 생각뿐이었다. 테러범들에게 잡힐까 겁이 나서 아무것도 의식하지 못하는 듯했다.

야지디 피란민들은 산으로 가면서 짐들을 버렸다. 유모차, 외투, 냄비. 처음 집을 떠날 때 이런 물건을 버릴 줄은 상상도 못 했을 것이다. 냄비가 없으면 어디에 밥을 해 먹나? 아기를 안고 가다가 팔이 아프면 어떻게 하나? 겨울 전에 집에 돌아갈 수 있을까? 하지만 결국 걷기가 힘들어지고 아무리 걸어도 점점 산이 멀어지는 것 같자, 짐이 못 견디게 무겁게 느껴져서 길가에 쓰레기 버리듯 버리게 되었다. 아이들은 신발이 찢어질 때까지 발을 질질 끌고 걸었다. 산에 도착하자 일부는 바위투성이 비탈을 기어올라갔고, 나머지는 동굴이나 사원이나 산속 마을에 숨어들었다. 구불구불한 도로를 서둘러 달리다가 운전자가 운전대를 놓쳐서 전복하는 차들도 있었다. 산 고원에 피란민들이 북적댔다.

산 정상에 도착해도 안심할 수 없었다. 야지디 피란민들은 음식을 구하고, 잃어버린 친척들을 찾아 나섰다. 마을 주민들에게 도움을 청하는 이들이 있는가 하면 기진맥진해서 그 자리에 꼼짝 않고 앉아 있는 이들도 있었다. 혹은 ISIS가 신자르에 온 뒤 처음으로 비교적 안전하고 차분한 순간을 맞아, 자신들에게 무슨 일이 벌어졌는지 생각하는 이들도 있었다. 마을은 점령당했고 재산은 남의 손에 넘어갔다. ISIS는 이 지역을 휩쓸면서 산 아래 작은 사원들을 파괴했다. 산 근처의 유아 묘지에는 이제 모든 연령대의 시신이 쌓였다. ISIS에게 살해되거나 산에 오다가 죽은 시신들이었다. 남자 수백 명이 처형당했다. 소년들과 젊은 여자들은 납치되어 나중에 모술이나 시리아로 끌려가게 되었다. 내 어머니 또래의 나이 든 부인들은 소집되어 처형당해 공동묘지를 채웠다.

산에 간 야지디는 피란길에 내린 결정들을 곱씹었다. 그들은 먼저 도착하려는 마음에 산으로 오는 다른 차를 막거나, 차를 타고 오면서도 다른 피란민들을 태워 주지 않았다. 가축들을 데려오거나 조금 더 기다려서 다른 사람을 구할 수도 있지 않았을까? 장애를 갖고 태어난 어머니의 조카는 잘 걷지 못했다. ISIS가 들이닥치자 그는 걸어서 신자르산까지 못 갈 것이라고 생각하고, 가족들에게 먼저 피하라고 채근했다. 어머니의 조카는 어떻게 되었을까? 생존자들은 무더운 산 정상에서 오도 가도 못 했다. 아래서 ISIS가 밀려드는데 구조의 기미는 보이지 않았다.

우리는 이 소식을 들으면서 장차 그와 같은 신세가 되리라 예감하고 기도했다. 수니파 아랍 마을들과 쿠르디스탄에 사는 지인들에게 전화했지만, 아무도 희망적인 말을 하지 않았다. ISIS는 그날 밤과 새벽까지 코초에 침입하지는 않았지만, 우리가 탈출을 시도하면 살해될 거라고 못 박았다. 마을 변두리에 사는 이들은 ISIS의 모습을 묘사해 주었다. 일부는 스카프를 눈까지 올려 썼으며 대부분 수염을 길렀고, 대부분 미국산 무기를 소지하고 있었다. 미군이 떠나면서 이라크군에게 준 무기였는데, 군이 떠난 주둔지에서 ISIS가 챙긴 것들이었다. IS 조직원들은 TV와 인터넷의 선전 비디오에 나온 모습 그대로였다. 난 그들이 사람으로 보이지 않았다. 그들이 몰고 온 탱크 같은 무기로 보였다.

이제 그들은 코초를 겨냥하고 있었다.

::

첫날인 8월 3일, IS 지휘관이 코초에 왔다. 곧 아흐메드 자소는 회관으로 남자들을 소집했다. 큰오빠 엘리아스가 무슨 일인지 알아보러 갔다. 우리는 마당의 좁은 그늘에 모여 오빠가 돌아오기를 기다렸다. 양 떼도 안전하게 마당으로 옮겨 놓았다. 양들은 무슨 사단이 나든 아랑곳 않고 낮게 울어 댔다.

내 옆에 앉은 캐스린은 겁먹은 모습이었다. 조카 캐스린은 나보다 몇 살 어리지만 나와 같은 학년이었고, 우린 늘 함께였다. 십 대 시절에 둘 다 메이크업과 헤어를 만지는 데 빠졌다. 서로를 새로운 스타일과 메이크업 기술로 꾸며 주고 마을 결혼식에 참석하기도 했다. 결혼식에 가서는 신부들의 메이크업과 헤어를 유심히 살폈다. 평생 동안 여자가 외모에 가장 많은 돈과 시간을 쓰는 때가 결혼식 날이다. 신부는 모두 잡지에 나온 사진처럼 예뻤다. 나는 사진들을 찬찬히 살폈다. '어떻게 머리를 저렇게 했지? 무슨 색 립스틱을 바른 거야?' 그러다가 신부에게 사진을 찍어도 되냐고 물었다. 난 그 사진을 두꺼운 초록색 앨범에 보관했다. 나중에 내가 헤어 살롱을 열면, 손님들이 앨범을 넘기면서 자기에게 어울릴 헤어스타일을 찾는 모습을 상상해 보았다. ISIS가 들어올 즈음에는 200장 이상의 사진을 모을 수 있었다. 그중에서도 검은 머리를 느슨하게 올리고 작은 흰 꽃을 촘촘히 꽂은 신부의 사진을 제일 좋아했다.

평소 캐스린과 나는 긴 머리칼에 올리브유를 바르고 헤나로 염색해 공들여 꾸몄지만, 이날 우리는 머리를 제대로 빗지도 않았다. 조카는 창백한 얼굴을 하고 아무 말이 없었다. 난 갑자기 캐스린보다 어른스러워야 할 것 같은 기분이 들었다. 조카의 마음을 풀어 주고 싶었다. 그래서 캐스린의 손을 잡고 말했다. "걱정하지 마. 다 잘될 거야." 어머니가 내게 하는 말이었다. 난 그 말을 믿지 않았지만, 자식들에게 희망을 주는 게 어머니의 역할이었다. 지금 캐스린에게 희망을 갖게 하는 게 고모인 내 역할인 것처럼.

곧이어 엘리아스가 마당에 들어왔고, 모두 그에게 눈을 돌렸다. 그는 회관에서부터 뛰어왔는지 숨을 몰아쉬더니 가까스로 진정하고 나서 말을 시작했다. "다에시가 코초를 포위했어요. 우린 마을을 떠날 수 없게 됐어요."

IS 지휘관은 회관에 모인 남자들에게 탈출을 시도했다간 처벌받을 거라고 경고했다. 엘리아스가 우리에게 말했다. "그는 네 가족이 이미 탈출하려고 했다가 붙잡혔다고 말했어요. 남자들이 개종을 거부하자, 다에시가 그들을 처형했고요. 여자들은 자식들을 부둥켜안고 있었는데 놈들이 떼어 놓았어요. 다에시 놈들이 주민들의 자동차를 빼앗고, 딸들을 끌고 갔어요."

어머니가 앉은 자리에서 속삭였다. "틀림없이 페슈메르가가 돌아올 거야. 우린 기도해야 해. 신께서 우릴 구해 주실 거야."

"누군가 도와주러 올 거예요. 우릴 이렇게 내버려 둘 리 없어요." 분

개한 마소우드 오빠가 말했다. "IS 지휘관이 신자르산에 있는 친척들에게 전화하라고 했어요. 돌아와서 신고하라고, 산에서 내려오면 아무 일을 당하지 않을 거라고 전하래요." 엘리아스는 이렇게 이야기했다.

우리는 말없이 이 소식을 곱씹었다. 산 위에서 어렵게 지낸다 해도 적어도 거기 간 야지디는 ISIS를 피해 있었다. 우린 산에 있으면 처형당하지 않는다고 믿었다. 대대로 야지디는 그 산의 동굴로 피신했다. 그곳에서 산의 냇물을 떠 마시고 나무에서 무화과와 석류를 따 먹으며 연명했다. 사원들과 족장들이 그 주위에 있었고, 신이 이곳을 특별히 지켜 줄 거라고 믿었다. 헤즈니는 신자르시에서 산으로 몸을 피했는데, 전화 통화를 할 때마다 우리가 그를 걱정하면 그는 도리어 우릴 나무랐다. 헤즈니는 말했다. "가족들은 우릴 위해 울지만 우린 거기 식구들을 위해 울고 있어요. 여기는 이미 안전한걸요."

우리는 무장 단체의 지시에 따를 작정이었다. 그들이 집집마다 다니면서 마을에 남은 무기를 수거하러 오자, 우린 총 한 자루만 빼고 다 내놓았다. 그 총은 오밤중에 그들 몰래 밭에 묻었다. 우린 탈출을 시도하지 않을 작정이었다. 매일 엘리아스나 다른 오빠가 IS 지휘관의 지시를 받으러 회관에 갔다. 우리는 집 안에서 아주 조용히 지냈다. 파묻은 총은 결국 그대로 그곳에 묻혀 있을 게 분명했다. ISIS가 뭐라고 장담해도 우린 헤즈니나 다른 가족이 신자르산에서 내려오지 않도록 할 참이었다. 모두들 그들이 산에서 내려오면 어떤 일을 당하게 될지 알고 있었다.

7.

코초 포위는 2주 가까이 계속되었다. 어떤 날은 하루가 하나의 덩어리인 듯 모호하게 지나갔지만, 또 어떤 날에는 매 순간 바늘로 찔리는 듯한 고통을 느꼈다. 아침에 IS 검문소에서 이슬람 기도 시간을 알리는 소리가 울렸다. 코초에서는 낯선 소리였다. 난 학교에서 이슬람교에 대해 배웠고, 신자르시에 갔을 때에도 그 소리를 들어 본 적이 있었다. 나이 든 야지디는 기도 시간을 알리는 종소리를 들으며 불평했다. "이제 신자르는 야지디 도시가 아니구먼." 그러곤 한숨을 쉬었다. 사람들은 야지디가 곧 작은 마을과 타운에 억류되고, 괜찮은 지역은 뒷배 든든한 부자 아랍족과 쿠르드족이 차지하게 될 것이라고 예상했다. ISIS가 신자르에 오기 전까지만 해도 나에겐 기도 시간을 알리는 소리가 그다지 거슬리지 않았다. 그들이 우리를 에워싼 뒤로 그 소리가 끔찍해졌다.

친척들이 차차 우리 집으로 몰려들었다. 헤즈니의 아내 질란은 마을 외곽에 거의 다 지은 집을 버리고 왔고, 사촌들과 이복 남매들은 작은 옷가방이나 식량, 아기 분유를 들고 왔다. 사오우드의 부인 쉬린은 아이를 낳은 지 얼마 되지 않은 상태였다. 여자들이 그녀의 아기를 둘러쌌다. 마치 아기가 희망의 상징인 듯했다. 몇 개 안 되는 방은 곧 옷, 이불, 사진과 귀중품 등 그들이 챙겨 온 물건으로 가득 찼다. 우린 낮이면 TV 앞에 모여 앉아 신자르에서 야지디가 집단 학살을 당했다는 뉴스가 나오는지 살폈다. 악몽 같은 장면이 펼쳐졌다. 비행기들은 보급품을 제대로 배포할 정도로 낮게 날지 못했다. 그 장면은 비행기가 떨구는 음식과 물을 거대한 산이 삼키는 것처럼 보였다.

이라크군 헬기가 산 정상으로 난 도로에 착륙하면 야지디는 미친 듯이 헬기에 오르려고 했다. 아기들과 노인들을 억지로 헬기 안에 들여보내면 군인들은 자리가 없다고 소리치면서 다시 밀어냈다. "이렇게 많은 사람이 헬기에 탈 순 없습니다!" 군인들이 외쳐 대도 산꼭대기에서 필사적으로 빠져나가려는 이들에게는 말이 통하지 않았다. 어떤 여자가 헬기에 타려고 활주부에 매달렸다가 잠시 뒤 손이 미끄러져 헬기에서 떨어졌다는 이야기를 들었다. 바위에 떨어질 때 그녀의 몸은 수박이 깨지듯 부서졌다고 누군가 말했다.

헤즈니는 ISIS가 신자르를 점령하기 직전, 간발의 차로 산에 들어갔다. 근무하던 경찰서가 대피하자 그는 다른 경찰과 함께 산을 향해 걸어갔다. 테러범들에게 무기를 남겨 주지 않으려고 경찰관들은 각자 라이플총을 들고, 권총을 바지춤에 감추고 갔다. 날은 덥고 길에는 먼지가 자욱했다. 그들은 무장 단체원들이 어딘가 숨어 있다가 갑자기 나타나지는 않을지 불안해했다. 그러다 자이납에서 800미터쯤 지났을 때 IS가 탄 트럭 석 대가 타운의 시아파 모스크로 올라가는 것을 보았다.

곧 그 모스크는 폭발하여 무너졌다. 그들은 도로에서 방향을 바꾼 덕분에 트럭에 탄 IS 조직원들의 눈에 띄는 것을 겨우 면할 수 있었다. 고작몇 분 차이로 헤즈니와 동료를 뒤따라오던 사람들은 IS에게 붙잡혀서 처형당했다. 나중에 오빠는 내게 이렇게 말했다. "기적이 일어나서 살 수 있었어."

산 정상의 낮은 지독히 덥고 밤은 추웠다. 피란민들에게는 식량이랄 게 없었고, 탈수로 죽기 일쑤였다. 대피 첫날 야지디는 산비탈에서 기르던 양 한 마리를 잡아 모두 조금씩 나눠 먹었다. 이튿날 헤즈니와 몇 사람은 산의 동쪽 비탈을 기다시피 걸어 내려가 아직 ISIS가 들어오지 않은 작은 마을로 갔다. 거기서 트랙터에 밀을 싣고 돌아와서는, 날곡식을 끓여 산 정상에 있는 모두에게 허기를 달랠 만큼만 조금씩 나눠 주었다. 어느 날은 YPG─쿠르드노동자당(PKK)의 시리아 지부, 터키를 근거지로 한 쿠르드족 게릴라 부대─가 시리아에서 빵과 음식을 보급했다. 마침내 YPG는 미군의 도움을 받아서, 신자르에 있는 야지디가 시리아 쿠르드 지역으로 갈 수 있는 길을 열었다. 그곳은 시리아 내전 중에도 비교적 안전한 지역이었다. 쿠르드족은 PKK와 제휴하여 자치 지구를 세우려고 시도하던 참이었다. ISIS가 피란하는 야지디인들을 무참히 죽이는 와중에도 수만 명은 산을 빠져나와 조금 더 안전한 지역 으로 갈 수 있었다. 헤즈니는 산에서 빠져나와 자코 인근에 있는 이모 의 집으로 갔다. 야지디가 시리아의 쿠르드 지역을 통과해 쿠르드 자치 지구로 들어갈 때, 그곳의 쿠르드족은 대부분 수니파인데도 불구하고 차를 몰고 와서 우릴 맞아 주고 식량과 물과 옷을 날라다 주었다. 오늘

날까지도 우린 그 호의에 감사한다.

집단 학살 전에는 PKK는 내 관심 밖이었다. PKK는 신자르에서 존재감이 없는 집단이었다. 가끔 쿠르드 방송에서 본 적은 있었지만—이란과 국경을 맞댄 콴딜산 속 어딘가에서 헐렁한 회색 군복을 입은 남녀가 칼라슈나코프 총 옆에 무릎을 꿇은 장면—내 삶과는 무관해 보였다. 터키 정부에 대한 그들의 투쟁도 마찬가지였다. 그런데 산에 잡혀 있던 야지디를 구제해 준 뒤로 PKK는 신자르에서 영웅이 되었고, 많은 야지디의 마음속에 페슈메르가 대신 우리의 수호자로 자리하게 되었다. 야지디에게서 PKK의 존재감이 커짐으로 인해, 신자르에서 가장 영향력 있는 계파가 되려는 바르자니의 쿠르드민주당(KDP)과의 긴장이 커졌다. 이 때문에 이후 몇 년간 우리 고향은 ISIS와의 갈등과는 다른 종류의 전쟁에 휘말리게 되었다. 하지만 당시에는 야지디가 산을 빠져나올 수 있도록 돕고, 병사 수백 명을 보내 신자르의 최전선에서 ISIS와 싸워 준 PKK가 고마웠다.

하지만 정작 내가 있는 코초에 도움이 올 기미는 보이지 않았다. 매일 오빠들이 회관에 가서 이야기를 듣고 왔지만 의미 없는 소식이었다. 코초 남자들이 계획을 세우려 해도 바깥의 아무도 우릴 도와주려 하지 않는다고 오빠들은 불평했다. 어머니는 말했다. "산에서 그랬던 것처럼 미국이 비행기를 이용해 우리를 해방시켜 주겠지." 코초를 포위한 IS 조직원들은 비행기나 헬기 소리가 날 때만 겁먹은 표정을 지었다. "아니면 PKK가 여기 와 줄 거야." 어머니는 그렇게 덧붙였다. 하지만 타지에 있는 사람들의 이야기는 달랐다. 오빠들은 미군에서 야지디 통역관으로 일하다가 지금 미국에 거주하는 친구들과 연락을 주고받았는데, 그들은 굉장히 부정적인 반응을 보였다.

비행기와 헬기가 상공을 지났다. 코초가 아닌, 신자르산으로 말이다. 우린 PKK가 오지 않으리란 것을 알았다. PKK 게릴라군은 터키군과 반세기 가까이 싸웠을 정도로 장기간 훈련받은 용감한 이들이었지만, 그들은 산에서 싸우는 병사들이었다. 코초에서 신자르산까지 이어지는 평원 지대에서는 ISIS를 격퇴시키지 못할 게 분명했다. 이제 코초는 적의 영토에 속한 데다가 너무 남쪽에 있어서 손을 뻗치기 어려웠다. 우린 없는 존재나 다름없었다.

그래도 우린 미군이 돌아와 코초의 포위를 풀어 주리란 희망을 오랫동안 품었다. 탈 아파르 공항 국경 경찰로 일했던 잘로 오빠는 미국에 친구가 있었다. 하이데 엘리아스라는 야지디였는데, 그는 미군 통역관으로 일한 덕분에 휴스턴에서 망명 허가를 받을 수 있었다고 했다. 하이데는 잘로에게 전화하지 말라고 일렀지만—잘로가 미국의 누군가와 통화했다는 사실이 ISIS에게 알려지면, 그 자리에서 처형될 거라고 걱정했다—둘은 매일 통화했다.

하이데를 포함해 외국으로 이주한 야지디는 이라크의 동족을 도우려고 안간힘을 썼다. 그들은 워싱턴 D.C.의 호텔 방을 빌려서 워싱턴, 에르빌, 바그다드 정부에 청원했지만, 코초에서는 아무런 진전도 없었다. 잘로 오빠는 하이데의 전화가 오면 재빨리 받았다. 미군을 따라 무장 단체원을 수색한 적이 있는 잘로 오빠는, 미국이 군사를 보내 코초 주변 IS 검문소들을 공격하면 포위를 풀 수 있을 것이라고 확신했다.

그렇지 않아도 회관에 온 IS 조직원들은 오바마를 '십자군'이라고 부르면서, 미군이 신자르에서 펼친 야지디 구출 작전을 불평했다. 잘로는 하이데에게 말했다. "저들이 통제력을 잃고 있는 것 같아. 우리를 풀어줄 거야." 며칠 전 IS 조직원들이 아픈 아흐메드 자소를 인근 타운에 데려가 치료받게 한 일도 있었다. 잘로는 물었다. "IS가 우리를 죽이려고 했다면 왜 우리 족장을 치료해 주었겠어?"

잘로는 미국을 좋아했다. 포위 전 그는 텍사스에 머무르던 하이데에게 전화하여 외국에서의 새 삶에 대해 물었다. 오빠는 미국 대학에 진학할 예정이라는 친구를 부러워했다. 자신은 고등학교 공부조차 시작도 못 했으니까. "거기서 내 미국인 부인감 좀 찾아봐! 무슨 일이 있어도 나랑 결혼할 못생기고 나이 많은 여자로!" 잘로는 그런 농담을 던졌다.

그러나 잘로의 생각과 달리 하이데는 미군이 코초에 와서 우리를 도우리라 낙관하지 않았다. 오히려 이전 공습 때문에 ISIS가 코초에 보복할 것이라고 예상했다. 그는 잘로에게 말했다. "조심해. 놈들은 약한 척하는 거야. 너희를 놓아주지 않을 거라고." 미국에서 이라크의 동족을 도우려던 이들 모두 이라크 전역에서 벌어지는 상황에 질린 듯했다. 언론은 코초 포위에 관한 보도조차 하지 않았다. 엘리아스 오빠가 말했다. "바그다드에서 수상을 바꾸려고 해. 그들은 우리 따윈 안중에 없다고."

그저 기다릴 수밖에 없었다. 마을은 조용했고 거리는 텅 비었다. 다들 집 안에 머물렀다. 우린 식사를 멈췄다. 난 오빠들이 점점 마르고 창백해지는 걸 봤다. 나 역시 그럴 테지만 그런 모습을 거울을 보고 확인하기는 싫었다. 다들 목욕을 하지 않은 탓에 집 안에는 지독한 냄새가 진동했다. 매일 밤 옥상에 올라가서—무장 단체원들이 보지 못하도록 어두워진 뒤에—다닥다닥 붙어서 잤다. 그럴 때면 바닥에 쭈그려 앉아 옥상의 낮은 담장 안쪽에 숨었다. 그들에게 들리지 않게 다들 소곤댔다. 쉬린의 아기가 상황도 모르고 울기 시작하면 다들 바짝 얼었다. 물론 그런 건 중요하지 않았다. ISIS는 우리가 거기 있는 걸 이미 알고 있었다. 그게 핵심이었다.

::

ISIS는 우리를 죄수처럼 집에 가두는 데 그쳤지만, 신자르의 다른 곳에서는 집단 학살을 저질렀다. 그들은 코초 주민을 신경 쓸 여유가 없었다. 야지디 가정들을 약탈해 자루에 보석, 자동차 열쇠, 휴대폰을 쓸어 담고, 야지디의 소와 양을 자기네 가축으로 삼느라 바빴다. 이라크와 시리아의 조직원에게 젊은 여자들을 보내 성 노예로 이용했고, 남자들은 살해했다. 수천 명의 야지디가 이미 살해되었으며 ISIS는 시신들을 감추기 위해—실패했지만—공동묘지로 몰아넣었다.

우리는 수니파 아랍족 친구들과 *키리브*들이 사는 이웃 마을에 마지막 희망을 걸었다. 아랍족이 야지디를 숨겨 주거나 차로 안전한 곳에 데려다주었다는 일화들이 들려왔다. 그러나 그들이 야지디를 배반해 ISIS에 넘기고 무장 단체에 가입했다는 이야기가 더 많았다. 그중에는 유언비어도 있었지만, 일부는 믿을 만한 지인들에게 나온 말이었다. 어느 날 아침, 사촌이 가족을 데리고 아랍족 대부의 집에 찾아가 간절히 도움을 청했다. 대부의 가족은 사촌을 환영하는 척했다. "여기서 기다리게. 우리가 도와주지." 대부는 그렇게 말하고 나서 내 사촌을 IS 지휘관에게 고발했고, 지휘관은 조직원들을 보내 사촌 가족을 체포했다.

오빠들은 통신이 잘되는 옥상으로 올라가서 주변 마을의 지인 모두에게 전화했다. 대부분은 우릴 진심으로 걱정했다. 하지만 해답을 알고 있거나 도와주겠다고 나서는 사람은 없었다. 우리더러 그냥 가만히 있으라고 했다. 단지 그들은 "조심해요."라고 말할 뿐이었다. 코초가 포위된 뒤 처음에는 무슬림 이웃 몇 명이 음식을 들고 마을에 찾아와서, 우리의 아픔이 그들의 아픔이라고 말했다. 가슴에 손을 얹으며 "당신들을 버리지 않겠소." 하고 약속했다. 하지만 하루하루 지나면서 모두 우리를 버렸다.

수니파 이웃들은 의지만 있으면 얼마든지 우릴 도울 수 있었다. 여자들이 어떤 일을 당하게 될지 알면 검은 옷을 입혀 데려갈 수 있었을 것이다. 그냥 담담하게 우리에게 닥칠 일을 알려 주기만 했더라도 우린 구조되리란 환상을 버렸을 것이다. 그런데 그들은 그러지 않았다. 아무것도 안 하기로 결정했던 것이다. 그 배신은 총알 같았다. 그러다 진짜 우리에게 총알이 날아들었다.

어느 날 나는 디말, 카이리, 엘리아스, 칼레드와 저녁 식사로 쓸 양을 잡으러 밭에 나갔다. 어른들은 식욕이 없었지만 아이들은 제대로 된 음식을 달라고 졸라 댔다. 코초에 식량이 들어오지 않으니 키우는 양을 잡을 수밖에 없었다.

엘리아스는 휴대폰 연결이 잘되는 밭으로 휴대폰을 가져갔다. 우리가 양을 잡는 사이 남자들은 계속 도움을 청하는 전화를 걸 수 있었다. 하지만 안 좋은 소식만 들었다. 탈 카삽에서 아픈 친척을 보살피던 조카 바소가 산으로 도망치다가 ISIS에게 체포됐다고 했다. 바소는 탈 아파르에 있는 어느 학교로 끌려갔다고 했다. 빨간 페인트칠을 한 학교에 야지디 소녀와 여자들이 꽉 차 있다고 했다. 난 문득 모하메드 선생님이 떠올랐다. 수니파에 탈 아파르 출신이니까 그가 바소를 찾는 일을 도와줄 수 있을 것 같았다.

우리 학교 선생님 중에는 다른 마을에서 온 수니파 아랍족이 많았고, 대개 모술 출신이었다. 우린 그들을 마을 사람이나 다름없이 대했고 늘 존경했다. 이제 그들의 고향에 ISIS가 주둔하게 되었으니, 그들이 어떤 일을 겪을지 걱정스러워졌다. 어떤 선생님도 코초의 상황을 묻는 전화를 하지 않았다. 처음에 난 그들이 걱정되었다. ISIS 아래에서 사는 것이 얼마나 고역일지 짐작도 되지 않았다. 그런데 시간이 지나면서 의심이 들기 시작했다. 선생님들이 조용한 것은 잔뜩 겁먹고 있어서가 아니라, 거기 ISIS가 있는 게 좋아서는 아닐까? 어쩌면 그동안 그들은 나 같은 학생들을 이교도라고 생각했을지도 모른다. 그런 생각을 하니 배 속이 울렁거렸다.

교과서 뒷장에는 모든 교사의 전화번호가 실려 있었다. 나는 엘리아스의 휴대폰으로 모하메드 선생님에게 전화했다. 몇 번 벨이 울리고 그가 전화를 받았다.

"안녕하세요, 우스타즈 모하메드." 난 예의 바르게 아랍어로 말을 건넸다. 모하메드의 수업 시간에 진도를 따라가려고 애쓴 기억이 났다. 그 과목을 통과해야 다음 학년에 올라갈 수 있었다. 그래야 졸업이 가까워지고 진짜 인생이 시작되겠지. 난 모하메드 선생님을 신뢰했다.

"누구신가요?" 평범하고 차분한 선생님의 말에 내 가슴이 뛰었다.

"코초의 나디아입니다, 우스타즈." 내가 말했다.

"나디아, 무슨 일이냐?" 그의 말이 약간 빨라졌다. 냉정하고 서두르는 말투였다.

나는 바소가 ISIS에게 체포되어 탈 아파르로 끌려갔다고 설명했다. "빨갛게 칠한 학교래요. 그게 제가 아는 전부예요. 다에시가 마을을 에워싸서 저희는 코초를 떠날 수 없어요. 여길 탈출하면 다에시가 우릴 죽이겠다고 했어요. 저희가 바소랑 통화하게 도와주실 수 있나요? 그 학교가 어디 있는지 아세요?"

잠시 선생님은 침묵했다. 어쩌면 내 말을 못 들었을 수도 있었다. 어쩌면 다에시가 통화를 중단시키거나 오빠의 휴대폰 통화 시간이 남지 않았을 수도 있었다. 마침내 모하메드 선생님이 입을 열었다. 선생님은 몇 달 전까지 우리를 가르치던 사람과 전혀 다른 사람 같았다. 서먹하고 쌀쌀맞은 말투였다. 그가 속삭이듯 말했다. "난 너랑 통화하면 안 돼, 나디아. 네 조카는 걱정하지 마라. 그들이 개종을 요구할 거고 누군가 그애와 결혼하겠지." 그는 내가 대꾸할 새도 없이 전화를 끊었다. 나는 손에 든 전화기를 물끄러미 바라보았다. 쓸모없는 싸구려 플라스틱 덩어리였다.

"개자식." 엘리아스가 양의 목덜미를 잡고 집으로 끌고 가면서 말했다. "우리가 전화하고 또 전화해도 아무도 응답하지 않아."

그 순간 내 안의 뭔가가 변했다. 아마도 영원토록. 누군가 도와주리라는 희망을 버렸다. 어쩌면 선생님도 우리와 비슷했을지 모른다. 두려웠을 테고 자신과 가족의 목숨을 지키려고 무슨 일이든 해야 했을 것이다. 어쩌면 ISIS와 그들이 제시하는 세상에서 살 기회를 환영했을 수도 있다. 그들이 해석한 잔인한 이슬람이 이끄는 세상에 대해서는—야지디처럼 이슬람을 믿지 않는 이들이 없는 세상—난 몰랐다. 하지만 그 순간 그가 증오스러운 것은 확실했다.

8.

포위가 시작되고 6일 만에 처음으로 IS 조직원을 가까이에서 보게 되었다. 자초지종은 이렇다. 집에 밀가루와 식수가 떨어져서, 난 아드키 언니와 조카인 로지안, 니스린과 함께 물건을 가지러 잘로 오빠 집에 갔다. 오빠 집까지는 좁은 골목을 지나 5분밖에 안 걸리는 거리였다. 평소 돌아다니는 길에서 IS 조직원들을 보는 일은 흔치 않았다. 그들은 주로 마을 외곽의 검문소들에 모여서 피란민을 감시했기 때문이다.

그래도 우린 집을 나서기가 두려웠다. 대문 밖에 나가면 다른 행성을 돌아다니는 느낌이 들었다. 그만큼 코초의 모든 게 낯설고 불편했다. 평소에 코초 골목과 도로들은 노는 아이들과 구멍가게나 약방에서 물건을 사는 어른들로 북적댔다. 하지만 이제 마을은 텅 비고 조용했다. "나한테 붙어." 나는 다른 사람들보다 용감하게, 앞서 걸어가는 아드키에게 속삭였다. 우리 셋이 뭉쳐서 재빠르게 골목을 지났다. 두려워진 나는 헛것을 보는 것 같았다. 우리 그림자를 보고도 냅다 뛰었다.

어머니가 일부러 우릴 잘로의 집에 보냈다. "남자들까지 갈 필요는 없지." 어머니 말에 우린 고개를 끄덕였다. 우린 늘 하는 일 없이 집에 모여 앉아 TV만 보면서, 하루하루 수척해지고 야위어 갔다. 적어도 오빠들은 회관에 갔고, 집에 돌아와 족장이나 IS 지휘관의 말을 전한 뒤, 휴대폰으로 전화를 걸어 도움을 요청하려고 애를 쓰다가 허기와 피로로 쓰러졌다. 오빠들은 아버지를 닮아 투사였다. 그런 그들이 이렇게 절망하는 모습은 처음 봤다. 이제 내가 도움이 될 차례였다.

코초는 애초에 계획적으로 만들어진 마을이 아니다. 마을을 조성할 때 주거지와 도로를 따로 설계하지 않았다. 주민들은 땅만 있으면 뭐든 원하는 것을 지을 수 있었다. 이렇게 만들어진 마을을 걷다 보면 현기증이 날 지경이었다. 집들이 멋대로 뻗어 나간 데다, 이런 집들 주위에 골목들이 지그재그로 미로처럼 이어져 있었기 때문이다. 평생을 다녀야 동네 골목들을 외울 수 있을 정도였다.

잘로의 집은 마을 끝에 있었고, 그 집과 코초 바깥세상 사이에는 벽돌 담장만 있었다. 담장 뒤로 사막 같은 신자르가 모술 방향으로 펼쳐져 있었다. 이제 이라크 내 IS의 수도가 된 모술이었다. 텅 빈 집은 잘로와 가족이 급히 떠난 기미 없이 정돈되어 있었지만, 난 거기 있기가 두려웠다. 가족이 살지 않는 집에 유령이 떠도는 것 같았다. 우린 아무 말 없이 재빨리 밀가루와 물, 아기 분유 한 통을 찾아 가방에 담았다.

밖으로 나오는데 로지안이 마당 벽을 손짓했다. 벽의 허리 높이쯤 벽돌이 깨져 구멍이 나 있었다. 집 옥상에서도 다에시가 보였지만 우린 용기가 없어서 제대로 쳐다보지 못했다. 그곳에선 왠지 우리가 그들의 눈에 잘 보일 것 같았다. 그런데 여기 담장 안에 몸을 숨기고 구멍으로 살피면 코초 밖의 첫 검문소를 볼 수 있을 터였다. "저쪽에 다에시가 있을까?" 궁금해진 우린 마당으로 들어가 담장 옆에 쭈그려 앉았다. 나머지 셋은 서로 쳐다보다가 짐을 내려놓고 로지안 옆으로 갔다. 우린 바깥세상을 자세히 살펴보려고 벽에 이마를 댔다.

200미터쯤 앞에 무장병 몇 명이 검문소를 지키고 있었다. 전에 페슈메르가들이 지켰고, 그 전에는 이라크군이 지켰던 검문소였다. IS는 헐렁한 검은 바지와 셔츠를 입고 옆에 무기를 차고 있었다. 그들은 모랫바닥을 탁탁 치고 서로 대화하면서 손을 움직였는데, 우린 그게 무슨 암호라도 되는 듯이 자세히 살폈다. 그들의 몸짓 하나하나가 우리에겐 두려움이었다.

몇 분 전만 해도 길에서 다에시와 마주칠까 봐 겁을 냈는데, 이제 그들에게서 눈을 못 떼고 있었다. 대화 소리도 들리면 좋을 텐데. 그들이 꾸미는 계략을 오빠들에게 알려서 도움을 줄 수 있으련만. 어쩌면 다에시는 신자르를 점령했다는 걸 흡족해하고 있지는 않았을까. 만약 그런 말을 하는 걸 직접 들었다면 우린 울화가 치밀어 맞서 싸웠을 것이다.

"뭐라고 떠드는 것 같아?" 로지안이 소곤댔다.

"좋은 얘긴 아닐걸. 자, 가자. 물건만 챙겨서 얼른 오겠다고 어머니한테 약속했잖아." 아드키의 말에 우린 현실로 돌아왔다.

믿을 수 없는 기분으로 발걸음을 돌렸다. 니스린이 침묵을 깼다. "바소를 체포한 놈들이랑 똑같은 자들이야. 바소가 진짜 무서웠겠다."

골목이 더 좁아진 느낌이 들었다. 우린 침착하려고 애쓰면서 최대한 빨리 걸었다. 하지만 집에 돌아와서 본 일을 어머니에게 털어놓으면서—며칠 전까지도 잘로의 아이들이 자던 집 코앞에 다에시가 있다고—니스린과 나는 어쩔 수 없이 엉엉 울기 시작했다. 난 희망을 품고 강인해지고 싶었지만 한편으로는 두려운 마음을 어머니에게 드러내 위로받고 싶었다.

내가 말했다. "저들이 너무 가까이 있어요. 우린 놈들의 손아귀 안에 있어요. 다에시가 나쁜 짓을 하려면 얼마든지 할 수 있다고요."

어머니가 대답했다. "기다리면서 기도해야지. 우린 구조될 거야. 저들은 우리를 해치지 않을 거야. 우린 어떻게든 구조될 거야." 어머니는 하루도 빠짐없이 그런 말을 했다.

::

옷이 먼지와 땀범벅이 되어 거무죽죽해졌지만 우린 갈아입을 생각을 하지 않았다. 식사를 끊고 햇볕에 내놓은 플라스틱 병에 든 미지근한 물을 조금만 마셨다. 포위 기간 내내 전기 공급이 중단되었다. 휴대폰을 충전하고 TV로 ISIS 전쟁 관련 뉴스를 볼 수 있을 만큼만 발전기가 가동되었다. TV에서는 거의 매일 전쟁 뉴스가 나왔다. 뉴스 헤드라인은 무력감을 안겨 주었다. 40여 명에 이르는 어린이가 신자르산에서 굶주림과 탈수로 죽었다. 탈출하려다 죽은 수는 훨씬 많았다. 모술 인근의 큰 야지디 마을인 바쉬카와 바흐자니는 ISIS에게 점령되었지만, 다행히 그곳 주민 대부분은 쿠르드 자치구로 피할 수 있었다. 신자르

인근에서 야지디 여자와 소녀 수천 명이 납치되었고, ISIS가 그들을 성 노예로 쓴다는 소문이 들렸다.

그런가 하면 니네베의 큰 기독교 타운인 카라코시가 함락되었다. 이곳의 모든 주민들은 쿠르드 자치구로 피신해, 공사가 중단된 상가와 교회 마당에 세운 천막에서 난민으로 살았다. 한편 포위당한 탈 아파르의 시아파 투르크멘족은 탈출하려 안간힘을 썼다. ISIS가 에르빌에 거의 근접했지만, 미군은 공습을 감행함으로서—자국 영사관을 보호하기 위해서라고 말했다—신자르산에 갇힌 야지디를 엄호했다. 바그다드는 혼돈 상태였다. 오바마 대통령은 이런 상황을 두고 야지디에게 행해지는 '잠재적인 집단 학살'이라고 했다. 하지만 코초 포위에 대해서는 아무도 언급하지 않았다.

우리는 새로운 세상에 살고 있었다. 주민들은 ISIS의 눈에 띌까 봐 집 안에만 있었고, 그렇게 코초의 삶은 정지되었다. 마을 사람들과 떨어져서 지내니 이상했다. 코초는 밤늦도록 남의 집에서 친구들과 식사하고, 옥상에서 이웃끼리 떠들다 자는 일이 일상인 동네였다. 그러나 ISIS가 포위한 뒤로는 밤에 바로 옆에 누운 사람과 소곤대는 것도 위험해 보였다. 우린 최대한 눈에 안 띄려 했다. 그러면 ISIS가 우리를 잊기라도 할 것처럼. 점점 뼈만 남게 말라 가는 것도 자기를 보호하려는 방법 같았다. 곡기를 끊으면 결국 투명인간이라도 될 수 있는 것처럼. 사람들은 친척들을 살피러 가거나, 물품을 가지러 가거나, 아픈 사람을 도우러 갈 때만 집을 나섰다. 그때도 빗자루를 피해 달아나는 벌레들처럼 늘 피할 곳이 있는 쪽으로 잽싸게 걸었다.

그런 상황에서도 어느 날 밤, 바츠미를 축하하기 위해 마을 사람들이 모였다. 바츠미는 주로 터키 출신 야지디가 지키는 명절이다. 보통 12월에 챙기지만, 칼라프라는 마을 사람은 서로 떨어져 지내 희망을 잃고 공포스러워하는 지금이 명절을 지낼 적기라고 봤다. 바츠미는 타우시 멜렉에게 기도하는 때이자 고향을 떠나야 했던 야지디를 기억하는 때이다. 한때 터키에 살다가 오스만족에게 쫓겨났던 칼라프의 조상 같은 이들을 잊지 않으려는 것이다.

코초 사람들 전체가 칼라프의 집에 초대받았다. 영혼이 정결한 미혼 남자 네 명이 성스러운 바츠미 빵을 구울 예정이었다. 주민들은 해질 녘까지 기다렸다가 집에서 나와 칼라프의 집으로 향했다. 가는 길에 우리가 뭘 하는지 들키지 않도록 서로 주의했다. "아무 소리도 내지 마." 마을길을 걸으면서 다들 소곤댔다. 난 아드키 언니와 같이 갔다. 우리 둘 다 잔뜩 겁먹어 있었다. ISIS에게 들키면 일단 칼라프는 이교도 의식을 치르려고 모의한 죄로 처벌받겠지만, 저들이 거기서 무슨 짓을 더 할지는 몰랐다. 난 신이 우리를 제때 보살펴 주시기를 바랐다.

칼라프 집의 모든 불이 켜지고, 사람들은 빵 굽는 자리에 모여들었다. 이제 빵을 특별한 돔 모양에 올려 부풀게 놔두고 집안의 가장이 축복 기도를 할 차례다. 빵이 온전한 모양을 유지하면 행운을 불러온다. 주저앉으면 집안에 악운이 낀다. 포위 중이라 빵은 단순한 모양이었지만(평소에는 견과와 건포도를 박는다) 탄탄하고 둥그스름해서 주저앉을 기미는 없었다.

사람들의 나직한 울음소리와 가끔 오븐에서 나무 타는 소리를 빼면 칼라프의 집은 조용했다. 오븐에서 나는 익숙한 냄새가 담요처럼 날 감쌌다. 나는 포위된 뒤로 오랫동안 만나지 못했던 왈라아나 학교 친구들이 왔는지 보려고 두리번대지도 않았다. 그저 의식에만 집중하고 싶었다. 칼라프가 기도하기 시작했다. "이 신성한 빵의 신이시여, 온 마을을 위한 희생 제물로 제 영혼을 받으소서." 울음소리가 더 커졌다. 남자 몇 명은 아내를 진정시키려 애썼지만, 칼라프의 집에서 우는 것은 오히려 용감한 일이라고 난 생각했다. 우는 소리가 검문소까지 들릴 위험이 있는데도 멈추지 않는 거니까.

의식이 끝난 뒤 아드키 언니와 나는 조용히 우리 집 대문을 지나 옥상에 올라갔다. 집을 지키려고 남았던 가족들이 매트에 똑바로 앉아 기다리다가 우리가 무사히 돌아오자 안도했다. 옥상 한쪽에서는 여자들이 모여 잤고, 다른 쪽에서 남자들이 잤다. 오빠들은 여전히 도와 달라는 전화를 걸었고, 우린 그들 앞에서 울지 않으려 애썼다. 우리가 울면 그들이 더 속상할 테니까. 그날 밤 난 해 뜨기 직전까지 잠을 좀 잤다. 어머니가 우리를 깨우면서 속삭였다. "아래층에 내려가야지." 나는 까치발로 사다리를 내려가 어두운 마당으로 향하면서 다에시에게 들키지 않기를 기도했다.

::

가족 중 이복 오빠인 하지가, 힘을 합해 마을들이 ISIS에게 저항해야 한다고 제일 목소리를 높였다. 다에시는 여전히 회관에서 마을 남자들에게 이슬람으로 개종하지 않으면 우릴 신자르산으로 끌고 가겠다고 말했지만, 하지는 그게 공연한 엄포일 거라고 확신했다. 그는 주장했다. "우리를 꼼짝 못 하게 하려는 수작이야. 저항할 엄두를 못 내게 하려는 거지."

이따금 난 하지가 정원 담 너머로 이웃들과 속닥이는 광경을 봤다. 그들은 뭔가 꾸미는 듯했다. 그들은 IS 호송대가 마을을 지나가는 모습을 찬찬히 지켜보았다. 차량이 휙 지나가면 하지는 고개를 돌리고 이렇게 말하곤 했다. "놈들이 집단 학살을 하고 돌아오는 거야." 이따금 그는 밤새워 TV를 보면서 다음 날 해가 높이 뜰 때까지 울분을 터뜨렸다.

저항을 고민하는 사람은 하지 혼자가 아니었다. 우리처럼 많은 가족이 ISIS의 눈을 피해 무기를 숨겨 두고 있었고, 사람들은 무기를 꺼내서 검문소들을 공격할 방도를 의논했다. 전사로 훈련받은 남자들은 실력을 증명하고 싶었다. 그러나 묻어 둔 칼이나 AK-47 소총으로 다에시를 죽인다 한들, 도로에는 더 많은 적이 남아 있었다. 어떻게든 저항하면 결국 많은 주민이 죽을 것이 분명했다. 다 같이 합심해서 마을 근처에 주둔한 다에시를 없앤다고 해도 우린 갈 곳이 없었다. 저들은 코초에서 나가는 모든 도로를 통제하고 있었고, 우리와 이라크군으로부터 탈취한 승용차와 트럭과 무기를 갖고 있었다. 봉기는 실행 가능한 계획이 아니라 환상에 지나지 않았다. 하지만 하지 같은 남자들은 맞서 싸울 생각이라도 해야 기다리는 동안 미치지 않을 수 있었다.

매일 마을 남자들은 회관에 모여서 계획을 세우려고 애썼다. 탈출하거나 싸우거나 숨지 못한다면 IS를 속일 수는 없을까? 이슬람으로 개종하겠다고 말하면 시간을 벌 수 있었다. IS 조직원이 코초의 여자를 한 명이라도 협박하거나 건드리면, 그때는 개종하는 척해서 시간을 끌기로 결정했다. 하지만 이 작전은 시행되지 않았다.

여자들은 다에시가 남자들을 죽이러 오면 숨길 장소를 찾으려고 애썼다. 코초에는 무장 단체가 찾지 못할 만한 은신처가 많았다. 물이 마른 깊은 우물들, 비밀 통로가 있는 지하실들 말이다. 건초 더미와 동물 사료 부대도 남자들이 오래 몸을 숨길 수 있는 장소였다. 그러나 그들은 숨는다는 생각 자체를 거부했다. 남자들은 말했다. "여자들을 다에시 옆에 두느니 차라리 죽고 말지." ISIS의 손아귀에서 운명을 기다리며 구조의 희망을 잃는 사이, 난 나와 가족에게 일어날 수 있는 모든 가능성을 따져 보았다. 그때부터 죽을 수도 있다는 생각을 하기 시작했다.

ISIS가 오기 전 마을에서 젊은이들의 요절은 드문 일이었고, 난 죽음에 대해 입에 담기를 꺼렸다. 생각만 해도 두려웠다. 그런데 2014년 초, 코초 출신 젊은이 둘이 갑자기 사망한 일이 있었다. 먼저 이스마일이라는 국경 지역에서 근무하는 경찰이 테러범의 공격을 받고 죽었다. 그는 코초의 남쪽, 알 카에다가 영향력을 발휘하는 지역에서 근무 중이었다. 그곳에서는 이미 ISIS가 뿌리를 내리고 있었다. 이스마일은 헤즈니 또래로 조용하고 신실한 청년이었다. 이스마일의 죽음은 코초 사람이 ISIS에게 살해당한 첫 번째 사례였다. 모두들 그때부터 공무원으로 일하는 가족을 걱정하기 시작했다.

그때 헤즈니는 신자르의 경찰서에 있었다. 덕분에 우리 가족은 주민들보다, 심지어 이스마일의 부인과 가족보다 먼저 사망 소식을 알았다. 이스마일은 우리처럼 가난했고, 우리 오빠들처럼 돈이 필요해 군에 입대한 사람이었다. 그날 아침 난 먼 길을 등교하면서도 그 집을 돌아서 걸어갔다. 집 안에 있는 가족은 모르는 사망 소식을 내가 알고 있는데, 도저히 그 앞을 지날 수가 없었다. 마을에 소문이 퍼지자 남자들은 라이플총을 쏘며 애도했고, 교실에서 총소리를 들은 여학생 모두가 비명을 질렀다.

야지디는 장례 준비로 시신을 염하는 걸 축복으로 여기고, 때로 해 뜨기 전 몇 시간 동안 시신 곁을 지킨다. 헤즈니 오빠가 이스마일을 염했다. 시신을 씻기고 머리를 땋고 흰옷을 입혔다. 이스마일의 부인은 혼인 첫날밤 덮은 담요를 가져왔다. 헤즈니는 이스마일을 그 담요로 감쌌다. 긴 주민 행렬이 시신을 따라 타운의 끄트머리로 갔고, 거기서 트럭이 묘지까지 운구했다.

몇 달 뒤에는 내 친구 시린이 밭에서 조카가 갖고 놀다 쏜 사냥총에 맞아 죽었다. 전날 밤 난 시린과 어울렸다. 우린 시험 이야기를 했다. 시린의 장난기 많은 두 오빠가 싸우다 체포됐던 일도 이야기했다. 시린은 이스마일 이야기를 꺼냈다. 이스마일이 죽기 전날 밤 꿈에서 그를 봤다고 했다. 친구는 내게 말했다. "꿈에서 코초에 아주 큰일이 벌어진 거야. 모두 통곡하고 있었어." 그러더니 죄책감을 느끼는 말투로 털어놓았다. "지금 생각해 보면 그게 이스마일이 죽는 꿈이었다는 생각이 들어." 이제 난 그 꿈이 시린 자신의 예지몽이었다고 믿는다. 어쩌면 사고 뒤에 집을 떠나지 못하는 시린의 조카에 관한 꿈이거나, ISIS가 코초에 오는 꿈이었을지도.

내 어머니가 시린의 염을 맡았다. 어머니는 시린의 손을 불그스름한 갈색으로 헤나 염색하여 흰 천으로 느슨하게 묶었다. 시린은 미혼이라 머리를 한 갈래로 길게 땋았다. 우리 풍습에서는 망자가 금붙이를 갖고 있으면 같이 묻는다. 야지디 문화에서는 사람을 묻는데 금이라고 못 묻겠느냐고 여긴다. 시린을 씻긴 뒤에는 역시 흰옷을 입혔다. 시린을 앞세우고 조문객들이 길게 늘어서서 타운의 끝으로 갔고, 거기부터 트럭이 남은 길을 운구했다.

야지디에서 장례 의식은 중요하다. 야지디는 저승이 까다로운 곳이라 망자들도 산 사람처럼 고생할 수 있다고 믿기 때문이다. 망자들은 산 사람들의 꿈에 나타나 보살핌을 구하고 필요한 것을 알린다. 꿈에서 사랑하는 사람이 배고프다고 말하거나 떨어진 옷을 입고 나타나는 경우가 있다. 그럼 우린 아침에 깨서 주위의 가난한 이들에게 음식이나 옷을 가져다준다. 그렇게 하면 보답으로 신이 저승에서 망자에게 음식과 옷을 줄 것이라고 믿기 때문이다. 환생을 믿는 우리 야지디에게는 이런 선행이 중요하다. 살아 있을 때 착하고 독실한 야지디로 살면 영혼은 그를 애도해 주었던 공동체에서 새롭게 태어날 것이다. 그러려면 신과 천사들에게 저번 생보다 나은 생으로 환생할 자격이 있음을 증명해야 한다.

영혼이 사후 세계를 여행하면서 환생을 기다리는 동안, 혼백이 떠난 육신에 생기는 일은 훨씬 간단하다. 염한 시신은 천에 싸여 매장되고, 무덤 주위에는 돌멩이들이 둥글게 놓인다. 몸과 흙 사이에 아무것도 없으니 깨끗하고 온전한 몸을 흙으로 돌려줄 수 있다. 원래 몸은 흙으로 만들어졌으니까. 야지디에게 시신을 제대로 매장하고 기도하는 일은 중요하다. 이런 의식들이 없으면 혼백은 환생하지 못한다. 또 육신은 원래 있던 본향으로 가지 못한다.

9.

8월 12일 IS 지휘관이 회관을 방문해 최후통첩을 했다. 지휘관은 이슬람으로 개종해서 이슬람 세계로 편입하든지 아니면 대가를 치르라며 선택을 종용했다. "결정할 말미를 사흘 주더군요. 우선 개종하지 않으면 벌금을 내야 된다고 했어요." 엘리아스가 집 마당에 서서 가족 모두에게 말했다. 그의 눈에 광기가 번득였다.

엘리아스가 소식을 들고 돌아왔을 때 난 목욕을 하는 중이었다. 욕실 문틈으로 어머니에게 소식을 전하는 오빠가 보였다. 두 사람 다 울기 시작했다. 난 머리를 제대로 헹구지도 않고, 아무 옷이나 보이는 대로 움켜쥐었다. 작은 몸에 어머니의 옷을 대충 걸치고 마당에 모인 가족에게 달려갔다.

"벌금을 내지 않으면 어떻게 되는데?" 어머니가 물었다.

"당장 말하기로는 우리를 산으로 데려가고 자기들이 코초에서 살겠다고 해요." 엘리아스가 대답했다. 신실한 야지디 남자들이 입는 손바느질한 흰 속옷이 먼지와 때에 찌들어 거무튀튀했다. 울음을 거둔 담담한 목소리였지만, 난 오빠가 겁에 질렸다는 걸 알 수 있었다. 이라크인 기독교도와 달리 신자르의 야지디에게는 개종 대신 벌금 지불이라는 선택권이 주어진 적이 없었다. IS가 그 선택권에 대해 이야기하는 것은 거짓이고 어쩌면 우릴 조롱하는 거라고 큰오빠는 단정 지었다. 그가 천천히 숨을 쉬었다. 가족을 위해 침착해야 한다고 자신을 다독였을 터였다. 회관에서 집으로 돌아오는 길에 가족에게 할 말을 연습했으리라. 엘리아스는 정말 좋은 오빠였다. 그런 그도 어쩔 수 없이 다음 말을 내뱉었다. "이 일의 끝이 안 좋을 거야." 누구에게랄 것도 없이 그는 되뇌었다. "끝이 안 좋을 거야."

어머니가 움직이기 시작했다. "모두 가방을 챙겨라." 그녀는 우리에게 말하고 집으로 뛰어들어갔다. 우린 갈아입을 옷가지, 기저귀, 아기 분유, 야지디라고 간단히 적힌 이라크 신분증과 같이 필요하리라 생각되는 물건을 모았다. 얼마 없는 귀중품도 죄다 꺼냈다. 어머니는 아버지가 죽은 뒤 국가에서 배부한 배급 카드를 챙겼다. 오빠들은 여분의 휴대폰 배터리와 충전기를 가방에 넣었다. 헤즈니를 그리워하던 질란은 그의 셔츠 한 벌을 넣었다. 올케는 단추가 달린 검은 셔츠를 포위 기간 내내 곁에 두고 있었다.

나는 언니들, 캐스린과 같이 쓰는 방에 가서 서랍을 열어 귀중품을 꺼냈다. 가짜 다이아몬드가 박힌 긴 은 목걸이와 팔찌 세트였다. 2013년에 내가 의식을 잃고 병원에 입원해 있을 때 어머니가 사 주신 것이다. 그때 나는 트랙터에 연결된 줄이 끊어지면서 내 몸통을 세게 치는 바람에 죽을 뻔했다. 어머니는 아픈 나를 위해 시장에 뛰어가서 보석을 샀다. "네가 여기서 나가면 한 세트인 귀걸이를 사 주마." 어머니가 내 손을 꼭 잡고 속삭였다. 그게 나를 살아 있게 하는 내 어머니의 방식이었다.

나는 생리대의 옆을 뜯어 목걸이와 팔찌를 안에 넣었다. 그러고 나서 옷가지 위에 생리대를 올려놓고 검은 소형 가방의 지퍼를 잠갔다. 어머니는 벽에서 사진들을 떼기 시작했다. 집에 가족사진들이 즐비했다. 헤즈니와 질란의 결혼식 사진, 잘로와 디말과 아드키가 코초 외곽 들판에 앉아 있을 때 찍은 사진 같은 것들 말이다. 봄의 신자르산 사진은 조작된 걸로 보일 만큼 색이 화사했다. 이런 사진들은 가족의 내력을 담고 있었다. 아버지 집의 뒤채에서 북적이며 살던 지독히 가난한 시절부터, 온갖 고생을 하던 시절을 지나 형편이 나아진 때까지. 이제 사진들이 걸렸던 자리에 허연 사각형만 남았다. "사진첩들을 가져와라, 나디아." 어머니가 가만히 서 있는 날 보고 말했다. "몽땅 마당으로 갖고 오너라, 화덕 앞으로."

어머니가 시키는 대로 사진첩들을 한 아름 안고 마당으로 갔다. 그녀는 화덕 앞에 앉아 우리가 사진틀에서 뺀 사진들을 받아 화덕에 요령 있게 던졌다. 화덕은 바츠미의 신성한 빵만이 아니라 모든 빵을 굽는 데 쓰였다. 야지디는 모든 빵을 신성시한다. 어머니는 빵을 더 구워서 코초의 가장 빈곤한 이들에게 나눠 주곤 했다. 누군가를 도울 수 있다는 것은 집안에 축복 같은 일이었다. 그 화덕에서 구운 빵이 우릴 연명시켰다. 난 둥그렇게 부푼 빵 덩이를 포함해 우리가 먹었던 끼니들을 지금도 기억한다.

사진들이 재가 되면서 화덕은 검은 연기를 내뿜었다. 아기 캐스린이 랄리시의 '화이트 스프링'에서 세례받는 사진이 타들어가고 있었다. 이 개천은 랄리시 계곡에서 시작해 유서 깊은 석조 사원 아래를 흐른다. 내 첫 등굣날 사진도 있었다. 그날 난 어머니와 헤어진다는 생각에 엉엉 울었다. 카이리와 모나의 결혼사진에서 신부는 머리에 꽃을 꽂고 있었다. 순간을 담은 사진들이 사라지고 있었다. 난 우리 *과거가 재가 되어 버렸다는* 생각이 들었다. 한 장 한 장 사진이 불꽃 속으로 타들어 가자, 어머니는 입은 옷만 남기고 흰옷들을 활활 타는 불 속에 던졌다. "우리가 누구였는지 놈들이 모르게 할 거야." 어머니는 새하얀 옷이 말려들며 검게 타는 걸 보면서 중얼댔다. "그들은 저것들을 못 건드린다."

나는 사진들이 타는 것을 차마 볼 수가 없었다. 다시 자매들과 쓰는 작은방으로 가서 키 큰 옷장을 열었다. 누가 없는지 확인한 뒤 두툼한 초록색 앨범을 꺼내 천천히 넘기면서 신부들을 바라보았다. 코초 여자들은 결혼식 전 며칠간 준비를 했다. 사진들이 그 과정을 보여 주고 있었다. 공들여 땋고 컬한 머리, 금색으로 하이라이트를 하거나 헤나로 빨갛게 염색해 스프레이를 잔뜩 뿌린 올림머리. 신부는 눈에 아이라이너를 검게 칠하고 반짝이는 파랑이나 분홍 아이셰도를 발랐다. 때로는 머리에 작은 구슬들을 넣거나 빛나는 왕관을 썼다.

신부가 채비를 마치고 마을 사람들 앞에 서면, 다들 신부에게 칭찬을 쏟아냈다. 해가 뜨기 전까지 신랑 신부가 초야를 보내는 동안 술을 마시고 춤추었다. 신부의 여자 친구들은 첫날밤 이야기를 들으러 꼭두새벽같이 찾아갔다. 그들은 피 얼룩이 남은 이불보를 살피면서 키득댔다. 내게 결혼식은 코초를 정의해 주었다. 결혼식을 앞두고 여자들이 공들여 화장을 하는 동안 남자들은 다음 날 춤출 때 먼지가 날리지 않게 땅에 물을 뿌렸다. 신자르 지역에서 우린 성대하게 잔치하는 마을로, 또 신부 중 유독 미인이 많은 마을로 유명했다. 난 앨범 속 신부들이 각각 미술 작품 같다고 생각했다. 헤어 살롱을 열면 이 앨범부터 갖다 놓을 작정이었다.

나는 어머니가 가족사진을 태우라고 지시한 이유를 알았다. 다에시가 그 사진들을 보고 만질 생각을 하면 속이 울렁거렸다. 그들이 사진을 보며 비웃을 것 같았다. 가난한 야지디 가족 주제에 이라크에서 행복을 누릴 자격이 있는 줄 알았나 보지? 학교에 다니고, 결혼하고, 태어난 곳에서 영원히 살 수 있을 줄 알았어? 그런 조롱을 할 것을 떠올리니 부아가 치밀었다. 그러나 난 초록색 앨범을 마당으로 가져가 태우지 않고, 도로 서랍에 넣고 옷장을 닫았다. 잠시 뒤 열쇠로 잠갔다.

이 앨범을 숨긴 걸 알면 어머니는 말했을 것이다. 다에시가 찾지 못하게 우리 사진을 태웠으면서 남의 사진을 갖고 있는 건 안 될 일이라고. 난 어머니가 옳았으리란 걸 안다. 옷장은 앨범을 감추기에 안전한 곳이 아니었다. 무장병들이 손쉽게 옷장 문을 부수고 나면 초록색 앨범부터 볼 것이 분명했다. 어머니가 이 사실을 알고 앨범을 남겨 둔 이유를 물었다면, 난 할 말이 없었을 것이다. 하지만 그때는 테러범들이 무섭다는 이유만으로 사진을 없애는 걸 견딜 수가 없었다.

그날 밤 가족이 옥상으로 올라간 뒤 카이리가 전화를 받았다. PKK 게릴라군이 시리아까지 안전한 통행로를 확보한 뒤에도 산에 남아 있던 야지디 친구의 전화였다. 산 생활이 몹시 힘든데도 불구하고 떠나지 않기로 결정한 야지디가 많았다. 그들은 높은 곳에 있는 게 가장 안전하다고 느꼈다. ISIS와 그들 사이에 가파른 돌투성이 산비탈이 있었다. 혹은 신앙심 때문에 신자르를 떠나느니 죽겠다는 이들도 있었다. 결국 그들은 대규모 난민 정착촌을 세울 터였다. PKK 지부 병사들이 동쪽에서 서쪽 고원까지 펼쳐진 정착촌을 지켰다. PKK 병사들 중 다수는 최대한 오래 신자르를 지킨 용감한 야지디였다.

"달 좀 봐." 친구가 카이리에게 말했다. 야지디는 신의 일곱 천사 중에서 해와 달이 신성하다고 믿는다. 그날 밤 뜬 달은 크고 밝았다. 밤에 밭에 나가 일할 때 우리가 넘어지지 않도록 환히 비춰 주던 달과 똑같았다. "지금 우리 모두 달에게 기도하고 있어. 코초에서도 다 같이 기도해 달라고 전해 줘."

카이리는 잠든 가족을 한 명씩 깨워서 말했다. "달을 봐." 그는 이번만은 ISIS의 눈을 피해 쭈그려 앉지 말고, 평소처럼 일어나 기도하자고 했다. "놈들에게 들키든 말든 무슨 상관이야? 신이 우리를 지켜 주실 텐데."

"한 번에 몇 명씩만 일어나거라." 어머니가 주의를 주었다. 우린 어머니의 말에 따랐다. 달이 얼굴을 환하게 비추었다. 달빛에 어머니의 흰옷도 빛났다. 나는 옆에 누운 올케와 함께 기도했다. 팔목에 낀 빨간색과 흰색 끈 팔찌에 입을 맞추면서 간단히 중얼댔다. "저희를 저들의 손아귀에 두지 마세요." 그리고 얼른 커다란 달 아래 조용히 누웠다.

다음 날 여전히 외교관 역할을 하려는 아흐메드 자소가 근처 수니
파 부족—디샨을 납치한 부족—의 지도자 다섯 명을 회관의 오찬에 초
대했다. 마을 여인들은 부족 지도자들에게 대접할 음식을 정성껏 준비
했다. 밥을 하고 야채를 다지고, 식후에 마실 달콤한 차에 넣을 설탕을
튤립 모양의 유리잔에 반쯤 담았다. 남자들은 손님상에 올릴 양 세 마
리를 잡았다. 이 정도면 융숭한 대접이었다.

점심 식사를 하면서 우리 족장은 수니파 지도자들에게 도와 달라
고 설득하려 했다. 모든 이웃 중 종교적으로 가장 보수적이고, ISIS에
게 큰 영향력을 미치는 부족이었다. 아흐메드 자소는 말했다. "여러분
은 그들에게 저희가 어떤 부족인지 잘 말해 주실 수 있습니다. 저희는
아무런 해도 미칠 뜻이 없다고 말해 주십시오."

지도자들은 고개를 저었다. 그들은 아흐메드 자소에게 말했다. "우
리도 돕고 싶습니다. 하지만 할 수 있는 것이 없네요. 다에시는 누구 말
도, 심지어 저희 말도 듣지 않습니다."

수니파 지도자들이 떠난 뒤 우리 족장에게 암운이 드리워졌다. 아
흐메드의 동생으로, 아픈 부인의 치료차 이스탄불에 간 나이프 자소가
전화했다. 그는 형에게 말했다. "금요일에 놈들이 주민을 죽일 거래요."

"아니, 아니다. 저들이 우릴 산에 데려갈 거라고 말했으니 산으로
데려갈 게다." 족장은 주장을 굽히지 않았다. 해결책이 있을 것이라며
마지막까지 희망을 가졌다. 바그다드나 에르빌에서 아무도 중재해 주

지 않는데도 그렇게 믿었다. 워싱턴의 당국자가 잘로의 친구 하이데에게 말하기를, 민간인의 피해를 고려해 미국이 코초를 공습할 수 없다고 했다는데도 그랬다. 당시 미국은 코초 주변을 폭격하면 ISIS와 함께 코초 주민도 모두 죽을 거라고 예상했다.

이틀 뒤 IS 조직원들이 코초를 누비면서 얼음을 나눠 주었다. 가장 더운 8월이었다. 우린 거의 2주 동안이나 뙤약볕에 데워진 물만 마신 터라 얼음이 반가웠다. 아흐메드 자소는 동생에게 전화해서 이 상황을 전했다. "저들은 시키는 대로만 하면 나쁜 일이 생기지 않는다고 장담한다. 우리를 죽일 계획이라면 왜 얼음을 주겠니?"

나이프는 의심을 거두지 않았다. 그는 이스탄불의 병실을 왔다 갔다 하면서 소식이 오기를 기다렸다. 45분 뒤 아흐메드가 나이프에게 다시 전화했다. "모두 초등학교에 모이라고 하는구나. 거기서 우리를 산으로 데려가겠지."

"그게 아닐걸요. 저들이 주민을 모두 죽일 거라고요." 나이프가 말했다.

"우리 수가 얼마나 많은데 단번에 죽일 수가 있나! 그건 불가능해." 아흐메드는 굽히지 않았다. 그는 나머지 주민들처럼 ISIS가 시키는 대로 했다.

소식을 들었을 때 우린 식사 준비 중이었다. 배고픈 것만 아는 아이들이 밥을 달라고 울어 대서, 그날 이른 아침에는 영계 몇 마리를 잡아 끓여야 했다. 평소라면 닭이 커서 알을 낳을 때까지 기다렸다가 잡았겠지만 어쩔 수 없었다.

닭이 아직 끓는데 어머니가 학교에 갈 준비를 하라고 일렀다. 그녀는 말했다. "최대한 겹겹이 껴입어라. 놈들이 가방을 빼앗을지 모르니." 우리는 기름진 국물이 끓는 냄비의 가스 불을 끄고 어머니가 시키는 대로 했다. 난 신축성 좋은 바지 네 벌, 원피스, 셔츠 두 벌, 분홍색 재킷을 걸쳤다. 더위 속에서 입고 견딜 수 있는 한 최대한 껴입은 것이다. 곧 등에 땀이 줄줄 흐르기 시작했다. "너무 조이는 옷은 입지 마. 살을 보이면 안 돼. 얌전한 여자로 보이게 하렴." 어머니가 말했다.

가방에 흰 스카프와 원피스 두 벌을 챙겼다. 캐스린의 면 원피스와, 신자르시에서 옷감을 사 와서 디말과 같이 디자인했지만 거의 안 입은 밝은 노란색 원피스였다. 어린 시절 우리 자매는 옷이 찢어질 때까지 입었다. 겨우 매년 새 원피스 한 벌씩을 살 정도가 되었는데, 거의 새것인 옷을 두고 가다니 견딜 수가 없었다. 난 별 생각 없이 메이크업 도구들을 옷장 속 신부 앨범 옆에 넣어 두고 다시 열쇠로 잠갔다.

이미 사람들 행렬이 학교를 향해 느릿느릿 움직이기 시작했다. 창문으로 사람들이 보였다. 어머니의 품에 안긴 아기들은 고개를 떨구고, 꼬마들은 지쳐서 발을 질질 끌었고, 일부는 노인이 탄 손수레를 밀었다. 노인들은 벌써 죽은 사람들 같았다. 날은 위험할 정도로 더웠다. 남자들의 셔츠와 여자들의 원피스에 땀이 배어 등에 달라붙었다. 주민들은 창백하고 수척해 보였다. 나는 그들의 신음을 들었지만 아무 말도 하지 못했다.

헤즈니가 이모네서 전화했다. 그는 우리만큼이나 낙심하여 야생동물처럼 거친 목소리로 코초로 돌아오겠다고 소리쳤다. "가족 모두에게 나쁜 일이 생기면 나도 거기 있어야지!" 오빠가 외쳤다.

질란은 통화하면서 고개를 저으며 남편을 달랬다. 부부는 아기를 갖기로 결정한 지 얼마 되지 않았다. 그들은 언젠가 대가족을 이뤘으면 좋겠다고 생각했다. ISIS가 신자르에 왔을 때 부부는 새 콘크리트 주택의 지붕을 올린 참이었다. 어머니는 우리에게 헤즈니와 사오우드의 휴대폰 번호를 외우라고 일렀다. "너희들이 직접 전화할 일이 있을지도 모른다." 어머니의 지시대로 난 지금도 두 번호를 외우고 있다.

집 안을 지나 옆문으로 향했다. 방마다 담긴 추억이 한가득이었다. 거실을 지날 때는 오빠들이 기나긴 여름밤 마을 남자들과 앉아서 진하고 달콤한 차를 마신 기억이 났다. 부엌을 지날 때는 언니들이 내 비위를 맞추느라 좋아하는 오크라(고추와 비슷한 모양의 아열대 채소: 옮긴이)와 토마토로 밥상을 차려 주던 기억이 났고, 내 방에서는 캐스린과 둘이 머리에 올리브유를 바르고 비닐로 머리를 감싸고 잤다가 아침에 매콤한 기름 냄새를 맡고 깨던 추억이 떠올랐다. 마당에서 식사하던 생각도 났다. 우린 돗자리를 깔고 둘러앉아 버터가 번들대는 밥을 갓 구운 빵에 싸서 먹었다. 소박한 집이었고 너무 복작대는 집이라고도 볼 수 있었다. 엘리아스 오빠는 늘 집이 너무 좁다며 분가하겠노라 으름장을 놨지만 그러지 않았다.

마당에 모인 양들의 소리도 귀에 역력했다. 굶어서 살이 빠졌는데도 양털은 덥수룩했다. 양들이 죽어 가거나 다에시가 잡아먹을 생각을 하니 참을 수가 없었다. 양들은 우리의 전 재산이었다.

집에 담긴 이런 세세한 추억들을 기억해야 한다는 걸 미리 알았다면 좋았을 텐데. 거실의 화려한 쿠션들, 부엌의 향신료 냄새, 욕실에서 물이 똑똑 떨어지는 소리까지. 내가 영원히 집을 떠나게 될 줄은 몰랐다. 난 부엌의 빵 더미 앞에 가만히 멈춰 섰다. 아이들에게 닭고기와 빵을 내놓았지만 아무도 손대지 않았다. 식어서 질겨진 둥근 빵 몇 덩이를 비닐봉지에 담았다. 그래야 할 것 같았다. 아마 얼마 뒤엔 배가 고파질 것이다. 그리고 성스러운 음식이 우리를 ISIS로부터 지켜 주리라. "이 빵을 창조하신 신께서 저희를 도우소서." 나는 그렇게 중얼대고 엘리아스를 따라 거리로 나갔다.

10.

8월 3일 이후 처음으로 코초의 큰 도로와 골목에 행인이 북적댔지만, 다들 유령 같았다. 평소처럼 인사하거나 서로 뺨이나 정수리에 입 맞추지 않았다. 아무도 미소 짓지 않았다. 씻지 않고 땀범벅인 사람들의 몸에서 지독한 체취가 났다. 더위 속에서 들려오는 소리는 딱 두 가지였다. 사람들의 신음하는 소리, 그리고 IS 조직원이 도로와 옥상에서 우릴 감시하고 학교 방향으로 몰면서 윽박지르는 고함 소리. 복면을 쓴 그들은 눈만 내놓고서, 느릿느릿 힘들게 걷는 우리를 지켜봤다.

나는 디말과 엘리아스 오빠와 함께 걸었다. 언니 오빠가 곁에 있으니 덜 외로웠다. 가족과 같은 곳에 가는 한, 무슨 일을 당하든 적어도 같은 운명을 맞이할 터였다. 그러나 내 집을 떠나는 것은 여태까지 겪은 일 중 가장 힘들고 두려운 일임은 틀림없었다.

우린 걸으면서 서로 한마디도 하지 않았다. 우리 집 옆 골목에서 엘리아스의 친구 아므르가 달려왔다. 막 아빠가 된 아므르는 겁에 질려 있었다. 그가 외쳤다. "아기 분유를 가져오는 걸 잊었어! 집에 돌아가야겠어!" 그는 안절부절하며 인파를 거슬러 뛰어가려 했다.

엘리아스가 아므르의 어깨를 잡고 말했다. "안 돼, 집이 여기서 너무 멀어. 그냥 학교에 가. 분유를 갖고 있는 사람들이 있을 거야." 아므르는 고개를 끄덕이고 학교를 향한 행렬로 들어갔다.

더욱 많은 무장병들이 골목에 있는 사람들을 큰길로 몰아냈다. 그들은 총을 들고 우리를 감시했다. 그들을 보기만 해도 소름이 끼쳤다. 여자들은 마치 스카프를 두르면 무장병의 눈길을 피할 수 있다는 듯이 머리에 꼭 둘렀고, 발에 낀 흙먼지를 내려다보며 시선을 깔았다. 나는 재빨리 엘리아스 옆으로 옮겨 가서, ISIS와 나 사이에 오빠가 있도록 했다. 사람들은 누군가에게 동작이나 방향을 조종받는 것처럼 걸었다. 다들 넋이 나간 몸뚱이들 같았다.

길가의 집들이 다 낯익었다. 마을 의사의 딸이 그 길에 살았고, 우리 반 여자애 둘도 거기 살았다. 한 아이는 8월 3일 ISIS가 처음 신자르에 들어왔을 때 가족과 피란하다가 붙잡혔다. 그 여자애가 어떻게 됐는지 궁금했다.

걷다 보면 우리 집처럼 길쭉한 진흙 벽돌로 지은 주택들이 보였고, 헤즈니가 사는 곳과 같은 콘크리트 집들도 눈에 띄었다. 대부분은 백색 도료를 칠한 하얀 집이거나 회색 집이었지만, 화사한 색이나 고급스러운 타일로 멋을 부린 주택들도 있었다. 이런 집들을 마련하려면 평생 번 돈으로도 모자랐을 테다. 주인들은 세상을 떠난 뒤에도 여기서 자손들이 대대손손 살기를 바랐겠지. 코초의 집들은 늘 사람들이 북적대고 시끄럽고 좁고 즐거웠다. 이제 썰렁하고 서글픈 집들이 지나가는 우리를 바라보았다. 가축들은 마당에서 무심히 꼴을 먹고 있었고 대문 안에서 양치기 개들이 무기력하게 짖어 댔다.

옆에서 힘들게 걷던 노인 부부가 쉬려고 길옆으로 가서 섰다. 곧바로 다에시가 윽박질렀다. "계속 가! 계속 가라고!" 노인은 지쳐서 듣지 못한 것 같았다. 그는 나무 옆에 털썩 주저앉았고, 마른 체구가 좁은 그늘에 쏙 들어갔다. 일어서라고 간청하는 아내에게 노인이 말했다. "난 산까지 못 가겠소. 그냥 날 두고 가요. 난 여기서 죽고 싶소."

"안 돼요, 계속 가야 해요." 아내가 그를 일으켜서 어깨 밑을 떠받쳤다. 남편은 아내를 목발 삼아 기대고 함께 걸었다.

노부부가 느릿느릿 학교로 향하는 모습을 보자 난 부아가 치밀었고, 갑자기 두려움마저 사라져 버렸다. 난 인파에서 뛰쳐나가 IS 무장병이 옥상에서 감시하는 집 앞으로 갔다. 그리고 머리를 젖혀서 그를 향해 힘껏 침을 뱉었다. 야지디 문화에서 침을 뱉는 일은 금지되어 있었고, 이건 우리 집에서도 가장 못된 짓으로 꼽혔다. 거리가 멀어서 무장병이 침을 맞을 리는 없었지만, 그저 난 증오심을 보여 주고 싶었던 것뿐이다.

"나쁜 년!" 그가 뒤로 물러나면서 나한테 소리 지르기 시작했다. 금방이라도 옥상에서 뛰어내려 날 잡고 싶은 눈치였다. "우린 너희를 도우러 여기 왔다고!"

엘리아스가 내 팔꿈치를 잡아 인파 속으로 끌어당겼다.

"계속 걷기나 해. 왜 그런 짓을 한 거야? 그러다 다 죽어." 디말이 겁에 질려 속삭였다. 오빠와 언니는 화를 냈고, 엘리아스는 날 바싹 당겨 그 무장병이 날 보지 못하도록 했다. 그자는 여전히 소리쳤다.

"미안해." 나는 언니 오빠에게 속삭였지만 거짓말이었다. 후회스러운 건 단 한 가지, 그 작자가 너무 멀어서 얼굴에 정통으로 침을 뱉지 못한 것뿐이었다.

멀리 산이 보였다. 길고 좁고 여름에 바싹 메마른 산은 우리에게 유일한 희망의 원천이었다. 나에게는 신자르산의 존재가 신성하게 느껴졌다. 신자르 전역은 편평하고 거의 1년 내내 사막이었다. 하지만 가운데에는 신자르산이 솟았고, 그곳에는 푸른 담배를 심어 만든 초원 지대가 펼쳐져 있었다. 소풍하기 좋은 고원지대도 있었고, 어떤 곳은 구름에 가려지고 눈으로 덮일 만큼 높은 봉우리를 이루었다. 그곳에 갈 수 있다면, 난 산속 마을의 숨은 사원에서 기도할 수 있을 텐데. 양 떼를 데려가서 초원에서 풀을 먹일 수도 있으리라. 그렇게 두려워하는 와중에도 난 결국 신자르산에 갈 수 있을 것이라고 기대하고 있었다. 이 산이 이라크에 있는 것은 오직 야지디를 돕기 위해서인 듯했다. 그 외에 다른 목적이 있을 것이라고는 생각할 수 없었다.

학교로 걸어가는 동안 이상하게 여겨지는 것이 한두 가지가 아니었다. 가장 성스러운 사제들만 남고 랄리시는 텅 비었으며, 관리자들만 사원을 지켰다. 예전에는 바닥을 닦고 올리브유 등잔에 불을 켜는 일들을 맡았던 남자들과 소년들이 이제 닥치는 대로 무기를 들고 사원을 지켰다. 그때 난 이스탄불에서 족장의 동생 나이프 자소가 상황을 알아보기 위해 정신없이 아랍족 친구들에게 전화하고 있었다는 사실을 알지 못했다. 또 미국에서 야지디가 여전히 워싱턴과 바그다드의 지도자들에게 청원하는 줄도 몰랐다. 전 세계에서 사람들이 우리를 도우려 애를 썼지만 헛수고였다.

물론 코초에서 240킬로미터 떨어진 자코에 있는 헤즈니가, 코초의 상황을 듣고 넋이 나가 이모 집을 뛰쳐나와 우물로 달려간 것도 몰랐다. 집안사람들이 다 매달려서 우물에 빠져 죽으려는 헤즈니를 겨우 말렸다. 오빠는 이틀 내내 엘리아스의 휴대폰으로 전화했다. 계속 벨이 울리다가 어느 날 벨이 멈춰 버렸다.

ISIS가 우리를 얼마나 증오하는지, 그들이 무슨 짓을 저지를 수 있는지 난 몰랐다. 겁에 질려 학교로 향하는 사람들 모두, ISIS가 얼마나 잔인하게 나올지 짐작도 못 했을 것이다. 그러나 우리가 걷는 동안 저들은 벌써 집단 학살을 자행하기 시작했다. 북부 신자르 마을의 외곽 도로 옆, 작은 진흙 벽돌 헛간에 한 야지디 여인이 살았다. 그리 나이가 많지는 않지만 이미 몇백 살 된 것 같았다. 가슴에 맺힌 것이 많아서였다. 그녀는 바깥출입을 하지 않아 피부가 투명했고, 눈가의 주름이 짙었으며, 오래도록 울어서 눈이 흐릿해 보였다.

그녀는 수십 년 전 남편을 잃었고, 아들들도 모두 이란 – 이라크전에서 전사했다. 이후 그녀는 살아갈 희망을 잃었다. 집을 떠나 진흙 벽돌 헛간에 들어가서는 아무도 집에 들이려 하지 않았다. 매일 마을 사람이 그녀를 위해 음식이나 옷을 두고 갔다. 그녀에게 가까이 갈 수 있는 사람은 없었지만, 그래도 두고 간 옷도 없어지고, 그녀가 목숨을 부지하는 걸 보면 그 음식을 먹기는 하는 듯했다. 그녀는 혼자였고 외로웠다. 매 순간 사별한 가족을 생각했다. 그러나 분명히 살아 있는 사람

이었다. ISIS는 신자르에 들어와 마을 외곽에서 그녀를 발견했고, 그녀
가 밖으로 나오지 않으려 하자 방에 들어가 불을 질렀다.

PART
2

1.

코초 마을 사람 전체가 학교 운동장에 다 들어가는 걸 보고, 처음으로 우리 마을이 얼마나 작은지 알게 되었다. 다들 마른 풀밭에 옹기종기 모여 섰다. 어떤 이들은 무슨 일이 벌어질지 궁금해하며 서로 소곤댔고, 어떤 이들은 충격에 빠져 침묵했다. 우리가 어떻게 될지는 아직 아무도 알지 못했다. 나는 발걸음을 옮길 때마다 신을 향해 호소했다. 무장병들은 우리에게 총부리를 겨누고 소리쳤다. "여자들과 아이들은 모두 2층으로! 남자들은 여기 그대로 있어라."

ISIS는 여전히 우리를 진정시키려고 했다. "개종하지 않으면 우리가 산으로 데려가겠다." 우린 명령받은 대로 2층으로 올라갔다. 운동장에 남은 남자 가족들과는 제대로 인사도 못 했다. 그들에게 무슨 일이 벌어질지 미리 알았다면, 어떤 어머니도 아들이나 남편을 그곳에 남겨두지 않았을 것이다.

위층에 올라간 여자들은 휴게실에 삼삼오오 모였다. 몇 년간 다닌 학교가 완전히 달리 보였다. 온 방에 흐느낌이 가득했다. 누가 악쓰거나 무슨 일이냐고 물으면 다에시는 닥치라고 소리를 질렀고, 방에는 다시 공포스러운 정적이 내려앉았다. 나이 많은 노인이나 어린이만 빼고 다들 자리에 서 있었다. 덥고 숨쉬기가 힘들었다.

철창들은 바람이 통하게 열려 있었다. 그 창으로 학교 담장 뒤편이 보였다. 우리는 바깥 상황이 어떤지 보려고 창문으로 달려갔다. 나도 뒷줄에 서서 버둥댔다. 타운 쪽은 쳐다보지도 않고, 다들 아래 모인 남자들 속에서 아들이나 형제나 남편을 찾았다. 남자 몇 명은 정원에 쓸쓸히 앉아 있었는데, 동정할 수밖에 없을 정도로 절망적인 표정을 하고 있었다. 트럭들이 줄줄이 교문에 도착하여 시동을 켠 채 모여 있었다. 우린 겁이 났지만 아무것도 할 수 없었다. 무장병들 때문에 아무도 남자 가족의 이름을 부르거나 소리치지 못했다.

다에시 몇 명이 큰 자루를 들고 방 안을 돌면서 휴대폰과 보석, 돈을 내놓게 했다. 대부분의 여자들은 겁을 먹고, 집에서 꾸려 온 가방에서 귀중품을 꺼내 자루에 넣었다. 몇몇은 숨길 수 있는 것은 숨겼다. 난 어떤 여자들이 신분증과 귀고리를 브래지어 속에 찔러 넣는 걸 봤다. 무장병들의 시선이 다른 곳으로 향한 틈을 타, 물건을 가방에 더 깊이 넣는 이들도 있었다. 두려웠지만 포기하지 않았다. 무장병들은 산에 데려가면 우리 소지품부터 빼앗으려고 할 게 뻔했다. 우리도 내주기 싫은 게 있었다.

그래도 큰 자루 세 포대 가득히 돈, 휴대폰, 결혼반지, 시계, 정부가 발행한 신분증, 배급 카드가 모였다. 심지어 어린아이들도 수색당했다. 다에시 한 명이 어린 여자아이의 귀고리에 총구를 겨눴다. "그걸 빼서 자루에 넣어." 그가 지시했다. 아이가 가만히 있으니 어머니가 속삭였다. "저 사람에게 귀고리를 줘야 산에 갈 수 있단다." 그러자 아이는 귀고리를 빼서 자루에 넣었다. 내 어머니는 가장 귀중한 결혼반지를 포기했다. 창문으로, 삼십 대 초반의 한 남자가 정원 벽 마른 나무 옆에 기대어 흙바닥에 앉아 있는 것이 보였다. 물론 내가 아는 마을 사람이었다. 그는 모든 야지디 남자처럼 자신의 용맹함에 자부심을 갖고, 투사로 자처하던 사람이었다. 쉽게 체념할 것 같지 않은 사내였다. 그런데 무장병이 다가가 손목을 가리키자, 사내는 아무 말도 하지 않았으며 어떤 저항도 하지 않았다. 그저 손을 내밀고 시선을 돌렸을 뿐이다. 무장병은 손목시계를 빼서 자루에 넣었고, 사내는 팔을 내렸다. 그 순간 난 ISIS가 얼마나 위험한지 깨달았다. 그들은 우리 남자들을 무력하게 만들어 버린 것이다.

"네 보석을 내주어라, 나디아." 어머니가 조용히 타일렀다. 어머니는 친척 몇 명과 구석에 있었다. 모두 겁에 질린 모습이었다. 어머니가 다시 말했다. "저들이 네가 물건을 숨긴 걸 알면 죽일 거야."

"못 줘요." 내가 속삭였다. 난 귀중품을 숨긴 생리대가 든 가방을 꽉 안았다. 다에시가 빼앗을까 봐 빵도 가방 안 깊숙이 숨겨 두었다.

"나디아!" 어머니가 잔소리를 하려다 멈추었다. 저들의 시선이 우리에게 쏠리면 곤란했다.

아래층에서는 아흐메드 자소가 동생 나이프와 통화 중이었다. 나이프는 아직도 아내와 이스탄불의 병원에 있었다. 나중에 나이프는 헤즈니에게 이때의 끔찍한 통화들에 대해 전해 주었다. 아흐메드는 동생에게 말했다. "저들이 우리의 귀중품을 걷어 가는구나. 우리를 산으로 데려갈 거라는구나. 이미 교문 밖에 트럭들이 와 있다."

"그런가 보네요, 형님, 그런가 봐요." 나이프가 말했다. 나이프는 속으로 이것이 마지막 통화라면 최대한 명랑하게 하자고 생각했다. 전화를 끊고 나서 나이프는 코초 인근 마을에 사는 아랍족 친구에게 전화했다. "혹시 총소리가 나면 나한테 전화해 주게." 그는 이렇게 부탁하고 전화를 끊었다.

곧이어 무장병들은 족장 아흐메드에게 휴대폰을 제출하라고 요구했다. 그들은 물었다. "당신이 마을 대표자라면서. 어떻게 결정했소? 개종할 거요?"

아흐메드 자소는 한평생 코초에 봉사했다. 주민들 사이에 분쟁이 생기면 그는 남자들을 회관에 불러 모으고 문제를 해결하려 애썼다. 이웃 마을과 긴장감이 돌 때 부드러운 분위기를 조성하는 것도 그의 책임이었다. 아흐메드의 집안은 코초를 자랑스러운 마을로 만들었고, 주민은 그를 신뢰했다. 이제 그는 마을 전체의 운명을 결정하라는 요구를 받았다.

"우리를 산으로 데려가시오." 족장이 말했다.

::

열린 창문 주변에서 소동이 일어났고, 난 다시 그쪽에 가서 밖을 살폈다. 무장병들이 남자들에게 트럭에 타라고 명령했다. 남자들을 줄줄이 세워 트럭으로 떠밀었다. 최대한 많은 수를 트럭에 태우려는 것 같았다. 그 모습을 본 여자들이 소곤대기 시작했다. 무장병이 창문을 닫아 버릴까 봐 겁이 나서 큰 소리로 말하지도 못했다. 열세 살밖에 안 된 소년들도 어른들과 트럭에 태워졌다. 모두 절망스러운 표정이었다.

나는 트럭들과 마당을 훑으면서 오빠들을 찾았다. 마소우드가 두 번째 트럭에 있었다. 그는 다른 남자들과 함께 물끄러미 앞을 보고 있었다. 트럭에 탄 남자들은 여자들이 달라붙은 창문을 올려다보거나 마을을 돌아보지 않았다. 그의 쌍둥이 형제 사오우드는 무사히 쿠르디스탄에 있었지만, 그는 코초에 남아 있었다. 포위 기간 동안 그는 열 마디도 하지 않았다. 형제들 중 제일 조용했다. 늘 혼자 있기 좋아하는 마소우드에게는 정비공 일이 잘 어울렸다. 마소우드는 뭘 먹으려 하지도 않았고 말도 없었다. 그의 단짝 친구 가족이 코초를 탈출하려다가 살해되었다는 사실을 알았을 때도 그랬다. 그는 사오우드나 다른 누구에 대해서도 언급하지 않았다. 그저 포위 기간 내내 우리처럼 TV를 통해 신자르산에 관련된 뉴스를 보았고, 밤에는 옥상에 올라와서 잤다. 늘 감정적인 헤즈니, 카이리와 달리 마소우드는 울지 않았다.

엘리아스 오빠도 마소우드가 탄 트럭을 향해 줄을 서서 천천히 걸어갔다. 아버지가 세상을 떠난 뒤, 그는 우리 가족에게 아버지 같은 존재가 되었다. 그런 엘리아스가 완전히 풀 죽은 모습으로 있었다. 나는 캐스린이 창가에 있는지 주변의 여자들을 힐끗 살피고 안도했다. 조카에게 아버지의 이런 모습을 보게 하고 싶지 않았다. 난 시선을 돌릴 수 없었다. 주변의 모든 게 사라지는 기분이었다. 여자들의 울음소리도,

무장병의 무거운 발소리도, 작열하는 오후의 태양도, 더위까지도 사라져 버린 듯했다. 난 트럭에 태워지는 오빠들을 지켜봤다. 마소우드는 구석에, 엘리아스는 뒤쪽에 있었다. 곧 문이 닫히고 트럭이 학교 뒤쪽으로 굴러갔다. 잠시 뒤 우린 총소리를 들었다.

내가 창문에서 멀어지며 쓰러진 순간 휴게실에 비명이 난무했다. "저들이 남자들을 죽였어!" 여자들이 고함치자 무장병들은 욕하면서 조용히 하라고 다그쳤다. 어머니는 꼼짝 않고 바닥에 앉아 침묵했다. 나는 어머니에게 달려갔다. 어려서부터 겁이 나는 일이 있을 때마다 난 어머니에게 달려가 위로를 받았다. 내가 악몽을 꾸거나, 언니 오빠와 다투고 흥분할 때도 어머니는 내 머리를 쓰다듬으며 "괜찮아, 나디아." 라고 달래 주었다. "괜찮아, 나디아." 난 언제나 어머니를 믿었다. 어머니는 한평생 많은 일을 겪으면서도 불평하지 않았다.

그런 어머니가 양손으로 머리를 감싸고 바닥에 앉아 있었다. "저들이 내 아들들을 죽였어." 어머니는 흐느꼈다.

"소리 지르지 마!" 무장병이 복잡한 휴게실을 누비면서 명령했다. "자꾸 시끄럽게 하면 다 죽여 버리겠다." 여자들은 울음을 그치려고 안간힘을 썼다. 우리의 흐느낌이 목멘 소리로 잦아들었다. 아까 어머니가 아들들이 트럭에 태워지는 모습을 보지 못했기를 난 기도했다.

::

나이프의 아랍족 친구가 터키로 전화를 걸었다. "총소리를 들었네." 그는 울다가 잠시 뒤 멀리 사람의 형체를 발견하고 나이프에게 말했다. "누군가 우리 마을로 달려오네. 자네 조카구만."

나이프의 조카는 마을에 도착해 숨을 몰아쉬며 쓰러졌다. 그가 말했다. "저들이 모두 죽였어요. 우리를 한 줄로 세워 구덩이들로 내려가게 했어요." 평소 우기에 빗물을 모아 농수로 쓰려고 얕게 판 구덩이들이었다. "어려 보이는 사람들은 팔을 들게 해서 털이 났는지 확인하고, 털이 없으면 다시 트럭에 타게 했고요. 놈들이 나머지 사람에게는 총을 쏬어요." 거의 모든 남자가 즉사했고, 동시에 번개 맞은 나무들처럼 시신이 연달아 쓰러졌다.

그날 학교 뒤쪽으로 끌려간 수백 명 중에서 소수만 총살에서 살아남았다. 사이드 오빠는 다리와 어깨에 총을 맞고 쓰러졌으나 죽지는 않았다. 그는 눈을 감고 심장을 진정시키면서 큰 소리를 내며 호흡을 멈추었다. 그의 몸 위로 시신 한 구가 쓰러졌다. 죽어서 몸이 더 무거워진, 체구가 큰 남자였다. 사이드는 육중한 무게에 눌리자 신음이 나지 않게 혀를 물었다. 그는 '적어도 이 시신 때문에 놈들이 날 못 볼 거야.'라고 생각하면서 눈을 감았다. 구덩이에 피 냄새가 진동했다. 오빠 옆에서 아직 죽지 않은 남자가 통증으로 신음하고 비명을 지르면서 도와 달라고 소리쳤다. 사이드는 이쪽으로 오는 다에시들의 발소리를 들었다. "저 개가 아직 살아 있군." 누군가 중얼대더니 귀가 먹먹할 만큼 자동소총을 갈겨 댔다.

이윽고 총알 한 발이 사이드의 목에 박혔다. 그는 비명을 지르지 않으려고 안간힘을 썼다. 무장병들이 멀리—수백 명이 늘어선 줄의 끝 쪽으로—간 기척이 들리고 나서야 사이드는 지혈하려고 손을 움직였다. 근처에 사이드 말고도 부상당한 사람이 한 명 더 있었다. 교사 알리였는데, 그가 사이드에게 소곤댔다. "인근에 농부의 헛간이 있소. 무장병들이 멀리 있으니, 들키지 않고 헛간에 갈 수 있을 거요." 오빠는 고통스러워 얼굴을 찡그리면서 고개를 끄덕였다.

몇 분 뒤 사이드와 알리는 이웃들의 시신을 헤치고 천천히 구덩이에서 기어올라왔다. 양방향을 두리번대며 근처에 무장병이 없는지 확인하고는 최대한 빠른 걸음으로 헛간을 향해 걸어갔다. 오빠는 여섯 발의 총알을 맞았는데, 대부분 다리에 맞았다. 다행히 총알이 뼈나 장기를 관통하지는 않았다. 알리는 등에 부상을 입었고 걸을 수는 있었지만 공포와 출혈 때문에 의식이 혼미했다. 그는 계속 사이드에게 말했다. "안경을 거기 두고 왔소. 안경을 가지러 가야 하오."

사이드가 그를 달랬다. "안 됩니다, 알리. 그러면 안 돼요. 놈들이 우릴 죽일 겁니다."

"알겠소." 알리는 한숨을 지으면서 헛간 벽에 기댔다. 그러다 잠시 뒤 다시 사이드에게 몸을 돌리고 간청했다. "친구, 아무것도 보이지 않소." 기다리는 내내 이런 식이었다. 알리는 안경을 가지러 돌아가자고 애원하고, 사이드는 그럴 수 없다고 부드럽게 달랬다.

사이드 오빠는 헛간 바닥에서 흙을 긁어내 상처를 눌러 지혈하려고 했다. 피가 너무 많이 나서 죽을까 봐 스스로 걱정이 됐다. 여전히 두렵고 어지러웠다. 그는 몸을 떨면서 학교와 뒤쪽 들판의 인기척에 귀를 기울였다. 여자들이 무슨 일을 겪는지, ISIS가 남자들의 시신을 묻기 시작했는지 궁금했다. 잠시 뒤 불도저 같은 게 헛간 옆을 지나는 소리가 났다. ISIS가 불도저를 이용해 흙으로 구덩이를 메우는 것이라고 사이드는 짐작했다.

이복형제인 칼레드는 마을 반대편으로 끌려갔다. 거기서도 남자들이 줄 서서 총살당했다. 사이드처럼 칼레드도 죽은 척하다가 안전한 곳으로 달아나 목숨을 구했다. 팔꿈치에 총을 맞아 팔이 축 처졌지만 다리는 움직일 수 있기에 최대한 빨리 뛰었다. 근처에 쓰러진 남자가 칼레드에게 도움을 청했다. "내 차가 마을에 세워져 있는데, 난 총을 맞아 움직일 수가 없소. 가서 내 차를 갖고 날 데리러 와 주시오. 우린 산으로 갈 수 있소. 부탁이오." 사내가 말했다.

칼레드는 멈춰 서서 그를 바라보았다. 양다리가 총에 맞아 짓뭉개져 있었다. 사내는 병원에 가지 않으면 죽을 터였다. 그러나 그와 같이 움직이면 다른 이의 시선을 끌 게 뻔했다. 칼레드는 남자에게 둘러댈 적당한 거짓말이 생각나지 않았다. 그는 잠시 사내를 물끄러미 응시했다. "미안합니다." 칼레드는 이렇게 말하고 뛰었다.

학교 옥상에서 ISIS 조직원들이 달아나는 칼레드에게 총을 쐈다. 칼레드는 자기 외에도 세 명이 구덩이에서 나와 코초에서 산 쪽으로 달리는 것을 보았다. IS 트럭이 그 뒤를 바짝 쫓고 있었다. 트럭 꼭대기에서 무장병들이 발포하기 시작하자, 칼레드는 밭에 뒹구는 둥근 건초 뭉치 두 개 사이에 몸을 던졌다. 그리고 해가 질 때까지 거기 숨어 있었다. 몸이 덜덜 떨리고 통증이 심해 정신을 잃을 지경이었지만, 강풍이 불어와 건초 뭉치가 굴러서 ISIS에게 발각되는 일이 없기를 내내 기도했다.

그러다 날이 어두워지자 그는 혼자 들판을 걸어 신자르산으로 갔다.

사이드와 알리는 해가 질 때까지 헛간에 머물렀다. 사이드는 기다리는 동안 작은 창문으로 학교를 지켜보았다. "여자들과 아이들에게 무슨 일이 벌어지고 있습니까?" 알리가 구석 자리에 앉아 물었다.

"아직이요. 아직 아무 일도 없네요." 오빠가 대답했다.

"여자들을 죽일 예정이었다면 벌써 무슨 일이 일어나지 않았겠습니까?" 알리가 말했다.

사이드는 침묵했다. 그는 우리에게 무슨 일이 벌어지는지 알지 못했다.

날이 어둑어둑해지자 트럭들이 마을로 돌아와 학교 입구에 주차했다. ISIS의 명령에 따라 여자들과 아이들이 건물에서 쏟아져 나왔다. 무장병들은 트럭에 타라고 윽박질렀다. 사이드는 목을 길게 빼고 군중 속에서 우리를 찾으려고 애썼다. 그는 행렬 속에서 흔들리는 디말의 머릿수건을 알아보았다. 차로 향하는 디말을 보며 사이드가 흐느끼기 시작했다.

"무슨 일입니까?" 알리가 물었다.

사이드는 무슨 일이 벌어지고 있는지 몰랐다. "지금 놈들이 여자들을 트럭에 태우고 있는데, 이유를 모르겠네요." 그가 말했다. 사람들이 가득 차자 트럭들이 출발했다.

사이드는 혼잣말로 중얼댔다. "내가 살아나면 전사가 되어 누이들과 어머니를 구하겠노라 신께 맹세합니다." 그러다 해가 완전히 지자 그와 알리는 다친 몸이 허락하는 한 빠르게 움직여 산으로 향했다.

2.

학교에 남은 우리는 총성을 들었다. 남자들을 죽이는 소리였다. 요란하게 터진 총소리는 한 시간 동안 계속 울렸다. 창가에 있던 여자 몇 명은 학교 뒤편에서 피어오르는 먼지구름을 봤다고 말했다. 주위가 조용해지자 무장병들은 우리에게 관심을 돌렸다. 코초에는 여자들과 아이들만 남아 있었다. 우린 공포에 질렸지만 소리 내지 않으려고 애썼다. 다에시의 분노를 사고 싶지 않았다. "내 아버지의 집이 갈가리 찢겼구나." 어머니가 앉은자리에서 작게 말했다. 그건 우리가 가장 절망적인 순간에만 하는 관용적인 표현으로, 모든 걸 잃었다는 뜻이었다. 어머니는 완전히 희망을 버린 목소리였다. 어머니가 엘리아스와 마소우드가 트럭에 타는 걸 본 것 같다는 생각이 들었다.

무장병이 우리에게 아래층으로 가라고 명령했고, 모두 그를 따라 1층으로 내려갔다. 거기 성인 남자는 IS 조직원들밖에 없었다. 또래에 비해 키가 큰 열두 살 소년 누리는 형 아민과 함께 구덩이로 갔었다. 아민은 남자들과 총살당했지만, 누리는 그렇지 않았다. 무장병들은 누리에게 양손을 머리 위로 들게 한 뒤, 겨드랑이 털이 없자 학교로 돌려보냈다. 지휘관이 지시했다. "아직 아이군. 돌려보내." 학교로 돌아온 누리는 수심에 찬 숙모들에게 에워싸였다.

난 계단에서 캐스린이 허리를 굽혀 미국 달러화를 집는 걸 보았다. 수백 달러 같았다. 누군가의 가방에서 떨어진 돈임이 분명했다. 내가 조카에게 말했다. "갖고 있어. 잘 숨기고. 우린 이미 모든 걸 바쳤잖아."

하지만 캐스린은 두려운 나머지 돈을 챙길 수가 없었다. 그러는 대신 다에시에게 그 돈을 주면, 그들이 자신과 가족을 동정할 거라고 기대했다. "돈을 주면 저들이 우리에게 아무 짓도 안 할 거야." 캐스린은 달러 뭉치를 눈에 띄는 무장병에게 주었고, 그는 말없이 돈을 받았다.

트럭들이 학교 문으로 돌아왔다. 우린 남자들을 애도하는 울음을 멈추고, 우리 자신 때문에 악썼다. 다에시가 여자들을 여러 무리로 나누었다. 정말 혼돈의 도가니였다. 우리는 어머니 혹은 여자 형제들과 헤어지지 않으려 했고, 다들 무장병에게 물어 댔다. "남자들을 어떻게 한 거예요? 우릴 어디로 데려가는 거예요?" 무장병들은 아무 말도 못 들은 체하고 우리 팔을 잡아 트럭 짐칸에 태웠다.

나는 캐스린과 붙어 있으려고 애썼지만 떨어지게 되었다. 디말과 나는 16~17명의 소녀들과 첫 번째 트럭에 태워졌다. 빨간 픽업트럭은 내가 타기 좋아하던 짐칸처럼 지붕이 없었다. 언니와 나 사이에 다른 소녀들이 끼었다. 난 뒤편에 앉았고 디말은 앞쪽 구석으로 밀려가 부인들, 아이들과 어깨를 맞대고 앉아 바닥을 응시했다. 다른 사람들이 어떻게 되는지 볼 새도 없이 트럭은 출발했다.

운전수는 속력을 내서 코초를 빠져나가, 좁고 울퉁불퉁한 도로를 급히 달렸다. 운전수는 화가 나서 서두르는 것처럼 차를 몰았다. 트럭이 홱 움직일 때마다 우린 서로 부딪치거나 난간에 세게 부딪쳐서 등뼈가 부러질 것만 같았다. 30분 뒤 트럭의 속도가 느려지자 모두 안도하며 신음했다. 이윽고 트럭은 신자르시의 외곽으로 들어섰다.

신자르시에는 수니파 무슬림만 남아 있었다. 그런데 평소와 다름없는 풍경이 펼쳐져서 난 놀랐다. 시장에서 부인들이 장을 보는 사이 남편들은 찻집에서 담배를 피웠다. 택시 기사들은 인도를 훑으며 손님을 찾았고 농부들은 양 떼를 초지로 몰았다. 우리 앞뒤 도로에 승용차들이 가득했다. 운전자들은 여자들과 아이들을 잔뜩 태운 트럭들에 눈길도 주지 않았다. 트럭 짐칸에 빽빽이 앉아서 서로 부둥켜안으며 울고 있는 우리가 예사롭게 보일 리 없었다. 그런데 왜 아무도 도와주지 않을까?

난 희망을 가지려고 애썼다. 신자르시가 여전히 나에게 익숙한 곳이라는 사실이 위로가 됐다. 몇몇 거리를 알아볼 수 있었다. 식품점들과 냄새 좋은 샌드위치를 파는 식당들, 입구에 기름이 번질대는 차 정비소들, 색색의 과일이 쌓인 청과물 가게가 즐비했다. 결국 우린 산으로 가는구나 싶었다. 다에시가 우리를 안 보이게 치우려는 것 같았다. 신자르산 기슭에 내려 주고, 우리가 열악한 환경의 산 정상으로 도망치게 놔두겠지. 다에시는 그걸 사형선고나 마찬가지라고 생각할 수도 있었다. 난 ISIS가 그러기를 소원했다. 이미 집들은 점령되었고 남자들은 아마도 죽었겠지만, 적어도 산꼭대기에 가면 우린 다른 야지디와 합류할 수 있었다. 그곳에서 헤즈니 오빠를 찾고, 떠나보낸 가족들을 애도할 수 있었다. 얼마 후면 우린 남은 공동체를 다시 세울 수 있을 것이라고 생각했다.

지평선에 걸린 산의 윤곽선과 높고 평편한 꼭대기가 보였다. 난 트럭이 산을 향해 계속 직진하기를 바랐다. 하지만 트럭은 동쪽으로 방향을 돌려서 신자르산에서 멀어지기 시작했다. 트럭에 드는 바람이 너무세서 고함을 질러도 아무도 몰랐을 테지만 난 잠자코 있었다.

산으로 이송되는 게 아님이 확실해진 순간, 가방에 손을 넣어 집에서 가져온 빵을 찾았다. 분노가 솟구쳤다. 왜 아무도 우리를 도와주지 않았을까? 오빠들이 무슨 일을 당했을까? 빵은 말라 버려서 딱딱했고 먼지와 실 보푸라기가 잔뜩 끼어 있었다. 빵이 나와 가족을 지켜 줘야했지만 그러지 않았다. 신자르시를 빠져나오자 난 가방에서 빵을 꺼내 트럭 밖으로 던졌다. 빵은 도로에 부딪쳐 튀어서 쓰레기 더미에 떨어졌다.

::

우린 일몰 직전에 솔라에 도착해 '솔라 인스티튜트' 앞에서 멈췄다. 타운을 막 벗어난 곳에 있는 학교였다. 큰 건물은 잠잠하고 어두웠다. 디말과 나는 첫 무리에 끼어 트럭에서 내리자마자 지쳐서 마당에 앉았다. 이어서 다른 트럭들이 들어왔고, 부녀자들이 비척비척 내렸다. 그 사이에는 내 친척도 있었다. 친척들은 트럭에서 내려 멍한 상태로 문을 지나 우리에게 다가왔다. 니스린은 울음을 그치지 못했다. 내가 조카에게 말했다. "기다려 봐. 무슨 일이 벌어질지 모르잖아."

솔라는 코초에서 수제 빗자루로 유명했다. 1년에 한 차례 어머니나 다른 가족이 빗자루를 사러 거기 갔다. ISIS가 들이닥치기 얼마 전에 나도 한 번 가 본 적이 있었다. 그때 솔라가 얼마나 아름답고 푸르른 고장인지 느끼게 되었고, 내가 그 여행에 끼었다는 사실이 특별하게 느껴졌다. 그런데 이제 여긴 다른 나라 같았다.

어머니는 마지막 트럭에 있었다. 그 모습을 평생 잊지 못할 것이다. 바람에 흰 스카프가 젖혀져 어머니의 검은 머리가 드러났다. 평소 단정히 가르마를 타는 머리가 산발이 되었고, 스카프는 입과 코만 겨우 가리고 있었으며, 흰옷이 꾀죄죄했다. 어머니는 휘청대며 트럭에서 끌어내려졌다. "계속 가라고!" 무장병이 윽박지르면서 어머니를 정원 쪽으로 밀었고, 민첩하게 움직이지 못하는 어머니와 노인들을 조롱했다. 어머니는 망연자실해서 문을 지나 우리에게 걸어왔다. 한 마디 말도 없이 앉더니 내 무릎을 베고 누웠다. 남자들 앞에서 좀처럼 눕는 법이 없는 분인데도 말이다.

다에시가 교문에 채워진 자물쇠를 내리쳐서 문을 열더니 안으로 들어가라고 명령했다. 그가 말했다. "먼저 머리에 쓴 스카프를 벗도록. 스카프를 여기 문 옆에 놓고 가라."

우리는 시키는 대로 했다. 무장병들은 머리를 드러낸 우릴 더욱 찬찬히 보더니 들여보냈다. 여자들이 탄 트럭이 정문에 속속 도착하면서 —아이들은 엄마의 치맛자락에 매달렸고, 새댁들은 남편을 잃고 울어서 눈이 빨갰다―스카프 더미가 커졌고, 얇은 전통 흰색 스카프와 젊은 야지디 여인들이 선호하는 화사한 스카프가 뒤섞이게 되었다. 해가 지고 트럭이 더 들어오지 않자, 긴 머리 일부를 흰 스카프로 감싼 무장병이 총구로 스카프 더미를 찌르면서 웃었다. "이걸 너희들에게 250디나르―미화 20센트 정도―에 되팔겠다." 그는 우리에게 푼돈도 없다는 것을 알면서 조롱했다.

전원이 한 방에 들어가자 못 견디게 더웠다. 아니면 내가 열이 나서인지 궁금했다. 임신부들은 신음하면서 다리를 뻗고 벽에 등을 기댔다. 그들은 방을 보지 않으려는 듯 눈을 꼭 감았다. 사방에는 옷자락 끄는 소리와 숨죽인 흐느낌만 들렸다. 불쑥 어머니보다 좀 아래인 듯한 연배의 여인이 고래고래 악쓰기 시작했다. "너희가 우리 남자들을 죽였어!" 그녀가 반복해서 고함치자 그녀의 분노가 좌중에 번졌다. 더 많은 여자들이 흐느끼고 악을 쓰고 무장병에게 답을 요구했다. 혹은 소리를 내지르면 슬픔이 풀릴 것처럼 대성통곡했다.

무장병들은 소란에 분노했다. "울음을 멈추지 않으면 여기서 죽여 버리겠다." 다에시 한 명이 그 부인에게 총을 들이대면서 이마를 때렸다. 하지만 그녀는 귀신에 들린 것처럼 울음을 멈추지 못했다. 몇몇 여자가 총을 든 무장병 앞을 지나서 그녀를 달랬다. 한 여자가 말했다. "남자들이 겪은 일을 생각하지 말아요. 이제 우린 버텨야 해요."

ISIS는 음식을 조금 나눠 주었다. 감자칩과 밥, 물 정도였다. 그날 아침 집을 떠난 뒤로는 다들 먹지도 마시지도 못한 상태였지만, 우린 식욕이 없었다. 또한 겁에 질려서 그들이 준 것을 먹을 수도 없었다. 우리가 음식 꾸러미를 못 본 체하자 다에서는 우리 손에 떠밀 듯 쥐어 주었다. "먹어." 그들은 우리의 거부에 모욕을 느낀 듯 명령했다. 그러더니 큰 소년 몇 명에게 비닐봉지를 주고 방 안을 돌아다니면서 쓰레기를 모으게 했다.

늦은 시간이었고 우린 지쳤다. 어머니는 여전히 내 무릎을 베고 누워 있었다. 어머니는 도착한 뒤로 아무 말도 하지 않았지만, 눈을 뜬 걸 보면 자는 것은 아니었다. 난 다들 다닥다닥 붙어 밤을 지내리라 짐작했다. 그러나 우리가 잠들지는 못할 것 같았다. 어머니에게 지금 무슨 생각을 하느냐고 묻고 싶었지만, 너무 힘들어서 아무 말도 할 수 없었다. 그때 어떤 말도 건네지 않았던 게 지금도 후회스럽다.

요기가 끝난 뒤에 무장병들은 우리를 작은 그룹들로 나누고는, 다시 밖으로 나가 정원의 맞은편 끝에 모이라고 지시했다. "결혼한 여자는 애들을 데리고 여기 모여. 하지만 어린아이들만 데리고 있어야 한다." 그들이 방 끄트머리를 가리키면서 소리쳤다. "나이 많은 여자들과 아가씨들은 밖으로!"

우린 이게 무슨 의미인지 몰라서 겁에 잔뜩 질렸다. 어머니들은 큰 자식을 보내지 않으려고 매달렸다. 그러자 무장병들이 억지로 가족들을 떼어 놓고, 젊은 미혼 여자들을 문으로 밀어냈다. 정원에 나와서 캐스린과 나는 다시 바닥에 주저앉은 어머니에게 달라붙었다. 조카는 할머니와 헤어지는 걸 나보다 더 두려워했다. 그리고 내 어머니의 팔에 머리를 묻었다. 곧 무장병이 우리에게 다가왔다. "당신!" 그는 소리치면서 어머니에게 정원 남쪽을 가리켰다. "저기로 가."

나는 고개를 저으면서 어머니에게 더 매달렸다. 무장병이 쭈그려 앉아 내 스웨터를 당겼다. "어서!" 그가 말했지만 난 반응하지 않았다. 그가 더 힘껏 끌어당겼고 난 시선을 돌렸다. 그러자 그자가 내 겨드랑이에 손을 넣어 날 바닥에서 일으켜 어머니와 떼어 놓았다. 그리고 날 정원 담장 쪽으로 밀었다. 난 비명을 질렀다. 그는 내 어머니의 손을 풀로 붙인 듯 꼭 잡고 있던 캐스린도 똑같이 떼어 냈다. 캐스린은 간절한 목소리로 말했다. "같이 있게 해 주세요!" 다시 덧붙였다. "할머니가 몸이 안 좋으세요!" 그들은 들은 척도 하지 않고 캐스린과 어머니를 갈라 놓았고, 나와 캐스린은 울부짖었다.

"난 못 움직이겠소, 죽을 것 같아." 어머니가 무장병에게 말하는 소리가 내 귀에 들렸다.

"어서 가. 우리가 냉방장치가 된 곳에 데려다줄 테니." 무장병이 안달하며 채근했다. 그러자 어머니는 바닥에서 일어나 천천히 그를 따라갔다. 그렇게 어머니는 우리와 멀어졌다.

나이 든 미혼녀 몇 명은 결혼했다고 거짓말하거나, 아는 아이들을 안고 자식이라고 주장해서 다에시를 속였다. 적어도 다에시는 어머니들과 기혼녀들에게는 관심이 덜한 듯했다. 디말과 아드키는 조카 둘을 바싹 당겼다. "이 아이들이 우리 아들들이에요." 무장병들은 잠시 빤히 쳐다보더니 그냥 지나갔다. 이혼한 뒤 자식들을 만나지 못한 디말은 엄마답게 연기했고, 결혼한 적 없는 데다 어머니다운 구석이 없는 아드키도 역할을 잘 해냈다. 순식간에 내린, 생사가 걸린 결정이었다. 작별 인사도 하지 못했는데 언니들은 아이들을 옆에 끼고 위층으로 떠밀려 올라갔다.

무장병의 기준에 따라 여자들이 모두 분리되는 데 한 시간이 걸렸다. 나는 캐스린, 로지안, 니스린과 바깥에 앉았다. 우린 서로를 부둥켜 안고 기다렸다. 무장병들이 다시 감자칩과 물을 주었고, 우린 겁이 나서 먹을 수 없었다. 그래도 난 물을 조금 마셨다. 내가 얼마나 갈증이 났었는지 그제야 깨달았다.

난 어머니와 위층으로 간 언니들을 떠올리면서 ISIS가 그들에게 어떻게 행동할 것인지, 온정을 베풀어 줄 것인지 궁금해했다. 주위 소녀들의 얼굴이 울어서 빨갰으며, 땋거나 묶은 머리가 아무렇게나 삐져나와 있었다. 소녀들은 바로 옆 사람을 꽉 붙잡았다. 난 지쳐서 머리가 몸속에 처박히는 기분이 들었고, 언제든 세상에 어둠이 가득 찰 것만 같았다. 하지만 희망을 완전히 버리지는 않았다.

그때 교문으로 들어오는 버스 석 대를 봤다. 평소 관광객들과 성지 순례자들을 태우고 이라크 국내와 메카(사우디아라비아 서남부에 있는 홍해 연안의 도시이며, 이슬람교의 창시자인 무함마드가 태어난 곳으로 이슬람교 최고의 성지: 옮긴이)를 도는 대형 버스였다. 곧 우리를 태우러 온 버스라는 걸 알아차렸다.

"우릴 어디로 데려갈까?" 캐스린이 울었다. 말은 안 했지만 시리아에 가게 될까 봐 겁이 났다. 저들은 못할 게 없어 보였다. 난 우리가 시리아에서 죽을 거라는 확신이 들었다.

난 빵을 빼서 더 가벼워진 가방을 바짝 끌어안았다. 시간이 지나니 빵을 버린 게 후회스러워졌다. 야지디에게 빵을 버리는 것은 죄였다.

야지디 신은 순례나 기도의 횟수로 야지디를 심판하지 않는다. 선량한 야지디가 되기 위해 화려한 신전을 짓거나 몇 년간 종교 교육을 받을 필요도 없다. 의례는 집안에 돈이 생기거나 여행할 여유가 있을 때 행하면 되었다.

우리 신앙의 진실성은 행위에 있다. 낯선 이들을 집에 초대하고, 돈과 음식이 없는 이들에게 베풀고, 장례 의식을 치르기 전 세상을 떠난 사랑하는 이의 곁을 지킨다. 모범생이 되거나 배우자에게 친절하게 대하는 것도 기도와 똑같은 행위다. 우리를 살아 있게 하고 가난한 이를 도울 수 있게 하는 것은 우리 빵처럼 소박하고 신성한 일이다.

잘못을 저지르는 것은 인간으로서 당연한 부분이다. 이 때문에 야지디에서는 종교 지도자층의 일원을 종교적인 의미의 형제자매로 삼는다. 그들은 종교를 가르치고 내세에서 우릴 도와준다. 나의 자매는 나보다 조금 나이가 많고 아름다웠으며 야지디 교리를 매우 잘 알았다. 그녀는 한 번 결혼했다가 이혼을 했고, 친정에 돌아와 살면서 신과 종교에 자신을 바쳤다. 나의 자매는 ISIS가 집 가까이 오기 전에 탈출하여, 독일에서 안전하게 지냈다. 이런 형제나 자매의 가장 중요한 소임은 우리가 죽은 뒤 신과 타우시 멜렉 곁에 앉아 우리를 변호하는 일이다. 그들은 이렇게 말할 것이다. "이자는 제가 생전에 알던 사람입니다. 영혼이 지상으로 돌아갈 자격이 있는, 선량한 사람입니다."

내가 죽으면 나의 종교적 자매가 내 죄들을 변호해 줄 것이다. 코초의 가게에서 사탕을 훔친 일이나 게을러서 언니 오빠와 밭에 가지 않던 일, 그런 죄들을 변호해 줄 터였다. 이제 그녀는 날 위해 몇 가지 변호를 더 해야 했기에, 난 먼저 그녀에게 용서받고 싶었다. 어머니의 지시를 어기고 신부의 사진들을 간직한 일, 빵을 버린 일, 이제 저 버스에 타고 이후에 해야 될 일에 대해서.

3.

나 같은 소녀들은 버스 두 대에 태워졌다. 아직 어리다는 이유로 총살을 피한 누리나 내 조카 말릭 같은 소년들은 세 번째 버스에 탔다. 그들도 우리처럼 겁을 먹었다. IS 대원들이 들어차 있는 무장한 지프들이 버스들을 호송하려고 기다렸다. 마치 전쟁이라도 나가는 것 같았다. 어쩌면 그게 맞았다.

사람들 속에서 기다리는데 무장병 한 명이 내게 다가왔다. 아까 총으로 스카프 더미를 찔렀던 자였다. 그는 여전히 무기를 들고 있었다. "개종할 거야?" 그가 내게 물었다. 그자는 스카프들을 갖고 장난칠 때처럼 조롱하면서 히죽히죽 웃었다.

"개종하면 여기 머물 수 있다니까. 네가 어머니와 자매들에게 가서 개종하라고 말하면 되는데."

난 다시 고개를 저었다. 너무 무서워서 아무 말도 할 수 없었다.

"좋아." 그는 히죽대는 웃음을 멈추고 내게 찡그렸다. "그러면 나머지들이랑 버스에 타라고."

버스는 매우 좌석이 많고 컸으며, 가운데 조명이 켜진 통로가 있었다. 사방의 창문에는 커튼이 쳐져 있었다. 사람이 다 타자 공기가 답답해져서 숨 쉬기가 힘들었다. 창문을 열거나 밖을 보려고 커튼을 걷으려 하자, 무장병이 가만히 앉아 있으라고 소리쳤다. 나는 앞쪽에 있어서 운전수가 통화하는 소리를 들을 수 있었다. 우릴 어디로 데려갈지 알아내고 싶었지만, 그가 투르크멘어로 대화하는 바람에 하나도 알아듣지 못했다. 내 통로 쪽 좌석에서 넓은 앞창으로 도로가 보였다. 학교를 떠날 때는 이미 어두워서 사방이 잘 보이지 않았는데, 운전사가 헤드라이트를 켜니 검은 아스팔트 도로와 이따금 나무나 관목 숲이 있는 풍경이 보였다. 나는 차마 뒤돌아볼 용기가 나지 않았다. 그래서 어머니와 언니들이 있는 솔라 인스티튜트를 다시 볼 수 없었다.

차는 빨리 달렸다. 소녀들을 가득 태운 버스 두 대가 앞에, 소년들을 태운 버스가 뒤에서 달렸고, 흰 지프들이 앞뒤에서 따라왔다. 우리 버스는 오싹할 만치 조용했다. 무장병이 통로를 왔다 갔다 하는 소리와 엔진 소리만 들렸다. 난 차멀미가 나기 시작해서 눈을 감고 싶어졌다. 버스에 땀 냄새와 체취가 진동했다. 뒤쪽에서 소녀 하나가 토했다. 처음에는 심하게 토하다가 무장병이 멈추라고 소리치니 최대한 소리 내지 않고 토했다. 토사물 냄새가 버스 안에 퍼져 참기 힘들었다. 곧 근처에 앉은 소녀 몇 명도 토하기 시작했다. 아무도 그들을 달랠 수 없었다. 다에시는 우리가 서로 만지거나 말하지 못하게 했다.

통로를 오가는 키가 큰 무장병은 35세 정도 된 아부 바타트였다. 그는 자신이 맡은 임무가 마음에 드는 듯했다. 그는 소녀들, 특히 겁먹거나 자는 척하는 사람들을 찾아내서 지긋이 바라보았다. 그러더니 어떤 소녀는 일어나게 해서 버스 뒤편으로 보내 벽을 등지고 서게 했다. "웃어!" 그가 말하고 휴대폰으로 촬영했다. 선택당한 소녀들이 겁먹는 게 재미있는지 연신 웃음을 터트렸다. 소녀들이 겁나서 눈을 내리깔면 그가 외쳐 댔다. "고개 들어!" 한 사람씩 촬영하면서 그는 점점 대담해지는 듯했다.

나는 눈을 질끈 감고서 일어나는 일들을 보지 않으려 했다. 나도 공포에 질렸지만 고단한지 곧 잠에 빠져 버렸다. 그러나 제대로 쉴 수 없었다. 잠들었다가도 고개를 휙 들면서 놀라서 눈을 떴다. 앞창을 멍하니 보다가 잠시 뒤에야 여기가 어딘지 기억해 내곤 했다.

확신할 순 없지만 우린 모술로 가는 도로에 있는 듯했다. 모술은 IS의 이라크 내 수도 역할을 했다. ISIS는 모술 탈환을 큰 승리로 여겼다. 인터넷에 올라온 영상을 보면, 그들이 모술의 거리와 관청 건물을 점령하고 도로를 차단한 뒤 대대적으로 자축했음을 알 수 있다. 한편 쿠르드와 이라크 핵심 권력은 몇 년이 걸리더라도 IS 무장 단체로부터 모술을 재탈환하겠노라 맹세했다. 난 '우리한테는 몇 년이 없는데.'라고 생각하며 다시 잠에 빠졌다.

갑자기 왼쪽 어깨를 만지는 손길에 깨서 눈을 뜨니, 아부 바타트가 내 위에 버티고 있었다. 그의 초록 눈이 번들거리고 입매가 뒤틀리며 미소가 번졌다. 내 얼굴과 그가 옆에 찬 권총이 거의 맞닿았고, 난 거기서 바위가 된 듯 움직이거나 말할 수 없었다. 난 다시 눈을 감고 그가 가기를 기도했다. 그러나 그의 손이 천천히 어깨 밑으로 내려와 목덜미를 스치더니, 옷 앞섶을 지나 왼쪽 가슴에서 멈추었다. 불이 붙은 느낌이었다. 남이 거기를 만진 적이 없었다. 난 눈을 떴지만 도저히 그를 쳐다볼 수가 없어서 앞만 응시했다. 아부 바타트는 내 옷 안에 손을 넣더니 아프게 하려는 듯 가슴을 힘껏 움켜잡고는 가 버렸다.

ISIS와 있는 매 순간은 느리게 흘러갔다. 육신과 영혼이 고통스럽게 죽어 가는 과정이었다. 버스에서 아부 바타트가 옆에 선 순간부터 난 죽어 가기 시작했다. 난 촌사람인 데다가 얌전한 집안 출신이었다. 어디를 가든 집을 나설 때마다 어머니에게 검사를 받았다. 그녀는 말하곤 했다. "셔츠 단추를 다 채워라, 나디아. 조신하게 행동해야 한다."

이 낯선 자가 난폭하게 몸을 만지는데 난 아무것도 할 수가 없었다. 아부 바타트는 계속 버스 안을 오가면서 통로에 앉은 소녀들을 더듬고 만졌다. 우리가 인간이 아닌 것처럼. 그는 우리가 몸을 빼거나 화낼 걱정은 하지 않는 눈치였다. 그가 다시 다가왔을 때, 난 그의 손을 붙잡아 옷에 넣지 못하게 했다. 너무 두려워서 말이 나오지 않았다. 눈물이 그의 손에 뚝뚝 떨어졌지만 그는 멈추지 않았다. 난 '이런 건 사랑하는 사람들이 결혼하면 하는 일인데.'라고 생각했다. 결혼의 의미를 아는 나이가 된 뒤, 코초에서 사람들이 연애하고 결혼하는 모습을 보며 이런 사랑관을 갖게 되었다. 그러나 아부 바타트가 몸을 만지는 순간 사랑에 대한 관점은 산산이 깨져 버렸다.

"저 사람은 통로에 앉은 여자애들 모두에게 그래. 전부 만졌어." 내 옆의 가운데 좌석에 앉은 소녀가 속삭였다.

"제발 자리 좀 바꿔 줘. 그가 또 만지는 게 싫어." 내가 간청했다.

"그럴 순 없어. 너무 무서워." 그 아이가 대답했다.

아부 바타트는 계속 통로를 오르내리면서 마음에 드는 소녀들 앞에서 멈추었다. 눈을 감자 그의 헐렁한 흰 바지가 스치는 소리와 샌들이 발바닥에 닿는 소리가 들렸다. 이따금 무전기에서 아랍어가 나왔지만 잡음이 심해서 무슨 말인지 정확히 들리지 않았다.

내 옆을 지날 때마다 그는 어깨를 따라 왼쪽 가슴을 만지고 갔다. 어찌나 땀이 나는지 목욕을 한 것 같았다. 난 그가 아까 토한 사람들을 피하는 걸 알아채고 입에 손을 넣어 토하려고 했다. 옷이 토사물 범벅이 되어 그가 몸에 손대지 않기를 바랐지만 소용없었다. 고통스럽게 헛구역질을 했지만 아무것도 나오지 않았다.

버스는 탈 아파르에서 멈추었다. 신자르시에서 50킬로미터쯤 떨어진 투르크멘족의 주요 도시다. 여기서 무장병들은 상관의 지시를 받으려고 휴대폰과 무전기로 교신하기 시작했다. "사내아이들을 여기 내려놓으라는군." 운전수가 아부 바타트에게 말했고, 곧 둘이 버스에서 내렸다. 앞창으로 아부 바타트가 동료에게 말하는 광경이 보였다. 그들이 대체 뭐라고 말하는지 궁금했다. 탈 아파르 주민의 3분의 1은 수니파 투르크멘족이다. 신자르에 들어오기 몇 달 전에 시아파 주민들이 달아나면서 ISIS는 이 도시를 점령할 수 있었다.

아부 바타트가 주무른 왼쪽 몸이 쑤셨다. 난 그가 다시 버스에 타지 않기를 기도했지만, 그는 몇 분 뒤 올라왔다. 버스는 다시 움직이기 시작했다. 차가 후진할 때 앞창을 보니 버스 한 대가 남는 걸 알 수 있었다. 나중에 난 그 버스에 내 조카 말릭을 포함한 소년들이 탔다는 것을 알게 되었다. 이것 또한 나중에 알았지만, ISIS는 이 소년들을 세뇌시켜 테러 단체에서 싸우게 했다. 세월이 지나고 전쟁이 계속되면서 ISIS는 소년들을 인간 방패와 자살 폭탄으로 이용한 것은 물론이다.

아부 바타트는 버스에 오르자마자 다시 우리를 괴롭히기 시작했다. 마음에 드는 소녀들을 골라서 빈번하게 다가와 더 오래 만졌다. 어찌나 세게 주무르는지 몸을 찢어 놓을 작정인가 싶었다. 탈 아파르를 떠나 10분쯤 지나자 난 도저히 더 참을 수가 없을 지경이었다. 그가 다시 어깨를 만지자 난 비명을 질렀다. 그 소리가 적막을 갈랐다. 곧 다른 소녀들도 비명을 지르기 시작했고, 버스 안은 대학살 현장처럼 변했다. 아부 바타트는 얼어붙었다. "닥쳐, 모두!" 그가 외쳤지만 우린 계속 악을 썼다. '저자가 죽인대도 상관없어. 죽고 싶어.' 이런 생각이 들었다. 투르크멘족 운전수가 차를 길가로 붙이면서 급정거했고, 난 앉은 채로 몸이 젖혀졌다. 잠시 뒤 앞에서 달리던 흰 지프도 멈추었다. 그 차에서 한 사람이 조수석에서 내려 우리 버스로 걸어왔다.

나는 그 다에시가 누군지 알아보았다. 솔라에서 본 나파라는 지휘관이었다. 솔라 학교에서 유독 잔인하고 거칠게 굴면서 인정머리 없이 사람들을 윽박지른 인물. 인간이 아니라 기계 같다는 생각이 드는 작자였다. 운전사가 문을 열자 나파가 쿵쾅대며 버스로 올라왔다. "누가 시작했지?" 그가 물었고 날 괴롭힌 아부 바타트가 손짓하며 말했다. "저것이 시작했습니다." 나파가 내 자리로 걸어왔다.

그가 말하기 전에 내가 먼저 상황을 설명해야겠다 싶었다. 테러 집단이라고 해도 ISIS에 여자들을 대하는 규칙이 있지 않을까? 스스로 좋은 무슬림이라고 자부한다면, 아부 바타트가 우리를 희롱하는 태도에 반대할 것이라는 판단이 들었다. "당신들이 우리를 이 버스에 태워 데려왔어요. 당신들이 끌고 왔고 우린 선택권이 없었죠. 그런데 이 사람이…!" 아부 바타트를 가리키는 내 손이 두려움으로 떨려 왔다. "이 사람이 내내도록 우리 가슴을 만졌어요. 몸을 주물럭 대고 우리를 내버려 두지 않았다고요!"

내 말이 끝난 후 나파는 조용해졌다. 순간적으로 난 그가 아부 바타트를 혼낼 거라는 희망을 품었다. 하지만 아부 바타트가 입을 열면서 희망은 사라져 버렸다. "너희가 여기 뭐 하러 온 것 같나? 솔직히 모르고 있나?" 그는 버스에 탄 사람들이 다 들을 정도로 크게 말했다.

아부 바타트는 나파가 선 곳으로 와서 내 목을 잡더니 이마에 총구를 겨눴다. 주변의 소녀들은 비명을 질렀지만, 난 겁이 나서 아무 소리도 낼 수가 없었다. "눈을 감으면 쏴 버리겠다." 그가 말했다.

나파가 버스 문으로 돌아갔다. 그는 내리기 전에 우리를 향해 몸을 돌리고 말했다. "너희가 왜 끌려왔다고 생각하는지 나는 모른다. 하지만 너희는 선택권이 없다. '사비야'가 되려고 여기 왔고, 내 지시에 따라야 한다. 너희 중 누가 다시 비명을 지르면, 장담컨대 곤란한 지경에 처하게 될 거다." 아부 바타트가 여전히 내게 총을 겨눈 상태에서 나파는 버스에서 내렸다.

그 아랍어가 내게 적용되는 것은 그때 처음 들었다. ISIS가 신자르를 점령하고 야지디를 납치하기 시작하면서 그들은 인간 전리품을 사비야라고 불렀다. 그들이 성 노예로 사고파는 젊은 여인을 의미했다.

이게 우리를 이용할 방안이었다. 전 세계 무슬림 공동체가 오래전에 금지한 일인데도, 다에시는 쿠란의 해석을 근거로 법령을 정하고 공식 팸플릿을 만든 뒤 신자르를 공격했다. 그들에 따르면 야지디 여자들은 이교도로 간주된다. 따라서 노예를 강간하는 것은 죄가 아니라는 게 ISIS의 쿠란 해석이었다. 우린 신병 IS 조직원을 유인하는 데 쓰이거나 충성과 선행의 보상으로 주어질 터였다. 버스에 탄 우리 모두가 그런 운명에 처해 있었다. 우린 이제 인간이 아니었다―성 노예인 *사비야*들이었다.

아부 바타트는 내 목에서 손을 떼고 총을 치웠다. 하지만 그때부터 한 시간 뒤 모술에 도착할 때까지 난 그의 주요 목표물이었다. 그는 계속해서 다른 소녀들도 건드렸지만, 나한테 집중했다. 더 자주 내 곁에 머물렀고, 가슴에 멍이 들 정도로 힘껏 쥐어짰다. 몸의 왼쪽이 얼얼했다. 하지만 다시 반항하면 아부 바타트가 날 죽일 게 분명하니 가만히 있었다. 머릿속으로는 비명을 멈추지 않았다.

맑은 밤이었다. 앞창으로 보이는 하늘에 별이 총총했다. 하늘을 보니 어머니가 자주 들려주던 '레일라와 마즈눈'이라는 옛 아라비아 사랑 이야기가 떠올랐다. 퀘이스라는 남자가 레일라라는 여자에게 완전히 반해서, 감정을 숨기지 않고 잇달아 연시를 썼다. 그러자 주위에서 그를 '마즈눈'이라는 별명으로 불렀다. '*마즈눈*'은 아랍어로 '사로잡힌', '미친'이라는 뜻이다. 마즈눈이 레일라에게 청혼했지만, 그녀의 아버지는 아직 자리를 잡지 못한 마즈눈이 좋은 신랑감이 아니라며 반대했다.

비극적인 이야기다. 레일라는 강제로 다른 남자와 결혼했으나 상심해서 죽는다. 마즈눈은 마을을 떠나 홀로 사막을 헤매면서 혼잣말을 하고 모래밭에 시를 썼다. 그러던 어느 날 그는 레일라의 묘비를 발견하게 된다. 그는 죽을 때까지 묘 옆에 머문다. 난 두 연인 이야기를 들을 때면 눈물을 흘렸지만, 어머니에게 이 이야기를 듣는 건 좋았다. 무서워 보였던 검은 하늘이 로맨틱해 보였다. *레일라*는 아랍어로 '밤'이라는 뜻이었다. 어머니는 마지막 대목에서 하늘의 별 두 개를 가리키면서 말하곤 했다. "둘은 생전에 함께하지 못했으니, 죽은 뒤 같이 있게 해 달라고 기도했지. 그래서 신이 두 사람을 별로 만든 거야."

버스에서 나도 기도하기 시작했다. "간청하오니 신이시여, 저를 별로 만들어 주소서. 그래서 이 버스 위의 하늘에 있게 하소서. 한번 그렇게 하셨으니 당신은 다시 하실 수 있습니다." 그렇게 중얼댔다. 그러나 버스는 모술을 향해 달리기만 했다.

4.

모술에 도착할 때까지 아부 바타트는 우릴 계속 만졌다. 앞창 위쪽의 시계가 새벽 두 시를 가리킬 때, 버스가 큰 건물 앞에서 멈추었다. 한때 거부의 저택이었을 것 같았다. 지프들은 차고로 들어갔고, 버스들은 집 앞에 주차한 뒤 차 문을 열었다. "어서! 내려!" 아부 바타트가 고함을 쳤고 우리는 천천히 일어나기 시작했다. 다들 잠을 제대로 못 잔 데다, 계속 앉아서 오느라 몸이 쑤시고 뻐근했다. 아부 바타트가 만진 부분이 아팠다. 그래도 버스가 멈추었으니 그가 내버려 둘 거라고 생각했다. 틀린 생각이었다. 다들 짐을 챙겨서 줄지어 내리는 동안에도 아부 바타트는 손을 뻗어 우리를 만졌다. 그는 내 머리부터 발까지 쓰다듬었다.

차고를 통해 집에 들어갔다. 이렇게 멋진 집은 본 적이 없었다. 널찍한 거실들과 침실들, 넉넉한 가구를 갖춘, 대여섯 가족이 살 수 있을 만한 곳이었다. 코초에서는 어느 누구도, 심지어 족장 아흐메드 자소도 이런 집에 살지 않았다. 방마다 시계와 러그가 있었다. 모두 여기 살던 가족이 쓰던 가재도구였을 것이다. 무장병이 물을 마시는 머그잔에 가족사진이 박혀 있었다. 난 지금은 그 가족의 운명이 어떻게 되었는지 궁금해졌다.

사방에 군복을 입은 다에시가 있었고, 그들의 무전기가 연신 직직 댔다. 그들은 우리를 세 칸의 방에 나눠 보내면서 감시했다. 각각의 방 은 작은 계단참으로 연결되었다. 난 캐스린을 비롯해 몇 사람과 자리에 앉았다. 앞을 보니 다른 방들이 들여다보였다. 넋이 나간 사람들이 버 스에 타면서 알게 된 이들을 찾아 돌아다니고 있었다. 방은 북적댔고 우린 바닥에 주저앉아 서로 기댔다. 그러다 나도 모르게 잠들었다.

방의 작은 창 두 개가 닫히고 커튼마저 드리워졌다. 다행히 물을 이 용하는 냉방기—에어컨보다 싸고 큰 냉방 장비로, 이라크에 흔하다— 가 있는 덕분에 후텁지근한 기운이 가셔서 숨 쉬기가 수월했다. 우리 방 에는 벽에 높이 쌓인 매트리스 말고는 별다른 가구가 없었다. 복도 화장 실에서 역한 냄새가 풍겼다. "어떤 애가 휴대폰을 갖고 있다가 놈들이 수색하러 오자 변기에 버리려고 했대." 누군가 소곤댔다. "여기 오면서 놈들이 말하는 걸 들었어." 화장실 입구엔 우리가 솔라에 두고 온 것 같 은 머리에 두르는 스카프들이 타일 바닥에 꽃잎처럼 흩어져 있었다.

방들이 다 들어차자 무장병이 내 자리를 가리켰다. "날 따라와." 그 가 말하고 몸을 돌려 문 쪽으로 걸어갔다.

"가지 마!" 캐스린이 가녀린 팔로 날 안아 일어나지 못하게 했다.

무장병이 날 어쩌려는지 알 수 없었지만 그의 말을 거부하면 안 될 것 같았다. "내가 제 발로 가지 않으면 저들에게 끌려갈 거야." 캐스린 에게 이렇게 말하고 무장병을 따라갔다.

다에시를 따라 1층 차고로 내려가니, 아부 바타트와 나파가 또 다른 다에시와 함께 기다리고 있었다. 난 쿠르드어로 이야기하는 그 다에시가 누구인지 알아보고 깜짝 놀랐다. 신자르시에서 가게를 하는 수하이브였다. 그것도 야지디의 단골 가게였다. 아마 그를 친구로 여긴 야지디가 많았을 것이다. 세 사람 다 성난 얼굴로 날 쳐다봤다. 그들은 내가 버스에서 소동을 일으킨 것에 대해 벌을 주려고 했다. "이름이 뭐지?" 나파가 물었다. 내가 몸을 빼려 하자 그는 내 머리채를 잡아 벽으로 밀었다.

내가 대답했다. "나디아."

"언제 태어났지?" 그가 묻자 내가 말했다. "1993년."

그가 물었다. "다른 가족이 여기 있나?"

나는 잠시 머뭇댔다. 인척이라는 이유만으로 캐스린과 다른 친척에게 해를 끼치려는 속셈인지도 몰라서 거짓말을 했다. "아뇨, 모르는 여자들이랑 왔어요. 전 가족들이 어떻게 됐는지 몰라요."

"왜 악을 썼지?" 나파가 내 머리채를 틀어쥐고 물었다.

난 겁에 질렸다. 작고 가냘픈 내 몸이 그의 손아귀에서 없어져 버릴 것 같았다. 어서 그가 날 위층의 캐스린에게 돌려보내 줄 만한 대답을 하기로 작정했다. 정직하게 말했다. "겁나서요. 당신 앞에 있는 이 사람이." 나는 아부 바타트를 가리켰다. "날 만졌어요. 솔라에서 오는 내내 우리를 건드렸다고요."

"여기 뭐 하러 왔다고 생각하나?" 나파는 버스에서 했던 질문을 다시 던졌다. "넌 이교도고, 사비야고, 이제 IS 소속이 됐으니 적응해야 할 거야." 그러더니 내 얼굴에 침을 뱉었다.

아부 바타트가 담배를 꺼내서 불을 당겨 나파에게 건넸다. 난 놀랐다. IS 규율에서 흡연은 불법이라고 알고 있었기 때문이다. 그런데 그들은 담배를 피우려는 게 아니었다. '제발 내 얼굴에 대고 끄지 마.' 난 속으로 외쳤다. 그때까지만 해도 외모에 관심이 있었으니, 얼굴이 상할까 봐 걱정되었다. 나파는 내 어깨에 담배를 대고 꾹 눌렀다. 담뱃불이 그날 아침 겹겹이 입은 원피스와 셔츠를 지나 살갗에 닿으며 꺼졌다. 옷감과 살 타는 냄새가 끔찍했지만 난 아무리 아파도 비명을 지르지 않으려고 버텼다. 비명을 지르면 더 곤욕을 치를 게 분명했다.

그러나 나파가 다른 담배에 불을 붙여 내 배를 지지자 어쩔 도리 없이 비명이 터졌다.

"지금 비명을 지르니 내일도 지르겠지요?" 아부 바타트가 다에시들에게 말했다. 그는 동료들이 날 더 괴롭히기를 바랐다. "이 계집은 제 주제가 뭔지, 여기 왜 왔는지 똑똑히 알아야 됩니다."

"다시는 안 그럴게요." 내가 말했다.

나파가 내 뺨을 두 대 힘껏 갈기더니 놔주었다. "다른 사비야들에게 돌아가. 다시는 찍소리도 내지 마라."

그리고 나서 위층에 돌아가니 방이 어둡고 북적댔다. 나는 어깨를 머리카락으로 가리고 배에 손을 올려서 조카들이 화상 자국을 보지 못하게 했다. 캐스린은 이십 대 후반에서 삼십 대 초반쯤 되는 여인 옆에 앉아 있었다. 코초 사람이 아닌 걸 보니, 우리보다 앞서 여기 온 사람인 것 같았다. 그 여인은 어린아이 둘을 데리고 있었는데, 하나는 젖도 떼지 않은 아기였다. 게다가 임신 중이었다. 여인은 갓난아기를 품에 안고 가볍게 흔들면서 울지 않게 달랬다. 그녀가 내게 아래층에서 무슨 일이 있었냐고 물었다. 난 고개만 저었다.

"많이 아프니?" 그녀가 물었다.

모르는 사이였지만 난 그녀에게 몸을 기댔다. 기운이 없었다. 내가 고개를 끄덕였다.

난 지금까지 있었던 일을 그녀에게 모두 이야기했다. 코초를 떠나 어머니와 자매들과 헤어진 일, 오빠들이 차에 실리는 걸 목격한 일, 버스에서 있었던 일과 아부 바타트의 폭력에 대해서도 말했다. "그들이 날 때렸어요." 나는 어깨와 배의 담뱃불 자국을 보여 주었다. 뻘겋게 화상을 입은 부분이 아팠다.

그녀가 가방에 손을 넣어 튜브를 꺼내서 내게 건넸다. "이거 기저귀 연고인데, 화상 입은 데 도움이 될 거야."

나는 고맙다고 말하고 화장실에 가서 연고를 어깨와 배에 발랐다. 덴 자리가 좀 나아졌다. 아부 바타트가 주무른 자리에도 연고를 발랐다. 생리가 시작되어 무장병에게 생리대가 있냐고 물으니, 그는 날 쳐다보지도 않고 생리대를 주었다.

방으로 돌아와 앉자마자 난 아기 엄마에게 물었다. "여기서 무슨 일이 벌어졌나요? 저들이 부인께 무슨 짓을 한 거예요?"

"정말 알고 싶어?" 난 고개를 끄덕였다. 그녀가 설명하기 시작했다. "첫날인 8월 3일, 야지디 여자와 아이 400명이 여기로 끌려왔어. 여긴 IS 센터야. 다에시가 거주하면서 업무를 보지. 그래서 부근에 놈들이 저렇게 많은 거야." 그녀는 말을 쉬고 날 물끄러미 보았다. "우리가 팔리고 넘겨지는 곳도 여기야."

"왜 부인은 팔리지 않았어요?" 내가 물었다.

"나는 기혼자니 놈들은 40일간 기다렸다 조직원에게 사비야로 넘길 거야. 그게 이들의 규칙이야. 언제 널 데리러 올지 몰라. 오늘 아니면 내일 선택될 거야. 올 때마다 일부 여자들을 데려갔다가 강간한 다음에 돌려보내. 혹은 때로 여자를 계속 데리고 있는 자들도 있나 봐. 어떤 때는 여기서, 방에서 강간하고 일을 마치면 돌려보내기도 해."

나는 말없이 앉아 있었다. 물이 점점 끓듯 화상 통증이 차츰 심해져서 찌푸려졌다. "진통제 좀 먹을래?" 그녀가 물었지만 난 고개를 저었다. "약은 먹고 싶지 않아요." 내가 대답했다.

"그럼 물이라도 조금 마셔." 난 고맙게 물병을 받아 미지근한 물을 몇 모금 홀짝였다. 아기가 조용해지더니 잠들려고 했다.

그녀는 더 나직한 목소리로 말을 이었다. "오래 걸리지 않을 거야. 저들은 올 거고 너를 데려가서 강간할 거야. 어떤 여자들은 얼굴에 재나 흙을 묻히거나 머리를 산발하지만 소용없어. 저들은 여자들을 목욕시켜 다시 곱게 만들거든. 몇 명은 자살하거나 그러려고 시도했어. 바로 저기서 손목을 그어서." 그녀가 욕실을 가리키면서 말을 이었다. "높은 벽에 핏자국이 있어. 청소원들이 미처 지우지 못한." 그녀는 염려 말라거나 다 잘될 거라고 말하지 않았다. 그녀가 말을 멈추자 난 그녀의 어깨에 머리를 기댔다. 막 잠든 아기 가까이에.

::

그날 밤 기진맥진 눈을 감았지만 그것도 잠시, 난 공포에 질려서 잠들 수 없었다. 그렇게 시간이 지나고, 여름 해가 일찍 떴다. 두꺼운 커튼 사이로 뿌연 빛이 들었다. 그때 난 대부분의 여자들이 나처럼 밤을 새웠음을 알았다. 다들 축 처져서 눈을 비비고 손을 소맷부리에 대고 하품을 했다. 무장병들이 아침밥으로 밥과 토마토 수프를 플라스틱 접시에 담아 주었다. 나는 너무 허기져서 접시를 받아 한술 떴다.

많은 소녀들이 지난밤을 울면서 보냈고, 아침이 되자 더 여럿이 울기 시작했다. 디말 또래지만 기혼녀라고 속이지 못한 코초 여자가 나와 가까이 앉았다. "여기가 어디야?" 그녀가 물었다.

"정확히는 몰라요. 모술 어딘가 봐요." 내가 대답했다.

"모술." 그녀가 속삭였다. 우린 모술 가까이서 자랐지만, 실제로 거기 가 본 사람은 거의 없었다.

족장 같은 남자가 방에 들어오자 우린 대화를 멈추었다. 백발노인의 남자는 ISIS가 좋아하는 헐렁한 검은 바지와 샌들 차림을 하고 있었다. 바지가 좀 짧고 몸에 안 맞았지만, 방을 돌면서 오만하게 우리를 살피는 품새를 보니 제법 중요한 인물임이 분명했다. "이 아이는 몇 살인가?" 그가 구석에 웅크린 코초 출신의 어린 소녀를 지목했다. 열세 살 정도였다. "아주 어립니다." 다에시가 득의만만하게 대답했다.

억양으로 보면 노인은 모술 출신으로 보였다. 다에시가 모술을 점령할 때 협력한 자임이 분명했다. 아마도 ISIS의 성장을 도울 만한 부

165

유한 사업가거나 종교계 인물인 듯 보였다. 혹은 사담 통치 시절의 요인으로, 미군과 시아파에게 빼앗긴 권력을 되찾을 때를 기다리는 사람이거나 말이다. 그가 ISIS의 종교 선전을 진심으로 신봉할 가능성도 있었다. 나중에 조직원들에게 ISIS가 된 이유를 물으면 모두 그렇게 대답했다. 아랍어를 모르고 기도 방법을 모르는 자들까지도. 그들은 자신들이 옳고 신이 자기들 편이라고 말했다.

노인은 방의 여자들이 다 자기 소유인 듯 손짓했다. 몇 분 뒤 세 명을 골랐다. 다 코초 출신이었다. 노인이 무장병에게 미화를 한 다발 건네고 방에서 나간 뒤, 세 소녀는 아래층으로 끌려 내려갔다. 거기서 거래 내용이 기록되고 절차가 진행되었다.

방이 공포로 가득 찼다. 이제 ISIS의 의도는 분명히 알게 되었다. 하지만 언제 더 많은 구매자들이 올지, 그들이 우리를 어떻게 대접할지는 몰랐다. 기다림은 고문이었다. 몇몇이 탈출을 시도해 보자고 속삭였지만 불가능한 일이었다. 어떻게 창밖으로 나간다고 해도, 이곳 IS 센터 주위에는 다에시가 우글댔다. 들키지 않고 탈출할 방도가 없었다. 게다가 모술은 이리저리 뻗은 낯선 도시였다. 간신히 무장병들을 지나 빠져나간다 한들 어느 방향으로 가야 할지 알 도리가 없었다. 다에시는 밤에 차창을 가린 채 우리를 여기로 태워 왔다. 우리가 살아서 나가지 못하게 무슨 짓이든 할 자들이었다.

곧 대화 주제가 자살로 넘어갔다. 처음에는 솔직히 나도 그런 생각을 했다. 세상 어떤 일도 전날 밤 아기 엄마에게 들은 것보다는 나을 듯했다. 캐스린과 나는 몇 사람과 약속했다. 우린 말했다. "다에시에게 팔려서 이용당하느니 차라리 죽을래." 테러범들에게 복종하느니 자살을 하는 게 더 명예롭게 느껴졌다. 그게 우리의 유일한 저항이었다. 하지만 어떻게 이웃 소녀가 목숨을 끊는 모습을 보고만 있을 수 있나. 한 소녀가 목에 두른 숄을 당기면서 죽겠다고 하자, 사람들이 억지로 손을 떼어 냈다.

누군가 말했다. "도망치진 못하겠지만, 옥상에 올라가면 그곳에서 뛰어내려 죽을 순 있는데." 나는 계속 어머니를 떠올렸다. 어머니에게 자살은 정당하지 못한 일이었다. "신이 너를 보살피시리란 걸 믿어야 한다." 내가 나쁜 일을 당할 때마다 어머니는 그렇게 타일렀다. 내가 밭에서 사고를 당한 뒤, 어머니는 병원 침대 옆에 앉아 내가 살아나기를 기도했다. 그리고 내가 의식을 찾자 큰돈을 써서 산 귀금속을 주었다. 어머니는 그 정도로 간절히 내가 살기를 바랐다. 이제 와서 내 손으로 목숨을 끊을 수는 없었다.

곧 우리는 합의 내용을 바꾸었다. 자살하지 않기로 했다. 대신 최대한 서로 돕고 기회가 생기는 대로 달아나기로 했다. 그곳에서 기다리는 동안, 우린 ISIS가 모술에서 얼마나 대대적으로 노예를 거래하는지 확실히 알게 되었다. 야지디 여자 수천 명을 집에서 끌어내 데려와서 사고팔거나 다에시 고위 간부와 종교 지도자들에게 선물로 바쳤다. 수많은 여자들이 이라크와 시리아 전역의 도시들로 보내졌다. 여자 한 명이든 백 명이든 자살한다고 해도 달라질 게 없었다. ISIS는 우리의 죽음에 눈도 깜짝하지 않을 것이고 하던 짓을 멈추지도 않을 것이 분명했다. 게다가 이즈음 노예 몇 명을 잃은 뒤라서, 무장병들은 우리가 손목

167

을 긋거나 스카프로 목을 조른다고 해도 죽지 않도록 치료해 주었다.

한 무장병이 방으로 와서 우리가 갖고 있는 서류를 내놓으라고 요구했다. "너희가 야지디임을 말해 주는 문건은 빠짐없이 제출해." 그는 거둔 문건을 가방에 쑤셔 넣었다. 그들은 아래층에 신분증, 배급 카드, 출생증명서 같은 각종 문건을 쌓아 놓고 태웠고, 곧 수북한 재가 남았다. 우리 신분증을 없애면 이라크에서 야지디의 존재를 지울 수 있다고 생각한 걸까. 난 다 내놓았지만 어머니의 배급 카드만은 챙겨서 브래지어 속에 넣었다. 그게 내게 남은 유일한 어머니의 자취였다.

난 욕실에 들어가 얼굴과 팔에 물을 끼얹었다. 세면대 위에 거울이 있었지만 일부러 아래만 보았다. 내 얼굴을 차마 볼 수 없었다. 거울 속에는 내가 모르는 여자아이가 있을 것 같았다. 샤워기 위쪽 벽에서 지난밤 아기 엄마가 말했던 핏자국을 보았다. 위쪽 타일에 남은 작은 적갈색 얼룩이 앞서 왔던 야지디 여자 몇 명이 남긴 전부였다.

그 뒤 우린 다시 분리되었고, 이번에는 두 조로 나뉘었다. 난 가까스로 캐스린과 같은 무리에 들 수 있었다. 우리는 줄을 서서 다시 버스에 올랐다. 일부는—모두 내가 코초에서 알던 사람들이다—그대로 남았다. 그들에게는 작별 인사를 미처 하지 못했다. 나중에 그 조가 국경을 넘어 시리아 내 ISIS의 근거지인 라카로 갔다는 사실을 알게 되었다. 나는 적어도 이라크에 있게 되어 무척 안심이 되었다. 무슨 일이 생기든 고국에 머무는 동안은 살아남을 수 있을 것 같았다.

난 창가에 앉으려고 서둘러 버스 뒷자리로 갔다. 그러면 아부 바타트나 다른 다에시가 손을 뻗기가 더 어려울 것 같았다. 며칠을 커튼 친

버스에 탄 채로 어둠 속에서 이동해 왔는데, 여름의 쨍한 빛에 서자 기분이 이상했다. 버스가 움직일 때 커튼 틈으로 모술의 거리를 내다보았다. 처음에 신자르시가 그랬듯 거리는 정말 평범해 보였다. 사람들이 식료품을 사고 아이들을 데리고 학교로 걸어갔다. 그러나 신자르와 달리 모술은 IS 조직원이 넘쳐 났다. 남자들은 검문소를 지키거나 거리를 순찰했으며, 트럭 짐칸에 잔뜩 타고 있었다. 그게 아니면 달라진 도시에서 채소를 사고 이웃과 대화하며 새로운 삶을 살았다. 모든 여자들은 검은 아바야(이슬람 국가의 여성들이 입는 전통 복식의 한 종류로, 얼굴과 손발을 제외한 전신을 가리는 복장: 옮긴이)와 니캅(눈만 내놓고 베일로 얼굴 전체와 전신을 가리는 이슬람권 여성 복식: 옮긴이) 차림이었다. ISIS가 여자 혼자서 집에 나오는 것과 여자가 몸을 가리지 않고 돌아다니는 것을 불법으로 규정했기 때문에 그런 식으로 거리를 다니는 듯했다.

겁먹고 놀란 상태인 우린 그저 조용히 앉아 있었다. 캐스린, 니스린, 질란, 로지안과 같이 있게 해 주신 신께 감사했다. 가족이 곁에 없었다면 아무 힘이 없어 넋을 놓았을지도 모른다. 운이 나쁜 사람도 있었다. 한 여자는 코초에서 알던 사람 모두와 헤어지자 참지 못하고 울었다. "다들 아는 이들과 함께 있는데 난 아무도 없어요." 그녀는 무릎 위에서 손을 비비며 울먹였다. 위로해 주고 싶었으나 아무도 그럴 용기가 없었다.

아침 열 시 무렵, 우리는 처음 갔던 집보다 조금 작은 초록색 2층 주택 앞에 도착해서 안으로 떠밀려 들어갔다. 2층 방 하나는 거기 살던 가족의 가재도구가 거의 치워져 있었다. 하지만 선반에 성경책 한 권과 벽에 작은 십자가상이 걸린 걸 보면, 주인이 기독교도인 게 분명했다. 우리가 도착한 곳에는 여자 몇 명이 이미 와 있었다. 신자르산 남쪽의 야지디 도시인 텔 에제르에서 온 그들은 바싹 붙어서 앉았다. 그곳에는 앞선 집보다 얇은 매트리스가 벽에 많이 쌓여 있었다. 작은 창들은 검게 칠이 되어 있거나 두꺼운 커튼이 쳐져 있어서, 한낮의 햇빛이 어둑어둑한 침울한 빛으로 보였다. 사방에서 세제 냄새가 진동했다. 코초에서 부엌이나 욕실을 소독할 때 쓰는 형광색 파란 세제와 같은 냄새였다.

우린 가만히 앉아서 기다리고 있었다. 그때 다에시 하나가 방에 들어와서는 유리창이 완전히 가려져서 아무도 안팎을 볼 수 없는 상태가 맞는지 확인했다. 그러다 성경책과 십자가상이 보이자 투덜대면서 플라스틱 통에 그것들을 담아 밖으로 가져갔다.

다에시는 나가는 길에 우리를 보더니, 샤워를 하라고 소리쳤다. "너희 야지디한테서는 항상 악취가 나냐?" 그가 과장되게 역겨운 표정을 지으면서 말했다. 사오우드가 쿠르디스탄에서 집에 돌아와 해 준 말이 기억났다. 그때 난, 거기 사람들이 야지디에게 악취가 난다고 놀린다는 말에 발끈했다. 하지만 ISIS와 있는 지금은 나한테서 악취가 나기를 바랐다. 더러움은 갑옷이 되어 우리를 아부 바타트 같은 작자의 손길에서 지켜 줄지도 몰랐다. 다에시가 악취에 기겁해서—더운 버스에 앉아서 공포에 떨다가 토하는 이들이 많았다—우리를 건드리지 않기를 바랐다. 그들은 우리에게 요구했다. "그 오물 좀 씻어 내! 더 이상 냄새 맡기 싫으니까." 우린 시키는 대로 했다. 세면대에서 팔과 얼굴에 물을 뿌렸지만 옷을 벗기는 꺼렸다. 남자들이 너무 가까이 있는데 알몸이 될 수는 없었다.

다에시가 나가자 여자 몇 명이 소곤대면서 책상을 가리켰다. 검은 노트북의 커버가 덮인 채 놓여 있었다. 누군가 말했다. "컴퓨터가 작동한다면 인터넷도 될 거야! 그러면 페이스북에 접속할 수 있어. 우리가 모술에 있다고 사람들에게 알릴 수 있다고."

나는 노트북을 비롯한 어떤 컴퓨터도 다룰 줄 몰랐으며, 사실 그런 물건을 처음 보기도 했다. 그래서 그저 두어 명이 천천히 책상으로 다가가는 모습을 지켜보았다. 페이스북에 접속한다는 아이디어가 우리에게 희망을 주었고, 그 분위기가 방에 퍼졌다. 몇 명은 울음을 그쳤다. 몇몇 이들은 솔라를 떠난 뒤 처음 자발적으로 일어났다. 내 가슴도 조금 뛰었다. 기계가 작동되기를 간절히 바랐다.

한 소녀가 컴퓨터를 열자 화면이 환해졌다. 우린 흥분해서 숨을 헐떡였고, 문을 살피며 다에시가 오는지 확인했다. 그녀가 자판 몇 개를 두드리기 시작하다가 낙심해서 더 세게 두드렸다. 곧 덮개를 닫고 우리에게 돌아서며 고개를 숙였다. "작동이 안 돼요. 미안해요." 그녀가 울 것 같은 목소리로 말했다.

친구들이 그녀를 에워싸고 위로했다. 우리 모두 실망했다. 우리는 그녀에게 말했다. "괜찮아, 시도는 해 봤잖아. 멀쩡히 작동되는 걸 다에시가 여기 놔둘 리 없지."

나는 텔 에제르에서 온 여자들이 앉은 벽을 쳐다보았다. 우리가 도착한 뒤 그들은 움직이거나 말하지 않았다. 서로 한 덩어리로 붙어서 누가 누구인지 구별되지 않았다. 그들이 날 쳐다봤을 때의 그 얼굴은 슬픔만으로 만든 가면 같았다. 내 얼굴도 똑같을 것이라는 생각이 들었다.

5.

노예시장은 밤에 열렸다. 아래층에서 다에시가 등록하고 절차를 밟는 소리가 들리고 나서 얼마 뒤에 첫 번째 사내가 방에 들어왔을 때, 여자들 모두 비명을 지르기 시작했다. 마치 폭발 현장 같았다. 우린 몸이라도 다친 것처럼 신음하고 바닥에 토했지만, 무엇도 다에시를 막지 못했다. 그들이 방 안을 돌면서 여자들을 쳐다보면 우린 비명을 지르고 애원했다. 아랍어를 아는 여자들은 아랍어로 애걸했고, 쿠르드어를 아는 여자들은 쿠르드어로 목이 터져라 소리쳤지만, 다에시는 이 공포를 애들이 칭얼대는 정도로 받아들였다. 짜증나지만 대꾸할 가치가 없는 반응으로.

그들은 먼저 가장 예쁜 여자들에게 다가가 "몇 살이지?"라고 묻고 머리칼과 입을 검사했다. "처녀가 맞지?" 그들이 물었다. 그러면 한 무장병이 고개를 끄덕이며, 물건을 자랑하는 상점 주인처럼 "물론입니다!"라고 대답했다. 몇몇 여자들은 처녀성에 대해 거짓말을 했는지 의사에게 따로 검사받았다고 했다. 반면에 다른 사람들은 나처럼 질문만

받았다. 몇 명은 사내들이 덜 좋아할 거라고 생각하고 자신은 처녀가 아니라고, 몸을 버렸다고 주장했다. 하지만 다에시는 거짓말임을 눈치챘다. 그들은 말했다. "야지디 여자는 혼인 전에 성교하지 않아." 이제 다에시는 우리를 동물처럼 아무 데나 만지고 가슴과 다리 아래를 쓰다듬었다.

그들이 방을 돌면서 여자들을 살피며 아랍어나 투르크멘어로 질문할 때면 생지옥이 펼쳐지는 듯했다. 한 나파가 노예시장에서 아주 어린 소녀를 고르자, 무장병 몇 명이 웃음을 터뜨렸다. 그들은 나파를 놀렸다. "그 아이를 고르실 줄 알았습니다. 일이 끝나면 저한테 넘겨주십시오."

다에시는 계속 우리에게 소리쳤다. "진정해! 입 다물어!" 하지만 그 명령은 우릴 더욱 소리치게 만들기만 했다. 곧 나이 든 다에시가 문간에 나타났다. 배가 불룩한 뚱보의 이름은 하지 샤키르, 알고 보니 모술의 지도자 중 한 명이었다('하지'는 평범한 이름인데, 존경받는 사람의 호칭으로도 쓰인다: 옮긴이). 그는 여자 한 명을 데리고 왔다. IS 지역에서 모든 여자가 착용하는 니캅과 아바야 차림이었다. 그가 여자를 방 안으로 밀면서 말했다. "이 아이는 내 사비야. 무슬림이 된 뒤로 얼마나 행복한지 너희에게 말해 줄 것이다."

소녀가 니캅을 위로 들었다. 가냘프지만 거무스름한 피부가 매끈한 대단한 미인이었다. 그녀가 입을 여니 작은 금니가 빛을 받아 반짝였다. 많아야 열여섯 살쯤 되어 보였다. 하지 샤키르가 말했다. "8월 3일, 우리가 하르단 마을을 이교도들에게서 해방시킨 뒤에 이 아이는 내 사비야가 되었지. 이교도를 면하고 나랑 있게 되어서 얼마나 마음이 편한

지 이것들에게 말해!" 그는 말없이 가만있는 소녀에게 다시 말했다. "말
하라고!"

소녀는 카펫을 내려다보면서 아무 말도 하지 않았다. 실제로도 말
을 못 하는 것 같았다. 곧 시장이 혼란스러워졌고, 잠시 뒤 힐끗 문을 돌
아보니 소녀는 가고 없었다. 한편 하지 샤키르는 다른 사비야에게 다가
갔다. 코초에서 내가 알던 어린 여자아이였다.

난 통제력을 잃었다. 다에시에게 끌려갈 수밖에 없다면 쉽게 끌고
가지 못하게 하리라. 울부짖고 악을 쓰면서 날 만지려고 뻗는 손들을
마구 때렸다. 다른 여자들도 똑같이 했다. 바닥에 누워 몸을 동그랗게
말거나, 자매들과 친구들에게 몸을 던져 보호하려 했다. 더 이상 구타
가 무섭지 않았다. 나를 포함한 여럿은 오히려 저들을 자극해 살해당할
수 있을지 궁리했다. 무장병이 내 뺨을 갈기면서 말했다. "어제 소란을
일으킨 장본인이지." 뺨을 맞았는데도 아프지 않아서 놀라웠다. 나중에
그가 젖가슴을 만졌을 때는 엄청난 아픔이 느껴졌다. 그가 떠나자마자
난 바닥에 쓰러졌고, 니스린과 캐스린이 날 달래려 애썼다.

그렇게 누워 있는데 다른 무장병이 우리 앞에서 멈추었다. 무릎을
당겨 이마에 붙였더니, 눈에 보이는 것은 그의 부츠와 그 위로 뻗은 나
무줄기처럼 두꺼운 종아리뿐이었다. 살완이라는 이름의 사내는 높은
자리에 있는 다에시였는데, 하르단 출신의 어린 야지디 소녀와 동행했
다. 소녀를 여기 두고 다른 여자를 찾을 심산이었다. 난 그를 올려다보
았다. 그런 거구는 난생처음 봤다. 그는 아랍 남자들이 입는 옷인, 천막
처럼 커다란 흰 디시다샤를 걸치고서, 빨간 수염을 기른 얼굴을 찡그렸

다. 니스린, 로지안, 캐스린이 내게 몸을 던져 날 숨겨 주려 했지만, 살완은 물러나지 않았다.

"일어나." 그가 말했다. 내가 말을 듣지 않자 그는 발로 찼다. "너! 분홍색 상의 입은 애! 내가 일어나라고 했잖아!"

우리는 비명을 지르고 더 단단히 껴안았지만, 살완의 부아만 북돋 았다. 그가 몸을 숙여 우리의 어깨와 팔을 당겨 떼 놓으려 했다. 그럴수 록 우린 한 몸처럼 단단히 뭉쳤다. 그러나 우리의 저항은 살완의 분노 를 샀다. 그는 내 어깨와 손을 차면서 일어나라고 윽박질렀다. 옥신각 신하는 소리가 경비병의 눈을 끌었고, 그가 살완을 도와주러 달려와 우 리의 손을 막대기로 때렸다. 어찌나 아픈지 서로 잡은 손을 놓을 수밖 에 없었다. 우리가 떨어지게 되자 살완은 내 위에 버티고 서서 히죽댔 다. 그때 난 처음으로 그의 얼굴을 똑똑히 봤다. 눈이 쑥 박힌 살찐 넙적 한 얼굴은 완전히 털로 뒤덮인 것 같았다. 사람으로 보이지 않았다. 괴 물 같았다.

우린 더 이상 저항하지 못했다. 내가 말했다. "당신을 따라갈게요. 하지만 캐스린, 로지안, 니스린도 같이 가야 해요."

나파가 무슨 일이 벌어졌는지 보려고 왔다. 그는 나를 보자 화가 나 서 얼굴이 벌개졌다. "또 너야?" 그는 소리치면서 우리의 뺨을 때렸다. "이들 없이 혼자는 안 가요!" 내가 악을 쓰자 나파는 우리를 더 빨리 있 는 힘껏 때리기 시작했다. 주먹질이 계속되자 얼굴이 무감각해졌고, 조 카 로지안의 입에서 피가 나기 시작했다.

그러자 나파와 살완은 나와 로지안을 거머쥐고 캐스린과 니스린에게서 떼어 내 아래층으로 끌고 갔다. 계단에서 육중한 살완의 발소리가 났다. 난 캐스린이나 니스린과 인사도 못 나누었다. 끌려가는 도중에 돌아보지도 못했다.

::

ISIS가 신자르를 공격한 것과 여자들을 끌고 가 성 노예로 삼는 것은 전투 현장에서 탐욕스러운 군인이 즉각적으로 내린 결정이 아니었다. ISIS는 모든 걸 계획했다. 야지디 가정들에 어떻게 침입할지, 어떻게 여자들을 가치 있게 만들지, 어느 다에시가 사비야를 포상으로 받고 어느 다에시가 돈을 내고 살지 등을 말이다. 신병 모집에 쓰는 번쩍이는 선전 잡지 《다비크》에 사비야에 대한 내용이 있었다. ISIS는 시리아 내 센터들과 이라크 내 막사에서 몇 달간 노예 거래에 대해 논의했다. 그리고 이를 통해 그들의 이슬람법 해석에 따라 무엇이 허용되고 허용되지 않는지가 결정되었다. 그들은 그 내용을 기록하여 IS 조직원 전체가 잔혹한 규칙을 준수하도록 했다. 누구나 이 잡지를 읽을 수 있었다. 사비야와 관련된 세부 사항이 ISIS '파트와 위원회'(이슬람 율법 권위자인 무프티의 공식적인 법적 견해를 다루는 기구: 옮긴이)가 발행한 소책자에 나온다. 이 소책자가 담고 있는 내용은 매우 끔찍하다. 더군다나 그 안에 담긴 조항들이 마치 평범한 법령인 듯 쿠란이 인정하는 바를 행한다고 확신하고 있어 더욱 문제다.

IS 소책자에는 이렇게 적혀 있다. 사비야는 "재산에 불과하므로"

소유자 뜻대로 선물로 주거나 팔 수 있다. 여인들을 자녀와 떼어 놓으면 안 되지만—그 이유 때문에 디말과 아드키는 솔라에 머물라는 지시를 받았다—말릭처럼 다 자란 자녀는 데려가도 무방하다. 사비야가 임신하거나 주인이 죽는 경우에 대한 법령도 있다. 법령에 따르면 임신한 사비야는 살 수 없었고, 주인이 죽으면 사비야는 '유산의 일부'로 분배되었다. 또한 주인은 노예가 '성교에 적합'하면 사춘기 이전이어도 성교할 수 있으며, 적합하지 않으면 '성교 없이 즐기는 것으로 족하다'라고 되어 있다.

규율의 다수가 쿠란과 중세 이슬람 율법에 근거하고 있다고 하지만, 이는 ISIS가 선택적으로 구절을 차용한 것이다. ISIS는 추종자들이 규율을 문자 그대로 지키기를 기대한다. 규율집은 끔찍하고 경악스럽다. 그러나 IS 조직원들의 생각과 달리 성 노예는 다에시가 최초로 시작한 것이 아니다. 역사상 강간은 전쟁 무기로 쓰여 왔다. 나는 내가 르완다 여성들과 공통점을 갖게 될 줄은 몰랐지만—이전에는 르완다라는 나라가 존재하는 줄도 몰랐다—이제 난 전쟁 범죄의 희생자라는 최악의 일면에서 그들과 공통점을 갖는다. 입 밖에 내기 어려운 범죄라 ISIS가 신자르에 오기 16년 전까지도 세계에서 이 죄로 처벌받은 사람이 없었다.

아래층에서 다에시가 거래 내용을 장부에 등록하고 있었다. 그들은 여자의 이름과 데려가는 조직원의 이름을 기록했다. 위층에 비해 아래층은 질서 있고 차분했다. 로지안과 나는 소파에 다른 여자 몇 명과 나란히 앉게 되었지만, 두려운 마음에 그들에게 말을 걸 여유조차 없었다. 온통 살완에게 끌려갈 생각에 사로잡혀 있었다. 그는 엄청나게 억세 보이는 사람이었다. 그 맨손으로 날 얼마나 쉽게 짓뭉갤까. 살완이 무슨 짓을 하더라도 내가 반항해서 이길 순 없을 것이었다. 그에게서 계란 썩은 냄새와 향수 냄새가 났다.

난 바닥을 내려다봤다. 지나가는 여자들과 무장병들의 발과 발목이 보였다. 사람들 속에서 남자 샌들과 여자처럼 가는 발목이 눈에 들어왔다. 난 뭘 하는지 생각할 새도 없이 그 발 앞에 몸을 던졌다. "제발 저를 데려가세요. 원하는 대로 하세요, 이 거인과 갈 순 없어요." 어떤 선택은 고문이 되지만 다른 선택은 구원이 될 수도 있다고 생각하면서 내린 결정이었다. 하지만 이렇게 하나 저렇게 하나 똑같이 지옥인 세상에 있는 걸 몰랐다는 게 지금도 놀랍다.

마른 사내가 말을 들어준 이유는 모르겠지만, 그는 날 쳐다보더니 살완에게 고개를 돌리고 말했다. "이 여자는 내 걸세." 살완은 대들지 않았다. 마른 사내는 모술의 판사였다. 그에게는 아무도 거역하지 않았다. 나는 고개를 들고 이겼다는 생각에 살완에게 웃어 주고 싶었다. 하지만 그 순간 그가 내 머리채를 잡고 거칠게 당겼다. 살완이 말했다. "지금은 그가 널 가질 수 있지. 며칠 뒤면 넌 나랑 있게 될 거야." 그러더니 내 머리를 확 놓아 버렸다.

난 마른 사내를 따라 책상으로 갔다. "이름이 뭐지?" 그가 물었다. 나직한 목소리였지만 친절한 말투는 아니었다. "나디아요." 내가 말하자 그가 기록원에게 몸을 돌렸다. 기록원은 사내가 누구인지 아는 듯 신상 정보를 적기 시작했다. "나디아. 하지 살만." 그는 우리의 이름을 중얼대며 적었다. 날 데려가는 자의 이름을 말할 때 그는 겁먹은 듯 살짝 떠는 것 같았다. 혹시 내가 큰 실수를 했는지 염려되었다.

6.

살완은 로지안을 데려갔다. 로지안은 정말 어리고 순수한 아이였다. 몇 년이 지난 지금도 나는 살완에게 제일 분노한다. 난 언젠가 다에시 전원이 법의 심판을 받는 날을 꿈꾼다. 아부바크르 알 바그다디 같은 ISIS의 수뇌부뿐만이 아니라, 모든 경비병 그리고 노예의 주인들, 내 오빠들에게 발포하고 시신들을 공동묘지에 밀어 넣은 자들을 말이다. 어린 소년들을 세뇌시켜서 야지디라는 이유로 어머니를 증오하게 만든 모든 조직원들과, 테러범들을 환영하고 '결국 우리가 비(非)신자들을 없앨 수 있게 되었다'고 여기며 협조한 모든 이라크인들까지도 함께. 그들도 제2차 세계대전 뒤의 나치 수뇌부처럼 전 세계인이 지켜보는 법정에 서야 한다. 도망갈 기회를 주면 안 된다.

내 생각에 살완은 맨 먼저 재판받아야 할 인물이다. 나의 공상 속에서, 모술의 두 번째 집에 있던 여자들 전원은 법정에 나와 그의 죄를 증언한다. "바로 이자입니다." 내가 괴물을 손짓하면서 말한다. "이 거구의 사내가 우리 모두를 겁박했습니다. 그는 우리가 매질당하는 것을 지켜봤습니다." 로지안은 원한다면 살완에게 당한 일을 법정에서 밝힐 수 있다. 로지안이 너무 겁먹거나 상처가 깊어서 말하지 못한다면 내가 대신 나설 것이다. "살완은 로지안을 노예로 사서 반복하여 유린했을 뿐 아니라, 틈만 나면 때렸습니다." 나는 법정에서 말할 것이다. "심지어 첫날 밤 로지안이 너무 겁먹고 지쳐서 맞서 싸울 엄두조차 못 냈을 때도, 살완은 로지안이 옷을 겹겹이 입었다는 사실을 알고 폭력을 휘둘렀습니다. 그는 로지안을 때리면서 날 도망치도록 도왔다며 비난했습니다. 로지안이 가까스로 달아나자, 살완은 보복으로 로지안의 어머니를 사서 노예로 삼았습니다. 어머니에게 생후 16일 된 아기가 있었는데 그 아기를 빼앗았습니다. 어머니와 자식을 떨어뜨리지 않는다는 규율이 있는데도 말입니다. 살완은 그녀에게 다시는 아기를 못 볼 거라고 말했습니다." (ISIS가 많은 규칙을 어겼다는 사실을 나중에 알게 되었다.) 난 살완이 그녀에게 저지른 일을 조목조목 법정에 말할 것이다. ISIS가 패배하면 반드시 살완이 생포되기를 신께 기도한다.

정의는 머나먼 꿈일 뿐이었던 날, 우리가 구제될 가능성이 없던 그 밤의 일이다. 로지안과 살완은 나와 하지 살만을 따라 집에서 나와 정원으로 갔다. 우릴 따라오는 노예시장의 비명 소리가 온 도시에 메아리칠 만큼 요란했다. 나는 그 거리에 사는 가족들을 생각했다. 그들은 집에 둘러앉아 저녁을 먹을까? 아이들을 재우려나? IS 센터에서 나는 소리들을 주민들이 못 들을 리 없었다. 음악과 TV 소리에 묻혔을 수도 있겠다. 그러나 ISIS는 음악과 TV를 금지했다. 어쩌면 주민들은 우리의 고통스러운 소리를 듣는 게 좋았을지도 모르겠다. 그건 새로이 IS가 주도권을 잡았다는 증거일 테니까 말이다. 이라크와 쿠르드 병력이 모술을 재탈환하게 되면 그들은 어떤 일을 당하리라 예상하고 있을까? ISIS가 그들을 지켜 줄 거라고 기대하고 있을까? 그런 생각을 하니 부들부들 떨렸다.

우리는 차에 탔다. 나와 로지안은 뒷좌석에 앉고 남자들이 앞좌석에 앉았다. 가는 길에 하지 살만이 휴대폰으로 통화했다. "내 거처로 가는 중이다. 지금 거기 여자 여덟이 있다. 그들을 치우도록."

결혼식장 같은 큰 홀 앞에 차가 섰다. 이중문이 있는 입구를 콘크리트 기둥들이 에워싼 모양새를 보니 모스크로 쓰이는 곳 같았다. 안쪽 방에서 다에시가 300명쯤 들어앉아 기도하는 중이었다. 우리가 지나가도 아무도 관심을 주지 않았다. 내가 문 가까이에 서자, 하지 살만은 대형 선반에서 가죽 샌들 두 켤레를 집어 주었다. 남자용이라 사이즈가 커서 신고 걷기 어려웠지만, 다에시가 신발을 가져가서 맨발이었던 우리는 어쩔 수 없었다. 우린 샌들을 신고 넘어지지 않으려고 애쓰면서, 기도하는 사람들을 지나 다시 밖으로 나갔다.

살완은 다른 차 옆에서 기다리고 있었다. 그들이 로지안과 나를 따로 데려갈 계획이라는 것이 확실해졌다. "제발 우리를 떨어뜨려 놓지 마세요." 애원했으나 살완도, 하지 살만도 듣지 않았다. 살완이 로지안의 어깨를 움켜잡고 내게서 끌어냈다. 로지안은 너무 작고 어려 보였다. 서로 이름을 외쳤지만 소용없었다. 로지안이 살완과 함께 차로 사라지자 하지 살만과 나 둘만이 남았다. 나는 애통해서 죽을 것 같았다.

하지 살만과 나는 작은 흰 차에 탔고, 그곳에는 운전수와 모르테자라는 젊은 경비병이 기다리고 있었다. 내가 옆자리에 앉자 모르테자가 날 빤히 바라보았다. 하지 살만이 옆에 없다면 그는 노예시장의 사내들처럼 날 만지려고 덤볐을 게 뻔했다. 난 최대한 모르테자와 떨어져 창문에 붙어 웅크렸다.

그 무렵 좁은 길들이 텅 비고 칠흑같이 어두웠다. 겨우 몇 집의 발전기만 시끄럽게 돌아가며 전등을 밝혔다. 적막 속에서 짙은 어둠의 길을 20분쯤 가니 물속을 달리는 느낌이 들었다. 그러다 차가 멈추었다. "내려라, 나디아." 하지 살만이 지시했다. 그가 내 팔을 거칠게 당겨 정원으로 나가는 문을 지나게 했다. 한참 지나서야 처음 왔던 IS 센터에 다시 왔다는 걸 알았다. 다에시가 국경을 넘을 여자들을 남겨 둔 집이었다. "날 시리아로 데려갈 건가요?" 내가 부드럽게 물었지만, 하지 살만은 대꾸하지 않았다.

정원에 있으니 건물 안에서 여자들의 비명이 들려왔다. 몇 분 뒤 다에시가 아바야와 니캅 차림의 여자 여덟 명을 현관문으로 끌고 나왔다. 그들은 지나가면서 고개를 돌려 날 바라보았다. 어쩌면 나를 알았을지도 모른다. 어쩌면 니스린과 캐스린인데 겁이 나서 아무 말을 못 했을지도 모른다. 아무 말 못 하고 있던 나처럼 말이다. 그들이 누구든 니캅으로 얼굴을 가렸기에 알 수 없었고, 잠시 뒤 그들은 미니버스에 태워졌다. 곧 문이 닫히고 버스는 떠났다.

경비병이 나를 빈방으로 데려갔다. 다른 여자들이 있거나 소리가 들리지는 않았다. 하지만 그곳에는 여자들이 있었다는 증거인 스카프와 옷가지들이 쌓여 있었다. 그들이 우리에게서 빼앗은 물건들은 작은 잿더미가 되어 있었다. 일부만 탄 코초 출신 여자의 신분증이 잿더미에서 작은 식물처럼 솟아 있었다.

ISIS가 집주인의 가재도구를 치우지 않았는지, 가족의 삶을 보여주는 물건이 사방에 있었다. 운동실로 쓰였던 것 같은 어떤 방에는 벽마다 소년을 찍은 사진 액자가 빼곡이 걸려 있었다. 맏아들인 듯한 소년이 커다란 아령을 들고 있는 모습을 담은 사진 같은 것들 말이다. 다른 방은 당구장 같은 오락실이었다. 가장 슬픈 것은 어린이 방이었다. 그곳에서 장난감과 화사한 색깔의 담요가 아이들이 돌아오기를 기다리고 있었다.

"여긴 누구 집이었나요?" 내게 다가오는 하지 살만에게 물었다.

"시아파 판사." 그가 대답했다.

"그 사람들은 어떻게 됐는데요?" 난 그들이 피신하여 쿠르드 자치 지역에서 안전하기를 바랐다. 야지디족은 아니지만 집주인 가족들이 맞닥뜨린 불행이 마음 아팠다. 코초에서 그랬듯 다에시는 이 가족의 모든 걸 빼앗았으니.

"그자는 지옥에 갔지." 하지 살만이 대답했고, 난 더 묻지 않았다.

하지 살만은 씻으러 갔다. 그는 같은 옷을 입고 돌아왔는데, 옷에서 얼핏 땀내가 났다. 비누 냄새와 향수 냄새도 풍겼다. 그가 방에 들어와 문을 닫고 매트리스 위 내 옆에 앉았다. 난 얼른 중얼댔다. "생리 중이에요." 내가 고개를 돌렸지만 그는 대꾸하지 않았다.

"어디 출신이지?" 그가 다가앉으면서 물었다.

"코초요." 나는 대답했다. 공포에 질린 내게 그 순간 집이나 가족이

나 다른 것은 안중에 없었다. 그저 순간순간 닥칠 일만 생각했다. 마을 이름을 말하고 나니 가슴이 아팠다. 집과 사랑하는 이들이 떠올랐다. 솔라에서 머리칼을 드러낸 채 내 무릎에 말없이 누워 있던 어머니가 가장 생생히 떠올랐다.

"알다시피 야지디는 이교도야." 하지 살만이 말했다. 그는 속삭이듯 부드러운 목소리로 말했지만, 다정하지는 않았다. "신은 우리가 너희를 개종시키기 원하시지. 그러지 못하면 우린 너희를 마음대로 해도 된다."

그는 잠시 가만히 있었다. "네 가족은 어떻게 됐나?" 하지 살만이 물었다.

"대부분 간신히 탈출했어요. 우리 셋만 잡혔고요." 나는 거짓말을 했다.

"난 8월 3일 신자르로 갔다. 그때 모든 일이 시작되었지." 그가 행복한 이야기라도 하듯이 매트에 느긋하게 기대며 말했다. "도로에서 경찰 제복을 입은 야지디 남자 셋을 봤어. 그들은 탈출하려 했지만, 내가 쫓아가 잡아서 죽였지."

나는 어떤 말도 할 수가 없어서 바닥을 내려다보았다.

그가 계속 말했다. "우리가 신자르에 온 것은 남자들을 다 죽이기 위해서야. 여자는 모두 데려갈 예정이었지. 아쉽게도 일부는 산으로 내뺐지만."

하지 살만은 한 시간 가까이 이런 식의 이야기를 했고, 나는 매트리스 끝에 앉아 그의 말을 듣지 않으려고 애썼다. 그는 내 가정과 가족과 종교를 저주했다. 그는 모술의 바두시 교도소에서 7년간 복역했다면서, 이라크의 이교도에게 복수를 하고 싶다고 말했다. 신자르에서 일어난 일은 경사이며, ISIS가 야지디를 이라크에서 소멸시킬 계획을 한 것이 나에게 잘된 일이라고 말했다. 그는 개종하라고 설득했지만, 난 거부했다. 그를 처다볼 수 없었다. 그의 말이 무의미해졌다. 하지 살만이 독백을 멈춘 것은 부인의 전화를 받을 때뿐이었다. 그는 그녀를 움 사라라고 불렀다.

상처를 주려고 늘어놓는 말이었지만 난 그가 말을 멈추지 않기를 바랐다. 그가 말을 하는 동안에는 나를 건드리지 않을 것 같았다. 야지디는 다른 공동체와 달리 소년 소녀가 어울리는 데 엄격하지 않아서, 코초에서 난 남자 친구들과 같이 차를 타고 다녔다. 반 남자아이들과 학교에 걸어가도 남의 이목을 걱정할 필요는 없었다. 하지만 그들은 나를 만지거나 상처 입히지 않았다. 하지 살만 이전에 이렇게 남자와 단둘이 있어 본 적은 없었다.

그가 말했다. "넌 네 번째 사비야야. 다른 셋은 이제 무슬림이지. 내가 그들을 위해 그렇게 해 주었지. 야지디는 이교도기 때문에 우리가 이러는 거라고. 다 너희를 돕기 위해서야." 그는 말을 마친 뒤 나에게 옷을 벗으라고 했다.

나는 울기 시작했다. "생리 중이에요." 난 다시 말했다.

"증명해 봐." 그는 말하더니 옷을 벗기 시작했다. "다른 사비야도 다 같은 말을 했지."

난 옷을 벗었다. 실제로 생리 중이라 그는 강간하지 않았다. IS 규정에는 생리 중인 사비야와 성교하는 게 불법은 아니지만, 노예의 생리가 끝날 때까지 기다리고 또한 임신 중이 아닌지 확인한 뒤 성교하도록 되어 있었다. 아마 그날 밤 하지 살만이 멈춘 것은 그 때문일 것이다.

그래도 날 내버려 두지는 않았다. 밤새 우린 알몸으로 매트리스에 누워 있었고, 그는 쉬지 않고 날 만졌다. 버스에서 아부 바타트가 옷에 손을 넣어 젖가슴을 쥐어짜던 것과 똑같은 행위였다. 하지 살만의 손이 닿을 때마다 몸이 아프고 얼얼해졌다. 겁에 질려 손길을 뿌리칠 수 없었고, 그래 봤자 소용없었다. 난 왜소하고 힘이 없었다. 며칠간 제대로 먹지 못했다. 코초에 갇혀 지낸 날들을 생각하면 그 기간은 더욱 길었다. 어떤 무엇도 그가 하고 싶은 대로 하는 것을 막지 못했을 것이다.

::

아침에 눈을 뜨니 하지 살만은 이미 깨어나 있었다. 내가 옷을 입으려 하니 그가 말렸다. "몸을 씻어라, 나디아. 우린 중요한 하루를 보낼 거다." 하지 살만이 말했다.

난 몸을 씻고 그가 건네는 검은 아바야와 니캅을 옷 위에 입었다. 보수적인 무슬림 여자의 복장을 하기는 처음이었다. 옷감은 가벼웠지만 숨 쉬기가 힘들었다. 난 니캅으로 얼굴을 가리고 밖에 나와, 처음으로 환한 빛 속에서 동네를 보았다. 시아파 판사는 부유했던 것이 확실했다. 그의 집은 모술의 상류층 거주 지역에 있었다. 도로 안쪽으로 우아한 저택들이 정원과 담장에 둘러싸여 있었다. IS의 종교 선전은 지하드(이슬람 원리주의 무장 투쟁: 옮긴이) 전사가 되려는 사람들에게 강력한 미끼로 다가왔지만, 그저 돈에 끌려서 IS 조직원이 되려고 전 세계에서 온 이들도 많았다. 그들은 모술에 들어오자 먼저 최고급 저택들을 점령하고 원하는 것을 모두 약탈했다. 그리고 모술을 떠나지 않은 주민들에게 2003년 이후 빼앗긴 권력을 되찾게 될 것이라고 선전했다. 2003년 바스당 조직을 해체하고, 이라크 내 시아파에게 권력을 재분배했던 미국으로부터 이라크의 권리를 되찾아 주겠다는 말이었다. 그러나 IS는 선전과 달리 주민들에게 엄청난 세금을 부과했다. 내가 보기에 IS는 그저 탐욕으로 굴러가는 테러 집단이었다.

ISIS는 모술의 주요 건물들을 점령하고, 검은색과 흰색 깃발을 어디에나 꽂으며 흥청대는 듯했다. 한때 이라크 최고 교육기관이었던 모술대학교의 캠퍼스뿐 아니라 지역 공항도 군 기지가 되었다. 다에시는 이라크 제2의 박물관인 모술박물관을 습격해, 반(反)이슬람적이라는 이유로 유물들을 파괴하고 암시장에 팔아 전쟁 자금을 마련했다. 1980년대 사담 치하에 세워진 모술의 5성급 '니네베 오베로이 호텔'에는 테러집단의 주요 인물들이 북적댔다. 최고급 객실들은 자살 폭탄 테러범들의 차지였다고 한다.

2014년 ISIS가 모술을 점령하자, 수십만 명이 그곳을 떠나 쿠르디스탄에 들어가려고 쿠르드 자치 정부(KRG) 검문소에서 몇 시간씩 대기했다. 하지 살만과 차를 타고 가다 보니, 그들이 피란하면서 남긴 쓰레기가 도로에 아직도 즐비한 것이 보였다. 차들은 불태워져 검은 뼈대만 남았고, 반쯤 무너진 집들의 잔해 더미에서 콘크리트 보강용 강철봉이 튀어나와 있었다. 이라크 경찰관 제복 조각이 도로에 나뒹굴었다. 경찰관들이 제복을 입지 않으면 목숨을 건질 가능성이 크다고 믿고 버린 것들이었다. 이제 ISIS가 영사관, 법원, 학교, 경찰서, 군부대 기지를 차지했고, 어디나 흔적을 남겼다. 그들은 깃발을 내걸고서 모스크의 대형 스피커로 연설을 틀어 댔고, 초등학교 담장 벽화에 그려진 어린이들의 얼굴을 검게 칠했다. 이런 초상화는 *하람*, 그러니까 금기이거나 죄악이라면서.

그들은 바두시 교도소의 죄수들을 석방해 주면서, 그 보답으로 다에시에게 충성 서약을 하라고 지시했다. 죄수들은 다에시에 가입하여 기독교, 수피(이슬람교의 신비주의자: 옮긴이), 시아파 신전들과 성지들을 폭파했다. 이라크의 산맥 하나 정도의 커다란 지역이 그들에 의해 파괴되기도 했다. 그래도 아직은 웅장한 모스크가 유서 깊은 도시 모술에 건재했다. ISIS의 지도자 바그다디가 모스크 제단에 서서 이라크 제2의 도시 모술을 이라크 내 ISIS의 수도라고 공표한 뒤로, 2017년까지 모술의 대부분 지역이 파괴되었지만 말이다.

마침내 우린 모래 색깔의 큰 건물인 모술 법원 앞에 멈추었다. 법원은 티그리스강의 서쪽 기슭에 있었는데, 그 건물에는 이슬람 사원 모스크를 떠올리게 하는 가는 첨탑들이 있었다. 그리고 대형 IS 깃발이 법원 꼭대기에 걸려 있었다. IS가 모술에서 새로운 질서를 확립하고자 계획했을 때, 법원은 매우 중요한 곳으로 여겨졌다. 이곳에서 이라크 중앙정부의 법이 아닌, IS 근본주의자들의 신념에 따라 새로운 질서가 세워질 것이었기 때문이다. 곧 이라크 신분증 대신 IS 신분증이 만들어졌고, 자동차들은 이미 새로운 IS 번호판을 달았다. ISIS가 통제하는 모술에서 여자들은 늘 니캅과 아바야로 전신을 가렸으며, 집에서 나오고 싶으면 남자를 동반해야 했다. ISIS는 TV, 라디오, 담배까지 금지했다. 그런가 하면 테러 집단에 가입하지 않은 민간인들이 모술을 떠나려면 벌금을 내야 했고, 그것도 한정된 기간만 타지에 머무를 수 있었다. 만약 장기간 돌아오지 않으면 가족이 처벌받았으며, '칼리프 영토를 버린' 죄로 집과 재산을 몰수당했다. 이 법원에서 수많은 재판이 진행되었다.

법원 안에서 수많은 사람이 판사와 서기를 만나려고 기다렸다. 한 다에시가 나처럼 사비야인 듯 검은 옷을 입은 여자들과 함께 어느 방 앞에 줄지어 서 있었다. 거기서 야지디 여자들이 어느 다에시의 소유인지 공식적으로 인정하는 서류가 작성될 예정이었다. 우리가 강제로 이슬람교로 개종했다는 사실도 기록될 것이고 말이다. 그런 다음 판사가 우리를 데려온 남자의 소유물로 선언할 테고. 이것이 하지 살만을 포함한 다에시가 '결혼'이라고 부르는 계약이었다.

그들의 대화를 통해 날 억류한 하지 살만이 ISIS를 위해 어떤 일을 하는지 알 수 있었다. 하지 살만은 판사였고, 죄가 드러난 피고인의 처형을 결정하는 역할을 맡았다.

텅 빈 방 안에서, 회색 수염을 기른 판사만 긴 책상에 앉아 서류 더미에 파묻혀 있었다. 판사 뒤로 큰 IS 깃발이 에어컨 바람에 나부꼈다. 판사의 제복 양어깨에도 그 깃발이 붙어 있었다. 방에 들어가면서 난 지금부터 벌어질 일을 용서해 달라고 신께 맹렬히 빌었다. *'저는 언제나 당신을 믿겠습니다.'* 기도했다. *'언제나 야지디로 살겠습니다.'*

하셴이라는 판사는 엄격하고 일처리가 빨랐다. "니캅을 벗어." 그가 명령했고 나는 니캅을 벗어 얼굴을 보여 주었다. "*샤하다*(이슬람의 신앙 고백으로, '알라 외에 다른 신은 없습니다. 무함마드는 그분의 사도입니다.'라고 하는 일정 구절로 된 고백: 옮긴이)를 아는가?" 판사가 내게 물었다. 나는 대답했다. "네." 간단한 이슬람 기도는 누구나 알았다. 이슬람교에 대한 개종자의 헌신을 보여 주는 기도문이면서, 이슬람교도들이 기도할 때 암송하는 기도문이기도 했다. 내가 암송을 마치자 하셴 판사의 얼굴이 밝아졌다. 그가 내게 말했다. "신이 축복하시기를. 지금 아주 올바른 일을 하는 거요." 그러더니 책상에서 카메라를 들어서 나의 맨 얼굴을 촬영했다.

곧이어 그가 하지 살만에게 고개를 돌리고 말했다. "이제 당신 소유의 사비야입니다. 여자에게 원하는 대로 하십시오." 우리는 법원에서 나왔다.

이런 '결혼'으로 ISIS는 야지디 여자들을 천천히 죽였다. 그들은 먼저 우리를 집에서 끌어내고, 우리 남자들을 죽였다. 우리를 어머니와 자매들과 갈라놓았다. 어디 있든 저들에게는 우리가 소유물일 따름이었다. 그들은 늘 우리를 만지고 유린해도 된다는 점을 상기시켰다. 아부 바타트가 내 젖가슴을 터뜨릴 듯 쥐어짜거나 나파가 내 몸을 담뱃불로 지진 것처럼. 이 모든 폭력은 우리의 영혼을 처형하는 단계였다.

종교를 빼앗는 것이 가장 잔인했다. 법원을 나서는데 마음이 허전했다. 내가 야지디가 아니면 누구인가? 내가 *샤하다*를 암송했더라도 진심이 아님을 신이 알아주시기만을 바랐다. ISIS에게 살해된 내 영혼이 사후에 신과 타우시 멜렉과 함께 있을 수만 있다면, 다에시가 몸뚱이를 가져도 괜찮았다.

"신분증을 만들려고 사진을 찍은 건가요?" 내가 하지 살만에게 물었다.

"아니, 네가 어디 있고 누구와 있는지 추적하는 데 쓸 사진이야." 그가 대답했다. 하지 살만은 내 어깨를 꽉 쥐면서 말을 이었다. "만약 네가 탈출을 시도하면, 이 사진 옆에 내 이름과 전화번호를 적은 유인물이 수백 장 복사되어서 모든 검문소에 붙여질 것이다. 그 유인물은 널 찾아서 내게 돌려보내 줄 거고. 넌 나한테 돌아오게 되어 있어."

물론 난 그의 말을 믿었다.

7.

하지 살만과 나는 법원을 떠나 차를 타고 새 집으로 갔다. 경비병 모르테자가 가족과 함께 사는 집이었다. 하지 살만의 거처와 비교하면 소박한 단층 주택이었지만, 내가 살았던 집보다 훨씬 컸다. 개종 뒤에는 하지 살만이 날 동정하는 마음에 혹시 내 가족이 어떤 상황에 처했는지 알려 줄지도 모른다고 기대했다. 그래서 그에게 물었다. "제발 캐스린, 니스린, 로지안을 만나게 해 주세요. 그 아이들이 무사한지만 확인하고 싶어요." 난 간청했다.

놀랍게도 그는 노력해 보겠다고 말했다. "그들이 어디 있는지 알아. 내가 통화를 해 보지. 어쩌면 그들을 만날 수 있을 거야. 잠깐이겠지만. 여기서 기다려야 돼."

주방을 지나 집에 들어가자 곧 체구가 큰 나이 든 여인이 우릴 맞이했다. 그녀는 모르테자의 어머니라고 했다. "나디아는 이교도였지만 방금 개종했어요." 모르테자가 이렇게 말하자, 그녀는 통통한 팔을 들어 하지 살만에게 열정적으로 축하 인사를 건넸다. 그녀가 내게 말했다.

"네가 야지디로 태어난 것은 네 잘못이 아니야. 네 부모의 잘못이지. 이제 넌 행복해질 거야."

모술에 온 뒤로 야지디가 아닌 여자와 같은 방에 있는 건 처음이었다. 난 모르테자의 모친에게서 날 동정하는 눈빛을 찾아보려 했다. 어쨌든 그녀는 누군가의 어머니였다. 그건 그녀가 수니파고 내가 야지디라는 사실을 떠나 더 큰 의미를 갖고 있다고 생각했다. 그녀는 하지 살만이 지난밤 내게 한 짓을 알까? 생리가 끝나면 내게 무슨 짓을 할 작정인지 알까? 모른다 해도 그녀는 내가 강제로 끌려왔다는 사실을 알았다. 가족들과 헤어져 여기 있다는 것과, 코초에서 남자들이 전부 살해당했다는 것도 알았다. 그런데 그녀에게서 나에 대한 애정이나 연민은 찾을 수 없었다. 내가 강제로 이슬람교로 개종했으니, 이라크에서 야지디 한 명이 줄어들었다는 것만 반가워하고 있었다.

나는 그 여자를 증오했다. 모술이 ISIS에게 함락되도록 내버려 두어서만이 아니라, 남자들에게 함락되게 내버려 두었기 때문이다. ISIS 치하에서 여자들은 공공의 삶에서 지워졌다. 남자들이 다에시에 합류하는 이유는 뻔했다. 그들은 돈, 권력, 섹스를 원했다. 나는 사실상 그들이 너무나 약하기에 폭력을 쓰지 않고서는 그런 것들을 얻을 방법을 모른다고 생각한다. 아무튼 내가 만난 다에시는 남에게 고통을 주는 걸 즐기는 것 같았다. 그들은 ISIS가 채택한 율법의 도움을 받아, 부인과 딸들에게 전적인 권한을 행사했다.

하지만 심지어 여자가 지하디스트에 합류하고, 모르테자의 모친처럼 여자를 노예로 삼는 것을 노골적으로 축하하는 행위는 이해할 수 없었다. 이라크에서 여자는 종교와 상관없이 모든 것을 두고 투쟁해야 했다. 국회의원, 출산권, 대학의 자리. 이 모든 것들은 긴 싸움의 결과였다. 권력을 누리는 데 만족하는 남자에 맞서서 강한 여성들이 권력을 쟁취해야 했다. 아드키 언니가 트랙터를 운전하겠다고 고집을 부린 것조차 평등에 대한 몸짓이자 남자들에 대한 도전이었다.

하지만 ISIS가 모술을 점령하자 모르테자의 모친 같은 여자들은 그들을 환영했다. 자신을 비롯한 여인들을 집에 틀어박히게 하고, 나 같은 여자들을 착취하는 사악한 정책들에 박수 쳤다. 테러범들이 도시의 기독교인들과 시아파들을 죽이거나 쫓아낼 때 그녀는 방관했다. 수니파와 1,000년 이상 같이 산 이웃들인데도 말이다. 그녀는 그저 구경하면서 ISIS 휘하에서 사는 쪽을 선택했다.

만약 ISIS가 우리에게 그랬듯이 신자르에서 야지디가 무슬림을 공격했다면, 난 야지디를 지지하지 않았을 것이다. 남녀 할 것 없이 내 가족 누구도 나와 마찬가지였을 것이다. 사람들은 변두리에 사는 가난한 야지디 여자들이 약할 것이라고 생각한다. ISIS 여전사들이 남자들 속에서 나름대로 힘을 발휘한다는 말은 들었다. 하지만 그들 중 아무도—모르테자의 어머니도, 심지어 자살 폭탄 테러범도—내 어머니의 발끝도 못 따라왔다. 어머니는 모든 어려움을 극복했다. 어머니라면 종교와 상관없이, 어떤 여자라도 성 노예가 되도록 방관하지 않았을 것이다.

여자 테러범이 IS가 처음이 아니라는 걸 이제는 안다. 역사적으로 보면 온 세계에서 여자들이 테러 조직에 가담했고, 때로는 중요한 역할을 맡았다. 하지만 IS 여전사들의 행동은 매우 경악스럽다. 흔히 여자들, 특히 중동 여자들은 유순해서 폭력적일 리 없다고 짐작하는 이들이 많다. 하지만 실제로 ISIS에서 많은 여자들이 활동하고 있으며, 이들 역시 남자들처럼 이슬람 외의 모든 종교를 거부한다. 그들은 테러 조직에 가입하는 게 수니파 이슬람 왕국 건설이라는 중요한 사명을 돕는 길이라고 본다. 그들도 남자들처럼 스스로를 미국 침략의 희생자라고 여긴다. 그들은 임무에 충실하면 가족에게 돈을 더 주고, 남편을 승진시키고, 자녀들을 출세시켜 준다는 ISIS의 말을 믿는다. 이 여자들은 남자들을 돕는 게 신앙의 의무라는 말을 그대로 받아들였다.

물론 몇몇 IS 여자들이 야지디를 돕는다는 이야기를 들은 적이 있다. 코초 출신의 여자는 그녀를 산 남자의 아내에게 휴대폰을 얻었다. 남자는 서구에서 시리아까지 온 가족을 데리고 먼 길을 온 외국인 조직원이었다. 처음에 그의 아내는 IS의 선전에 현혹되었지만, 곧 야지디 여자들을 성 노예로 만드는 현실에 경악했다. IS 조직원의 아내 덕분에 그 집에 있던 야지디 여자들이 몰래 시리아를 벗어나 안전한 곳으로 갈 수 있었다.

그러나 남자들보다 더 잔인한 여자들의 이야기가 흔히 들려온다. 그들은 질투심이나 분노를 표출하기 쉬운 목표물인 남편의 사비야를 매질하고 굶겼다. 그들은 스스로를 혁명가로—심지어 페미니스트로—자처했다. 또한 늘 있어 왔던 말이지만, 더 큰 선(善)을 위한 폭력은 용인된다고 자위했다. 집단 학살죄로 ISIS를 법정에 세울 생각을 하면, 나는 이런 여자들이 가련해진다. 언뜻 그들도 희생자로 보이기 쉽다는 걸 잘 안다. 하지만 인간이라면 어떻게 수천 명의 야지디가 성 노예로 팔리고 몸이 부서지도록 강간당하는 것을 방관하며 지켜볼 수 있을까? 그런 잔인함은 합리화할 수 없으며, 거기서 나올 수 있는 더 큰 선 따윈 없다.

모르테자의 모친은 계속 하지 살만의 환심을 사려고 했다. 그녀는 말했다. "모르테자 말고 열두 살짜리 딸이 있습죠. 또 시리아에서 *다울라*와 함께 싸우는 아들이 있고요." 그녀는 ISIS를 뜻하는 아랍어 줄임말인 '다울라'라는 표현을 썼다. 그러고는 자기 아들을 생각하며 미소 짓더니 덧붙였다. "정말 어여쁜 아이지요. 신이 제 아들을 축복하실 겁니다."

인사치레가 끝난 뒤 모르테자의 모친은 나를 작은방으로 데려갔다. "여기서 기다리고 있어." 그러더니 문을 닫고 나갔다.

난 소파 끝에 앉아 팔로 온몸을 감쌌다. 하지 살만이 정말 내 조카들을 찾아 주려고 하는지, 그들을 만날 수 있을지 궁금했다. 남자들이 사비야를 데리고 다니니까, 사비야가 서로 접촉하는 것이 그리 특이한 일은 아니었다. 하지 살만이 날 순종하게 하려고 가족을 만나게 해 주면서 선심을 쓸 가능성도 있었다. 난 캐스린과 다른 아이들을 볼 수 있다면 나중 일은 상관없었다.

갑자기 문이 열리더니 모르테자가 들어왔다. 그때 그가 얼마나 젊은지 처음으로 알아보게 되었다. 나보다 한 살이나 많을까. 짧은 수염이 덥수룩했다. 그는 다에시 중 낮은 계급임이 분명했고, 사비야를 갖지 못할 것 같았다. 사비야가 있다 해도 같이 사는 기미가 보이지 않았다. 하지 살만이 옆에 없으니 그는 더 대담하게 나에게 다가왔다. 그러나 내 눈에 그는 아버지의 구두를 신은 남자애로 보였다.

그는 문을 닫고 들어와 내 근처 침대에 앉았다. 난 본능적으로 다리를 끌어안고 무릎에 이마를 대면서 시선을 피했다. 모르테자는 아랑곳 않고 말하기 시작했다. 그가 물었다. "여기 있는 게 더 행복할까? 아니면 도망가서 가족과 사는 편이 더 행복할까?" 그는 날 조롱하고 있었다. 인간이라면 대답을 알 테니까.

"가족이 어떻게 됐는지 난 전혀 몰라요." 내가 대답했다. 그가 가게 해 달라고 난 신에게 기도했다.

"내가 탈출하게 도와주면 나한테 뭘 줄래?" 모르테자가 물었다. "그럼 오빠한테 전화해서 당신이 원하는 것은 무엇이든 갖도록 해 줄게요."

그가 웃음을 터뜨리면서 물었다. "내가 무서워?" 그가 더 가까이 다가왔다.

"네, 무서워요. 당연히 무섭죠." 내가 대답했다.

그의 손이 다가오는 걸 보자마자 난 죽어라 비명을 질렀다. 비명 소리가 사방 벽과 천장을 무너뜨려서 우리를 죽이길 바랐다.

곧 문이 열리고 모르테자의 어머니가 나타났다. 그녀는 성난 표정을 지었다. "여자애를 내버려 둬. 네 것이 아니잖아." 모르테자는 창피한 아이처럼 고개를 푹 숙이고 방에서 나갔다. 어머니는 아들의 등 뒤에 대고 말했다. "이 여자는 이교도야." 그러더니 나를 보며 찡그리면서 덧붙였다. "게다가 하지 살만의 여자고."

그 순간 우리 둘만 있으면 그녀가 어떻게 처신할지 궁금해졌다. 비록 이런 상황을 방관한 여자지만, 그래도 내게 다가와 지금껏 겪었던 수모를 알은체해 주었다면 그녀를 용서했을 것이다. 그녀는 내 어머니 또래였고, 어머니처럼 늘어지고 부들부들한 살을 갖고 있었다. 그런 그녀가 '네가 강제로 끌려왔다는 걸 알아.'라고 말해 주었다면, '어머니와 자매들은 어디 있니?'라고 물어 주었다면 난 무척 안심했을 것이다. 난 그녀가 아들이 나가기를 기다리고 있었다고 상상해 보았다. 아들이 나간 뒤 그녀는 내 옆에 앉아서 손을 잡고, 나를 딸이라고 부르면서 말하겠지. '걱정 마라, 내가 달아나게 도와줄 테니. 나도 자식이 있는 어머니네가 가엾구나.' 그런 말은 몇 주 동안 굶은 뒤의 빵 한 조각 같았을 텐데. 하지만 그녀는 아무 말도 하지 않았다. 그냥 그렇게 나갔을 뿐이다. 난 다시 작은 방에 혼자 남았다.

몇 분 뒤 하지 살만이 들어왔다. "이제 캐스린을 보러 갈 수 있다." 그의 말을 듣자 가슴이 벅찬 동시에 썰렁했다. 그 누구보다 조카가 걱정스러웠다.

::

1998년생으로 엘리아스 오빠의 맏딸인 캐스린은, 태어나면서부터 집안의 금지옥엽이었다. 처음에 엘리아스는 분가하려 했지만 캐스린이 울면서 반대하자 포기했다. 조카는 나만큼이나 내 어머니를 사랑했고, 고모인 나도 좋아했다. 우린 모든 것을 나누었다. 옷을 같이 입기도 하고, 비슷한 옷으로 코디하기도 했다. 사촌의 결혼식에 둘 다 빨간 옷을 입고 갔고, 내 오빠의 결혼식 때는 둘 다 초록색으로 입었다.

내가 나이는 많아도 학교에 몇 년 늦게 들어간 탓에 우린 같은 학년이었다. 똑똑한 캐스린은 나이에 맞지 않게 현실적이기도 했다. 그래서 6학년 때 중퇴하고 농사일을 하는 길을 택했다. 공부하는 것보다 가족과 바깥에서 일할 때 자신을 쓸모 있다고 느꼈다. 캐스린은 어리고 가냘프고 조용했지만, 집안과 들판에서 못 하는 일이 없었다. 양젖을 짜는 일도 할 수 있었고, 디말 못지않게 요리를 잘했다. 캐스린은 누가 아프면 함께 울어 주었다. 상대방의 상처가 아물 때까지 아픔을 느낀다고 했다. 밤에 잠들기 전에 우린 장래 계획을 의논했다. 캐스린은 내게 말하곤 했다. "난 스물다섯 살에 결혼할 거야. 아이를 많이 낳아서 대가족을 꾸리고 싶어."

코초의 포위 기간 동안 캐스린은 거실에서 꼼짝도 하지 않고 TV 앞에 앉아, 산에 피란한 사람들의 소식을 들으며 울었다. 여동생 바소가 붙잡혔다는 소식을 들은 뒤 캐스린은 식사를 거부했다. "우린 희망을 가져야 해." 나는 조카의 얼굴을 쓰다듬으면서 달래곤 했다. 영양과 수면 부족으로 얼굴이 누렇게 떴다. 내 어머니는 캐스린에게 말했다. "우린 살아날 거야. 네 아버지를 보렴. 아버지를 위해 기운을 내야지." 하지만 캐스린은 일찌감치 희망을 잃었고 어떤 낙관도 하지 않았다.

캐스린과 나는 코초를 떠나면서 다른 트럭에 태워졌고, 솔라에 가서야 다시 만나게 되었다. 그곳에서 캐스린은 내 어머니에게 바싹 매달려서 ISIS가 어머니를 데려가지 못하게 했다. "제가 같이 갈 거예요. 혼자 못 걸으세요." 하지만 다에시가 앉으라고 호통을 쳤고, 캐스린은 주저앉을 수밖에 없었다.

모술에서 나를 가장 걱정해 준 사람은 캐스린이었다. 그 아이는 말했다. "다시는 소리치지 마. 아부 바타트가 무슨 짓을 했는지 나도 알아. 나한테도 똑같이 그랬어." 캐스린은 누구보다 나를 잘 알았다. 내가 부아를 참느라 애쓰는 걸 알았고, 그런 와중에 내가 벌받지 않게 하려고 애썼다. "아랍어로 말하지 마, 나디아. 저들이 고모를 시리아로 데려가면 안 되잖아." 모술의 집에서 기다릴 때 캐스린이 내게 말했다. 마지막으로 캐스린을 본 것은 내가 살완에게 잡혀 아래층으로 끌려갔을 때였다.

하지 살만과 나는 모르테자의 집을 떠났다. 부엌을 지나 문을 향해 가는 길에, 모르테자의 모친을 보았다. 그녀는 어느 남자의 등에 뜨거운 부항 컵을 대 주느라 바빴다—살갗에 빨간 원을 남기는 마사지로, 혈액순환에 도움이 된다. 야지디에서는 안주인에게 감사 인사를 하는 게 예의였다. 내가 이런 처지에 놓여 있다고 해도, 자라면서 몸에 밴 습관은 제2의 천성이라 어쩔 수 없었다. 난 그녀를 보면서 말했다. "살만이 여기 왔어요. 저는 가요. 감사합니다."

"신이 함께하시기를." 그녀는 이렇게 말하고 몸을 돌렸다.

하지 살만과 나는 차를 타고, 전날 밤 노예시장이 열린 집으로 돌아갔다. "그들은 위층에 있다." 이렇게 말하더니 나를 두고 갔다.

나는 위층으로 뛰어올라갔다. 창문을 검게 칠한 큰 방에 캐스린과 니스린 둘만 있었다. 둘 다 지쳤음을 한눈에 알아볼 수 있었다. 캐스린은 얇은 매트리스에 누워서 눈을 거의 감고 있었고, 니스린은 그 곁에 앉아 있었다. 내가 문을 열자 둘은 멀뚱멀뚱 쳐다보기만 했다. 니캅을 들어 올리는 걸 잊고 있었다. "우리에게 쿠란을 독경해 주러 왔나요?" 캐스린이 조용히 물었다.

"나야, 나디아야." 내가 말했다. 조카들은 내 얼굴을 보자마자 달려왔다. 우리는 대성통곡을 했다. 울다 죽을 수 있을 만치 서럽게 울었다. 가슴이 뻐근했고 숨도 제대로 쉴 수 없었다. "저들이 우리가 처녀인지 확인해 줄 여자가 올 테니 기다리라고 했어. 그 여자가 온 줄 알았지!"

캐스린의 눈은 퉁퉁 붓고 멍이 들어 있었다. "난 앞이 잘 안 보여." 내가 옆에 앉자 캐스린이 말했다.

"너무 기운 없어 보여." 내가 손을 잡으면서 말했다.

"신께서 우리를 도와주시도록 금식을 하는 중이야." 조카가 설명했다. 난 캐스린이 먹지 못해 쓰러질까 걱정스러웠지만, 그런 말은 하지 않았다. 야지디는 공식적으로 1년에 두 차례 금식하고, 그 외의 날에는 선택적으로 금식할 수 있다. 그렇게 신께 헌신하는 마음을 다지고, 타우시 멜렉과 대화를 연다. 금식은 우리 힘을 빼앗는 게 아니라 힘을 주는 행위다.

"무슨 일을 당한 거야?" 내가 캐스린에게 물었다.

조카가 대답했다. "아부 압둘라라는 남자가 나를 사서 모술의 다른 집에 데려갔어. 내가 암에 걸렸으니 만지면 안 된다고 말하자, 그가 날 때리고 시장에 다시 데려오더라고. 그래서 눈에 멍이 든 거야."

니스린이 말했다. "난 탈출하려고 시도했어. 놈들한테 잡혀서 얻어맞았고 여기로 다시 끌려왔어."

"왜 그걸 입고 있어?" 캐스린이 내게 물었다. 조카들은 여전히 야지디 드레스를 겹겹이 입고 있었다.

내가 말했다. "그들이 내 옷을 가져가고 이걸 입게 했어. 난 가방을 잃어버렸어. 다른 옷이 없어서 이걸 입은 거야."

"내가 고모 가방을 갖고 있어!" 캐스린이 나에게 가방을 건네주었다. 맨 위에 입고 있던 옷도 벗어 주었다. 분홍색과 갈색 드레스로 새 옷이었다. 오늘날도 난 디말과 함께 번갈아서 그 옷을 입는다. 옷이 예쁘기도 하지만, 그 옷을 입으면 조카가 생각나서이기도 하다. "아바야 밑에 이걸 입어." 캐스린이 말했고 난 조카의 뺨에 입 맞추었다.

경비병 한 명이 문으로 왔다. "5분 남았다. 하지 살만이 아래층에서 기다리신다." 그가 알렸다.

경비병이 나가자 캐스린이 드레스 주머니에 손을 넣더니 내게 귀고리 한 쌍을 주었다. "이걸 갖고 있어. 우린 다시 못 만날 거야."

"고모는 기회를 잡아서 탈출해야 해." 캐스린이 내 손을 잡고 속삭이면서 계단에 데려다주었다. "나도 노력할게." 우린 손을 맞잡고 부엌으로 갔고, 하지 살만이 날 밖으로 끌어냈다.

차를 타고 말없이 하지 살만의 집으로 돌아갔다. 난 캐스린과 니스린을 생각하며 숨죽여 울면서, 그들이 무슨 일을 당하든지 살아 있게 해 달라고 기도했다. 집에 도착하자 하지 살만은 경비병 한 명과 안에 들어가서 기다리라고 지시했다. "곧 올 거다." 그의 말에 이제 난 자신을 위해 기도하기 시작했다.

내가 안으로 들어가기 전, 하지 살만은 오랫동안 날 쳐다보았다.

"이번엔 네가 생리 중이든 아니든 개의치 않겠다." 그는 잠시 뒤 덧붙였다. "약속하지, 내가 너한테 갈 거야."

그는 그렇게 표현했다. "내가 너한테 갈 거야."

8.

지난 3년간 야지디 여자들이 ISIS에게 잡혀 성 노예가 된 사연을 많이 들었다. 대부분 같은 폭력을 겪은 피해자들이었다. 우린 시장에서 판매되거나, 신병 혹은 고위 지휘관에게 선물로 건네졌다. 그러면 그의 집으로 끌려가서 강간당하고 모욕을 받았으며, 대부분 폭행당했다. 그런 뒤에는 다시 팔리거나 선물로 건네져서 강간과 폭행을 당하고, 또다시 팔리거나 선물로 건네져 강간과 폭행을 당했다. 쓸모가 다하고 죽기 전까지 이런 식이었다. 탈출을 시도하면 지독한 벌을 받았다. 하지 살만의 경고처럼 ISIS는 검문소에 우리 사진을 붙였고, 모술 주민들은 노예를 가까운 IS 센터에 신고하라고 지시받았다. 그러면 5,000달러를 보상금으로 받는다고 했다.

강간이 가장 끔찍한 부분이었다. 그건 인간성을 말살하는 일이었으며, 미래에 대한 생각을—야지디 공동체로 돌아가 결혼하고 자녀를 낳고 행복하게 사는 것—불가능하게 만들었다. 우린 차라리 저들이 우릴 죽여 주기를 바랐다.

ISIS는 야지디 처녀에게 이슬람으로 개종하고 처녀성을 잃는다는 것이 얼마나 참담한 일인지 알고 있었다. 그들은 우리의 가장 큰 두려움을 악용했다. 우리 공동체와 종교 지도자들이 귀환을 반기지 않으리라는 것 말이다. 하지 살만은 이렇게 말하곤 했다. "탈출이 문제가 아니지. 네가 집에 간다 해도 아버지나 숙부가 죽일 거야. 이제 넌 처녀가 아니고 무슬림이니까!"

야지디 여자들은 남자들의 공격에 어떻게 맞서 싸웠는지, 어떻게 더 힘센 남자들을 때리려 했는지 이야기한다. 강간하려고 작심한 다에시를 물리치지는 못했겠지만, 적어도 저항했다는 점이 상처를 아물게 했다. 여자들은 말한다. "그들이 하는 대로 가만히 둔 적은 한 번도 없어요. 저항하려 했고, 그들을 때리고 얼굴에 침 뱉으려 했어요. 뭐든 하려 했죠." 무장병이 데리러 오자 한 소녀는 처녀막을 없애려고 병을 몸속에 넣었다고 했다. 또 어떤 여자들은 몸에 불을 붙이려고 했다. 그들은 IS로부터 해방된 뒤에, 다에시의 팔을 세게 긁어서 피가 나게 한 적이 있다고 자랑스럽게 말할 수 있었다. 혹은 다에시가 강간하는 동안 뺨을 때려 멍들게 했다고도 했다. "적어도 난 그가 멋대로 하게 내버려두지 않았어요." 그들은 말했다. 그들의 작은 몸짓은 그들을 진짜 소유한 게 아니라는, ISIS에게 보내는 메시지였다. 물론 가장 큰 목소리를 낸 이들은 강간당한 여자들이 아니라 거기 없는 여자들, 자결한 여자들이었다.

아무에게도 인정한 적 없지만, 하지 살만이나 다른 남자가 강간하려 할 때 난 맞서지 않았다. 그냥 눈을 감고 어서 끝나기만 바랐다. 사람들은 늘 내게 "아, 당신은 정말 용감해요. 너무나 강인하고요."라고 말한다. 그러면 난 입 다물고 있지만 그들의 말을 고쳐 주고 싶다. 다른 여자들은 강간범을 때리고 깨물었지만 난 울기만 했노라고 말이다. "저는 그들처럼 용감하지 않아요."라고 말하고 싶지만 어떻게 보일지 걱정이 된다.

때로 집단 학살 이야기가 나오면 사람들은 오직 야지디 여성이 당한 성 학대에만 관심이 있는 것처럼 느껴질 때가 있다. 그리고 우리가 저항한 경험담을 듣고 싶어 한다. 하지만 나는 강간뿐 아니라 모든 것을 이야기하고 싶다. 내 오빠들이 살해당한 일, 어머니의 실종, 소년들이 세뇌당한 것까지 말이다. 아니, 어쩌면 난 여전히 사람들이 어떻게 볼지 겁난다. 다른 여자들처럼 버티지 않았다고 해서 다에시가 저지른 짓을 인정한 것은 아님을 받아들이기까지 오랜 시간이 걸렸다.

ISIS가 쳐들어오기 전에는 나는 스스로를 용감하고 정직한 사람이라고 여겼다. 무슨 고민이 있든, 어떤 실수를 저지르든 가족에게 고백했다. 그들에게 "이게 바로 나예요."라고 말할 수 있었으며, 가족들의 반응을 받아들일 각오가 되어 있었다. 가족과 함께 있기만 하면 뭐든 감당할 수 있었다. 하지만 가족 없이 모술에 잡혀 있으니 너무 외로워서 내가 살아 있다는 생각이 들지 않았다. 내 안의 뭔가가 죽은 듯했다.

::

하지 살만의 집에는 경비병들이 우글댔다. 난 곧장 위층으로 올라갔다. 반 시간쯤 뒤에 경비병 호삼이 드레스와 화장품과 제모 크림을 들고 왔다. "살만이 오기 전에 샤워를 하고 준비하라신다." 그는 이렇게 말하더니 가져온 물건을 침대에 놓고 아래층으로 내려갔다.

난 호삼이 지시한 대로 했다. 샤워를 하고, 제모 크림을 사용해서 발부터 겨드랑이까지 털을 제거했다. 어머니가 쓰라고 주던 상표였는데 내가 늘 싫어한 제품이었다. 중동에서 인기 있는 슈가 왁스가 더 맘에 들었다. 제모 크림은 화학약품 냄새가 지독해서 현기증이 났다. 욕실에서 확인해 보니 실제로 생리가 끝나 있었다.

다음으로 호삼이 주고 간 옷을 입었다. 검은색과 파란색으로 된, 무릎 위까지 오는 짧은 치마였다. 어깨에는 얇은 끈만 달려 있었다. 브래지어가 붙어 있어서 따로 입을 필요가 없었다. TV에서 보던 파티용 드레스로, 코초에서 아니 사실 모술에서도 수수하지 않은 디자인이었다. 아내가 남편 앞에서만 입는 드레스였다.

드레스를 입고 욕실 거울 앞에 섰다. 화장을 하지 않으면 벌을 받는다는 걸 알았다. 하는 수 없이 호삼이 주고 간 화장품을 뒤적였다. 평소라면 캐스린과 내가 흥분했을 만한 새 화장품들이었다. 내 형편으로는 도저히 못 사는 제품들이었다. 예전 같으면 둘이 침실 거울 앞에 서서 눈꺼풀에 다른 색을 칠하고, 눈가에 짙은 아이라인을 그리고, 파운데이션으로 주근깨를 가렸을 텐데. 하지 살만의 집에서는 거울에 비친 내 모습을 차마 볼 수가 없었다. 그저 분홍색 립스틱을 조금 바르고 눈 화장을 가볍게 했다. 매질을 피할 만큼만.

코초를 떠난 뒤 처음으로 거울을 봤다. 예전에는 화장을 끝내면 늘 다른 사람처럼 변할 수 있는 게 좋았다. 그러나 그날 하지 살만의 집에서 나는 별로 다르지 않은 것 같았다. 아무리 립스틱을 많이 발라도, 거울에 비친 사람은 변해 버린 내 신분 그대로를 나타냈다. 어느 순간이든 테러범에게 보상이 될 수 있는 노예 말이다. 난 침대에 앉아서 문이 열리기를 기다렸다.

40분 뒤 밖에서 경비병들이 하지 살만에게 인사하는 소리가 나더니 그가 방으로 들어왔다. 그는 혼자가 아니었다. 같이 온 남자들은 복도에 서 있었다. 하지 살만을 보자마자 난 주저앉아, 그가 만지지 못하게 아이처럼 몸을 동그랗게 말았다.

"*살람 알라쿰*(이슬람 문화의 일반적인 인사로, '당신에게 평화를'이라는 뜻: 옮긴이)." 하지 살만은 이렇게 말하고서 나를 아래위로 훑어보았다. 내가 지시대로 옷을 입어서 놀란 눈치였다. "다른 사비야들은 며칠 뒤에 되팔아야 했지. 내 지시대로 따르지 않았거든. 잘했다." 그가 인정하듯 말하더니 문을 닫고 나갔다. 나는 발가벗은 채로 굴욕을 당한 기분이 들었다.

다시 문이 열린 것은 초저녁이었다. 이번에는 호삼이 방 안을 들여다봤다. "하지 살만이 너더러 손님들이 마실 차를 내오라고 하신다." 그가 말했다.

"몇 명이 있는데요? 누군데요?" 이런 차림으로 방에서 나가기 싫었지만, 호삼은 대답해 주지 않았다. 그가 말했다. "그냥 나와. 그리고 서둘러. 사람들이 기다리니까."

한순간 그날 밤 강간이 일어나지 않으리라는 희망을 느꼈다. '그가 나를 이 사람들 중 한 명에게 줄 거야.' 이렇게 속으로 중얼대면서 계단을 내려가 부엌으로 갔다.

경비병이 차를 끓여 진한 다갈색 액체를 작은 유리잔에 따라 백설탕 접시 주변에 놓았다. 그가 계단에 쟁반을 올려놓았다. 나는 쟁반을 들고 거실로 가져갔다. 거기 다에서 무리가 화려한 소파에 앉아 있었다. 나는 들어가면서 "살람 알라쿰."이라고 말한 다음, 방 안을 돌아다니면서 사람들의 무릎 옆 작은 탁자에 찻잔을 내려놓았다. 그들이 웃으면서 분명한 시리아 아랍어를 말하는 것을 들었지만, 난 대화 내용에 신경 쓰지 않았다. 차를 대접할 때 손이 덜덜 떨렸다. 내 맨 어깨와 다리를 쳐다보는 눈길이 느껴졌다. 특히 그들의 말투가 공포스러웠다. 난 그들이 언젠가 나를 이라크에서 내보낼 것이라는 생각이 들었다.

"시리아 병사들은 너무 형편없습니다." 누군가 말하자 나머지 사내들이 웃음을 터트렸다. "너무 포기가 빨라요. 잔뜩 겁먹은 꼴이라니!"

하지 살만이 말했다. "나도 기억하오. 그들은 우리에게 너무 쉽게 나라를 내주었지. 신자르만큼 쉽게!" 마지막 말은 내가 들으라고 한 것이었다. 나는 순간 속상한 표정을 짓지 않았기를 바랐다. 그리고 차를 하지 살만에게 내밀었다. "탁자에 놓아라." 그가 날 쳐다보지도 않고 말했다.

다시 복도로 나가서 웅크리고 앉아 기다렸다. 20분 뒤 손님들이 일어나 돌아가자, 하지 살만이 아바야를 들고 나를 만나러 왔다. "기도할 시간이다. 몸을 가려서 같이 기도할 수 있게 준비해라." 그가 말했다.

나는 기도문을 암송하지는 못했지만 이슬람 기도의 움직임은 알았다. 난 하지 살만 옆에 서서 그가 하는 대로 흉내 내려 애썼다. 그가 만족하면 나를 해치지 않을 거라고 기대했다. 다시 방에 들어가자 그는 종교적인 노래를 틀더니 욕실로 들어갔다. 그가 욕실에서 나와 음악을 끄자 다시 방이 조용해졌다.

"옷을 벗어." 그가 전날 밤처럼 말하더니 자기도 옷을 벗었다. 그리고 장담한 대로 내게로 왔다.

매 순간이 공포스러웠다. 내가 몸을 빼면 그가 거칠게 끌어당겼다. 그가 내는 요란한 소리는 경비병이 다 들을 수 있을 만큼 컸다. 마침내 사비야를 강간한다는 사실을 모술 전체에 알리고 싶은 것처럼 소리를 질렀다. 아무도 방해하지 않았다. 그의 손길은 과장되고 거칠었고 날 해치려는 의도가 역력했다. 어떤 남자도 아내를 이렇게 만지지는 않았다. 나는 우리가 있는 집만큼 하지 살만이 거대하게 느껴졌다. 그리고 난 어머니를 부르면서 울어 대는 아이였다.

9.

너닷새 같이 지내다가 하지 살만은 나를 내보냈다. 난 늘 통증에 시달
렸다. 그는 매일 짬이 날 때마다 날 강간했다. 그러고는 아침에 지시를
내리고 나갔다. "집을 청소해. 이 음식을 만들어. 이 드레스를 입어." 그
외에 그가 하는 말은 '살람 알라쿰'이 다였다. 하지 살만은 나에게 아내
처럼 행동하라고 명령했고, 난 겁에 질려 시키는 대로 다 했다. 누군가
멀리서 지켜봤다면 우릴 천생 부부라고 생각했을 것이다. 그가 만질 때
울면서 떠는 내가 안 보일 만큼 멀찌감치 떨어져서 봤다면 말이다. 난
하지 살만의 지시대로 아내 역할을 해냈다. 하지만 그는 나를 아내가
아니라 사비야라고만 불렀다.

야히야라는 경비병이 나와 살만이 쓰는 방에 음식과 차를 가져왔
다. 스물세 살이나 됐을까 싶게 젊어 보이는 청년이었는데, 쟁반을 방
에 들여놓으면서 내 얼굴을 쳐다보지도 못 했다. 그들은 음식이나 물
을 주었지만—사비야로서 가치가 있으니 죽으면 곤란했다—나는 현기
증이 나지 않을 정도로만 밥과 국을 몇 술 먹었다. 그리고 나서 하지 살

만이 지시한 대로 집안 구석구석을 청소했다. 경비병 여섯 명과 살만이 사용하는 더러운 욕실을 닦고 계단을 쓸었다. 검은 IS 바지와 하얀 디시다샤를 비롯해, 그들이 사방에 내던진 옷가지를 집어서 세탁기에 넣었다. 남은 밥을 쓰레기통에 넣고 입술 자국이 난 찻잔을 씻었다. 워낙 경비병들이 우글대는 집이라, 그들은 내가 뭔가를 발견하거나 도망칠 걱정은 하지 않았다. 덕분에 난 차고를 제외하고 어느 방이든 출입할 수 있었다. 차고는 무기 보관소였던 것 같다.

창문으로 도시의 움직임을 지켜봤다. 하지 살만은 모술의 혼잡한 지역에 살았다. 근처 고속도로에서는 늘 차들이 줄지어 달렸다. 계단통의 창문들에서 고속도로의 원형 램프가 보였다. 난 거기로 뛰어가 안전한 곳으로 도망치는 상상을 했다. 하지 살만은 꾸준히 탈출에 대해 경고했다. 그는 말하곤 했다. "나디아, 네가 탈출을 시도하면 단단히 후회할 거야. 내 장담하지. 처벌이 만만치 않을걸." 그의 지속적인 으름장이 내게 희망을 주었다. 여자들이 탈출한 적이 없었다면 그가 그렇게 걱정하지 않았을 테니까.

ISIS는 야지디 여자들을 노예로 삼기로 계획할 때는 꼼꼼히 계산했지만, 그 뒤로 실수를 해서 우리에게 기회를 주었다. 가장 큰 실수는 우리를 모술의 모든 여자들과 똑같이 입힌 것이었다. 검은 아바야와 니캅을 쓰면 누가 누군지 몰랐다. 일단 그 차림을 하면 우린 모술 여자들 속에 섞이게 되었고, 다에시는 거리에서 모르는 여자들을 그리 신경 쓰지 않았다. 그러니 우리가 발각되지 않을 수도 있었다. 계단통을 청소하면서 난 도시를 지나는 여자들을 지켜보았다. 하나같이 똑같은 차림새였다. 누가 장을 보러 가는 수니파 여자고 누가 탈출하는 야지디 여자인지 구분되지 않았다.

많은 IS 센터들이 하지 살만의 집처럼 복잡한 동네에 있었다. 내가 혼자 밖에 나갈 수만 있다면 탈출할 가능성이 있을지 몰랐다. 난 부엌의 큰 창문을 기어올라가 밖으로 나가서, 아바야 차림으로 인파에 섞이는 상상을 했다. 어떻게든 택시 승차장으로 가서 키르쿠크로 가는 차를 타리라. 그곳은 쿠르드 자치구로 들어갈 때 거치는 검문소였다. 누군가 말을 걸면, 나는 키르쿠크 출신 무슬림이고 친정에 가는 길이라고 말할 작정이었다. 혹은 시리아에서 피란 왔다고 대답하리라. 다에시가 시험할 경우에 대비해 난 쿠란의 짧은 앞 구절을 외워 두었다. 내 아랍어는 완벽했다. 게다가 난 이미 샤하다를 알고 있었다. 심지어 유행하는 IS 찬가 두 곡을 외워 두기까지 했다. 그중 한 곡은 군의 승리를 축하하는 노래였다. "우린 바두시를 점령했고 탈 아파르를 점령했네. 이제 매사 순조롭지." 정말 싫은 노랫가락이었지만 청소하면서 머릿속으로 노래를 불렀다. 또 다른 곡은 신과 신앙에 인생을 바치라는 내용의 가사였다. 무슨 일이 있어도 난 야지디라고 자백하지 않을 작정이었다.

하지만 불가능한 계획이라는 걸 알았다. 살만의 센터에는 다에시가 꽉 들어차 있어서, 아무에게도 들키지 않고 창문을 지나 정원 담장을 넘을 수가 없었다. 게다가 하지 살만은 내가 그와 동행하거나 감시할 경비병과 외출할 때만 아바야와 니캅을 입게 했다. 집에서는 코초에서 가져오거나 하지 살만이 골라 준 옷을 입었다. 난 밤에 하지 살만이 삐걱대는 문을 열고 들어올 걸 예상하며 침대에 누워, 탈출을 상상해 보았다. 그러다 그건 불가능하다는 사실을 인정해야 했다. 그럴 때마다 깊은 절망에 빠져서 나는 차라리 죽게 해 달라고 기도했다.

어느 오후에 나를 강간하고 나서 하지 살만은 밤에 올 손님을 맞을 채비를 하라고 지시했다. 그가 말했다. "그 사비야가 누군지 너도 알 거야. 너를 만나게 해 달라고 부탁했다더군."

기대감으로 가슴이 뛰었다. 누구일까? 아는 얼굴을 만나고 싶은 마음이 간절했지만, 하지 살만이 자주 입히는 옷을 걸치고 캐스린이나 가족을 만나는 건 견딜 수 없었다. 평소 살만은 손님을 맞이할 때 내게 짧은 파란색과 검은색 드레스 같은 옷을 입히고 싶어 했다. 다른 야지디 여자가 그런 내 모습을 본다는 생각에 경악했다. 다행히 끈은 얇지만 적어도 무릎을 가리는 검은 드레스를 찾을 수 있었다. 머리를 뒤로 넘기고 입술을 엷게 칠했지만 눈 화장은 하지 않았다. 하지 살만은 만족했고, 우린 아래층으로 내려갔다.

알고 보니 손님은 나파였다. 버스에서 소리쳤다는 이유로 처음 간 센터에서 날 벌준 인물. 그는 내게 인상을 쓰고 하지 살만에게만 말했다. "제 사비야가 판사님의 사비야를 만나게 해 달라고 계속 졸라 대는군요. 옆에서 무슨 말을 나누는지 들어야 할 겁니다. 저는 나디아를 믿지 못하겠습니다."

나파의 사비야는 내 친구 왈라아의 언니 라미아였다. 우린 달려가서 부둥켜안고 서로의 뺨에 입을 맞추었다. 아는 얼굴을 보니 마음이 놓였다. 하지 살만과 나파를 비롯해 네 사람이 한자리에 앉게 되었다. 라미아와 나는 아랍어 대신 쿠르드어로 말했다.

라미아는 긴 드레스를 입고 머리에 히잡을 썼다. 얼마 동안이나 함께할 수 있을지 모르기에 우린 급히 대화하며 최대한 정보를 나누려 했다. "놈이 널 건드렸어?" 그녀가 내게 물었다.

"저자가 언니를 건드렸어요?" 내가 같은 질문을 던지자 라미아가 그렇다고 고개를 끄덕였다.

"놈이 나를 개종시켰고, 법원에서 결혼을 하게 됐어." 그녀가 털어놓았다. 나도 겪은 일을 솔직히 밝혔다. "그걸 결혼이라고 생각하면 안 돼요. 코초에서 말하는 결혼과는 달라요."

라미아가 말했다. "탈출하고 싶어. 하지만 사람들이 늘 나파를 찾아오니 달아날 수가 없어."

내가 말했다. "여기도 마찬가지예요. 사방에 경비병들이 있어요. 살만은 탈출을 시도하면 벌을 받을 줄 알라고 했어요."

"그가 어떻게 할 것 같아?" 라미아가 두 남자를 힐끗 보면서 조용히 물었다. 그들은 우리를 상관하지 않고 대화에 한창이었다.

"모르겠어요. 지독한 벌을 주겠죠." 내가 대답했다.

"아랍어로 말하라고 했잖아!" 살만이 소리쳤다. 그들은 우리의 대화가 무슨 내용인지 알아듣지 못해 화를 냈다.

"왈라아는 어떻게 됐어요?" 내가 라미아에게 아랍어로 물었다. 코초를 떠난 뒤로 왈라아를 보지 못했다.

"나를 끌고 온 날 밤에 헤어지게 되었어. 왈라아에게 무슨 일이 생겼는지 모르겠어. 나파에게 동생을 찾아 달라고 계속 부탁하는데 들어주질 않아. 디말과 아드키는 어떻게 됐어?" 라미아가 물었다.

"언니들은 어머니랑 솔라에 남았어요." 내가 대답했다. 우린 한동안 침묵했다. 가족들의 부재가 가슴을 짓눌렀다.

30여 분 뒤 나파가 가려고 일어났다. 라미아와 나는 작별 키스를 나누었다. "몸조심하고 낙심하지 말아요." 그녀가 니캅을 쓸 때 내가 말했다. "우린 다 같은 일을 겪고 있어요." 그들은 떠났고, 난 다시 살만과 둘이 남았다.

둘이 계단을 올라 내 방으로 갔다. "네 표정이 완전히 변하는 건 처음 봤네." 방 앞에 도착하자 그가 말했다.

난 살만에게 고개를 돌렸다. 화나지 않은 체하려고 애쓰지 않았다. "당신이 날 가두고 하기 싫은 일을 하게 하는데, 내가 어떤 표정을 짓기를 기대해요?" 내가 쏘아붙였다.

"익숙해질 거야. 들어가거라." 그가 문을 열었다. 그는 아침까지 나와 방에 머물렀다.

::

하지 살만은 '탈출하려고 시도하면 내가 벌을 줄 거야.'라고 여러 번 말했지만, 정확히 어떤 벌을 줄지는 밝히지 않았다. 구타할 것은 거의 확실했지만 그건 늘상 있는 일이었다. 살만은 늘 날 때렸다. 내가 청소한 게 만족스럽지 않을 때, 직장에서 언짢은 일로 화가 날 때 그랬다. 강간하는 동안 내가 울거나 눈을 감고 있어도 때렸다. 내가 탈출하려다가 붙잡히면 그의 심한 구타에 흉이 지거나 어디가 부러지겠지만 상관

없었다. 상처나 흉터 때문에 살만이나 다른 남자가 강간하지 않는다면 내게는 흉터가 아니라 보석이었다.

가끔 강간한 다음 그는 탈출을 시도해도 소용없다고 말하곤 했다. 그는 말했다. "이제 넌 처녀가 아니야. 그리고 무슬림이지. 가족이 널 죽일 거야. 몸이 망가졌으니." 강제로 당한 일이었지만 난 그의 말이 맞다고 믿었다. 내가 망가졌다는 느낌을 받았다.

외모를 추하게 할까도 궁리해 봤다. 센터에서 몇몇 여자들은 재와 흙을 얼굴에 바르고 머리를 산발했고, 씻지 않아 악취를 풍겨서 그들을 사려는 자들을 쫓아 버리곤 했다. 난 얼굴을 베어서 상처를 내거나 머리를 자르는 방법을 고민해 보았다. 하지만 그렇게 하면 살만에게 구타당할 게 뻔했다. 자해를 시도하면 그의 손에 죽게 될까? 아닐 것 같았다. 난 살아 있어야 더 값이 나가는 존재였다. 살만은 내게 죽음은 안도감을 주는, 환영할 만한 일이라는 것을 알고 있었다. 내가 탈출을 시도하면 그가 어떤 조치를 취할지 상상만 할 수 있을 따름이었다. 그러던 어느 날, 그를 시험할 기회가 왔다.

저녁나절 살만은 처음 보는 다에시 두 명을 데리고 집에 왔다. 그들은 사비야를 동반하지 않고 여행 중이었다. "집 청소는 다 마쳤나?" 내가 그렇다고 대답하자, 살만은 나머지 시간 동안 방에서 혼자 쉬라고 지시했다. "부엌에 음식이 있으니 배고프면 호삼에게 말해. 그가 음식을 올려다 줄 테니." 손님들 앞에 얼쩡대지 말고 그를 기다리라는 지시였다.

그에 앞서 살만은 모두에게 차를 대접하라고 했다. 손님들에게 사비야를 자랑하고 싶었던 것이다. 나는 지시에 따라 그가 좋아하는 드레스를 입고, 부엌에서 차를 들고 거실로 갔다. 평소처럼 무장병들은 IS가 시리아와 이라크에서 거둔 승리에 대해 떠들었다. 나는 코초 얘기가 나오는지 귀를 기울였지만, 내 고향은 언급되지 않았다.

북적이는 방이었지만 손님은 두 명밖에 없었다. 센터의 경비병 전원이 와서 살만과 그의 손님들과 저녁 식사를 하는 듯했다. 내가 이곳에 온 뒤 처음으로 그들의 경비 구역을 지키는 사람이 아무도 없었다. 살만이 왜 손님들이 갈 때까지 방에 있으라고 했는지 궁금했다. 경비병 전원이 합석하면 정원을 순찰하는 사람이 없을 터였다. 혹은 내가 욕실 문을 닫으면 창밖으로 기어가더라도 감시할 사람이 없을 터였다. 내 방의 안과 밖에서 나는 소리를 감시할 사람도 없었다.

나는 차 대접을 마치고 물러가라는 살만의 지시를 받고 다시 위층으로 갔다. 이미 머릿속에 계획이 세워졌으니 민첩하게 움직였다. 할 일을 따져 보려고 멈칫댔다가는 스스로를 말리게 될 테고, 그러면 이런 기회는 다시 오지 않으리란 걸 알았다. 난 내 방에 가는 대신 거실로 갔다. 거기 옷장에 야지디 여자들이 남긴 옷과 집주인이 두고 간 옷가지가 꽉 차 있었다. 거기서 아바야와 니캅을 찾아봤다. 얼른 아바야를 골라 옷 위에 입었다. 머리와 얼굴을 가리려고 니캅 대신 긴 검은 스카프를 썼다. 안전한 곳에 도착하기 전까지 니캅이 아니라는 걸 알아보는 사람이 없기만을 바랐다. 그런 다음 창문으로 걸어갔다.

내가 있던 곳은 2층이었지만 그리 높지는 않았다. 창문 아래 벽은 누런 벽돌이 몇 센티미터 밖으로 튀어나온 모양으로 되어 있었다. 모술에서 인기 있는 디자인이라 그렇게 지은 것이겠지만, 난 다른 생각을 했다. 돌출된 벽돌을 사다리 삼아 정원에 내려갈 수 있을 것 같았다. 창 밖으로 머리를 내밀고, 평소 종일 정원을 도는 경비병들이 있는지 살폈다. 정원은 비어 있었다. 기름 드럼통이 정원 담장 앞에 있어 발판으로 쓰기에 딱 좋았다.

정원 담장 뒤로 펼쳐진 고속도로에 차들이 많이 다녔지만, 행인들이 저녁을 먹으러 귀가하면서 거리가 한산해지기 시작했다. 어스름 속에서는 검은 스카프가 니캅이 아니라는 걸 아무도 모르겠지. 들키기 전에 날 도와줄 사람을 찾을 수 있기를 바랐다. 귀금속과 어머니의 배급 카드를 브래지어 안에 쑤셔 넣고, 다른 소지품은 방에 남겨 두었다.

조심스럽게 한 다리씩 열린 창으로 넘겼다. 상반신이 집 안에 있는 상태에서 발을 움직여 돌출된 벽돌에 닿는지 확인하려 했다. 창틀을 잡은 손이 떨렸지만 곧 중심을 잡았다. 내려가기 그리 어렵지 않을 듯했다. 아래쪽 벽돌을 찾기 시작하는데, 바로 밑에서 총을 젖히는 소리가 났다. 난 몸을 창틀에 붙인 채 얼어붙었다. "안으로 들어가!" 남자가 나한테 소리쳤다. 내려다보지도 않고 재빨리 몸을 끌어 올려 창 안으로 들어갔다. 난 부엌 바닥에 나자빠졌다. 두려움에 가슴이 벌렁거렸다. 누구한테 들켰는지 알 수 없었다. 창 아래 바닥에서 잔뜩 웅크리고 있는데 이쪽으로 오는 발소리가 들렸다. 고개를 드니 하지 살만이 위에서 있었다. 난 죽을힘을 다해 방으로 뛰어갔다.

문이 열리고, 하지 살만이 채찍을 들고 들어왔다. 난 비명을 지르면서 침대에 몸을 던졌다. 그리고 두꺼운 이불을 온몸과 머리에 뒤집어쓰며 아이처럼 숨었다. 살만은 침대 옆에 서서 한마디 말도 없이 채찍질을 시작했다. 반복해서 재빠르게 채찍을 내리쳤다. 어찌나 힘껏 내리치는지 두꺼운 이불도 소용없었다. "거기서 나와!" 하지 살만이 소리쳤다. 그가 그렇게 고함치는 것은 처음이었다. "이불에서 나와서 옷을 벗어!"

선택의 여지가 없었다. 난 이불을 밀어냈다. 그리고 살만이 채찍을 들고 내려다보는 가운데 천천히 옷을 벗었다. 완전히 알몸으로 가만히 서서, 그의 처분을 기다리며 숨죽여 울었다. 살만이 강간하리라 예상했지만, 그는 문 쪽으로 걷기 시작했다. "나디아, 탈출을 시도하면 나쁜 일을 당할 거라고 경고했지." 그가 말했다. 평소의 나직한 목소리로 되돌아왔다. 그러더니 문을 열고 밖으로 나갔다.

잠시 후 모르테자, 야히야, 호삼과 다른 경비병 세 명이 방에 들어왔다. 그들은 날 쳐다보더니 잠시 전 살만이 있던 자리에 섰다. 난 그들을 보자마자 어떤 벌인지 알아차렸다. 모르테자가 먼저 침대로 다가왔다. 난 막으려 했지만 그는 힘이 너무 셌다. 모르테자가 힘으로 떠밀자 내가 할 수 있는 게 없었다.

모르테자 이후 다른 경비병이 날 강간했다. 난 어머니와 카이리 오빠를 불렀다. 코초에서 그들은 내가 필요로 할 때마다 곁에 있어 주었다. 손가락만 조금 데어도 내가 부르면 도와주러 달려왔다. 그러나 모술에서 난 혼자였고 내게 그들은 이름으로밖에 남아 있지 않았다. 어떤 행동이나 말로도 모르테자를 비롯한 이들의 공격을 막을 수 없었다. 그날 밤 마지막으로 기억나는 것은 내게 다가온 경비병의 얼굴이다. 그는 강간할 차례가 되자 안경을 벗어 탁자에 얌전히 내려놓았다. 안경이 깨질까 봐 걱정되었던 거다.

::

아침에 깨니 알몸으로 혼자 있었다. 움직일 수가 없었다. 누군가, 아마도 강간한 경비병 한 명이 이불을 덮어 주었다. 일어나려고 하니 머리가 빙빙 돌았고, 옷에 손을 뻗는데 온몸이 아팠다. 난 움직일 때마다 다시 무의식 속으로 빠져들었다. 검은 커튼이 눈앞에 반쯤 드리워지거나 세상의 모든 게 그림자로 변한 느낌이었다.

욕실에 가서 샤워를 했다. 몸에 남자들이 남긴 더러운 게 잔뜩 묻어있었다. 물을 틀고 그 밑에 오래 서서 울었다. 빡빡 문지르며 꼼꼼히 온몸을 씻고 이를 닦고 머리를 감았다. 그러는 내내 신께 도와 달라고, 용서해 달라고 기도했다.

나중에 방으로 돌아가 소파에 누웠다. 침대에서 강간한 사내들의 체취가 아직도 풍겼다. 문밖에서 말소리가 났지만 아무도 보러 오지 않았다. 잠시 뒤 난 간신히 잠들었다. 아무 꿈도 꾸지 않았다. 다음에 눈을 뜨니 살만의 운전사가 내 위에 서서 어깨를 쿡쿡 찔렀다. "정신 차려, 나디아. 일어나서 옷을 입어. 떠날 시간이야." 그가 말했다.

"어디로 가는데요?" 내가 짐을 검은 가방에 담으면서 물었다.

"나도 몰라…. 여기서 나갈 거야. 하지 살만이 너를 팔았어." 그가 말했다.

10.

여기 끌려온 뒤로 야지디 여자들이 무슨 일을 당하는지 알고 나서, 난 한 남자에게만 억류되기를 기도했다. 한번 노예로 팔려 인간다움과 존엄성을 빼앗기는 것만도 괴롭기 그지없었다. 그런데 이 사람, 저 사람에게 넘겨져 이 집 저 집 전전하다 장터의 물건처럼, 트럭에 실린 밀가루 부대처럼 국경 넘어 ISIS가 점령한 시리아 지역으로 보내질 생각을 하면 견딜 수가 없었다.

당시에는 인간이 얼마나 잔인할 수 있는지 몰랐다. 하지 살만은 내가 만난 최악의 인간이었다. 그가 경비병들에게 나를 강간하게 한 뒤부터 난 팔리기를 기도했다. 누구에게 팔리든, 어디로 끌려가든 상관없었다. 시리아로 보내져도 상관없었다. 거기 가면 탈출이 훨씬 어려울 게 뻔했다. 한때 그곳에 보내지는 것을 사형선고처럼 생각했던 적도 있었다. 하지만 살만과 지내는 것보다는 나으리라는 생각이 들었다. 집단학살죄로 ISIS를 법정에 세우는 상상을 할 때면, 살완을 떠올렸을 때처럼 생포된 하지 살만을 머릿속에 그리게 된다. 교도소에 가서, 무장한 이라크 병사들과 경비병들에게 에워싸인 그를 만나고 싶다. ISIS의 위세를 잃은 그가 어떤 꼬락서니인지 확인하고, 그가 뭐라고 말하는지 듣고 싶다. 그가 나를 알아보고 내게 한 짓을 기억하면 좋겠다. 바로 그것이 다시는 그가 자유의 몸이 될 수 없는 이유라는 사실을 알아 두었으면 좋겠다.

가방을 챙겨 운전수를 따라서 밖으로 나갔다. 하지 살만이 집에 있었지만 떠날 때 그의 모습은 보이지 않았다. 모르테자와 경비병들 앞을 지날 때 쳐다보지 말자고 다짐했다. 하지 살만의 집을 떠날 즈음 날은 어둑어둑했지만 여전히 후끈했다. 가벼운 바람이 얼굴에 모래를 뿌렸다. 이제 난 얼굴을 가리지 않았다. 밖에 나왔지만 전혀 자유롭지 않았다. 모술 전체에 날 도와줄 사람이 한 명도 없다는 사실이 날 무기력하게 만들었다.

처음 보는 경비병이 작은 흰 차의 조수석에 앉아 있었다. 차가 출발하자 그가 물었다. "배고파?" 나는 아니라고 고개를 저었지만, 차는 식당 앞에서 멈췄다. 운전사가 식당에 들어가서 은박지에 싼 샌드위치 몇 개를 들고 돌아오더니, 뒷좌석에 샌드위치와 물병을 던졌다. 차 밖의 사람들은 걸어 다니고, 앉아서 음식을 먹고, 휴대폰으로 통화했다. 차 문을 열고 그들에게 나를 보여 줄 수 있으면 얼마나 좋을까. 내가 당한 일을 알게 된 사람들이 득달같이 달려와서 도와주면 좋을 텐데. 하지만 그러지 않으리란 걸 난 알았다. 은박지에서 진한 고기와 양파 냄새가 났고, 차가 움직이기 시작하자 난 눈을 감고 토하지 않으려고 애썼다.

곧 모술을 빠져나가는 첫 검문소에 도착했다. 자동소총과 권총을 가진 IS 조직원들이 지키고 있었다. 창밖을 보면서, 하지 살만의 말처럼 탈주한 사비야의 사진들이 걸려 있는지 궁금했다. 하지만 너무 어두워서 아무것도 보이지 않았다. "왜 당신 부인은 니캅을 쓰지 않았소?" 다에시가 운전병에게 물었다.

"내 아내가 아닙니다, 하지. 사비야입니다." 운전병이 대답했다.

"축하하오." 다에시가 이렇게 말하고 우리를 통과시켰다.

이제 완전히 어두워졌다. 모술 동쪽으로 가는 고속도로로 접어들어서 승용차와 트럭 몇 대를 추월했다. 어둠 속에서 평편한 이라크 풍경이 끝없이 펼쳐지는 듯했다. 탈출자들이 달아나면 어디로 갈까? 어떻게 모술 검문소들을 피해야 할까? 피할 수 있다 한들 들판을 지나 어디로 가야 할지, 누가 도움을 줄지, 누가 밀고할지, 물 없이 며칠이나 버틸 수 있을지 어떻게 아나?

"봐요! 저게 뭐지?" 운전병이 앞쪽 도로변을 향해 손짓했다. 헤드라이트 불빛에 허옇게 빛나는 게 보였다.

"멈추지 마요. 사제 폭탄일지도 모르니. 이 도로에는 그런 폭탄이 잔뜩 있거든." 경비병이 말했다.

"아닌 것 같은데요." 운전병이 대꾸하면서 속력을 늦추더니 상자에서 3미터쯤 앞에서 멈추었다. 옆면에 사진이 붙어 있고 글씨가 쓰여 있었지만 차 안에서는 도무지 알아볼 수가 없었다. "탈취한 물건인데 트럭에서 떨어진 것 같아요." 그는 흥분했다. 계급이 낮은 운전병은 고위 조직원들처럼 새 물건을 차지하지 못했을 게 뻔했다.

"누가 도로에 괜찮은 물건을 놔두고 갔겠소! 폭탄이 터지면 우리 모두 죽는다고!" 경비병이 계속 말리는데도 운전병은 차에서 내려 상자 쪽으로 걸어갔다. 그러더니 쭈그리고 앉아서 상자를 만지지는 않고 가만히 살폈다. "저게 뭐든 이럴 가치가 없을 텐데." 경비병이 혼잣말로 중얼댔다. 난 운전병이 욕심 사납게 상자 뚜껑을 열었으면 좋겠다고 생각했다. 그게 큰 폭탄이라서 우리와 차를 사막 가운데로 날리는 상상을 했다. 다에시 둘이 죽는다면 내 목숨은 중요하지 않았다. '저게 폭탄이게 해 주세요.' 하고 기도했다.

잠시 뒤 운전병이 상자를 들고 의기양양하게 차로 돌아왔다. 그는 물건을 트렁크에 넣으면서 말했다. "선풍기네요! 두 대예요. 배터리로 작동하는 거예요."

경비병은 한숨을 쉬면서 운전수를 도와 상자를 트렁크에 단단히 실었다. 실망한 나는 다시 등을 기대고 앉았다. 두 번째 검문소에서 내가 운전병에게 물었다. "하지, 우린 어디로 가는 거예요?"

"함다니야." 그가 대답해 주었다. 니네베의 북부 지역인 함다니야 역시 ISIS에게 점령된 모양이었다. 이복 오빠 칼레드가 그곳 군부대에 주둔했었는데, 오빠는 그곳 이야기를 별로 해 주지 않았다. 그래도 기독교도 주민이 많다는 사실은 알고 있었다. 하지만 이제 주민들은 마을을 떠났거나 죽었을 것이 분명했다. 도로를 달리면서 검게 그을려 전복된 IS 차량 잔해를 지나쳤다. 이 지역에서 전투가 있었다는 증거였다.

코초의 포위 기간 동안 우린 다에시가 기독교 마을을 공격하는 모습을 면밀히 지켜보았다. 우리처럼 그 마을 주민들도 평생 번 돈으로 지은 집과 재산을 모두 빼앗겼다. 이라크 기독교도들 역시 종교 때문에 강제로 집에서 쫓겨났다. 이라크의 기독교인들은 자주 공격받으면서도 야지디처럼 모국에 머물기 위해 투쟁했다. 세월이 흐르면서 이라크의 기독교도들은 이라크를 떠나 그들을 환영해 주는 나라로 이주했고, 기독교 인구는 점점 감소했다. ISIS가 들어온 뒤, 기독교도들은 이라크 전역에 기독교인이 한 명도 남지 않게 될 거라고 푸념했다. 하지만 ISIS가 코초에 들어왔을 때, 난 기독교도들이 부러웠다. 적어도 그 마을들은 ISIS로부터 미리 경고를 받았다. 다에시에게 기독교도들은 '책의 사람들'(기독교, 조로아스터교, 유대교처럼 경전을 가진 종교 신도라는 이슬람의 개념: 옮긴이)이지, 우리 같은 불신자 쿠파르가 아니어서였다. 기독교도들은 자녀들을 데리고 안전한 쿠르디스탄으로 갈 수 있었다. 시리아에서 일부는 개종 대신 벌금을 지불할 수도 있었다. 빈손으로 모술에서 추방되는 일은 있어도 적어도 노예가 되지는 않았다. 그러나 야지디는 그런 기회를 얻지 못했다.

곧 함다니야 지역에 도착했다. 도시 전체에 전기가 끊겨 어두웠고 주위에서 동물 시체 썩는 악취가 풍겼다. 거리는 조용했고 주택에는 민간인이 살지 않았다. 그곳에는 테러범들만 남았고, IS 본부에만 불이 켜져 있었다. 조용한 밤에 대형 발전기가 작동되는 소리만이 시끄럽게 울렸다.

ISIS는 처음 이라크에 들어와 도시와 마을에 여러 시설을 복구해 주겠다고 약속했다. 전기를 놓고, 쓰레기 처리를 더욱 잘할 수 있게 하고, 더 나은 도로를 건설해 주겠다고 말이다. 그들은 마치 정상적인 정당인 것처럼 공약을 남발했다. 많은 사람들이 그들을 믿으며 이라크 정부보다 잘하리라 기대한다는 말을 들었다. 하지만 난 모술에서 보통 사람의 삶이 개선되었다고 할 만한 걸 보지 못했다. 이 도시는 껍데기 같았다. 텅 비고 어두웠으며 죽음의 냄새가 풍겼다. 주민이라곤 처음에 공허한 약속들을 했던 테러범들밖에 없었다.

우리는 IS 본부에 차를 세우고 안으로 들어갔다. 모술의 본부처럼 그곳에도 다에시가 우글댔다. 나는 조용히 앉아 처분을 기다렸다. 지쳐서 잠들고 싶은 마음이 간절했다. 무장병 한 명이 들어왔다. 키가 작고 늙어서 등이 구부정했고, 남은 치아는 다 썩은 사내였다. "위층으로 가." 그가 내게 말했다. 겁났다. 하지 살만이 날 노인에게 팔아서 계속 벌을 주려는구나 싶었다. 노인이 나를 강간할 방으로 올려 보내는 것 같았다. 그런데 문을 여니 다른 여자들이 있었다. 그들을 알아보는 데 시간이 걸렸다.

"질란! 니스린!" 올케와 조카였다. 평생 누구를 만나 이렇게 행복하긴 처음이었다. 서로 달려와서 볼에 입을 맞추고 흐느꼈다. 그들은 나와 같은 차림새였고, 몇 주간 못 잔 것 같았다. 니스린은 어떻게 사비야 노릇을 하는지 알 수 없을 정도로 정말 왜소했다. 질란은 깊이 사랑하는 남편과 헤어져 강간을 당하니, 나보다 더 나쁜 상황에 처해 있는 거란 생각이 들었다. 곧 우리는 언제라도 헤어질 수 있다는 걸 깨닫고, 바닥에 앉아 그간의 일을 이야기하기 시작했다.

"어떻게 여기 오게 됐어요?" 내가 물었다.

"우리 둘 다 팔렸어. 난 모술에서 두 번 팔린 다음에 여기로 보내졌어." 니스린이 말했다.

"캐스린은 어떻게 됐는지 알아?" 니스린이 물었다.

"캐스린도 모술의 어떤 센터에 있었어." 내가 대답했다.

나는 라미아에게 들은 왈라아의 소식과 내가 겪은 일을 말했다. "난 끔찍한 인간에게 붙잡혀 있었어. 탈출하려고 시도하다가 그자에게 잡혔어." 올케와 조카에게 모든 걸 털어놓지는 않았다. 입 밖에 낼 준비가 되지 않은 이야기도 있었다. 우린 서로 꼭 부둥켜안았다. "아래층에 있는 흉측하게 생긴 노인이 나를 산 것 같아." 내가 말했다.

"아냐, 그 사람은 나를 샀어." 니스린이 고개를 숙이고 말했다.

"이 구역질 나는 노인네가 밤에 다가오는 걸 어떻게 견뎌?" 내가 니스린에게 말했다.

조카는 고개를 저으며 말했다. "내 생각은 안 해. 거구의 사내에게 잡혀간 로지안은 어떻게 됐을까? 로지안이 끌려간 뒤 우린 제정신이 아니었어. 모두 목이 터져라 울어 댔어. 그때는 코초에서 무슨 일이 벌어졌는지 생각나지도 않았어. 우린 오로지 그 괴물에게 끌려간 로지안만 걱정했어."

"코초는 어떻게 됐어? 확실히 알아?" 답을 듣기 두려웠으나 물어보았다.

니스린이 대답했다. "TV에서 봤는데 남자들 모두 죽었대. 다 살해되었대, 전부 다. 뉴스에 나왔어."

학교 뒤편에서 총소리를 들었지만, 이 순간까지는 남자들의 생존에 희망을 걸었었다. 조카에게 소식을 듣고 나니, 다시 총소리가 들리는 듯했다. 머릿속에서 계속 총소리만 울렸다. 우린 서로 달래려고 애썼다. 난 두 사람에게 말했다. "남자들이 죽었다고 울지 마요. 우리가 같이 죽지 못한 게 한이에요." 물건처럼 팔리고 몸이 찢길 때까지 강간당하는 것보다 차라리 죽는 게 나았다. 우리 남자들은 학생, 의사, 청년, 노인 같은 평범한 사람들이었다. 코초에서 ISIS가 모든 남자를 학살할 때, 오빠들과 이복형제들은 나란히 서 있었다. 그러나 그들의 죽음은 순간이다. 사비야는 매일 매 순간 죽어야 하는 것은 물론이고, 죽은 남자들과 마찬가지로 다시는 가족이나 고향집을 보지 못할 운명이었다. 니스린과 질란도 맞장구치며 말했다. "놈들이 남자들을 죽일 때 우리도 같이 있었으면 좋았을 거야."

니스린을 산, 이가 썩은 무장병이 문에 와서 내게 손짓했다. "갈 시간이야." 그때부터 우리 모두 간청하기 시작했다. "우리를 어떻게 해도 좋아요. 제발 같이 있게만 해 주세요!" 모술에서 그랬듯 서로 끌어안고 울부짖었다. 그러나 그날 밤처럼 저들은 우리를 떼어 내고, 나를 아래층으로 끌고 갔다. 작별 인사도 나누지 못했다.

함다니야에서 난 모든 희망을 버렸다. ISIS 통치 구역이라 탈출할 방도가 없었다. 행인이 절망한 야지디 여자를 보고 뭉클한 마음에 도와주리라 기대할 수도 없었다. 빈집과 전쟁 냄새 말고는 이곳에 아무것도 없었다.

15분 뒤 우린 함다니야의 두 번째 센터에 도착했다. 여기서 새 주인을 만날 생각에 가슴이 내려앉았다. 차에서 내려 느릿느릿 걷는데 몸이 시멘트 덩어리같이 무겁게 느껴졌다. 이 센터는 집 두 채로 되어 있었다. 차가 들어오자 작은 집에서 중년 남자가 걸어 나왔다. 그는 검은 수염을 길게 기르고 IS의 검정 바지를 입고 있었다. 운전병이 나더러 그를 따라서 들어가라고 손짓했다. "저분이 아부 무아와야야. 저분이 시키는 대로 해." 그가 내게 말했다.

단층집이었지만 아주 정갈하고 아름다웠다. 부유한 기독교도 가정이 살던 집이었다. 나를 맞는 여자들은 없었지만, 사방에 야지디 옷더미가 있었다. 보수적인 무슬림 이라크 여자들이 흔히 입는 옷보다 색상이 화려하고 대담했다. 집주인들이 피란하면서 남겨 둔 옷들도 있었다. 나는 무덤에 들어가는 기분이 들었다. 아부 무아와야는 부엌에 젊은 남자와 앉았다. 그들은 빵과 요거트를 먹고 홍차를 마셨다.

"저는 며칠이나 여기 있게 되나요? 다른 센터에 가족들이 있어요. 그들과 같이 있을 수는 없나요?" 내가 남자들에게 물었다.

그들은 내게 눈길도 주지 않다. 아부 무아와야가 대답했다. "너는 사비야다. 명령을 내리는 사람이 아니라 명령을 받는 사람이야." 그가 차분하게 말했다.

"나디아, 개종했나?" 다른 남자가 물었다.

"네." 난 대답했다. 그들이 어떻게 내 이름을 아는지, 나에 대해 뭘 더 아는지 알고 싶었다. 그들은 내게 어디 출신인지, 가족이 어떻게 됐는지 묻지 않았다. 그런 것들은 그들에게 중요하지 않았다. 오직 내가 거기 있다는 것과 내가 그들의 소유물이라는 사실만이 중요했다.

"가서 샤워하지." 아부 무아와야가 말했다. 하지 살만이 나를 얼마에 팔았을지 궁금했다. 처녀가 아닌 사비야는 더 싼값에 팔린다는 걸 알았다. 게다가 버스 사건과 탈출 시도 때문에 난 악명이 높을 터였다.

이것도 탈출 시도에 대한 벌일까? 살만은 나를 치워 버리고 싶은 마음에 선물로 넘기거나, 가장 잔인한 남자를 찾아 그냥 줘 버렸을 수도 있었다. 그런 경우도 있다는 걸 알고 있었다. 야지디 여자들은 공짜로 테러범에서 테러범에게 넘겨졌다.

"오늘 아침에 씻었어요." 내가 말했다.

"그럼 그 방에 가서 나를 기다려라." 아부 무아와야가 침실을 손짓했고 난 고분고분 문으로 들어갔다. 작은 방에는 좁은 갈색 침대가 있고, 그 위에 파란색과 흰색 줄무늬 담요가 깔려 있었다. 벽 선반 두 개에 구두가 조르르 있고, 큰 책장에 책들이 가득 차 있었다. 책상에 놓인 컴퓨터의 스크린은 까맣게 죽은 상태였다. 틀림없이 학생이 쓰던 방이었다. 내 또래 남학생이. 선반의 신발들은 대학생들이 신는 로퍼였는데 그리 큰 사이즈는 아니었다. 나는 침대에 걸터앉아 기다리는 중에, 벽에 걸린 큰 거울을 보지 않으려고 외면했다. 창문 자리에 설치된 환풍구로 내 몸이 통과할 수 있을지도 궁리하지 않았다. 옷장을 열거나 물건을 뒤져 방 주인에 대해 알아보려 하지도 않았다. 책꽂이에 어떤 책들이 있는지 살펴보지도 않았다. 그 남학생은 어딘가에 살아 있겠지. 죽은 사람이 산 사람의 물건을 뒤지는 것은 적당치 않은 것 같았다.

11.

모든 IS 대원이 날 잔인하게 대하고 강간했지만, 유린한 남자들 간의
소소한 차이 몇 가지가 기억난다. 하지 살만은 최악이었다. 날 처음으
로 성폭행했다는 점과 나를 가장 증오하는 것처럼 행동했다는 점에서
그렇다. 그는 내가 눈을 감으려고 하면 때렸다. 날 강간하는 것만으로
는 부족한 모양이었다. 그는 그의 발가락에 꿀을 바르고 핥게 하거나
자기가 좋아하는 옷을 입히는 식으로 최대한 수모를 주었다. 모르테자
는 강간하러 와서 오래 조르던 일을 허락받은 아이처럼 굴었다. 다른
경비병의 안경도 잊지 못할 것이다. 안경은 그렇게 소중히 다루면서도
사람인 나에게 얼마나 가혹했는지.

아부 무아와야는 오후 여덟 시경 방에 들어오자 내 턱을 잡고 벽에
밀쳤다. "왜 저항하지 않지?" 그가 물었다. 그게 화나는 모양이었다. 집
에 쌓인 야지디 여자의 옷더미로 봐서 많은 사비야가 거쳐 갔다는 사실
을 알 수 있었다. 아마 나를 제외하고 모두 반항했을 것이다. 어쩌면 그
는 반항하더라도 여자들을 가질 수 있는 위치에 있음을 느끼며 좋아했

겠지. 아부 무아와야는 체구가 작지만 힘이 무척 셌다. 내가 그에게 대꾸했다. "그게 무슨 소용이 있는데요? 남자 한 명이나 두세 명이 아니라 당신들 모두 이러는데요. 내가 얼마나 반항하길 기대하죠?" 내가 이렇게 반응하자 그가 껄껄 웃었던 기억이 난다.

아부 무아와야가 나가고 나서, 난 잠이 들었다. 그러다 그날 밤 몸 뒤에서 인기척을 느끼고 깼다. 부엌에서 아부 무아와야와 빵과 요거트를 먹던 남자였다. 이름은 기억나지 않는다. 난 갈증이 나고 목구멍이 뻐근했던 기억이 난다. 물을 마시려고 일어나니 그가 팔을 움켜잡았다. "뭘 좀 마셔야겠어요." 내가 말했다. 나는 희망을 놓아 버린 나 자신에게 충격을 받았다. 하지 살만의 집에서 경비병들에게 유린당한 뒤, ISIS와 강간에 대한 두려움이 사라졌다. 그냥 멍했다. 새로 온 남자에게 뭘 할 거냐고 묻지 않았다. 건드리지 말라며 설득하려 들지도 않았다. 아예 그에게 말을 하지 않았다.

어느 시점이면 강간이 일어나고 다른 일은 없었다. 이게 평범한 하루였다. 다음에 누가 방문을 열고 들어와서 성폭행할지 모른다. 그저 그 일은 늘상 일어날 뿐이다. 내일은 더 나쁠 수도 있다. 탈출하거나 다시 가족을 만날 생각은 포기했다. 내 몸은 내 몸이 아니다. 난 말하거나 싸우거나 바깥세상을 생각할 여력이 없다. 그저 강간을 비롯한 상황을 내 삶으로 받아들이는 데서 오는 멍함만 있을 뿐이다.

차라리 두려움이 더 낫다. 두려움이 있으면, 벌어지는 일을 비정상적이라고 여기게 된다. 물론 가슴이 터질 것 같고, 토할 것 같고, 가족과 친구에게 필사적으로 매달리고, 테러범들 앞에서 굽신거리게 된다. 앞이 안 보일 정도로 울 때도 있다. 하지만 그건 적어도 뭔가 하고 있다는 말이다. 희망을 잃는 것은 죽음과 다름없다.

아침에 눈을 떠서 내가 다리를 아부 무아와야 친구의 다리에 올렸다는 걸 알고 몸을 홱 빼자, 그가 발끈했던 게 기억난다. 어릴 때부터 난 형제자매나 어머니 같은 사랑하는 사람 옆에서 잘 때면, 내 다리를 올려 바싹 붙였다. 내가 테러범에게 그렇게 했다는 걸 알자마자 즉시 다리를 홱 내렸다. 그는 웃으면서 물었다. "왜 움직였지?" 내 자신이 증오스러웠다. 내가 그를 좋아한다고 오해하면 어쩌나. "잘 때 옆에 사람이 있는 게 어색해서 그래요. 좀 쉬고 싶어요." 내가 말했다. 그는 휴대폰으로 시간을 확인하더니 욕실로 갔다.

아부 무아와야는 바닥에 깔린 돗자리에 아침 식사를 차려 놓고 나더러 와서 먹으라고 했다. 부엌 바닥에 앉아, 날 강간한 두 남자와 먹어야 했지만 난 음식에 달려들었다. 살만의 집을 떠난 뒤로 계속 굶어서 매우 허기져 있었다. 음식은 익숙하고 맛있었다. 진한 색의 꿀, 빵, 달걀, 요거트였다. 내가 말없이 먹는 사이 남자들은 일상적인 대화를 나누었다. 발전기를 돌릴 가솔린을 더 구하려면 어디로 가야 하는지, 어느 센터에 누가 도착할지. 난 그들을 쳐다보지 않았다. 식사를 마치자 아부 무아와야는 샤워하고 아바야를 입으라고 지시했다. 그가 말했다. "우린 곧 여기를 떠난다."

샤워를 하고 방으로 돌아와 처음으로 거울을 보았다. 얼굴이 창백하고 누렇게 뜬 데다 허리까지 내려오는 머리칼은 엉키고 부스스했다. 예전에 난 내 머리를 마음에 들어 했지만, 이제는 예뻐지고 싶어 했던 마음을 떠올리게 하는 것은 다 싫었다. 그래서 머리를 자를 가위를 찾으려고 서랍을 열었지만 없었다. 방 안이 너무 더워서 머리통에 불이 붙은 것 같았다. 갑자기 문이 열리더니 두 번째 남자가 들어왔다. 그는 파란 드레스를 들고 와서 입으라고 말했다. "그 대신 이걸 입으면 안 되나요?" 나는 야지디 옷 한 벌을 보여 주면서 물었다. 그 옷을 입으면 마음이 편안해질 것 같았지만, 남자는 안 된다고 대답했다.

그는 옷 입는 모습을 지켜보다가 가까이 다가와 내 온몸을 만졌다. "너한테 냄새가 나는데." 그가 코를 쥐면서 말했다. "샤워 안 했어? 야지디 여자들한테서는 다 너 같은 냄새가 나나?"

"이게 내 체취예요. 당신이 좋아하든 말든 상관없어요." 내가 대꾸했다.

집에서 나오는 길에, 탁자 위에 놓인 아부 무아와야의 휴대폰 옆에서 작은 플라스틱 조각을 보았다. 휴대폰 메모리 카드였다. 거기 뭐가 담겼는지 궁금했다. 사비야들의 사진? 내 사진도 있을까? 이라크에 대한 계획들? 코초에서 난 사람들의 메모리 카드를 빼서 카이리 오빠의 휴대폰에 넣고 안에 뭐가 들었는지 보곤 했다. 각각의 카드는 풀어야 할 것들이 담긴 작고 신비로운 물건이었다. 보통 그 물건들은 주인에 대해 많은 걸 알려 주었다. 한순간 테러범의 메모리 카드를 훔치는 공상을 했다. 헤즈니 오빠가 날 찾아내거나 이라크군이 모술을 재탈환하는 데 도움이 될 비밀이 담겼는지도 몰랐다. 어쩌면 ISIS가 저지르는 범죄들의 증거가 있을지도. 하지만 난 카드에 손대지 않았다. 아무 희망도 없는데, 내가 뭘 해도 달라지지 않을 것이라 생각했다. 그래서 그냥 남자들을 따라 밖으로 나갔다.

구급차만 한 밴이 도로에 주차되어 있고, 운전사가 그 문 앞에 서서 기다리고 있었다. 모술이나 탈 아파르 같은 인근에서 온 사내였다. 그는 우리가 서 있는 동안 아부 무아와야에게 그 도시들에서 다에시가 어떤 활약을 벌였는지 전했다. "양쪽 지역에서 대대적인 지원을 받고 있습니다." 운전수가 말했다. 아부 무아와야는 만족해서 고개를 끄덕였다. 그들이 대화를 멈추자 밴의 문이 열리고 세 여자가 내렸다.

여자들은 나처럼 아바야와 니캅으로 온몸을 가리고 있었다. 그들이 밴 밖에 모여 섰다. 그중 한 명이 유독 키가 컸다. 가장 자그마한 여자는 큰 여자의 아바야 자락과 장갑 낀 손에 매달렸다. 마치 아바야 자락이 자신을 삼키기를 기다리는 듯한 모습이었다. 그들은 밴의 발판 앞에서 두리번대면서 주위를 살펴 함다니야를 파악했다. 아부 무아와야를 보자 공포에 질린 그들의 눈이 니캅 틈새로 드러났다. 아부 무아와야는 세 사람을 찬찬히 살폈다.

키 큰 여자가 가장 작은 여자의 어깨를 잡아 통통한 몸으로 바짝 당겼다. 가장 작은 소녀는 열 살이나 됐을까 싶었다. 난 그들이 어머니와 두 딸 사이고, 셋이 함께 팔린 것이라고 짐작했다. IS 규정집의 사비야 편에는 '매매나 노예로 양도하려고 어머니와 사춘기 이전의 자녀들을 분리시키는 것은 불가'라고 나온다. 어머니들은 자녀들이 '성장해서 성숙해질' 때까지 같이 지낸다. 그 후에 ISIS는 아이들을 원하는 대로 처분할 수 있다.

세 사람은 한 덩어리로 느릿느릿 밴에서 물러나 내가 밤을 지낸 작은 집으로 걸어갔다. 두 소녀는 병아리 떼가 어미 닭을 따라가듯 어머니의 미끄러운 천 장갑을 붙잡고 지나갔다. 내가 저들과 맞교환된 걸까? 우리 옆을 지날 때 난 그들과 눈을 맞추고 싶었지만, 그들은 앞만 보고 걸었다. 한 명씩 어두운 작은 집 안으로 사라지고 문이 닫혔다. 사비야가 당하는 일을 자녀나 어머니나 자매들이 지켜보는 것은 분명히 끔찍한 일이다. 그래도 난 그들이 부러웠다. 세 사람은 운이 좋았다. ISIS는 툭하면 규율을 어기고 어머니와 자녀를 갈라놓기 일쑤였다. 혼자 있게 되는 것이 훨씬 더 나빴다.

아부 무아와야가 운전사에게 이라크 돈을 조금 주었고, 우리가 탄 차는 함다니야를 빠져나가기 시작했다. 난 어디로 가는지 묻지 않았다. 내가 느끼는 무력감은 망토와 비슷했다. 아바야보다 무겁고, 검고, 더욱 앞을 가리는 망토 말이다. 운전사가 ISIS가 점령한 모술에서 인기 있는 종교 노래를 틀자, 소음과 차의 움직임 때문에 현기증이 났다. "차 좀 세워 주세요. 토해야겠어요." 내가 아부 무아와야에게 말했다.

차가 고속도로 옆쪽에 멈추자 난 문을 벌컥 열고 모래밭으로 달려갔다. 거기서 니캅을 들고 아침에 먹은 음식을 게워 냈다. 옆에서 차들이 휙휙 달렸고, 가솔린 냄새와 먼지 때문에 다시 토가 나왔다. 아부 무아와야가 차에서 내려서 내 가까이에 섰다. 내가 들판이나 차량 속으로 도망칠까 봐 감시하는 것이었다.

함다니야와 모술을 잇는 도로선상에 대형 검문소가 있다. ISIS가 이라크에 들어오기 전에는 이라크군이 지키던 곳이었다. 이곳에서 이라크군은 알 카에다와 연결된 폭도들의 움직임을 감시했다. 그러나 이제 검문소는 ISIS가 도로들을 틀어쥠으로써 나라를 통제하려는 책략에 이용되었다. 이라크는 검문소들의 나라다. 함다니야와 모술을 잇는 검문소는 다에시의 검은색과 흰색 깃발이 나부끼는 많은 검문소 중 한 곳이었다.

쿠르디스탄의 검문소들에는 밝은 노랑, 빨강, 초록이 섞인 쿠르드 깃발이 게양되고, 페슈메르가가 그곳을 지킨다. 검정, 빨강, 흰색의 이라크 국기가 걸린 다른 이라크 지역의 검문소들은 이곳이 중앙정부가 통제하는 구역임을 말해 준다. 이란과 연결되는 북부 이라크 산들과 신자르의 일부 검문소에서는 YPG 깃발이 나부낀다. 바그다드나 미국은 어떻게 이라크를 통일된 국가라고 말하는 걸까? 도로를 달리면서 검문소들 앞에 줄을 서거나 차량 번호판에 표시된 도시에 근거해 조사당하는 일을 겪게 되면, 이라크가 분열되었다고 생각할 수밖에 없는데.

오전 열한 시 반경 우리는 검문소에서 멈추었다. "내려라, 나디아. 안으로 들어가라." 아부 무아와야가 내게 말했다. 나는 천천히 경비병들의 사무소 겸 휴게소로 쓰이는 작은 콘크리트 건물로 들어갔다. 현기증이 나고 구역질 때문에 기운이 없었다. 내가 기다리는 동안 그들이 그곳에서 더 볼일이 있을 것이라고 생각했다. 그런데 밴이 나만 남겨두고 검문소를 통과해 모술 방향의 도로로 달려가자 난 놀랐다.

건물에는 작은방 세 개가 있었고, 큰방에는 다에시 한 명이 서류가 쌓인 책상에 앉아 있었다. 작은방 두 개는 휴게실인 듯했다. 작은방 하나의 열린 문 틈새로 일인용 침대의 철제 프레임이 보였다. 여자가 매트리스에 앉아 다른 여자와 아랍어로 대화했다. "살람 알라쿰." 다에시가 일하다가 고개를 들고 내게 인사했다. 난 여자들이 있는 방으로 걸어갔지만 무장병이 제지했다. "아냐, 너는 다른 방에 들어가 있어." 가슴이 철렁했다. 거기서 나 혼자 있게 될 것이기 때문이다.

작은방은 방금 정리되고 페인트칠된 것 같았다. 구석에 켜지 않은 TV가 있고, 그 옆에 둘둘 만 기도 카펫이 있었다. TV 옆에는 과일 접시가 놓여 있었는데, 거기서 나는 농익은 사과 냄새가 나로 하여금 토한 기억을 상기시켰다. 난 벽에 붙은 냉수기에서 물을 마신 뒤, 바닥에 놓인 매트리스에 앉았다. 어지러웠다. 방이 빙글빙글 도는 것 같았다.

다른 다에시가 문간에 나타났다. 어리고 비쩍 마른 남자였다. "사비야, 이름이 뭐야?" 그가 가만히 서서 날 빤히 쳐다보았다.

"나디아." 두통 때문에 찡그리면서 대답했다.

"여기가 맘에 들어?" 그가 물었다.

내가 말했다. "아, 내가 여기서 지내게 되나요?" 이 검문소에 붙잡혀 있게 되려나? 집도 아닌 이곳에?

"오래 있지는 않을 거야." 그가 대답하고 떠났다.

방이 빙글빙글 돌기 시작했다. 난 헛구역질과 기침을 하면서 배 속의 물을 토하지 않으려 애썼다. 토하면 곤란한 상황이 될까 봐 겁났다.

누군가 문을 두드렸다. "괜찮아?" 방 밖에서 비쩍 마른 경비병의 목소리가 났다.

"토하고 싶어요. 토해도 될까요?" 내가 물었다.

"아니야, 안 돼. 여기선 안 돼. 여긴 내 방이야, 여기서 기도한다고." 그가 대답했다.

"그러면 욕실에 가게 해 줘요. 얼굴을 씻고 싶어요."

"안 돼, 안 돼." 그는 문을 열어 주려 하지 않았다. "괜찮을 거야. 괜찮아질 테니 기다려 봐."

잠시 후 그가 뜨거운 액체가 담긴 머그컵을 들고 돌아왔다. "이걸 마셔." 그가 컵을 내밀면서 말했다. "한결 나아질 거야." 초록색 액체에서 약초 냄새가 났다.

"차를 좋아하지 않는데요." 내가 말했다.

"차 아니야. 두통을 가시게 해 줄 거야." 그가 말했다. 무장병은 매트리스에 나와 마주 앉아서, 입술을 내밀고 가슴에 한 손을 댔다. "이렇게 마시라고." 그는 김을 들이마시고 액체를 홀짝이는 시범을 보였다.

난 겁에 질렸다. 이 자가 날 샀음이 분명한 듯했다. 그러니 그는 언제라도 자기 가슴에 댄 손을 내 가슴에 올려놓으려고 할 터였다. 내 두통을 치료해 주고 싶다는 것도, 다 나를 괴롭히려고 몸을 낮게 하려는 수작이었다.

떨리는 손으로 액체를 마셨다. 내가 몇 모금 홀짝이자 그는 내 손에서 컵을 받아서 매트리스 옆 바닥에 내려놨다.

나는 울기 시작했다. "부탁이에요. 오늘 아침에 다른 남자들이랑 있다가 왔어요. 머리가 아파요. 정말 아파요."

그가 대꾸했다. "괜찮아질 거야. 괜찮을 거라고." 그는 내 옷을 내리기 시작했다. 방 안이 너무 더워서 난 아바야를 벗고 그날 아침에 아부 무아와야의 친구가 준 파란 드레스만 입고 있었다. 난 저항하려고 했다. 그가 치맛단을 쳐들자 난 끌어당겨 내렸고, 그는 곧 화가 나서 내 허벽지를 세게 때리면서 말했다. "괜찮을 거라니까." 이번에는 협박으로 들렸다. 그는 내 옷을 절반만 벗긴 채 강간하기 시작했고, 마치자 일어나서 셔츠를 바로 입으면서 말했다. "금방 돌아오지. 네가 여기 머물 수 있는지 그게 아닌지 알아볼게."

그가 나가자 나는 다시 치마를 내리고 조금 흐느꼈다. 그러다가 머그컵을 들고 약초 차를 다시 마시기 시작했다. 울어 봤자 무슨 소용이 있나? 차는 미지근했지만 두통을 가라앉히는 데 도움이 됐다. 곧 다에시가 돌아와 둘 사이에 아무 일도 없었던 것처럼 차를 더 마시겠냐고 물었다. 나는 고개를 저었다.

이제 내가 비쩍 마른 다에시나 어느 남자의 소유도 아님이 확실해졌다. 나는 검문소의 사비야였다. IS 조직원 아무나 방에 들어와 나에게 하고 싶은 짓을 할 수 있었다. 난 매트리스와 상한 과일만 있는 방에 갇힌 신세였다. 문이 열리고 다른 다에시가 들어오기를 기다려야겠지. 이제 이게 내 삶이었다.

비쩍 마른 다에시가 나가고도 너무 어지러웠다. 일어나서 걸으면 도움이 될 것 같았다. 죄수처럼 방 안을 빙빙 도는 것밖에 할 일이 없었다. 냉수기 앞을 지나고 과일 그릇 앞을 지나고, 매트리스 앞을 지나고, 켜 보지 않은 TV 앞을 지났다. 페인트가 뭉친 자국에 메시지라도 담긴 것처럼 흰 벽을 매만졌다. 속옷을 내려 생리를 하는지 살펴봤지만 아니었다. 다시 매트리스에 주저앉았다.

곧 다른 다에시가 방에 들어왔다. 체구가 큰 무장병은 크고 거만하게 말했다. "네가 아픈 애냐?" 그가 물었다.

"여기 또 누가 있나요?" 내가 받아쳤지만 그는 대꾸하지 않았다. "네가 상관할 바 아니지." 그가 말하더니 반복해서 물었다. "네가 아픈 애야?" 이번에 나는 고개를 끄덕여 대답했다.

그는 들어와서 문을 잠갔다. 허리띠에 총이 매달려 있었다. 그걸 잡아 내 머리에 대는 상상을 했다. '날 죽여요.'라고 말하고 싶었지만, 내가 총에 손을 뻗는 걸 보면 그자는 죽음보다 더욱 나쁜 벌을 주겠지. 그래서 난 아무 시도도 하지 않았다.

비쩍 마른 무장병과 달리 새로 온 다에시는 문을 잠갔다. 그러자 난 공포에 사로잡혔다. 뒤로 물러서다가 현기증이 밀려와 바닥에 쓰러졌다. 몸이 아팠고 완전히 의식이 없었으며 앞은 뿌옇기만 했다. 그가 다가와 옆에 앉아 말했다. "내가 보기엔 겁먹은 것 같네." 친절한 말투가 아니라 조롱하는 어조이며 잔혹한 말투였다.

"제발요, 정말 아파요. 부탁이에요, 하지. 정말 아파요." 그에게 말했다. 반복해서 애걸했지만 그는 아랑곳하지 않고 내가 누운 곳으로 다가와 내 어깨를 매트리스로 끌어 올렸다. 맨발과 종아리가 바닥에 질질 끌렸다.

그는 다시 조롱했다. "여기가 맘에 들어?" 그러더니 웃음을 터뜨렸다. "여기 사람들이 잘해 주나?"

"당신들 모두 똑같이 대하는걸요." 내가 말했다. 머리가 둥둥 떠다니는 것 같고 앞이 잘 보이지 않았다. 그가 끌고 간 자리에 그대로 누워서 눈을 감고서는 그를 보지 않으려 했다. 이 방에 있다는 사실을 잊으려 했다. 내가 누군지도 잊으려고 애썼다. 팔다리를 움직이고 말하고 숨 쉬는 능력을 다 잃어버리려고 애썼다.

그가 계속 날 조롱했다. "아프다며… 말하지 마." 그는 내 배에 손을 올리고 말했다. "왜 이렇게 홀쭉해? 밥을 안 먹나?"

"*하지*, 난 정말로 아파요." 그가 내 드레스를 위로 들자 내 목소리가 허공으로 퍼졌다.

"네가 이런 상태라 얼마나 맘에 드는지 모를걸? 내가 연약한 여자를 얼마나 좋아하는지 모르지?"

12.

사비야는 누구나 사연을 갖고 있다. 자매와 사촌들, 이웃과 동창들의 사연을 듣기 전에는 ISIS가 얼마나 극악한지 상상조차 할 수 없다. 그들의 경험담을 들어 보면 내가 특별히 불운했던 게 아니라는 걸 깨닫게 된다. 혹은 내가 통곡하거나 탈출하려고 시도해서 처벌을 받았던 게 아니라는 사실도 알게 된다. 다에시는 하나같이 똑같았다. 그들은 우리를 해칠 권리가 있는 줄 아는 테러분자들이었다.

남편이 눈앞에서 살해되는 것을 목격한 뒤 납치당한 여자들도 있었다. 혹은 팔려가서 다에시가 신자르에서 벌인 학살을 떠벌리는 소리를 들은 여자들도 있었다. 그 여자들은 가정이나 호텔, 심지어 교도소에 억류되어 체계적으로 강간당한다. 여자들 중에는 아이도 있다. 초경을 했든 아니든 상관없이 유린당한다. 어느 소녀는 손과 다리를 묶인 채 강간당했고, 자는 와중에 생전 처음 강간당한 경우도 있다. IS 조직원들은 순종하지 않는 여자들을 굶기고 고문했다. 물론 시키는 대로 다 할 때도 괴롭혔다.

우리 마을의 어떤 여자는 함다니야에서 모술로 이송되던 중, 성욕을 못 이긴 다에시에게 도로변에 주차된 차에서 강간당했다. 그녀는 내게 말했다. "바로 길바닥 한가운데서 차 문을 열어 놓고 그랬어요. 내다리가 차 밖으로 뻗쳤죠." 집에 도착하자 그는 여자를 금발로 염색시키고 눈썹을 뽑고 부인처럼 처신하게 했다.

캐스린을 데려간 사람은 이슬람의 이비인후과 의사였다. 그는 야지디 마을에 왕진 와서 야지디를 치료해 주다가 ISIS에 합류하게 된 케이스였다. 그는 매주 새 여자를 사고 먼저 데려온 사비야를 처분해 왔지만, 캐스린은 좋았는지 계속 데리고 있었다. 그는 강제로 캐스린을 꾸미게 하고 화장을 하게 했다. 하지 살만이 내게 했던 것과 똑같이 말이다. 캐스린에게 포즈를 취하게 하고 둘의 사진을 찍었다. 둘이 강을 건너는 사진 속에서 그는 신혼부부처럼 캐스린을 안고 있다. 캐스린은 니캅을 머리 위로 들추고 입이 찢어지게 활짝 웃는다. 사내는 행복한 표정을 짓고서는, 캐스린에게 그를 사랑하는 체하라고 강요했다. 그러나 그녀를 잘 아는 나로서는 억지 미소 뒤에 공포밖에 없다는 것을 알아볼 수 있었다. 캐스린은 여섯 차례 탈출을 시도하여 사람들에게 도와달라고 부탁했지만, 이웃은 캐스린을 신고해 버렸다. 그녀는 매번 사내에게 다시 넘겨져서 가혹한 벌을 받았다. 사연은 끝이 없다.

나는 검문소에서 하룻밤 머물렀다. 다음 날 아침 일찍 다에시의 무전기에서 나는 소리에 깼다. "몸은 좀 나아졌나?" 그가 내게 물었다. 난한숨도 못 잤다. 내가 대답했다. "나아지지 않았어요. 난 여기 있고 싶지 않아요."

"뭔가 다른 게 필요하겠군. 나중에 어떻게 하면 더 나아질지 내가 가르쳐 주지." 그는 이렇게 대꾸하더니 무전에 응답하기 시작했고 곧 방에서 나갔다.

그들은 나를 실내에 가두었다. 검문소를 지나는 차 소리와 다에시가 무전기로 교신하는 소리를 들으면서, 난 죽을 때까지 여기 붙잡혀 있을 거라고 생각했다. 문을 두드리면서 내보내 달라고 악쓰다가 다시 토하기 시작했다. 이번에는 방바닥과 매트리스에 토사물을 쏟아 냈다. 비쩍 마른 다에시가 방에 와서 히잡을 벗으라고 지시하더니, 토하는 내 머리에 물을 퍼부었다. 15분간 시큼한 냄새가 나는 액체를 조금씩 게워 냈다. 몸이 비워지는 것 같았다. "욕실로 가. 씻으라고." 다에시가 말했다. 나를 태우고 모술로 갈 아부 무아와야의 밴이 돌아와 있었다.

욕실에 들어가 얼굴과 팔에 물을 끼얹었다. 열이 나는 것처럼 몸이 덜덜 떨렸고, 앞을 볼 수도 서 있을 수도 없었다. 이렇게 기운이 없기는 처음이었다. 그 느낌이 내 안의 뭔가를 바꾸어 놓았다.

코초를 떠난 뒤로 난 계속 죽여 달라고 애원했다. 살만이 날 죽이기를 바랐고, 신이 날 죽게 해 주기를 기도했다. 생명이 잦아들기를 기대하며 먹거나 마시는 것을 거부했다. 강간하고 때리는 자들의 손에 죽을 거라고 생각한 적도 많았다. 하지만 죽음은 오지 않았다. 검문소 욕실에서 난 울기 시작했다. 코초를 떠난 뒤, 처음으로 진짜로 죽을 거란 생각을 했다. 한편으로는 그러고 싶지 않다는 걸 확실히 알게 되었다.

나를 모술까지 데려갈 다른 다에시가 도착했다. 그의 이름은 하지 아메르였다. 난 너무 속이 울렁거려서 그가 새로운 주인이냐고 물어볼 여력이 없었지만, 충분히 그렇게 짐작할 수 있었다. 검문소에서 모술은 가까웠지만 내가 몇 분마다 내려서 토해야 했기 때문에 도착까지 한 시간 가까이 걸렸다. "왜 그렇게 메스꺼워하지?" 하지 아메르가 물었다. 난 그들의 강간 때문에 그런 것 같다고 이야기하기는 싫었다. "제대로 안 먹어서 그렇거나, 물을 많이 마셔서 그래요. 또 여기가 너무 덥고." 내가 말했다.

모술에 도착하자 하지 아메르는 약국에 가서 알약을 샀다. 그리고 그 알약을 집에 도착한 뒤에 내게 건넸다. 난 내내 소리 죽여 울었고, 그는 오빠들이 내가 엄살을 부린다며 놀려 댈 때처럼 껄껄댔다. 아메르가 내게 말했다. "다 큰 사람이 왜 이래. 울면 안 되지."

그의 작은 집은 흰 줄이 들어간 진녹색으로 칠해져 있었다. ISIS가 차지한 지 얼마 안 된 곳 같았다. 집 안은 정갈했다. 다에시 군복이나 야지디 여자들이 두고 간 옷가지는 없었다. 나는 소파에 눕자마자 잠들었다. 저녁에 깨니 두통과 메스꺼움이 가셨다. 운전병이 다른 소파에 누워 있고, 그의 옆에 휴대폰이 놓여 있었다. 내가 깬 걸 알고 그가 물었다. "좀 나아졌나?"

"약간이요." 아직 몸이 아프니 그가 날 건드리지 말아야 한다고 생각하게 하고 싶었지만 이렇게 대답했다. "어지러워요. 뭐라도 먹어야 할 것 같아요." 전날 아침 아부 무아와야와 아침 식사를 한 뒤로 먹은 게 없는 데다 그마저 다 토해 버린 뒤였다.

"쿠란을 좀 읽고 기도해. 그러면 통증이 사라질 거야." 하지 아메르 가 말했다.

나는 가방을 들고 욕실로 향했다. 하지 아메르는 그 가방에 옷가지 와 생리대만 들었다고 생각할 가능성이 높았다. 그런데도 가방을 가져 갈까 봐 불안했다. 난 욕실 문을 잠그고, 귀금속이 생리대에 고스란히 있는지 확인했다. 생리대를 하나하나 들춰 보지 않으면 안에 그런 게 들 었는지 아무도 모를 터였다. 어떤 남자도 생리대를 낱낱이 다 검사할 것 같지 않았다. 배급 카드를 집어 잠시 손에 꼭 쥐면서 어머니를 떠올렸 다. 나는 하지 아메르에게 정보를 캐내기로 마음먹고 욕실에서 나왔다.

곧 우리는 단둘이 있게 되었다. 그가 날 강간하지 않는 게 어색했 다. 처음에는 다에시인 그가 아픈 나를 동정할 수도 있는지 궁금했다. 혹시 계급이 낮아 날 감시하는 게 그의 임무일까. 하지만 거실로 돌아 가니 그는 매일 저녁 하지 살만의 표정과 똑같이 잔인하고 오만한 표정 으로 날 기다렸다. 그는 날 강간하진 않았지만 폭행했다. 폭행을 끝내 고 그는 다시 소파에 느긋하게 앉아, 서로 아는 사이였던 것처럼 평범 한 말투로 말을 걸기 시작했다.

"너는 이 집에 1주간 머물 거야. 그리고 시리아로 가겠지." 그가 말 했다

"시리아에는 가고 싶지 않아요! 날 모술의 다른 집으로 데려가요. 시리아에만 보내지 마요." 내가 간청했다.

"겁먹을 것 없어. 시리아에도 너 같은 사비야가 많이 있으니." 하지 아메르가 말했다.

내가 대답했다. "알고 있어요. 그래도 가고 싶지 않아요."

하지 아메르는 동작을 멈추고 날 바라보았다. "두고 보자고." 그가 말했다.

"여기서 일주일 지낸다면, 로지안과 캐스린을 만날 수 있을까요?"

"아마 시리아에 있을걸. 네가 시리아에 가면 볼 수 있겠지."

"바로 얼마 전에 모술에서 조카들을 만났어요. 틀림없이 아직 이 도시 어딘가에 있을 거예요." 내가 사정했다.

"흠, 도와줄 수 없겠는걸. 난 네가 여기서 대기해야 한다는 것밖에 모르거든. 내일이라도 넌 시리아에 가게 될 수 있다고." 하지 아메르가 대답했다.

"말했잖아요, 난 시리아에 절대 안 간다고 했어요!" 이제 난 화가 치솟았다.

하지 아메르는 빙그레 웃었다. "네가 어디로 갈지 누가 정한다고 생각하는 거야?" 그는 언성을 높이지 않고 대꾸했다. "생각해 봐. 넌 어제는 어디 있었고 오늘은 어디 있지?"

그는 부엌으로 갔다. 잠시 뒤 뜨거운 기름에 달걀을 부치는 소리가 들렸다. 나도 부엌에 갔다. 달걀과 토마토가 담긴 접시가 식탁에서 날 기다렸다. 배가 고팠지만 이제 먹고 싶지 않았다. 시리아에 갈 생각을 하니 겁이 났다. 앉아 있을 수도 없었다. 하지 아메르는 내가 먹지 않아도 개의치 않는 눈치였다.

그는 달걀을 다 먹더니, 지금 입은 것 말고 다른 아바야는 없냐고 물었다.

"이거 한 벌뿐이에요." 내가 대답했다.

"시리아에 가려면 옷이 더 필요할 거야. 내가 나가서 사 오지." 그가 말했다.

하지 아메르는 자동차 열쇠를 챙겨 들고 현관문으로 향했다. "여기 있어. 금방 돌아올 테니." 그가 말했다. 그가 문을 쾅 닫고 나가는 소리가 들렸다.

나 혼자였다. 집에 다른 사람은 없었다. 아무 소리도 나지 않았다. 집은 도시에서 약간 외곽에 있었으며, 주변 거리는 대부분 평화로웠다. 작은 주택이 다닥다닥 붙어 있는 마을이었고, 주변에는 고작 차 몇 대만이 지나갔다. 부엌 창을 통해 이 집 저 집에서 드나드는 몇 사람이 보였다. 그 뒤로 모술에서 나오는 도로가 뻗어 있었다. 동네는 평온한 분위기였다. 하지 살만의 집이 있는 동네처럼 부산스럽지 않았고 함디야처럼 외진 곳에 있지도 않았다. 반 시간쯤 그 창에 서서 마을을 바라봤다. 그러다 불쑥 도로에는 민간인뿐만 아니라 ISIS도 없다는 사실이 머리를 스쳤다.

하지 살만에게 처벌받은 뒤, 난 처음으로 탈출을 생각했다. 검문소에서 당한 괴롭힘과 시리아로 보내지리라는 확신이 탈출에 대한 조급증을 다시 일으켰다. 부엌 창문을 타고 나갈까 고심했지만, 그러기 전에 먼저 현관문으로 걸어갔다. 하지 아메르가 문을 잠그지 않고 외출하는 기적이 일어났는지부터 확인해야 했다. 문은 무거운 나무로 되어 있었다. 노란 문고리를 돌리다가 가슴이 철렁 내려앉았다. 꿈쩍하지 않았다. '바보가 아닌 이상 문을 안 잠그고 갈 리 없지.' 나는 속으로 중얼댔다. 하지만 혹시 몰라 마지막으로 당겨 보다가, 문이 활짝 열리는 바람에 넘어질 뻔했다.

현기증을 느끼면서 현관 앞 계단으로 나가 가만히 서 있었다. 언제라도 총구가 날 겨누고 경비병의 시끄러운 고함이 들리게 되리라 예상했다. 그런데 아무 반응이 없었다. 계단을 내려와 정원으로 나갔다. 니캅을 쓰지 않은 난 고개를 살짝 숙이고 걸으면서, 곁눈질로 경비병이나 무장병이 있는지 살폈다. 아무도 없었다. 아무도 내게 고함치지 않았다. 아무도 날 못 보는 것 같았다. 정원 주위에 낮은 담이 있었지만 쓰레기통을 발판으로 쓰면 쉽게 넘을 수 있었다. 불안해서 배 속이 부글거렸다.

귀신이라도 씐 것처럼 부랴부랴 안으로 달려가서 가방과 니캅을 챙겼다. 최대한 민첩하게 움직였다. 언제 하지 아메르가 돌아올지, 그의 말대로 IS가 내일 나를 시리아로 보낼지 누가 아나? 니캅을 얼굴 밑으로 내리고 가방끈을 어깨에 맨 다음 다시 문고리를 당겼다.

이번에는 처음부터 있는 힘을 다 써서 문이 쉽게 열렸다. 난 얼른 문지방을 넘어 계단으로 나갔다. 그러나 공기가 얼굴에 닿는 순간 아바야 치맛단이 당겨졌다. 난 몸을 홱 돌렸다. "메스꺼워서요! 바람을 쐬려고요!" 다에시가 문간에 서 있는 줄 알고 이렇게 말했다. 이 순간, 난 살만의 경비병들에게 당한 밤보다 더욱 두려운 마음이 들었다. 그들은 내가 탈출을 시도한다고 생각할 수밖에 없을 것이 분명했다. 그런데 뒤를 보니 아무도 없었다. 치맛단이 당겨진 것은 문이 닫힐 때 아바야 자락이 끼어서였다. 실소하면서 치맛자락을 빼고 정원으로 뛰어갔다.

쓰레기통에 올라서서 정원 담장 밖을 내다보았다. 거리가 텅 비어 있었다. 왼편에 있는 대형 모스크에서는 다에시가 잔뜩 모여 저녁 기도 시간을 지킬 것이다. 오른편과 앞쪽에 위치한 평범한 동네의 집에서는 주민들이 기도하거나 저녁 식사를 준비하고 있을 터였다. 자동차 소리와 호스에 수돗물 흐르는 소리가 들렸다. 옆집에서 부인이 마당에 물을 주고 있었다. 겁나서 담을 넘을 수가 없었다. '하지 아메르가 지금 이 순간 차를 몰고 돌아온다면? 또 한 번 벌을 감당할 수 있으려나?' 그런 생각을 했다.

담장을 넘어 도로가 아닌 이웃집 정원으로 내려가면 어떨지 궁리해 봤다. 하지 아메르가 도로를 달려서 올 게 걱정되었다. 동네 집들의 전기가 모두 끊긴 탓에 사위가 어두웠다. 아바야를 입었으니 그늘진 마당에 있어도 눈에 띄지 않을 수 있었다. 누군가 지켜볼 게 확실하다는 생각이 들어서, 정원 문으로 나갈 가능성은 이미 지웠다. 아바야를 입었든 아니든 여자 혼자 IS가 주둔한 집에서 나가면 의심받을 것이 뻔했다. 사비야를 고발한 자는 큰 보상금을 받게 되니 결과는 말 안 해도 알고 있었다. 결정해야 했다. 생각할수록 시간이 없어진다는 걸 알았다. 하지만 움직일 수가 없었다. 머릿속으로 어떤 선택을 궁리하든, 마지막은 늘 붙잡혀서 하지 살만에게 당했듯 처벌받는 결말로 끝이 났다. 그러다 하지 아메르가 문을 잠그지 않고 경비병도 없이 집에 날 혼자 둔 것은 깜빡해서가 아니라는 생각이 들었다. 그는 바보가 아니었다. 내가 너무 오래 폭행당하고 병과 허기로 약해진 시점이라 탈출할 엄두를 못 낼 거라고 짐작해서였다. 그들은 나를 영원히 소유할 줄로 알았다. '너희가 틀렸어.' 속으로 중얼댔다. 난 눈 깜짝할 새에 가방을 밖으로 던진 다음 몸을 담장 위로 날렸다. 곧 담장 너머에 탁 소리를 내며 떨어졌다.

PART
3

1.

정원 담장을 넘고 나서야 깨달았다. 집과 이어진 도로가 사실은 막다른 길임을 말이다. 게다가 저녁 기도 시간이라 왼쪽의 대형 모스크 앞을 지나가기는 너무 위험했다. 남은 선택지는 오른쪽으로 도는 것이었지만, 거기로 가면 뭐가 있을지 몰랐다. 나는 걷기 시작했다.

아직도 하지 살만이 첫날 밤에 준 남자 샌들을 신고 있었다. 모스크로 사용하는 홀에서 집어 온 신발이었다. 이 신발을 신고 걸은 거리는 어느 집 문에서 자동차까지가 다였다. 그보다 멀리 걷기는 이번이 처음이었다. 샌들 끈과 발가락 사이에 모래가 끼었다. 샌들이 발꿈치를 탁탁 때리는 소리가 너무 커서 걱정스러웠다. 난 '샌들이 너무 커!'라고 속으로 중얼댔다. 그러다가 순간적으로 기쁜 마음이 들었다. 이런 걸 생각하고 있는 자체가 내가 움직인다는 증거였기 때문이다.

난 일직선으로 걷지 않았다. 그 대신 주차된 차들 사이를 누비고 아무 데서나 모퉁이를 돌고 같은 거리를 반복해서 건너고 다시 건넜다. 누가 보면 길을 알고 걷는 사람처럼 보이기 바랐다. 심장이 너무 두근거렸다. 마주치는 사람들이 심장 소리를 듣고 내 신분을 알아차릴까 봐 걱정이었다.

몇몇 집은 발전기를 가동해 불이 켜져 있고, 보라색 꽃이 핀 잡목 숲과 키 큰 나무들이 있는 넓은 정원으로 둘러싸여 있었다. 부유한 대가족들이 사는 좋은 동네였다. 땅거미가 내려앉자 다들 집에 들어가 저녁 식사를 하고 아이들을 재웠다. 더 어두워지자 사람들은 밖에 나와 서늘한 바람을 쐬면서 이웃들과 수다를 떨었다. 나는 그들의 눈에 띄지 않기를 바라면서 아무도 쳐다보지 않고 걸었다.

아주 어려서부터 난 밤을 무서워했다. 가난한 게 오히려 다행이었다. 자매들, 조카들과 같은 방에서 자거나 옥상에서 가족들과 함께 잤으니까. 어둠 속에 뭐가 숨어 있을지 걱정할 필요가 없었다. 모술의 하늘이 금세 어두워지자, 밤에 대한 공포가 더욱 커졌다. ISIS에게 붙잡힐지도 모른다는 두려움보다 훨씬 심했다. 가로등이 없는 데다가 몇 집만 불이 켜져 있어서, 모술 동네는 곧 칠흑 같은 어둠에 휩싸였다. 가족들은 잠자리에 들기 시작했다. 인적이 끊긴 거리에는 날 잡으려는 자들만 돌아다닐 것 같았다. 이즈음이면 하지 아메르는 새 아바야를 사서 집에 돌아와 내가 사라진 사실을 알았을 시간이었다. 아마도 다른 다에시에게 무전을 치고, 지휘관이나 특히 하지 살만에게 연락해서 내가 탈출했다고 보고했겠지. 그런 다음 다시 밴으로 달려가서 헤드라이트를 환하게 켜고, 도망치는 여자를 찾아다니리라. 결국 내가 그렇게 쉽게 탈출할 수 있었던 이유는 그가 문을 잠그지 않고 날 혼자 둔 채로 나갔기 때문이었다. 이런 이유로 그는 더 빨리 달리고 더 열심히 집집마다 문을 두드려 가며 날 찾을 듯했다. 행인들에게 묻는 것은 물론이고, 혼자 걷는 여자가 있으면 모두 세워 확인하리라. 그가 날 밤늦도록 찾아다닐 거라고 추측했다.

아바야 덕분에 나를 가릴 수 있었지만, 내가 원하는 만큼 투명한 존재가 된 것 같은 느낌이 들진 않았다. 저들에게 붙잡히는 순간만 연신 떠오를 뿐이었다. 저들의 무기 소리와 목소리, 그리고 저들이 나를 도망친 집으로 다시 끌고 가는 손길이 어떨지 떠올랐다. 완전히 어두워지기 전에 숨을 곳을 찾아야 했다.

시간이 지나면서, 난 어느 집에 다가가 문을 두드리는 상상을 해 보았다. 문을 열어 준 가족이 곧바로 날 고발할까? 날 하지 살만에게 돌려보낼까? 가로등과 대문마다 내걸린 IS 깃발은 내가 위험한 지역에 있음을 상기시켰다. 마당에서 아이들이 웃는 소리마저 무섭게 느껴졌다.

한순간 차라리 돌아가는 게 나을지도 모른다는 생각이 들었다. 정원 담을 넘어 무거운 현관문을 밀고 들어가 부엌에 앉아 있으면 그만이었다. 그러면 그가 돌아오겠지. 다시 탈출을 시도하다 붙잡히느니 어쩌면 시리아로 가는 게 나을지 몰랐다. 하지만 그때 이런 생각이 났다. '아냐, 신이 내게 기회를 주셔서 그 집을 쉽게 떠나게 해 주신걸.' 잠기지 않은 문, 조용한 이웃 동네, 경비병이 없었던 것과 담장 옆의 쓰레기통. 모든 게 다시 탈출을 시도할 때라는 신호임이 분명했다. 이런 기회는 두 번 다시 오기 힘들었다. 이번에 붙잡힌다면 더욱더 기회는 없으리라.

처음에는 모든 소리와 움직임에 화들짝 놀랐다. 차가 거리를 달려오고 헤드라이트가 비추기만 해도 난 정원 담장에 달라붙어 차가 지나가기를 기다렸다. 운동복 차림의 청년 둘이 내 쪽으로 오자, 난 그들을 피하려고 길을 건넜다. 그들은 날 못 본 듯이 대화를 나누면서 지나갔다. 앞에 있는 집의 녹슨 대문이 삐걱 소리를 내며 열리자, 난 얼른 모퉁이를 돌아 뛰지 않으면서 최대한 종종걸음을 하여 지나갔다. 개가 짖어대자 다른 모퉁이를 돌았다. 이런 두려운 순간들을 맞닥뜨릴 때마다 본능적으로 움직일 뿐이었다. 내가 어디로 가는지 상상할 수조차 없었다. 이렇게 영원히 걸을 거란 생각이 들었다.

계속 걸으니, ISIS가 빼앗은 부자들의 높은 콘크리트 주택들이 보이지 않았다. 앞에 고급 차들이 주차되어 있고, 발전기들이 돌면서 TV와 라디오에 전기를 공급해 주는 부유한 집들은 사라지고, 더 소박한 집들이 나타났다. 대부분 단층이나 2층짜리 회색 시멘트 건물이었다. 불이 켜진 집이 거의 없고 동네가 더 조용했다. 여러 집에서 아기 우는 소리가 났다. 엄마들이 아기를 흔들며 달래는 광경이 떠올랐다. 이곳의 집들에는 잔디 깔린 마당이 아니라 채소를 키우는 작은 텃밭이 있었고, 세단 승용차가 아니라 농부들의 픽업트럭이 집 앞에 주차되어 있었다. 도로변 도랑에서 하수와 설거지한 물이 흐르는 소리가 났다. 난 가난한 동네에 와 있었다.

문득 이게 내가 바라던 상황이라는 생각이 들었다. 모술에서 누군가에게 도움을 얻는다면, 날 돕는 이들은 가난한 수니파일 것 같았다. 그저 떠날 돈이 없어서 남은 이들, 이라크 정세보다 자기 삶에 더 관심이 큰 가족이 날 도와줄 것 같았다. 수많은 가난한 가족들이 ISIS에 합류했다. 하지만 그날 밤 아무도 믿을 수 없는 상황에 혼자 놓여 있던 나는, 우리 가족과 비슷한 가족을 찾고 싶었다.

어느 집 문을 두드려야 할지 난감했다. IS 센터들에서 너무 긴 시간을 보냈다. 그때 난 다른 여자들과 죽어라 비명을 질렀다. 그 소리가 바깥사람들에게 들렸을 텐데도 아무도 도와주지 않았다. 버스와 자동차를 타고 여러 도시를 옮겨 다녔지만, 지나는 차들에 탄 가족들은 우리에게 눈길조차 주지 않았다. 매일 다에시는 저항하는 사람들을 처형했고 야지디 여자들을 물건보다 하찮게 여겨 강간했다. 그들은 지구에서 야지디를 멸종시키려는 계획을 실행했다. 그런데도 모술에서 아무도 도와주지 않았다. 자기들 지역을 기반으로 성장한 ISIS가 모술을 점령하자, 많은 수니파 무슬림이 모술에서 달아났고, 이후 IS 지배하에서 더 많은 사람들이 위협받았다. 이런 상황에서 동정심 많은 사람이 한 명쯤 남아 있으리라 기대하기는 쉽지 않았다. 모르테자의 어머니가 날 딸처럼 여겨 주기를 간절히 바랐지만 증오하는 시선으로 보았던 일을 떠올렸다. 여기 집들에 있는 사람들도 다 똑같을까?

그래도 선택의 여지가 없었다. 나 혼자 힘으로 모술을 벗어나기란 불가능했다. 희박한 가능성을 뚫고 혹시 검문소를 지난다고 해도, 도로를 걷다가 붙잡히거나 쿠르디스탄에 도착하기도 훨씬 전에 탈수로 죽을 테니. 살아서 모술을 빠져나갈 유일한 방법은 여기 집들 중 한 집의 도움을 받는 것이었다. 그런데 어느 집?

곧 아주 어두워져서 앞이 안 보였다. 두 시간 조금 안 되게 걸은 듯했다. 샌들을 신은 발이 아팠다. 걸을 때마다 안전에 가까워지고 ISIS

로부터 미미하나마 멀어지는 것 같은 기분이 들었다. 난 어느 모퉁이 큰 철문 옆에서 잠깐 멈추었다. 폭이 넓고 높은 대문 앞에서 고개를 들고 문을 두드리려고 했다. 그런데 마지막 순간에 손을 내리고 다시 걷기 시작했다. 왜 그랬는지 모르겠다.

그 집에서 모퉁이를 돌아 초록색 철문 앞에서 멈추었다. 이전 집보다 문이 작았다. 코초의 신축 주택들과 비슷한 2층 콘크리트 건물이었다. 불이 꺼진 집에 특별한 점은 없었다. 안에 어떤 가족이 있는지 짐작이 되지 않았다. 난 이만하면 많이 걸었다 싶었다. 이번에는 손을 들고 손바닥으로 문을 두드렸다. 그리고 비켜서서 구제받게 될지 보려고 기다렸다.

::

잠시 후 문이 활짝 열렸다. 오십 대로 보이는 남자가 문 안쪽에 서 있었다. "누구슈?" 그가 물었지만 난 아무 말도 하지 않고 남자를 밀고 지나갔다. 작은 정원의 문 가까이에 둥글게 둘러앉은 가족들이 보였다. 조명은 달빛이 전부였다. 그들이 놀라서 일어났지만 아무 말이 없었다. 나는 정원 문이 닫히는 소리를 듣고 니캅을 위로 들어 올렸다.

내가 말했다. "간청합니다. 도와주세요." 그들은 아무 응답이 없었고 나는 계속 말을 이었다. "제 이름은 나디아입니다. 신자르 출신의 야지디예요. 다에시가 저희 마을을 포위했고, 저는 모술로 끌려와서 사비야가 되었어요. 가족을 잃었습니다."

이십 대 청년 두 명이 정원에 앉아 있었고, 부모임이 분명한 나이든 부부와 열한 살 정도인 소년이 함께 있었다. 역시 이십 대인 젊은 여자가 앉아서 아기를 흔들어 재웠다. 누구보다도 먼저, 임신부인 그녀의 얼굴에 공포가 떠오르는 것이 보였다. 작은 집에 전력이 끊겨서 그들은 더 시원한 정원에 매트리스를 깔고 앉아 있었다.

잠시 내 심장이 멈추었다. 그들은 다에시일 수도 있었다. 남자들은 수염을 기르고 헐렁한 검은 바지를 입고 있었고, 여자들은 집에 있어서 얼굴을 가리지 않았지만 보수적인 차림새였다. 나를 억류한 자들과 다를 바 없는 모습이었다. 난 그들이 날 고발할 거라고 확신했다. 얼어붙은 나는 말을 멈췄다.

남자 한 사람이 내 팔을 잡아 정원에서 집 안으로 끌고 갔다. 입구는 덥고 어두웠다. "여기가 더 안전해요. 그런 말을 바깥에서 하면 안 되지." 나이 든 남자가 설명했다.

"어디서 왔어요?" 집 안쪽으로 들어가자 나이 든 여자가 물었다. 그의 아내로 짐작되었다. "무슨 일을 당한 거예요?" 불안하지만 성난 목소리는 아니었다. 난 마음이 조금 진정되었다.

내가 그들에게 말했다. "저는 코초 출신이에요. 여기에 사비야로 잡혀 왔고, 다에시가 데려간 마지막 집에서 막 달아난 길이에요. 그들은 저를 시리아로 데려가려고 했어요." 나는 지금껏 겪은 일을, 강간과 폭행까지 모두 말했다. 그들이 나에 대해 많이 알수록 더 돕고 싶을 거라는 판단이 들어서였다. 그들은 가족이었고, 연민과 사랑을 갖고 있을 만한 이들이었다. 하지만 나를 사고팔았던 다에시의 이름은 밝히지 않왔다. 하지 살만은 ISIS 내에서 주요 인물이었다. 사형을 선고하는 판사처럼 거역하기 두려운 인물이 누가 있을까? 난 생각했다. '내가 살만의 소유였다는 걸 이 가족이 알면, 내가 아무리 안쓰러워도 당장 신고할 거야.'

"우리가 어떻게 해 주길 바라지요?" 부인이 물었다.

"어린 딸이 가족과 떨어져 끌려가서 이 모든 강간과 고초를 당했다고 상상해 보세요. 제발 그런 식으로 저를 생각해 주시고, 저를 어떻게 하실지 고민해 주세요."

내가 말을 마치자 집안의 가장이 입을 열었다. "마음을 편안하게 가지도록 해요. 우리가 아가씨를 도와주려고 노력할 테니까."

"어린 처자들에게 어떻게 그럴 수 있어?" 부인이 혼잣말을 했다.

가족이 자기소개를 했다. 수니파인 그들은 ISIS가 들어오고 나서도 모술에 남아 있었다. 달리 갈 곳이 없었기 때문이라고 했다. 그들은 내게 말했다. "쿠르디스탄에서 우리가 검문소들을 통과할 수 있게 도와줄 사람이 없어요. 게다가 우린 가난해요. 이 집에 있는 게 가진 전부지요." 난 그들을 믿어도 될지 알 수 없었다. 가난해도 모술을 떠난 수니파가 많았다. 그냥 남아 있다고 해도 타인의 고통 때문에 ISIS에 환멸을 느낄 리 만무했다. 그러나 정말 날 돕는다면 그들이 한 말은 사실일 것이었다.

"우리는 아자위예요." 아자위는 야지디와 오랜 친분이 있는 부족이었다. 어쩌면 야지디 종파에 대해 알고 있을 수 있으며, 코초 인근 마을들에 대부가 있을 수도 있다는 의미였다.

주인 히샴은 건강한 체격에 잿빛 수염을 길게 길렀다. 부인 마하는 얼굴이 통통하고 예뻤다. 내가 들어갔을 때 그녀는 실내복 차림이었지만, 손님인 나를 의식해 잠시 뒤 아바야를 쓰고 나왔다. 마른 체격의 아들 나세르와 후세인은 어른으로 성장하는 중이었다. 두 사람 다, 특히 나세르는 내게 궁금한 것들을 물었다. 여기까지 어떻게 왔는지? 가족은 어디 있는지?

25세인 맏아들 나세르는 키가 훌쩍 크고 머리가 많이 벗겨진 데다 입이 큼직했다. 난 아들들이 가장 걱정스러웠다. 이런 젊은 수니파 남자들은 IS에 충성하기 쉬웠다. 하지만 두 사람은 다에시를 증오한다고 맹세했다. 나세르가 내게 말했다. "그들이 여기 들어온 뒤 생활이 끔찍해졌어요. 전쟁 통에 사는 느낌이에요."

나세르의 부인인 사파아 역시 정원에 있었다. 남편처럼 그녀도 키가 크고 눈이 아주 움푹 들어갔다. 그녀는 입을 다물고 날 응시하면서 무릎에 앉힌 아기를 흔들었다. 그러면서 나세르의 막냇동생 칼레드를 힐끗 쳐다봤다. 어린 칼레드는 무슨 일이 벌어지는지 몰랐다. 가족 중 내 존재를 가장 걱정하는 사람은 사파아였다. "다른 아바야를 쓸래요?" 내가 쓰고 왔던 더러운 아바야를 벗자 그녀가 물었다. 친절한 행동이었지만, 내가 듣기에는 무슬림 가정에서 야지디 옷을 입은 게 못마땅하다는 말투로 들렸다. "감사하지만 사양할게요." 내가 대답했다. 이제 불가피한 경우가 아니면 낯선 옷을 입기 싫었다.

"어느 다에시랑 같이 있었어요?" 마침내 나세르가 물었다.

"살만이요." 난 조용히 대답했다. 그는 아는 인물이라는 내색을 했지만 날 샀던 사람에 대해 더 말하지 않았다. 대신에 가족이 누군지, 또 모술을 떠나면 어디로 갈지 물었다. 그는 겁내지 않는 것 같았다. 날 돕고 싶어 하는 것이 느껴졌다.

"다른 야지디 여자들을 만나신 적이 있나요?" 내가 물었다.

"전에 법원에서 몇 명 본 적이 있지." 히샴이 말했다. 아들 후세인은 버스들이 지나가는 것을 보고 나 같은 노예들이 탔을 거라 생각했다고 털어놓았다. 그가 말했다. "사비야를 고발하면 다에시가 5,000달러를 준다는 안내문들이 모술에 깔려 있어요. 하지만 거짓말이라고 들었어요."

히샴이 말했다. "우린 이런 상황이 못마땅하다오. 오래전 다에시가 들어왔을 때 모술을 떠나야 했건만, 돈도 없고 갈 데도 없으니."

마하가 말했다. "우리 딸 넷이 여기서 결혼해 살아요. 우리가 떠나도 그 아이들은 여기 남았을 거예요. 딸들의 시가 식구들이 다에시와 관계있을 수도 있고. 우린 잘 몰라요…. 다에시에 협력하는 사람들은 아주 많으니까. 하지만 딸들만 여기 두고 떠날 순 없어요."

나를 집에 받아 준 가족을 배은망덕하게 험담하고 싶지 않다. 그들은 내 사연을 귀 기울여 들어 주었으며 도움을 제의했다. 그래도 내가 억류되어 있던 내내 그들은 어디서 무엇을 하고 있었는지 궁금하지 않을 수 없었다. 그들의 변명을 들으며, 내색하지는 않았지만 부아가 치밀었다. 후세인은 버스에 탄 어린 소녀들과 여자들이 밤마다 IS에게 강간을 당했을 것이라고 짐작했다. 그런데 어떻게 버스가 지나는 걸 구경만 할 수 있었을까? 히샴은 법원에서 다에시가 사비야와 불법적인 결혼을 하는 걸 어떻게 두고 볼 수 있었을까? 그들은 분명 야지디인을 도왔다. 그러나 그것은 내가 문 앞에 찾아온 이후였다. 그리고 난 수천 명 중 한 명이었다. 가족은 ISIS가 싫다고 말했지만 다에시를 막기 위해 아무것도 하지 않았다.

물론 평범한 가족에게 ISIS 조직원 같은 테러범들과 맞서 싸우라고 요구하는 것은 지나치다. 다에시는 자기들을 비난하는 이들을 동성애자라고 말하며 옥상에서 내던지는 자들이다. 다른 종교를 믿는다고 어린 소녀들을 강간하고 사람을 돌로 쳐서 죽이는 자들이다. 나는 지금껏 위기에 빠진 이들을 도와야 할지 말아야 할지 시험받아 본 적이 없다. 그런 입장이 되어 본 적이 없는 이유는, 난 야지디인이기 때문에 종교적으로 핍박만 받으며 살아왔기 때문이었다. 반면에 히샴 가족은 수니파로 태어나서 무장 단체에게 인정받은 덕분에, ISIS가 점령한 모술에서 안전하게 남을 수 있었다. 내가 나타날 때까지 이 가족은 종교를 갑옷처럼 입고 사는 데 만족했다. 이런 이유로 난 그들을 미워하지는 않았다. 히샴의 가족은 내게 큰 친절을 베풀어 주었으니까. 하지만 난 그들을 사랑하지는 않았다.

"쿠르디스탄에 아가씨에 대한 소식을 전화로 알릴 만한 사람이 있소?" 히샴이 물었다.

"거기 오빠들이 있어요." 난 머리에 확실히 박힌 헤즈니의 전화번호를 알려 주었다.

그러고는 히샴이 번호를 누르고 통화하기 시작하는 모습을 지켜보았다. 그런데 그는 어리둥절해서 전화를 끊고 다시 걸었다. 두 번째도 똑같은 일이 일어났다. 내가 틀린 번호를 알려 준 건 아닌지 걱정스러웠다. "전화를 받나요?" 내가 히샴에게 물었다.

그가 고개를 저었다. 히샴이 대답했다. "어떤 남자가 계속 전화를 받긴 하는데, 내가 누군지 또 어디서 전화하는지 말하면 곧바로 욕설을 퍼붓는군. 아가씨의 오빠가 아닐지도 모르겠소. 혹시 오빠가 맞으면 내가 아가씨랑 있다는 말을 안 믿는 걸 테고."

히샴은 다시 전화를 걸었다. 이번에 전화를 받은 사람은 그의 용건을 들어 주었다. 히샴이 설명했다. "나디아가 탈출하여 우리와 함께 있소. 내 말을 못 믿겠다면, 내가 아는 야지디가 내 신원을 당신에게 밝혀 줄 거요." 사담의 군대에 복무했던 히샴은 신자르의 야지디 정치인과 인맥이 닿아 있었다. "나는 선량한 사람이고, 당신의 누이를 해치지 않을 것이라고 그 야지디가 말해 줄 거요."

간단한 대화가 오간 뒤 전화를 끊었다. 이윽고 히샴은 헤즈니와 통화했다고 알려 주었다. "처음에는 모술에서 걸려 온 전화인 걸 알고, 내가 괴롭히려고 연락한 걸로 착각했다는구먼. 그의 아내를 붙잡고 있는 자가 가끔 전화해서, 그녀에게 무슨 짓을 저지르는지 상기시킨다고 했어. 헤즈니는 저들에게 욕설을 퍼붓고 전화를 끊는 것밖에 할 수 있는 게 없으니." 헤즈니와 질란 때문에 내 가슴이 저렸다. 같이 살기 위해 얼마나 힘들게 애쓴 부부였는데.

점점 밤이 깊어졌다. 여자들은 방에 매트리스를 깔아 주고서 배가 고프냐고 물었다. "아니요." 내가 대답했다. 뭘 먹을 엄두가 나지 않았다. "그런데 목이 너무 말라요." 나세르가 물을 가져다주었다. 그는 나에게 절대 바깥출입을 하지 말라고 당부했다. "이 동네에 다에시 조직원들과 동조자들이 득실대거든요. 당신에게 안전하지 않아요." 그가 말했다.

"여기서 무슨 일이 벌어지고 있나요?" 알고 싶었다. 근처에 사비야들이 있을까? 사비야가 사라지면 IS 조직원들이 집집마다 수색할까?

나세르가 내게 말했다. "우린 위험한 시기에 살고 있어요. 저들이 도시 전역을 통치하니 모두 조심해야 해요. 우리 집에 발전기가 있지만 밤에는 돌릴 수 없어요. 혹시 미군 비행기가 불빛을 보고 우리 집을 폭격할까 걱정되어서요."

나는 처음에 잠시 멈추었다가 문을 두드리지 않기로 결정한 집을 떠올렸다. 그 일을 생각하면 더운 날씨인데도 몸이 덜덜 떨렸다. 그 문 뒤에 누가 있었을까? 히샴이 말했다. "이제 자도록 해요. 아침에 아가씨를 여기서 어떻게 나가게 할지 생각해 봅시다."

방은 답답했고, 나는 거의 자지 못했다. 밤새도록 ISIS를 지지하는 동네 사람들을 떠올렸다. 하지 살만이 분에 못 이겨 차를 타고 도로들을 누비면서, 밤을 새워 나를 찾는 상상을 했다. 나를 탈출하도록 방치한 다에시에게 무슨 일이 벌어졌는지 궁금했다. 이 가족은 날 어떻게 할까? 보상금 5,000달러 때문에 날 ISIS에 넘기려나? 사실은 야지디를 증오하면서도, 날 거짓으로 동정하고 기꺼이 도우려는 척하는 걸까? 어쩌면 그들을 믿는 게 어리석다는 생각이 들었다. 이 가족이 아자위족이라고 해도, 히샴이 군 복무 시절에 사귄 야지디 친구들이 있다고 하더라도, 아직은. 야지디와 친한데도 불구하고 친구를 ISIS에 밀고한 수니파가 수두룩했다.

내 조카들은 어디에도 있을 수 있었다. 내가 탈출했다는 이유로 그들이 처벌받지는 않을까? 솔라에 남은 여자들과 시리아로 보내진 소녀들은 어떻게 됐을까? 아름다운 내 어머니를 떠올렸다. 솔라에서 트럭에서 끌려 내려올 때 머리에서 미끄러지던 하얀 스카프. 내 무릎을 베고 누워서 주변에서 자행되는 테러를 보지 않으려고 눈을 감던 모습. 우리가 버스에 태워질 때 캐스린이 내 어머니의 팔을 붙잡고 매달리던 광경도 눈에 선했다. 이후 곧 그들 모두 어떤 일을 겪었는지 알게 될 터였다. 겨우 잠들었을 때는 꿈이 없는 완전한 암흑 속이었다.

2.

새벽 다섯 시, 남들보다 먼저 깨서 처음 한 생각은 여기서 벗어나야 한
다는 것이었다. 속으로 중얼댔다. '여긴 안전하지 않아. 이 사람들이 날
어떻게 할까? 날 도우려고 위험을 무릅쓸 만큼 선량한 이들일 가능성
이 얼마나 될까?' 하지만 지금은 아침이었다. 뜨거운 태양이 이미 길거
리 위에 떠올라, 여기서 나가도 몸을 감출 그늘이 전혀 없었다. 달리 갈
곳이 없었다. 난 자리에 누울 수밖에 없었다. 내 운명이 히샴 가족들의
손안에 있었다. 그들의 말이 진심이기를 신께 기도하는 수밖에 달리 방
도가 없었다.

두 시간 뒤 나세르가 히샴의 지시를 받고 도착했다. 우리가 대화를
나누면서 가장이 합류하기를 기다리는 동안, 마하가 아침 식사를 내왔
다. 난 먹지 못하고 커피만 조금 마셨다. 나세르가 말했다. "내 누나 미
나와 매형 바쉬르의 집으로 나디아를 데려가려고 해요. 누나 가족은 모
술 외곽에 살아서, 다에시가 당신을 볼 가능성이 덜하거든요."

나세르는 계속 말을 이었다. "바쉬르가 다에시를 내켜 하지 않는다

는 건 우리가 알아요. 그런데 그 형제들도 그런지는 확실하지 않습니다. 그래도 매형은 좋은 사람이에요."

얼굴에 니캅을 쓰고 히샴과 나세르와 차를 타고 가니 안심이 되었다. 모술 외곽에 있는 미나와 바쉬르의 집으로 향하는 길에 동네가 한적해지기 시작했다. 차에서 내려 대문으로 다가가도 아무도 쳐다보지 않았고, IS 깃발을 내건 집이나 스프레이로 IS를 그린 벽화도 보이지 않았다.

부부는 집 입구에 나와 우리를 맞이했다. 히샴의 집보다 넓고 좋은 집이었다. 그 집을 보자 난 코초에서 결혼한 오빠들이 평생 돈을 모으며 천천히 짓던 집들이 생각났다. 콘크리트로 견고하게 지은 집의 타일 바닥에는 초록색과 베이지색 카펫이 깔려 있고, 거실의 소파에는 두툼한 쿠션들이 놓여 있었다.

미나는 내가 본 여인들 중 최고 미인이었다. 창백한 둥근 얼굴에 빛나는 초록색 눈동자가 보석같이 반짝였다. 그리 마르지 않은, 디말 같은 몸매를 갖고 있었고, 긴 머리는 진갈색으로 염색한 상태였다. 그녀와 바쉬르는 슬하에 3남 2녀를 두었다. 내가 도착했을 때 온 가족이 차분하게 맞아 주었다. 나에 대한 궁금증은 히샴과 나세르가 다 풀어 준 듯했다. 아무도 날 위로하려 들지 않았다. 내게 일어난 일들을 조목조목 알고 싶어 하는 나세르를 제외하면, 가족은 나를 해결해야 할 의무처럼 대했고, 난 그게 고마웠다. 그들이 애정을 표현하면 내가 화답할 수 있을지 아직 확신이 없었다. *"살람 알라쿰."* 내가 그들에게 인사했다. 바쉬르가 대답했다. *"알라쿰 아살람. 우리가 도울 테니 걱정 마요."*

사파아의 이름이나 미나의 이름 중 더 쉬운 쪽으로 가짜 신분증을 만든 다음, 바쉬르든 나세르든 남자 한 명이 동반해 부부 행세를 하면서 모술에서 키르쿠크로 간다는 계획이었다. 모술에는 우리를 도와 신분증을 위조해 줄 나세르의 친구들이 있었다. 예전에는 흔히 이라크 신분증을 만들었지만, 이제 검은색과 흰색으로 된 IS 신분증을 만든다고 했다. 나세르가 내게 말했다. "당신에게는 다에시가 아닌 이라크 신분증을 만들어 주려고 해요. 그러는 편이 더 진짜 같으니까요. 다에시 검문소들을 통과하고 나면 당신이 쿠르디스탄으로 들어가기가 더 쉬울 거예요."

바쉬르가 말했다. "사파아의 신원 정보를 이용할 경우에는 나세르가 동행할 거예요. 미나의 정보를 이용하면 내가 동행할 거고요." 미나는 우리와 앉아서 대화를 들었지만 아무 말도 하지 않았다. 남편이 말할 때면 그녀의 초록색 눈이 내게 향했다. 마뜩지 않은 기색이 역력했지만 반대하지는 않았다.

"키르쿠크에 당신을 내려 주어도 괜찮을까요?" 바쉬르가 물었다. 그는 그곳이 모술 너머 쿠르디스탄에 들어가기 가장 쉬운 입구일 거라고 생각했다. 그러면 신분증 위조업자에게 내 출생지를 키르쿠크로 하고, 그곳에서 쓰는 흔한 이름으로 만들도록 부탁해야 했다.

"키르쿠크가 ISIS 점령지인가요?" 난 알지 못했다. 자라면서, 나는 키르쿠크를 쿠르디스탄의 일부라고 짐작해 왔다. 쿠르드 정당들이 그렇게 떠들어 댔기 때문이다. 그런데 다에시의 대화를 엿들으면서 이곳은 신자르처럼 논란이 많은 지역이며, 이제 쿠르드족과 바그다드 정부

뿐 아니라 ISIS가 탐내는 곳이라는 것을 알게 되었다. IS가 이라크의 넓은 지역을 점령한 상황이니 지금쯤 키르쿠크와 인근 유전 지대를 전부 통치한다고 해도 놀랄 일은 아니었다. "제 가족에게 물어보면 될 거예요. 페슈메르가가 통제한다면 저는 거기 가도 괜찮아요."

바쉬르가 만족해서 대답했다. "좋아요. 내가 신자르에 있는 장인의 친구에게 전화해서, 당신을 도와줄 수 있는지 물어보지요. 그러면 나세르가 나디아의 신분증을 마련할 거요."

그날 난 탈출 뒤 처음으로 헤즈니 오빠와 통화했다. 거의 대화 내내 우린 침착함을 유지했다. 내가 무사히 살아서 집에 돌아가기까지 아직 할 일이 많았기 때문이다. 처음 오빠의 목소리를 들었을 때는 너무 기쁜 나머지 아무런 말이 나오지 않았다.

그가 말했다. "나디아, 걱정하지 마. 이 가족은 좋은 사람들인 것 같아. 분명 널 도와줄 거야."

헤즈니는 늘 그렇듯 자신감 넘치는 동시에 감성적인 말투로 말했다. 나는 이런 일을 겪는 와중에도 오빠가 안쓰러웠다. 운이 좋으면 난 곧 구조된 야지디가 되는 게 어떤 기분일지 느끼게 될 것이다. 또한 그에 따르는 모든 한과 애환을 알게 되겠지.

헤즈니에게 내가 어떻게 탈출했는지 말하고 싶었다. 용감했던 나 자신이 자랑스럽기도 했다. "정말 이상했어, 오빠. 모두들 나를 철저히 감시했는데, 이 사람은 문을 잠그지 않고 나간 거야. 난 그냥 문을 열고 담장을 넘어서 나왔어."

"신이 그걸 원하셨던 거야, 나디아. 신은 네가 살아서 집에 오기를 바라서." 헤즈니가 말했다.

"이 댁 아들들 중 누군가 다에시에 협력할까 봐 걱정스러워. 무척 독실한 사람들이거든." 내가 오빠에게 말했다.

하지만 헤즈니는 나에게 선택의 여지가 없다고 말했다. "넌 이 가족을 믿어야 해." 난 오빠가 그렇게 생각한다면 여기서 지내겠다고 대답했다.

나중에 나는 야지디 여자들이 ISIS를 탈출하도록 도와주는 탈주 조직망이 있다는 것을 알게 되었다. 헤즈니가 난민 캠프의 컨테이너 집에서 여자 수십 명을 탈출시키는 계획에 관여했기에 알게 된 사실이었다. 희생자 가족이 넉넉한 수고비를 마련하면, 공포와 혼란 속에서도 매번 작전은 시작되었다. 탈주를 돕는 조직에서는 탈출업자를 고용하여, 마치 사업 거래를 하듯이 작전을 수행한다. 이 과정에는 아랍족, 투르크멘족, 시리아인이나 이라크 쿠르드족 같은 중간 업자들이 있는데, 그들은 계획에 참여할 때마다 몇천 달러씩 챙긴다. 일부는 택시 운전사들로 차에 여자들을 태워 탈출시키고, 일부는 모술이나 탈 아파르에서 스파이 노릇을 하여 가족들에게 딸들이 억류된 위치를 알려 준다. 일부는 검문소 통과를 돕거나 IS 당국자들에게 뇌물을 주고 거래한다. 핵심 관련자들 중 몇 명은 IS 내부의 여자 조직원들이다. 그들은 의심을 사지 않고 사비야에게 쉽게 접근할 수 있다. 조직의 맨 위에 있는 이들은 야지디가 몇 명 있는지 파악하는 것은 물론이고, 수니파 마을들의 인맥을 동원해 모든 과정이 계획대로 진행되고 있는지 확인한다. 각 팀은 맡은 지역에서 활동하는데 일부는 시리아에서, 일부는 이라크에서 움직인다. 여느 사업처럼 조직들 사이에 경쟁도 벌어진다. 사비야를 탈출시키는 일은 전쟁 기간 중 쏠쏠한 돈벌이가 되기 때문이다.

나의 탈출 계획이 세워질 무렵은 탈주 조직이 막 형성되기 시작한 시기였고, 헤즈니는 여기에 참여할 방법을 모색하는 중이었다. 오빠는 용감하고 선량한 사람이었다. 자신이 도울 수 있는 상황이라면 어느 누구도 고생하게 버려두지 않았다. 여자 친척 모두는 헤즈니의 전화번호를 외우고 있었고, 중간에 만나는 사비야들에게 그 번호를 알려 주었다. 곧 그는 밀려드는 전화에 압도당할 정도가 되었다. 히샴이 나 대신 전화했던 무렵에, 헤즈니는 이미 야지디 석방 업무를 맡는 쿠르드 자치정부(KRG) 관료들과 연결되어 있었다. IS가 장악한 이라크의 모술과 다른 지역의 현지인과도 손이 닿았다. 얼마 안 되어 사비야를 탈출시키는 일은 그의 정식 직업이 되었다. 물론 보수를 받지 않는 일이었다.

내가 키르쿠크행을 준비할 때 정확한 진행 사항을 모르는 헤즈니는 걱정이 많았다. 그는 나세르나 바쉬르가 나와 동행하여 쿠르디스탄으로 들어가는 계획이 성공할 수 있을지 확신이 없었다. 전쟁에 참여할 수 있는 나이의 수니파 남자가 쿠르드 검문소를 지나기는 쉽지 않았다. 또한 모술에서 일가가 사비야의 탈출을 돕다가 ISIS에게 발각되면 엄벌에 처해진다는 걸 헤즈니는 알았다. 오빠는 내게 말했다. "그들이 너를 도우려다가 체포되는 일은 없어야 해. 나세르나 바쉬르가 너를 데리고 쿠르디스탄으로 올 때 무사하도록 하는 게 우리 책임이야. 알겠지, 나디아?"

"알아들었어, 오빠. 조심할게." 내가 헤즈니에게 말했다. IS 검문소에서 잡히면 내 동반자는 살해되고 난 다시 노예가 될 게 분명했다. 쿠르드 검문소에서는 나세르나 바쉬르가 감금당할 위험이 있었다.

헤즈니가 말했다. "몸 조심해, 나디아. 너무 걱정하진 마. 내일 그들이 너한테 신분증을 줄 거야. 키르쿠크에 도착하면 나한테 전화하고."

전화를 끊기 전에 내가 물었다. "캐스린은 어떻게 됐어?"

"나도 몰라, 나디아." 오빠가 대답했다.

"솔라는 어떤 상황인데?" 내가 물었다.

"ISIS가 아직 코초와 솔라에 있어. 남자들이 살해된 건 알고 있어. 거기서 사이드는 살아남았고, 그간 무슨 일이 있었는지 말해 주었어. 사오우드도 여기로 와서 잘하고 있어. 솔라에서 여자들에게 무슨 일이 생겼는지는 아직 몰라. 사이드가 그곳을 해방시킨다면서 다에시랑 싸우겠다고 하는데 참 걱정이야. 총에 맞아서 엄청난 고통에 시달리는 데다가, 매일 밤 발포 부대가 총을 쏘는 꿈을 꿔서 잠을 잘 못 자거든. 사이드는 제대로 적응하지 못하는 것 같아." 헤즈니가 말했다.

우린 작별 인사를 나누었고, 헤즈니는 이복 오빠 칼레드를 바꿔 주었다. 그가 더 상세한 정보를 주었다. "이제 야지디는 도망치지 않아. 난민 캠프들이 열리기를 기다리면서 다들 쿠르디스탄에서 살고 있지. 극악한 환경에서 말이야."

"코초의 남자들에게 무슨 일이 벌어진 거야?" 나는 이미 들어 놓고도 다시 물었다. 내가 아는 것이 사실이라고 믿고 싶지 않았다.

"남자들은 모두 살해당했어. 여자들은 모두 잡혀갔고. 혹시 여자 가족을 만난 적이 있니?"

"니스린, 로지안, 캐스린을 봤어. 지금 세 사람이 어디 있는지는 몰라." 내가 대답했다.

예상했던 것보다 나쁜 소식이었다. 이미 아는 내용이지만 차마 듣기가 어려웠다. 전화를 끊고 휴대폰을 나세르에게 돌려주었다. 이제 이들이 날 배신할 걱정 따윈 접고 긴장을 조금 풀었다. 평생 처음 느끼는 지독한 피로가 밀려왔다.

::

탈출 계획이 마련된 며칠 동안 난 미나와 바쉬르의 집에 머물렀다. 그곳에서 대부분 혼자 시간을 보내면서, 나의 가족을 떠올리고 앞으로 겪을 일을 생각했다. 누가 묻지 않으면 난 기꺼이 침묵을 지켰다. 그들은 신실한 가족이어서 하루 다섯 차례 기도했지만, ISIS를 싫어한다고 했다. 내가 강제 개종을 한 일에 대해 묻거나 같이 기도하자고 권하지 않았다.

난 여전히 몹시 메스꺼운 기분이었다. 마치 배 속에서 불이 난 것 같았다. 마침내 어느 날 여기 가족을 따라 동네 산부인과에 갔다. 병원에 가도 안전하다고 설득하니 나로선 거절할 수가 없었다. 난 나세르의 어머니에게 말했다. "그냥 배 안에 뜨거운 물병이 들은 것 같아요. 그게 다예요." 그러나 그녀는 진찰을 받아야 한다고 고집했다. "니캅을 쓰고 나랑 같이 있으면 아무 일 없을 거야." 그녀가 자신 있게 말했다. 사실 난 너무 아파서 더는 반대할 수가 없었다. 머리가 빙글빙글 도는 탓에 그들이 나를 차에 태워 시내로 들어가는 것도 거의 의식하지 못했다. 어찌나 아팠는지, 지금 생각하면 병원에 갔던 일이 아득하게 느껴진다. 하지만 병원에 다녀온 뒤로 난 점점 회복하고 기운을 차리게 되었다. 그리고 실내에서 조용히 지내며 떠날 때라는 말을 듣게 될 날이 오기를 기다렸다.

난 가끔 가족들과 식사했고 때로는 혼자 먹었다. 그들은 내게 조심하라고, 창가에 얼씬하지 말고 전화가 와도 무시하라고 주의를 주었다. "누가 대문 앞에 찾아와도 방에서 나오지 말고 기척도 내지 말아요." 그들은 내게 말했다. 모술은 신자르와 달랐다. 코초에서 손님은 문을 두드리지 않는다. 서로 다 아는 사이였고 남의 집에 언제 가든 환영을 받았다. 그러나 모술에서 손님은 집 안으로 안내받기까지 기다리고, 친구끼리도 타인처럼 대접한다.

어떤 상황에서도 난 밖에 나갈 수 없었다. 큰 목욕실이 옥외에 있었지만 나는 실내에 있는 작은 욕실을 쓰라는 지시를 받았다. 그들은 말했다. "어느 이웃이 다에시의 협력자인지 모르니까요." 나는 그 가족이 시키는 대로 했다. 발각되어 ISIS에게 다시 넘겨지고, 히샴과 가족이 나를 도운 혐의로 처벌받는 것은 결코 바라는 바가 아니었다. ISIS가 이 가족 전원을 처형할 것은 자명했다. 여덟 살 정도밖에 되지 않은 미나의 예쁜 두 딸이 IS에게 감금된다고 생각하면 배 속이 메슥거렸다.

난 딸들의 방에서 잤다. 우린 거의 대화하지 않았다. 아이들은 날 무서워했다. 내가 누구인지 관심이 없었고, 나도 굳이 아이들에게 말을 걸고 싶지는 않았다. 정말 순진한 아이들이었다. 이틀째 되는 날 잠에서 깨니, 아이들이 침실 거울 앞에 앉아 엉킨 머리카락을 풀려고 씨름 중이었다. 내가 물었다. "도와줄까? 내가 머리를 아주 잘 만지거든." 아이들이 고개를 끄덕였다. 난 아이들 뒤에 앉아 긴 머리가 부드럽게 가지런해질 때까지 빗질해 주었다. 아드키와 캐스린에게 매일 해 주던 일을 다시 하노라니 거의 정상으로 돌아온 것 같은 기분이 들었다.

아이들이 플레이스테이션을 가지고 놀 수 있도록 종일 TV가 켜져 있었다. 사내아이들은 비디오게임에 정신이 팔려서, 여자아이들보다 나를 덜 의식했다. 내 조카들인 말릭, 하니와 같은 또래였다. 그러나 말릭과 하니는 납치되어 강제로 ISIS 조직원이 되었다. 2014년 8월 이전까지만 해도 말릭은 수줍음을 타면서도 똑똑하고, 주변 세상에 관심이 많은 소년이었다. 그는 우리를 좋아했다. 어머니 함디아를 특히 사랑한 것은 물론이다. 이제 난 말릭이 어디 있는지 몰랐다. ISIS는 납치한 십대들에게 강력한 재교육과 함께 세뇌를 시켰다. 소년들은 아랍어와 영어를 배우면서 'gun' 같은 전쟁 용어들을 습득하게 되었다. 또한 야지디가 악마의 종교이며 개종하지 않는 가족들은 죽는 게 낫다고 배웠다.

감수성이 풍부한 나이의 소년들은 이것들을 받아들이기 쉬웠다. 그리고 일부 소년들에게 그런 교육이 효과를 발휘했음이 드러났다. 나중에 말릭은 난민 캠프에 있는 헤즈니에게 사진들을 보냈다. 사진에서 조카는 IS 작업복 차림으로 라이플총을 들고, 흥분으로 뺨이 발그레해져서 미소 짓고 있었다. 말릭은 헤즈니의 휴대폰으로 전화해, IS에 합류해야 한다며 어머니 함디아를 설득하려 했다.

함디아는 아들에게 말했다. "네 아버지가 돌아가셨다. 집안을 보살

필 사람이 없다. 네가 집에 돌아와야 해."

"어머니가 IS로 오셔야 해요. 여기서 잘 보살펴 드릴 거예요." 말릭
은 그렇게 대답했다.

하니는 3년쯤 붙잡혀 있다가 겨우 탈출했다. 그러나 말릭에 관해
서라면, 헤즈니의 구조 계획은 허사가 되었다. 구출 안내원이 시리아의
장터에서 말릭에게 다가갔지만, 그는 동행을 거부했다. 말릭이 그에게
말했다. "난 싸우고 싶어요." 그 뒤로 헤즈니는 말릭을 구출하려는 시
도를 멈췄다. 하지만 함디아는 말릭의 전화를 늘 받곤 한다. "그래도 내
아들인걸요." 함디아는 그렇게 말하곤 했다.

바쉬르의 아내 미나는 현모양처였다. 종일 가족을 위해 청소하고
요리했고, 아이들과 놀아 주고 아기를 길렀다. 나쁜 아니라 그녀에게도
긴장된 나날의 연속이었다. 우린 별로 말수가 없었다. 곧 그녀의 남동
생이나 남편이 나와 쿠르디스탄에 가는 위험한 여정에 오를 예정이었
다. 한 가족이 감당하기에 무척 힘든 일이었다.

한번은 복도에서 서로 마주쳤는데 미나가 내 머리에 대해 물었다.
"끄트머리가 왜 붉은색이죠?" 그녀가 물었다.

"오래전에 헤나로 염색했거든요." 내가 머리카락 끝을 살피면서 대
답했다.

"예쁘네요." 미나는 그렇게 말하고 다른 이야기는 없이 내 앞을 지
나갔다.

어느 오후 점심을 먹은 뒤에, 미나가 아기를 달래려고 안간힘을 썼
다. 아기가 젖을 먹어야 하는데 울음을 멈추지 않았던 것이다. 평소 미

나는 내가 집안일을 거들지 못하게 했지만, 그날은 설거지를 하겠다고 나서자 고개를 끄덕이며 고마워했다. 싱크대가 길가 쪽 창가에 있어서 누군가 나를 보게 될 수도 있었다. 하지만 그때 그녀는 아기 때문에 정신이 없어서 이런 생각까지 할 여력이 없었다. 난 도울 수 있다는 마음에 흐뭇했다. 놀랍게도 미나는 내게 질문을 던지기 시작했다.

"아는 사람이 다에시에게 붙잡혀 있나요?" 그녀가 아기를 가슴에 안고 달래면서 물었다.

"네, 다에시는 제 친구들과 가족을 모두 잡아갔고, 우리를 갈라놓았어요." 내가 대답했다. 나도 같은 질문을 하고 싶었지만, 미나의 신경을 긁고 싶지 않았다.

그녀는 생각에 잠겨 잠시 말을 멈췄다가 입을 열었다. "모술을 떠나면 어디로 갈 거예요?"

"오빠한테요. 오빠는 난민 캠프에 가려고 다른 야지디와 함께 기다리는 중이에요."

"캠프는 어떤가요?" 그녀가 물었다.

내가 대답했다. "저도 몰라요. 거의 모든 생존자가 거기로 갈 거예요. 오빠 헤즈니는 거기서 살기가 힘들 거라고 말해요. 소일거리 없고 직장도 없고, 도시와도 멀리 떨어져 있대요. 하지만 적어도 그곳은 안전할 거예요."

"여기서 무슨 일이 벌어질지 걱정이에요." 미나가 말했다. 질문이 아니라 난 대꾸하지 않았다. 나는 계속 그릇을 씻었고, 그녀는 내가 설거지를 마칠 때까지 말없이 있었다.

그즈음 아기가 울음을 멈추고 엄마 품에서 잠들었다. 나는 위층 딸들 방으로 올라가서 매트리스에 누웠지만 눈을 감지는 않았다.

3.

나세르가 나와 함께 동행하기로 정해졌다. 나로선 반가웠다. 나세르는 나와 대화하기를 좋아했고, 같이 있기도 더욱 편안했다. 출발할 즈음 나세르는 친오빠 같아졌다.

내 오빠들처럼 나세르는 내가 엉뚱한 생각에 빠지면 놀려 댔다. 우린 남들은 알아듣지 못하는 농담을 했다. 그 집에 처음 갔을 때 나세르는 내게 모든 게 어떠냐고 묻곤 했고, 난 그냥 심드렁하게 대답하곤 했다. "아주 더워요, 아주 덥네요." 난 두려움에 사로잡혀서 다른 말을 하지 못했다. 그러다 한 시간 뒤 날 다시 보면 그는 "이제 모든 게 어때요, 나디아?"라고 물었고, 난 똑같은 말을 하는 줄도 모르고 "아주 더워요, 아주 덥네요." 하고 대답하는 식이었다. 결국 나세르는 자문자답하며 놀리는 어조로 물었다. "이봐요, 나디아. 어때요? 아주 더워요? 아님 아주 더워요, 아주 덥네요?" 그제야 난 무슨 말인지 알아듣고 웃음을 터뜨렸다.

사흘째 되는 날 나세르가 신분증을 갖고 돌아왔다. 내 이름은 소우산이고 출신지는 키르쿠크라고 적혀 있었지만, 나머지는 사파아의 인적 사항으로 되어 있었다. 그가 내게 말했다. "이 신분증에 나온 내용을 확실히 암기해요. 검문소에서 놈들이 언제 어디서 태어났느냐고 묻는데 나디아가 답을 모르면⋯ 모든 게 끝장날 테니까."

난 밤낮으로 신분증을 들여다보면서 사파아의 생년월일—나보다 약간 나이가 많았다—과 친정 부모의 이름, 나세르의 생년월일과 부모의 이름을 다 외웠다. 이라크 신분증에서는 여자의 경우, 본인 못지않게 아버지나 남편의 인적 사항이 중요하게 취급된다. ISIS 점령 이전이든 이후든 이 점은 같았다.

한쪽 귀퉁이에 사파아의 사진이 붙어 있었다. 나와 별로 닮지 않았지만, 검문소의 경비병들이 내게 니캅을 들어서 얼굴을 보이라고 요구할 걱정은 별로 하지 않았다. IS 조직원이 수니파 남편 앞에서 얼굴을 보여 달라고 요구하는 일은 상상할 수 없었다. 그 남편 역시 IS 조직원일 텐데 말이다. 히샴이 말했다. "왜 아직 다에시 신분증을 만들지 않았느냐고 물으면, 그냥 시간이 없었다고만 대답하면 될 게야." 난 두려운 마음에 신상 정보를 모두 외웠다. 머릿속에 단단히 각인될 만큼 말이다.

계획은 단순했다. 나세르와 나는 부부이고, 친정 나들이를 하기 위해 키르쿠크에 가는 길이었다. 소우산은 그곳에서 흔한 이름이었다. 그들은 내게 말했다. "거기서 1주일 정도 머무를 거라고 말해요. 나세르는 아내와 같이 갔다가 도착하는 시간을 봐서 당일이나 다음 날에 돌아올 거라고 말하면 되고." 그러면 나세르가 여행 가방을 챙겨 가거나 ISIS가 장기간 타지에서 지내는 수니파에게 부과하는 벌금을 물지 않아도 됐다.

그들은 내게 물었다. "혹시 키르쿠크에 대해 아는 게 있어요? 그들이 물을 경우에 대비해야지요. 동네 이름이라던가 뭐가 어떻게 생겼다던가?"

내가 대답했다. "가 본 적이 없어요. 하지만 오빠에게 사정을 물어보면 돼요."

"나디아의 가방은 어쩌죠?" 나세르가 물었다. 난 여전히 검은 면가방을 갖고 있었다. 거기 귀금속을 숨긴 생리대와 어머니의 배급 카드를 비롯해 캐스린, 디말, 내가 입던 옷가지가 들어 있었다. "무슬림 여자가 일주일 동안 친정을 방문하면서 가져갈 가방같이 생기지는 않았는데."

히샴이 밖에 나가 샴푸와 컨디셔너 한 개씩과 무슬림 여자들이 좋아하는 단순한 드레스 몇 벌을 사 왔다. 난 그것들을 가방에 넣었다. 그들에게 돈을 쓰게 했다는 것에 죄책감이 들기 시작했다. 우리 집처럼 가난한 집안인데, 내가 부담이 되고 싶지 않았다. "제가 쿠르디스탄에 가면 뭘 좀 보내 드릴게요." 내가 말했다. 가족은 괜찮다고 사양했지만 난 그 생각이 머리를 떠나지 않았다. 혹여나 집안 형편이 부담되어서 날 고발하기로 결정할까 봐 여전히 두렵기도 했다.

헤즈니는 그런 생각을 하지 말라고 내게 말했다. "보상금 5,000달러는 거짓말이야. 다에시가 여자들의 탈출 의지를 꺾으려고 떠드는 소리일 뿐이야. 그들은 여자들이 스스로를 가축으로 여기길 바라지. 어느 집이나 다 똑같이 여자를 붙잡아서 팔아넘겨 버릴 거라고 믿길 바라는 거라고. 하지만 놈들은 상금을 주지 않아."

헤즈니는 또 이런 말도 했다. "어쨌거나 나세르가 모술을 떠나는 것은 잘된 일이야."

"무슨 뜻이야?" 내가 어리둥절해서 물었다.

"내 말이 무슨 뜻인지 몰라? 히샴에게 물어봐." 오빠는 그렇게 대답했다.

그날 저녁 나는 히샴에게 아까 들은 말을 전했다. "무슨 뜻으로 그런 말을 했을까요? 나세르가 여길 떠나고 싶어 하나요?" 내가 물었다.

잠시 후 히샴이 대답했다. "우린 나세르를 걱정하고 있어. 그 아이는 장성한 청년이야. 다에시가 강제로 징병해서 전쟁에 보내는 건 시간문제거든."

나세르는 미군 점령 기간 중인 시아파 정부 아래서 가난하게 성장했다. 어릴 때 그는 수니파가 겪는 시련에 분개했다. 나세르 같은 젊은 사람들이 ISIS의 주된 신병이 되었다. 그의 가족은 테러분자들이 나세르를 IS 경찰에 합류시키려 한다고 예상했다. 사실 나세르는 모술 주변의 하수 처리와 관련된 일을 맡고 있었다. 가족들은 폭력과 무관한 이런 부역도 나중에는 테러범이라는 낙인이 될 수도 있다고 우려했다.

내가 갑자기 문간에 나타났을 즈음, 그들은 나세르를 모술에서 빼낼 수 있는 방법을 필사적으로 강구하던 참이었다. 그들은 어떻게 하면 쿠르드 자치 정부가 가족을 쿠르디스탄에 받아 줄 수 있는지 고민했다. 그리고 야지디가 노예에서 벗어날 수 있게 돕는다면, 가능성이 있다고 생각했다.

히샴은 나더러 나세르에 대해서는 모르는 체하라고 했다. 또한 어떤 누구에게도 그가 변기 수리일망정 ISIS의 부역을 했다고 말하면 안 된다고 신신당부했다.

난 절대 아무에게도 말하지 않겠다고 약속했다. 나세르가 IS 경찰 관이 되어 사람들을 체포하는 모습은 상상할 수가 없었다. 혹은 규율을 어기거나 이에 반대한다고 사람들을 죽음으로 몰아가는 모습 역시 상상되지 않았다. IS에 합류하면 나세르는 하지 살만 밑에서 일해야 할까? 이제 나세르는 내 친구였다. 너무도 점잖고 이해심이 깊은 그는 도저히 그런 일을 하지 못할 것이었다. 이런 생각도 들었다. 나는 나세르와 안 지 얼마 되지 않았다. 그리고 지금껏 너무 많은 수니파가 야지디에게 등을 돌렸다는 사실을 알고 있었다. 나세르도 이라크에서 수니파 이슬람 외의 모든 종교를 몰아내야 된다고 생각한 적이 있을까? 이라크를 탈환하는 혁명에 참여해야 한다고 느낀 적이 있을까? 전에 오빠들이 이런 말을 했다. 수니파는 오랜 세월 미국과 쿠르드와 시아파 밑에서 억압당해 왔고, 마침 일어난 이슬람의 과격한 급진화 물결에 휩쓸려 이웃들과 등지게 되었다고 말이다. 그런데 이제 수니파 한 명이 날 돕고 있었다. 그는 오로지 자기를 구하기 위해 이 일을 하는 걸까? 하긴 그렇대도 무슨 대수라고.

::

지난 몇 년간 난 나세르의 가족을 자주 생각했다. 그들은 큰 위험을 무릅쓰고 날 도왔다. 그 가족이 사비야를 받아 주었다는 걸 ISIS가 알게 되면 그들을 죽였을 것이다. 다에시는 아마 딸들을 감금하고 아들들은 군에 보냈을 것이다. 사방에 다에시가 깔려 있었으니, 적발될 염려도 컸다. 모든 사람들이 나세르의 가족처럼 용감하게 행동하면 얼마나 좋을까.

나세르네 같은 가족이 있는 반면, 이라크와 시리아에는 아무것도 하지 않거나 집단 학살에 적극적으로 참여한 가족이 수천 배 많다. 일부는 나처럼 탈출하려는 여자들을 배신했다. 캐스린과 라미아는 처음에는 모술에서, 나중에는 함다니야에서 도움을 청했던 이들에게 여섯 번이나 신고당했고 매번 처벌받았다. 시리아로 보내진 사비야들은 티그리스강의 갈대밭에서 탈주한 범죄자들처럼 수색당했다. 동네 농부가 IS 지휘관에게 전화해서 자기들에게 도움을 청한 노예들이 있다고 고발했기 때문이었다.

이라크와 시리아에서 우리가 고문과 강간을 당하는 동안 거기 사는 가족들은 평범한 일상을 누렸다. 그들은 다에시와 길을 걷는 우리를 보았고, 거리에 모여 처형 장면을 목격했다. 개인 각자가 어떤 감정을 느꼈는지 난 모른다. 2016년 후반 IS로부터의 모술 해방이 시작된 뒤, 거기 사는 가족들은 ISIS 치하의 삶이 어려웠다고 토로했다. 테러범들이 얼마나 무자비했는지, 전투기가 머리 위를 지나는 소리를 들으면 집이 폭격당할까 봐 얼마나 공포스러웠는지 말했다. 먹을 게 부족하고 전기가 끊겼다고. 자녀들이 IS 학교에 다녀야 했고 소년들이 전투를 해야 했다고. 모든 일에 벌금과 세금이 부과되었다고. 사람들이 거리에서 살해당했다고. 살아도 사는 게 아니었다고.

하지만 내가 모술에 있을 때 주민들은 정상적으로 사는 듯 보였다. 애당초 그들은 왜 거기 머물렀을까? 왜 ISIS에 동조하고, 칼리프의 영토라는 개념을 긍정적으로 받아들였을까? 왜 이 폭력을 2003년 미국이 들어온 이후에 벌어진 파벌 전쟁의 자연스러운 연장선으로 여겼을까? 만약 ISIS가 장담했듯이 그들의 삶이 개선되었다면, 주민들은 테러범들이 멋대로 살인을 저질러도 못 본 체했을까?

난 이 가족들에게 연민을 가지려고 노력한다. 많은 이들이 두려워했던 건 분명하다. 초기에 ISIS를 환영한 이들조차 결국 ISIS를 증오하게 되었다. 모술이 해방되자 그들은 변명했다. 테러범들이 멋대로 하도록 방관하는 것 외에 선택의 여지가 없었노라고. 하지만 난 그들에게 선택권이 있었다고 생각한다. 그들이 모여서 무기를 들고, 다에시가 여자들을 팔고 선물하는 IS 센터로 들어갔다면 어땠을까. 그럼 우리 모두 죽었을 수도 있다. 하지만 적어도 ISIS와 야지디와 나머지 세계에 메시지를 보냈을 것이다. 고향에 남은 수니파 전체가 테러를 지지하는 건 아니라는 메시지를. 모술에서 일부 사람들이라도 거리에 나가 "난 무슬림이고, ISIS가 우리에게 요구하는 것은 진정한 이슬람이 아니다!"라고 외쳤다면, 이라크군과 미군이 주민들의 도움으로 더 일찍 들어왔을 것이다. 야지디 여자들을 구하는 이들이 조직망을 넓혀서, 수도꼭지에서 물 떨어지듯 한 번에 한 명이 아니라 여러 명씩 구출할 수 있었을 것이다. 하지만 주민들은 우리가 노예시장에서 울부짖게 방치하고 아무 조치도 하지 않았다.

내가 도착한 뒤, 나세르의 가족은 ISIS 치하에서 자신들의 역할을 생각하기 시작했다고 말했다. 내가 집 앞에 나타나 필사적으로 간청하고서야 비로소 사비야를 돕게 되어서 죄책감이 든다고 했다. 그들은 IS 치하에서 생존한 것과 쫓겨나지 않은 것이 어떤 면에서는 테러범들과 결탁하는 일이라는 사실을 알았다. 만약 ISIS가 모술을 점령한 뒤 살림살이가 악화된 게 아니라 더욱 좋아졌다면, 이 가족은 다에시를 어떻게 생각했을까? 난 알 수 없었다. 나세르의 가족은 완전히 변했다고 내게 말했다. "이제 노예가 된 여자들을 더 많이 돕겠다고 맹세해요."

나는 그들에게 이야기했다. "여러분을 필요로 하는 사람이 정말 많아요."

4.

나세르와 나는 떠나기까지 며칠을 기다렸다. 집이 편하다고 해도 모술을 벗어나고 싶은 마음이 간절했다. 어디나 깔려 있는 ISIS가 여전히 날 찾고 있을 게 뻔했다. 격분한 하지 살만이 깡마른 몸을 흔들면서, 부드럽고 잔인한 목소리로 날 고문하겠다고 협박하는 장면이 쉽게 그려졌다. 그런 인간 종자와 같은 도시에 있을 수는 없었다. 미나의 집에 온 뒤의 어느 아침, 잠에서 깨니 내 몸에 빨간 개미가 잔뜩 기어 다니고 있었다. 사람을 무는 개미였다. 이것이 불길한 징조처럼 느껴졌다. 첫 검문소를 통과하기 전까지는 안전하지 않았다. 그 검문소를 통과하지 못할 가능성도 있다는 걸 알고 있었다.

며칠 뒤, 나세르의 부모가 아침 일찍 찾아왔다. "가야 할 때가 되었군." 히샴이 말했다. 나는 캐스린의 분홍색과 갈색 드레스로 갈아입고, 떠나기 직전에 검은 아바야를 걸쳤다.

"내가 기도문을 암송해 줄게." 히샴의 부인 마하가 내게 친절한 목소리로 말했다. 난 그러시라고 답하고 그녀의 기도에 귀 기울였다. 마하는 내게 반지를 주었다. "다에시가 어머니의 반지를 빼앗아 갔다고 했지. 그 반지 대신 이걸 받으렴." 마하가 말했다.

내 가방에는 코초에서 가져온 소지품 외에 히샴의 가족이 사 준 물건이 잔뜩 들어 있었다. 마지막 순간에 난 디말의 아름다운 노란 긴 드레스를 꺼내 미나에게 주었다. 난 그녀의 양 뺨에 입 맞추고 나를 받아줘서 감사했다고 인사했다. "이 드레스 아름답게 어울리실 거예요. 제 언니 디말의 옷이었어요." 내가 드레스를 건네면서 말했다.

"고마워요, 나디아. 신의 뜻이라면 당신은 쿠르디스탄에 가게 될 거예요." 미나가 말했다. 난 나세르가 가족들, 특히 아내와 작별하는 광경을 차마 볼 수 없었다.

집을 떠나기 전, 나세르는 가져온 휴대폰 두 대 중 하나를 내게 주었다. 그가 말했다. "혹시 택시를 타고 가는 동안 필요한 게 있거나 물어볼 게 있으면 나한테 문자를 보내요."

"제가 차를 오래 타면 멀미 때문에 토해요." 내 말을 듣고서 나세르는 부엌에서 비닐봉지 몇 장을 가져와서 건넸다. "이걸 써요. 중간에 차를 세우고 싶지 않으니까."

그가 말을 이었다. "검문소에서 겁먹은 것처럼 행동하지 마요. 침착해야 돼요. 그들이 묻는 대부분의 질문에는 내가 대답할 거예요. 나디아에게 뭘 물으면, 낮은 목소리로 짧게 답해요. 그들이 우리를 부부라고 믿는다면 나디아에게 말을 많이 시키지는 않을 거예요."

나는 고개를 끄덕였다. "최선을 다할게요." 내가 말했다. 난 이미 두려운 마음에 기절할 것만 같았다. 하지만 나세르는 침착해 보였다. 원래도 겁먹은 듯이 행동한 적은 없었다.

오전 8시 30분쯤 우리는 큰길을 걷기 시작했다. 택시를 잡아타고 모술 차고로 가면, 나세르가 미리 예약한 다른 택시가 거기서 대기 중일 터였다. 그 택시를 타고 키르쿠크까지 갈 예정이었다. 나세르는 골목에서 나보다 조금 앞서 걸었고 우린 서로 아무 말도 하지 않았다. 나는 고개를 숙이고 걸으면서 행인을 쳐다보지 않으려 애썼다. 내 겁먹은 눈을 보면 그들은 내가 야지디라는 걸 즉시 알아볼 테니까.

더운 날이었다. 미나의 이웃들은 죽은 잔디를 살리려고 잔디밭에 물을 뿌렸고, 아이들은 화사한 색깔의 플라스틱 자전거를 타고 거리를 오르내렸다. 난 주위에서 들려오는 소음에 화들짝 놀랐다. 오랫동안 집 안에서만 지내다 환한 거리에 나오니 기분이 이상했다. 너무 뻥 뚫린 곳에 있는 듯했고, 사방에 위험이 도사린 느낌이 들었다. 그간 미나의 집에서 기다리면서 쌓은 모든 희망이 무너졌다. ISIS가 곧 잡으러 올 테고 난 사비야 생활로 돌아가게 되리라. "괜찮아요." 대로 옆 골목에서 택시를 기다리면서 나세르가 내게 속삭였다. 그는 내가 겁먹은 걸 알아차린 것이다. 차들이 휙휙 지나가자 내 검은 아바야의 앞자락이 고운 모래투성이가 되었다. 택시가 앞에 섰지만, 난 너무 떨려서 몸을 움직여 거기에 타기도 어려웠다.

머릿속에 떠오르는 모든 시나리오는 우리가 체포되는 결말로 이어졌다. 우리가 탄 택시가 고장 나서 IS 조직원을 잔뜩 태운 트럭을 얻어 타는 장면이 그려졌다. 혹은 우리가 사제 폭탄을 밟고 도로에서 즉사하는 상상도 했다. 지금 이라크와 시리아로 흩어진 여자 친지들과 이웃들을 생각했다. 코초에서 학교 뒤편으로 끌려간 내 오빠들도. 내가 뭐라고 집으로 돌아가려는 걸까?

모술 차고는 다른 이라크 도시에 태워다 줄 택시를 찾는 승객들로 북적댔다. 남자들은 택시비를 두고 운전사들과 흥정을 벌였고, 부인들은 다소곳이 옆에 서 있었다. 소년들은 얼린 물을 팔러 다니고, 길가의 노점상들은 과자와 사탕이 담긴 은색 봉투를 팔거나 공들여 쌓은 담배 탑 옆에 으스대며 서 있었다. 차고에 있는 여자들 중 나 같은 야지디가 있는지 궁금했다. 모두 야지디 여자고 남자들이 나세르처럼 그들을 도와주고 있는 것이라면 얼마나 좋을까. 지붕에 작은 표지판을 단 노란 택시들이 행선지를 알리는 간판들 밑에 주차하고 기다렸다. 탈 아파르, 티크리트, 라마디. 모두 부분적으로라도 IS 관할지거나 테러범들의 위협을 받는 지역이었다. 이제 내 나라의 너무 많은 지역이 날 노예로 삼고 강간한 자들의 손에 넘어갔다.

택시 운전사는 떠날 채비를 하면서 나세르와 수다를 떨었다. 나는 조금 떨어진 벤치에 앉아서 나세르의 부인인 척하려고 애썼다. 두 사람의 대화가 잘 들리지 않았다. 땀이 눈으로 흘러 앞이 잘 보이지 않았다. 난 무릎에 올린 가방을 움켜잡았다. 택시 운전사는 오십 대 후반이었다. 수염을 짧게 기른 운전사는 체격은 그리 크지 않아도 강단 있어 보였다. 난 그가 ISIS를 어떻게 생각하는지 알지 못했지만, 그 순간은 그저 모든 사람이 무서웠다. 두 사람이 대화하는 동안 난 용기를 내려고 안간힘을 썼다. 그러나 무슨 생각을 하든 다시 붙잡히는 결론으로 끝날 뿐이었다.

마침내 나세르가 나한테 택시에 타라고 고개를 끄덕였다. 나세르가 운전사 옆자리에 탔고, 난 뒷좌석 나세르 뒤에 앉았다. 그러고는 옆에 가방을 얌전히 놓았다. 운전사는 차고를 빠져나가면서 라디오 채널을 돌려 소리가 나는 방송을 찾았지만 모두 잡음만 났다. 그가 한숨을 쉬면서 라디오를 껐다.

"더운 날이네요. 출발하기 전에 물을 삽시다." 그가 나세르에게 말했고, 나세르가 고개를 끄덕였다. 잠시 뒤 택시는 판매대 옆에 멈추었다. 운전사가 찬물 몇 병과 크래커를 샀다. 나세르가 내게 물병을 건넸다. 물병을 타고 물이 흘러서 내 옆 자리가 축축해졌다. 크래커는 말라 비틀어져서 먹기 힘들었다. 난 느긋하게 보이려고 크래커를 한 개 입에 넣었지만, 목구멍에 시멘트 덩어리가 걸린 듯했다.

"키르쿠크에는 왜 가는 겁니까?" 운전수가 물었다.

"아내의 친정이 거기거든요." 나세르가 대답했다.

운전사는 백미러로 날 쳐다보았다. 나는 그와 눈이 마주치자 시선을 돌려 차창으로 도시 구경을 하는 체했다. 운전사가 내 두려운 눈빛을 눈치챌 게 분명했다.

차고지 인근 거리에 다에시가 넘쳐 났다. 골목마다 IS 경찰차들이 주차되어 있고, 경찰관들이 허리에 총을 차고 골목들을 누볐다. 민간인보다 경찰이 더 많은 것 같았다.

"키르쿠크에 머무를 겁니까, 아니면 모술로 돌아올 겁니까?" 운전수가 나세르에게 물었다.

"아직 결정하지 못했습니다. 도착할 때까지 시간이 얼마나 걸리는

지 봐야지요. 또 키르쿠크 사정이 어떤지도 봐야 하고." 나세르는 아버지가 알려 준 그대로 대답했다.

'택시 운전사가 왜 이렇게 질문이 많을까?' 난 속으로 생각했다. 내게 말을 걸지 않아서 다행이었다.

"손님이 원한다면 내가 기다렸다가 다시 모술로 태워 와도 되는데." 운전수가 말하자 나세르가 그에게 미소 지었다. 나세르가 대답했다. "그럴 수도 있지요. 두고 보죠."

첫 검문소는 모술 내에 있었다. 높은 기둥이 철제 지붕을 떠받치는 거미 모양의 큰 건물이었다. 예전에 이라크군 검문소였던 이곳에는 이제 IS 깃발이 당당하게 휘날리고 있었으며, 작은 사무소 앞에는 이라크군 소유였던 IS 차량들이 주차되어 있었다. 차량들 역시 검은색과 흰색 깃발들로 뒤덮여 있었다.

우리 차가 멈추었을 때 경비병 네 명이 흰 소형 부스들에서 근무하고 있었다. 그곳은 더위를 피해 서류 작업을 할 수 있는 공간이었다. ISIS는 모술을 들고나는 모든 차량을 통제하고자 했다. ISIS에 반하는 병사들이나 구출 안내원이 모술에 잠입하지 못하도록 단속하는 것은 물론이고, 누가 무슨 이유로 얼마 동안 모술을 떠나는지도 파악하려 했다. 경비병들이 통행자들에게 돈을 빼앗는 경우도 있었다.

앞쪽에 대기 중인 차량이 몇 대뿐이라 우리가 탄 차는 금방 한 경비병 앞에 서게 되었다. 난 통제 불가능할 정도로 떨기 시작했다. 금방이라도 눈물이 날 것 같았다. 침착하자고 마음을 다잡을수록 더욱 몸이 떨렸고, 결국 들키고 말 거라는 확신이 커졌다. '도망쳐야 될지 몰라.'

이런 생각도 들었다. 택시가 속도를 늦추자 난 문의 손잡이를 잡고, 필요시에는 차에서 뛰어내릴 준비를 했다. 물론 가당치 않은 선택일 것이었다. 차에서 내리면 갈 곳이 없었다. 차의 한쪽으로 뜨거운 평원이 끝없이 펼쳐졌다. 다른 쪽과 뒤쪽은 내가 간절히 달아나고 싶었던 그 도시였다. 다에시가 모술 구석구석을 감시하고 있었다. 도망치는 사비야를 검거하는 일은 식은 죽 먹기였다. 난 체포되지 않게 해 달라고 신에게 기도했다.

나세르는 사이드미러로 나를 힐끗 보았다. 내가 겁먹었다는 걸 알아도 대화를 할 수는 없는 상황이었다. 그는 순간적으로 미소를 지어 날 달래려고 했다. 코초에서 카이리 오빠나 어머니가 그랬었다. 무엇으로도 가슴이 뛰는 것을 막을 순 없었지만, 적어도 택시에서 뛰어내리는 상상은 멈추게 되었다.

택시가 검문 부스 옆에 정차하자, 문이 열리고 IS 제복 차림의 경비병이 나왔다. 나를 비롯한 성 노예를 사러 IS 센터에 왔던 다에시와 닮은 사람이었다. 난 다시 두려움에 떨기 시작했다. 운전사가 창을 내리자 경비병이 몸을 굽혔다. 그는 운전사를 쳐다보더니 나세르를 힐끗 본 다음 나와 옆에 놓인 가방을 보았다. 그가 말했다. "*살람 알라쿰.* 어디 가는 길입니까?"

"키르쿠크입니다, *하지.*" 나세르가 대답하면서 창문으로 우리의 신분증을 내밀었다. "아내가 키르쿠크 출신입니다." 그가 흔들림 없는 목소리로 말했다.

경비병이 신분증을 받았다. 경비 초소의 열린 문으로 의자와 책상이 보였고, 책상에 서류 몇 장과 라디오, 끄트머리에 빈 물병이 아슬아슬하게 놓여 있었다. 그 순간 눈에 들어온 또 다른 것이 있었다. 벽에 여러 장의 사진이 붙어 있었는데, 하지 살만이 강제로 날 개종시켰을 때 찍은 내 사진도 거기 있었다. 그 밑에 뭐라고 글이 적혀 있었다. 거리가 멀어서 글자가 보이지는 않았지만, 나의 신상 정보와 체포한 뒤의 조치 사항 같은 게 적혀 있음을 짐작할 수 있었다. 나는 나직이 숨을 헐떡이면서 얼른 다른 사진들을 훑어보았다. 두 장은 햇빛이 반사되어 보이지 않았고, 다른 하나는 모르는 소녀의 사진이었다. 그 소녀는 굉장히 어려 보였으며 나처럼 얼굴에 공포가 어려 있었다. 나는 경비병에게 사진을 보는 걸 들키지 않으려고 시선을 돌렸다. 그가 눈치채면 의심할 게 뻔했다.

"키르쿠크에 누굴 만나러 가는 겁니까?" 경비병은 나세르에게 계속 질문을 던졌고, 나에게는 관심을 거의 두지 않았다.

"처가 식구들입니다." 나세르가 대답했다.

"얼마 동안이나요?"

"아내는 1주간 머물 예정이지만 난 오늘 돌아올 겁니다." 나세르가 연습한 그대로 말했다. 그의 말투에 겁먹은 기색이 전혀 없었다.

나세르가 앉은 자리에서 경비 초소에 걸린 내 사진이 보일지 궁금했다. 그가 사진을 볼 수 있다면 되돌아갈 거라는 확신이 들었다. 그 사진을 보니 IS가 날 찾고 있다는 것이 너무나 확실해졌다. 어쨌든 나세르는 계속 질문에 답하고 있었다.

경비병이 택시를 빙 돌아 내 쪽으로 오더니 창문을 내리라는 손짓을 했다. 창문을 내리는데 두려워서 까무러칠 것 같았다. 경비병의 질문에 침착하게, 그리고 최대한 짧고 조용히 답하라는 나세르의 조언이 기억났다. 난 어려서부터 아랍어를 해 왔으며 스스로도 완벽하게 구사할 줄 안다고 생각하고 있었다. 그러나 혹시 억양이나 어휘 선택이 키르쿠크가 아닌 신자르 출신임을 드러낼지는 알 수가 없었다. 비교적 큰 나라인 이라크에서 보통은 말투로 출신지를 구분할 수 있었다. 그리고 난 키르쿠크 사람이 어떻게 말하는지 몰랐다.

경비병이 몸을 숙이고 창문 안으로 날 쳐다보았다. 니캅이 얼굴을 가려서 다행이었다. 난 눈을 과하게 깜빡이지 않으려고 애썼다. 물론 어떤 상황에서도 울지 않으려고 했다. 아바야 밑으로 땀이 줄줄 흐르고 여전히 공포감에 떨었지만, 경비병의 안경에 비친 내 이미지는 평범한 무슬림 여인이었다. 난 반듯하게 앉아서 질문에 대답할 준비를 했다.

질문은 간단했다. "누구입니까?" 경비병의 말투는 무덤덤했다. 권태로운 목소리였다.

"나세르의 아내입니다." 내가 말했다.

"어디 가는 길입니까?"

"키르쿠크에요."

"이유는?"

"가족이 키르쿠크에 있어요." 나는 상냥하게 말하면서 눈을 내리깔았다. 두려움이 조신함으로 보이기를, 대답이 미리 연습한 것처럼 들리지 않기를 바랐다.

경비병이 허리를 펴고 걸어갔다.

마침내 그는 택시 운전사에게 물었다. "어디서 오는 길입니까?"

"모술이요." 운전사는 백만 번쯤 받은 질문인 듯 대답했다.

"어디서 일합니까?"

"택시비를 받는 곳 어디서나지요!" 운전사가 킬킬대며 대답했다. 그러자 경비병은 군말 없이 창문으로 신분증을 돌려주더니 통과하라고 손을 흔들었다.

긴 다리를 건너는 동안 아무도 입을 열지 않았다. 아래서 티그리스강이 햇빛을 받아 반짝거렸다. 갈대와 식물들이 물가에 자랐다. 물에 가까울수록 식물이 살 가능성이 컸다. 강둑에서 먼 식물은 운이 덜했다. 그런 식물은 이라크 여름 뙤약볕 속에서 타 죽기 일쑤였다. 거기 사는 주민이 물을 주거나 비가 내릴 때 수분을 얻은 일부 식물만 봄에 다시 돋아날 터였다.

다리를 건너자 운전사가 말했다. "우리가 방금 건넌 다리에는 사제폭탄이 잔뜩 깔려 있지요. 이라크나 미국이 모술을 재탈환할까 봐 다에시가 폭탄을 사방에 설치했거든요. 난 저 다리를 건너는 건 질색입니다. 언제라도 폭탄이 터질 것 같아서."

몸을 돌려 뒤돌아보았다. 다리와 검문소 모두 멀어졌다. 우린 두 곳을 살아서 통과했지만 그렇지 않았을 수도 있었다. 검문소의 IS 경비병이 내게 꼬치꼬치 물을 수도 있었다. 내 발음을 어색하다고 여기거나 내 태도를 의심스러워할 수도 있었다. 나는 '차에서 내려.'라는 지시를 듣는 상상을 했다. 그럼 명령을 지킬 수밖에 없으니 그를 따라 경비초소로 들어갔으리라. 경비병이 니캅을 들어 보라고 하면 나는 사진 속 여자의 얼굴을 보여 줘야 했다. 우리가 건널 때 다리가 폭발하는 생각도 했다. 사제 폭탄이 터져 택시가 산산조각 나고 순식간에 세 사람 다 죽는 상상. 다리가 폭파될 거라면 난 많은 다에시들이 같이 죽기를 바랐다.

5.

모술을 빠져나오며 예전에 전투가 벌어졌던 현장들을 지났다. 이라크 군이 철수한 작은 검문소들이 불에 탄 잔재로 남았다. 대형 트럭이 망가져서 길가에 쓰레기처럼 뒹굴었다. 예전에 TV에서 이라크군이 버린 검문소들을 다에시가 불태우는 장면을 보면서, 그들이 왜 그러는지 이해하지 못했다. 그들은 이유 없이 무엇이든 파괴하고 싶은 것 같았다. 어린 목동이 느긋한 나귀에 타고 양 떼를 몰고 길가를 지나고 있었다. 평범한 광경이었지만 내 눈에는 아무것도 평범해 보이지 않았다.

곧 다른 검문소에 도착했다. 이곳은 IS 경비병 둘이 지키고 있었는데, 우리의 신분과 목적지에 별로 관심 없는 눈치였다. 그들은 같은 질문들을 더 빨리 읊어 댔다. 이번에도 문으로 초소 안이 보였지만 벽에 수배자 사진 같은 건 없었다. 몇 분 뒤 경비병들이 통과하라고 손을 흔들었다.

모술에서 키르쿠크까지 가는 길고 구불구불한 도로는 시골을 지난다. 일부 구간의 도로는 넓은 반면 일부는 좁은 2차선이어서 차량들이 정면으로 마주 보고 지나간다. 이 도로들은 사고가 많기로 악명 높다. 승용차들이 속도가 느린 대형 트럭을 추월하려고, 마주 오는 차에 헤드라이트를 켜서 옆으로 붙은 뒤 지나간다. 건축자재를 잔뜩 실은 트럭들이 도로에 흘린 자갈이 차체와 앞창에 날아들고, 도로 곳곳이 울퉁불퉁해서 절벽에서 뛰어내리는 것 같은 느낌이 들기도 한다.

이라크 도시와 연결된 도로들은 상태가 이렇다. 그중에서도 유독 더 위험한 구간이 일부 있으며 모든 도로는 늘 붐빈다. ISIS는 이라크의 도시들을 점령하기 전부터 도로를 통제할 전략을 세워서 차량을 차단하고 탈출자를 고립시켰다. 또 곳곳에 검문소를 설치해 탈출자를 적발하기 쉽게 만들었다. 이라크의 다수 지역에서 탈출자에게 유일한 길은 포장된 고속도로다. 그런데 광활한 평원과 사막에는 숨을 만한 곳이 없다. 도시와 소읍이 이라크의 신체 장기라면 도로는 혈관이라 할 수 있었다. ISIS로서는 도로를 통제하면 생명줄을 잡는 셈이었다.

한동안 풍경을 구경하자니 건조한 사막 같은 모래와 돌멩이 가득한 평원이 펼쳐졌다. 내가 무척 사랑하는 신자르 지역과 너무 달랐다. 신자르는 봄이면 사방이 풀과 꽃으로 뒤덮였다. 풍경을 보니 외국에 있는 것 같은 기분이 들었다. 어찌 보면 난 외국에 있는 것이나 다름없었다. 우린 아직 IS 영토를 벗어나지 않았으니까. 더 찬찬히 살피니 풍경이 아주 단조로운 것은 아니었다. 바위들이 점점 커지다가 작은 절벽으로 변하더니 다시 모래가 되었다. 모래밭에 뾰족한 식물들이 나타나다가 얇은 나무로 변했다. 이따금 오일펌프 꼭지가 튀어나오거나 진흙 벽돌집들이 옹기종기 모인 마을이 나타났다. 그런데 계속 구경하니까 차

멀미가 심해졌다. 더 이상 창밖을 볼 수가 없었다.

어질어질해서 미나의 집을 떠나기 전에 나세르가 준 비닐봉지를 꺼냈다. 잠시 뒤에 토했다. 불안해서 아침도 못 먹은 탓에 배 속에 거의 아무것도 없는데도, 물을 토해 택시 안에 시큼한 냄새가 풍겼다. 택시 운전사가 성가셔하는 기색이 역력했다. 그는 창문을 내렸다가, 더운 바람에 실려 날아드는 모래를 더는 견딜 수 없자 그제야 창문을 닫았다. "앞으로 부인에게 토해야 되겠거든 내가 차를 세우겠다고 말해 주시오. 차에서 지독한 냄새가 나니까." 운전사가 나세르에게 퉁명스럽지는 않은 목소리로 말했다. 나세르가 고개를 끄덕였다.

몇 분 뒤 나는 차를 세워 달라고 부탁하고 택시에서 내렸다. 차들이 휙휙 달리면서 내는 바람에 내 아바야가 풍선처럼 부풀었다. 운전사가 내 얼굴을 보면 곤란하니, 최대한 잰걸음으로 택시에서 떨어져서 니캅을 위로 들었다. 목구멍에서 입술로 토사물이 올라왔고 석유 냄새 때문에 구역질이 더 심해졌다.

나세르가 나를 살피러 왔다. 그가 물었다. "괜찮아요? 가도 될까요? 아니면 여기 더 있어야 되겠어요?" 그가 조바심 내는 것을 눈치챌 수 있었다. 나 때문이기도 하고 도로변에서 발이 묶일까 걱정되기 때문이기도 했다. 도로에 가끔 IS 군용 차량이 지나가고 있었다. 아바야와 니캅 차림이라도 젊은 여자가 토하는 광경은 주의를 끌기에 충분했다.

"괜찮아요." 나는 대답하고 천천히 택시로 돌아갔다. 기운이 없고 탈수 증세가 느껴졌다. 겹겹이 옷을 입어 땀이 줄줄 흘렸고, 마지막으로 요기를 한 게 언제인지 기억나지 않았다. 차로 돌아와서 뒷좌석 가운데 앉아 눈을 감고 잠이 오기를 바랐다.

택시는 도로 양쪽으로 조성된 작은 타운에 다가갔다. 도로에 요깃 거리를 파는 가게들과, 손님이 들어오도록 도로로 난 분주한 정비소들이 있었다. 카페테리아 같은 식당이 구운 고기와 토마토소스를 곁들인 밥 같은 전형적인 이라크 음식을 광고했다. "배고파요?" 운전사가 묻자 나세르가 고개를 끄덕였다. 그는 아침 식사를 하지 않았다. 난 멈추는 게 못마땅했지만 내가 결정할 일은 아니었다.

식당은 크고 깨끗했으며 타일 바닥 위에 비닐을 씌운 의자들이 놓여 있었다. 가족들이 나란히 앉아 있었지만 플라스틱 간이 가리개가 남녀 사이에 놓여 있었다. 이라크의 보수적인 지역에서는 보편적인 일이었다. 나는 가리개의 한쪽에 앉았고, 나세르와 운전사가 음식을 사러 갔다. "먹으면 토할 텐데요." 내가 속삭였지만 나세르는 식사해야 한다고 주장했다. "먹지 않으면 더 울렁거릴 거예요." 그는 그렇게 말하고 잠시 뒤 렌틸콩 수프와 빵을 가져와서 내 앞에 놓아 주더니 가리개 너머로 사라졌다.

나는 천을 더럽히지 않고 음식을 먹을 수 있을 만큼만 니캅을 들어 올렸다. 원래 좋아했던 렌틸콩과 양파로 만든 수프는 매콤하고 맛있었지만 겨우 몇 숟가락만 먹었을 뿐이다. 메스꺼워져서 다시 도로에서 차를 세워야 할까 봐 염려되어서였다.

가리개 때문에 혼자인 느낌이었다. 한 무리의 여자들이 식당 끝 쪽에 앉아 있었고, 너무 멀어 말소리가 들리지 않았다. 나와 같은 차림새를 하고, 요령껏 니캅을 들면서 케밥과 빵을 천천히 먹고 있었다. 여자들과 일행으로 보이는, 긴 흰 디시다샤를 걸친 남자들이 가리개 너머에 앉아 있었다. 식당에 들어가면서 난 그들을 보았다. 그들은 말없이 식사했고 우리 역시 마찬가지였다. 식당 안은 너무나 조용했다. 만약 여자들이 니캅을 들었다 내리는 소리가 들린다면, 그게 숨소리같이 들릴 거란 생각이 들었다.

식사를 마치고 떠나려고 하는데, 주차장에서 IS 조직원 둘이 우리 쪽으로 걸어왔다. IS 깃발을 나부끼는 베이지색 군용 트럭이 우리 택시 근처에 주차했다. 다에시 한 명은 다리에 부상을 입어 지팡이를 짚고 걸었고, 다른 다에시가 보조를 맞추느라 옆에서 천천히 걸었다. 심장이 멎는 것 같았다. 난 얼른 나세르 옆에 가서 무장병들과 나 사이에 그를 세웠다. 하지만 우리가 지나갈 때 다에시는 힐끗 보지도 않았다.

길 건너에 경관 두 명이 탄 IS 경찰차가 서 있었다. 우리를 잡으려고 여기 온 걸까? 나와 나세르를 찾으러 돌아다니는 건가? 어느 때라도 그들이 식당에서 나오는 우리의 머리에 총구를 겨누며 쫓아올 것만 같았다. 어쩌면 그 자리에서 우리를 죽이리라.

모든 사람이 무서웠다. 식당에 있는 흰 디시다샤를 입은 남자들은 ISIS 조직원들일까? 동행한 여자들은 그들의 아내일까, 사비야일까? 그 여자들도 모르테자의 어머니처럼 ISIS를 좋아할까? 거리에 있는 사람들 모두가, 담배 장사부터 차 밑에서 움직이는 정비공까지 나의 원수였다. 차 소리나 아이들이 사탕을 사는 소리가 폭탄이 터지는 소리처럼 무시무시하게 들렸다. 나는 차에 타려고 달려갔다. 키르쿠크에 얼른 도착하고 싶었다. 나세르가 따라오는 걸로 봐서 그 역시 안달이 난 듯싶었다.

정오가 지난 시간이라 태양이 훨씬 더 뜨거웠다. 창을 내다보면 즉시 속이 울렁거렸고, 눈을 감으면 어둠이 빙빙 돌고 현기증이 일어났다. 지독한 공포가 몰려왔다. 앞으로 더 많은 IS 검문소를 지나야 한다는 걸 알았다. 그런 뒤에 페슈메르가의 검문을 받아야 했다. 나세르가 준 전화기의 진동이 울려서 보니, 그가 보낸 문자가 떴다.

'당신 가족이 나한테 메시지를 보내고 있어요. 사바가 에르빌에서 우리를 기다린답니다.'

사바는 내 조카였다. ISIS가 코초 남자들을 집단 학살할 당시, 그는 쿠르드 자치구 수도의 한 호텔에서 일하고 있었다. 난 사바와 하루 이틀쯤 지내고 나서 나세르와 헤어져, 헤즈니가 기다리는 자코로 갈 예정이었다. 우리가 거기까지 갈 수 있다면.

세 번째 IS 검문소에서 경비원들은 우리에게 아무것도, 이름조차 묻지 않았다. 그냥 신분증을 힐끗 보더니 통과하라고 손짓했다. 탈출한 사비야를 체포하는 제도가 정착되지 않았거나, 어쩌면 다에시는 흔히 아는 것보다 게으르고 조직적이지 않았는지도 몰랐다.

거기서 말없이 조금 더 달렸다. 모두 지쳤던 것 같다. 나세르는 내게 문자메시지를 보내지 않았고, 운전사는 이제 라디오 방송국을 찾지도 나세르에게 질문을 던지지도 않았다. 앞의 도로만 보면서 같은 속도로 북부 이라크의 들판과 초원 지대를 달렸다. 가끔 종이 냅킨이 흠뻑 젖도록 땀의 이마를 닦으면서.

나는 두려움과 멀미로 기운이 빠져 버렸다. 나세르가 쿠르드 검문소들을 통과할 걱정을 하고 있을지도 모른다는 생각이 들었다. 그곳 검문소들을 지키는 페슈메르가는 쿠르디스탄에 들어가려는 수니파 남자들을 의심하도록 훈련받았다. 이미 나는 헤즈니와 통화한 뒤 나세르를 IS 구역에 두고 가지 않기로 결정했다. 둘 다 모술로 되돌아가는 일을 당하더라도 둘이 같이 쿠르드 지역으로 갈 작정이었다. 나세르에게 걱정 말라고 말하고 싶었지만, 되도록 조용히 있겠다는 약속이 떠올랐다. 메시지는 위급한 상황을 위해 아껴야 하니 가만히 있었다. 이쯤이면 내가 친구를 위험한 상황에 두고 갈 사람이 아니라는 걸 나세르가 알고 있기를 바랐다.

::

키르쿠크 방향을 알리는 표지판이 있는 교차로에 도착하자, 운전사가 차를 세우고 말했다. "손님들을 더 이상 태우고 갈 수 없네요. 여기서부터 검문소까지 걸어가셔야 돼요." 택시가 모술 번호판을 달고 있는 탓에, 운전사는 페슈메르가에게 검문당하고 심하면 억류될 수도 있었다.

택시 운전사가 나세르에게 말했다. "내가 여기서 기다리죠. 저들이 못 들어가게 하면 돌아와요. 모술에 같이 돌아갑시다."

나세르는 고맙다고 인사하고 택시비를 냈다. 우리는 짐을 챙겨서 택시에서 내리고는, 검문소 방향으로 걷기 시작했다. 길가에는 우리 둘만 있었다. "피곤해요?" 나세르의 말에 나는 고개를 끄덕였다. "정말 피곤해요." 내가 대답했다. 기운이 쭉 빠졌다. 우리가 목적지까지 가리란 희망이 없었다. 걸음을 옮길 때마다 최악의 상황을 상상하지 않을 수 없었다. ISIS가 우릴 잡으러 오거나, 페슈메르가가 나세르를 감금할 것 같았다. ISIS와 전쟁하기 전에도 자주 종파의 격전지였을 만큼 키르쿠크는 위험한 도시였다. 차량 폭탄이나 사제 폭탄이 터져 죽는 상상도 해 보았다. 갈 길이 정말 멀었다.

"검문소에 갑시다. 어떤 일이 벌어질지 보자고요. 가족은 어디 있어요?" 나세르가 물었다.

"자코에요. 두혹 근처예요." 내가 대답했다.

"키르쿠크에서 얼마나 멀어요?" 나세르의 질문에 난 고개를 저었다. "나도 몰라요. 멀다는 것밖에." 우린 나머지 길을 말없이 나란히 걸었다.

차에 타거나 걸어온 사람들이 검문소 앞에 줄을 서서 페슈메르가의 검문을 기다렸다. ISIS와 전쟁이 시작된 뒤 쿠르드 자치 정부는 난민이 된 이라크인 수십만 명을 받아들였고, 그중에는 ISIS와 결탁하지 않으면 살기 어려운 안바르 지역과 다른 수니파 지역 출신의 수니파도 많았다.

하지만 이제 그들은 쿠르디스탄에 들어가기가 어려워졌다. 수니파 아랍족이 검문소를 통과하려면 쿠르드인 보증인을 세워야 했고, 절차도 더욱 복잡해졌다.

키르쿠크는 공식적인 쿠르드 자치구에 속하지 않았기에, 그곳에 사는 아랍인도 많았다. 그래서 비(非)쿠르드족이 검문소를 통과하기도

에르빌 검문소보다는 수월했다. 수니파 아랍족 학생들은 매주 한 번 혹은 매일 키르쿠크의 학교에서 공부를 했고, 가족들은 장을 보거나 친척을 방문하러 들어갈 수 있었다. 원래부터 키르쿠크에는 아주 다양한 사람들이 모여 살았다. 투르크멘족과 기독교도들을 비롯하여 아랍족과 쿠르드족이 나란히 함께했는데, 그게 오래전부터 이 도시가 가진 매력이자 저주였다.

ISIS가 이라크에 오자, 페슈메르가는 키르쿠크와 그곳의 소중한 유전을 지키기 위해 달려왔다. 그들은 다에시로부터 키르쿠크를 보호할 수 있는 이라크 유일의 군대였다. 하지만 일각에서는 그들이 키르쿠크를 아랍족이나 투르크멘족의 도시가 아닌, 쿠르드족의 도시라고 주장하면서 점령군처럼 군다고 불평했다. 그 말은 나세르가 검문소를 통과하기가 더 어려워졌다는 뜻이라는 것을 그땐 몰랐다. IS의 이라크 내 수도에서 온 이들이, 친지를 방문하려고 페슈메르가가 지키는 키르쿠크에 간다는 설명은 페슈메르가의 의심을 살 만했다. 내가 탈출한 야지디 사비야라고 인정하지 않으면 그들이 우릴 들여보내지 않을 수도 있었다. 하지만 난 인정하기 싫었다. 적어도 아직은 그랬다.

신자르에서 집단 학살이 일어난 뒤, 야지디는 쿠르디스탄에서 환영받았다. 쿠르드 정부는 난민 캠프의 설립을 도왔다. 일부 야지디는 쿠드르 자치 정부(KRG)의 동기를 의심하며 이렇게들 이야기했다. "쿠르드족은 우리를 버렸던 걸 용서받고 싶은 거야. 이건 고약한 선전에 불과해. 전 세계 사람들이 야지디가 산에서 고립된 것을 지켜봤는걸. KRG는 그런 일을 잊기 바라는 거야." 어떤 이들은 KRG가 야지디의 신자르 재탈환을 돕지 않고, 쿠르디스탄에 정착시키려는 의도라고 의심했다. 그러면 야지디 인구만큼 쿠르드의 인구가 늘어나, 그들이 독립하려 할 때 도움이 될 테니까.

쿠르드의 동기가 무엇이든 지금 야지디에게는 쿠르드 정부가 필요했다. 도훅에 특별히 야지디를 위한 KRG 캠프들이 건설되는 중이었고, KDP는 나 같은 야지디 사비야의 구출을 돕는 기관을 설립하여 다시 신뢰를 얻었다. 야지디가 다시 쿠르드족을 자처하고 쿠르디스탄의 일부가 되게 하려는 조치들이었다. 하지만 그날 나는 쿠르드족을 용서할 준비가 되지 않았다. 나를 쿠르디스탄에 받아 준다고 해서 그들을 용서하다니 어림없는 일이었다. 그들은 ISIS가 신자르에 들어오기 전에 내 가족이 망가지지 않도록 얼마든지 도울 수 있었다. 그런데도 그 지경이 되게 해 놓고, 이제 와 나를 돕는 걸로 할 일을 다 했다고 느끼게 하긴 싫었다.

나세르가 내게 몸을 돌리고 말했다. "나디아, 가서 야지디라고 밝히면 돼요. 저들에게 당신과 나의 신원을 말해요. 쿠르드어로요." 내가 진짜 신분을 밝히면 즉시 통과되리란 걸 나세르는 알았다.

나는 고개를 저었다. "싫어요." 내가 말했다. 제복을 입고 키르쿠크 검문소에서 업무를 하는 페슈메르가를 보자 화가 났다. 그들은 키르쿠크를 떠나지 않으면서 왜 우리를 버렸을까?

"얼마나 많은 페슈메르가가 신자르에서 우릴 버렸는지 알아요?" 나는 나세르에게 물었다. 다에시를 피해 쿠르디스탄으로 넘어가려다가 제지당한 야지디가 생각났다. KRG 검문소에서 경비병들은 말했다.

"걱정하지 마십쇼! 우리 페슈메르가가 당신들을 지켜 줄 테니. 그러니 집에 머무는 편이 더 낫습니다." 우리를 지키기 위해 싸우지 않을 작정이었다면, IS의 포위 전에 우리를 쿠르디스탄에 받아 줬어야 했다. 하지만 그들은 그러지 않았다. 결국 야지디 수천 명이 살해되고, 납치되고, 난민이 되었다.

나는 나세르에게 말했다. "야지디라고 밝히지 않을 거예요. 쿠르드어로 대화하지도 않을 거고요. 그런다고 아무것도 바뀌지 않아요."

"마음을 풀어야 해요. 지금 당신은 그 사람들이 필요하니 현실적으로 대처해요." 나세르가 설득했다.

"어림없어요!" 나는 악쓰다시피 말했다. "저들에게 좋은 일은 아무것도 안 할 거예요." 그 뒤로 나세르는 이런 이야기를 꺼내지 않았다.

검문소에서 병사가 신분증을 확인하고 우리를 훑어보았다. 나는 나세르 옆에 잠자코 있으면서, 대답할 일이 있으면 아랍어로 말했다. "가방을 열어 보십시오." 경비병이 지시하자 나세르가 내게서 가방을 받아 열어 보였다. 페슈메르가는 오랫동안 내 소지품을 검사하면서 옷가지를 꺼내고 샴푸와 컨디셔너를 살폈다. 생리대 상자를 들여다보지 않아서 다행스러웠다. 내 귀중품이 아직도 생리대 속에 있었다.

"어디로 갑니까?" 경비병들이 우리에게 물었다.

"키르쿠크에서 머물 겁니다. 처가 식구들과 함께요." 나세르가 대답했다.

"누가 거기까지 데려다줍니까?" 병사들이 물었다.

나세르가 대답했다. "택시로요. 검문소를 지나서 택시를 잡을 겁니다."

"알겠습니다." 경비병이 작은 검문 초소들 앞에 줄지어 선 인파를 손짓하면서 말했다. "저기 서서 기다리십시오."

우리는 뙤약볕 아래 사람들과 서서 페슈메르가의 승인을 기다렸다. 주위의 온 가족이 옷 가방과 담요가 든 투명한 비닐봉지를 들고 모여 있었다. 노인들은 짐에 걸터앉았고, 여자들은 얼굴에 부채질을 하면서 조용히 더위를 한탄했다. 가구와 매트리스를 잔뜩 실은 차들은 무게를 못 견뎌 주저앉을 것 같았다. 축구공을 든 사내아이와 노란 새가 든 새장을 든 노인이 있었다. 그들은 그게 세상에서 가장 중요한 물건인 것처럼 들고 있었다. 모두 다른 지역에서 왔으며 나이와 출신지가 달랐지만, 불안하고 두려움에 젖어 키르쿠크 검문소에서 기다리는 처지라는 것은 똑같았다. 우리는 같은 것을 원했다. 안정, 안전, 가족을 찾는 것 말이다. 그리고 테러범들에게서 도망치기를 간절히 원하고 있었다. 나는 생각했다. 'ISIS 치하에서 이라크인으로 사는 건 바로 이런 거야. 우린 집을 잃었어. 난민 캠프에 도착할 때까지 검문소에서 살아야 하는 처지인 거야.'

마침내 병사가 우리를 불렀다. 나는 아랍어로 말했다. "저는 키르쿠크 출신이지만 지금은 모술에 살아요, 남편이랑." 내가 나세르를 가리키며 덧붙였다. "저희는 친정 식구를 만나러 가는 길이에요."

"가지고 가는 게 뭡니까?" 경비병들이 물었다.

"그냥 일주일 동안 입을 옷이요. 샴푸랑 개인 소지품…." 나는 말끝을 흐렸다. 심장이 빨리 뛰고 있었다. 그들이 돌려보내면 어떻게 해야 할지 난감했다. 그러면 나세르는 모술로 돌아가야 했다. 우린 초조하게 서로를 바라봤다.

"무기 같은 걸 갖고 있습니까?" 그들이 나세르에게 물었다. 나세르는 아니라고 말했지만 병사들은 몸수색을 했다. 다음으로 나세르의 휴대폰을 보면서 ISIS와 결탁한 사실을 보여 주는 사진이나 동영상은 없는지 확인했다. 그러면서도 나는 그냥 내버려 두었다. 나세르에게 받은 휴대폰을 보자고도 하지 않았다.

한참 뒤 경비병이 소지품을 돌려주면서 고개를 저었다. "미안하지만 당신들을 들여보낼 수 없습니다." 그는 매몰차지는 않았지만 재빨리 이야기했다. "쿠르디스탄을 방문하려는 모든 사람은 보증인이 있어야 합니다. 그렇지 않으면 우리는 당신들의 신원을 확인할 수 없습니다."

병사가 저만치 가자 나세르가 나에게 말했다. "신자르에 있는 아버지 친구에게 전화해야 해요. 인맥이 있는 사람이라, 저들에게 우리를 들여보내 줘야 한다고 말해 줄 거예요. 경비병들이 그의 말은 들어줄 겁니다."

"좋아요. 그 사람이 저들에게 내가 야지디이고, 당신이 내 탈출을 돕는 중이라고 말하지 않는다면 상관없어요." 내가 말했다.

나세르는 전화를 걸어 휴대폰을 병사에게 넘겨주었고, 곧 짧은 통화가 이루어졌다. 전화를 받고서 병사는 놀라며 약간 짜증스러운 표정을 지었다. 병사가 나세르에게 휴대폰을 돌려주면서 말했다. "처음부터 그분에게 전화했어야지요. 가도 좋습니다."

검문소를 지나자마자 난 즉시 니캅을 벗었다. 저녁 바람이 얼굴에 기분 좋게 닿자 난 미소 지었다. "아니, 이걸 쓰는 게 싫었어요?" 나세르가 웃으며 날 놀렸다.

6.

쾌활한 사십 대 중반의 택시 운전사가 행선지를 묻자, 나와 나세르는
멍하니 서로 쳐다보았다. "쿠르디스탄에 데려다주십쇼." 나세르의 말
에 운전수가 웃음을 터뜨렸다. "손님들은 이미 쿠르디스탄에 있는데
요!" 그가 대답하고 다시 물었다. "어느 도시에 가고 싶습니까? 에르빌?
술라이마니야?"

나세르와 나는 웃었다. 둘 다 쿠르디스탄에 대해 잘 몰랐다. 나세르
가 운전사에게 물었다. "어디가 더 가깝습니까?"

"술라이마니야지요." 운전수가 대답했다.

"그럼 술라이마니야로 갑시다." 우리가 말했다. 기진맥진한 데다
긴장이 풀렸고, 사바에게 전화하는 것을 잊어버렸다. 헤즈니가 그렇게
당부했는데도.

점점 어두워졌다. 순환도로에서 보이는 것은 멀리 주택가와 가로
등의 불빛뿐이었다. 어릴 때 TV에서 쿠르드족이 새해 명절을 축하하
는 장면을 봤다. 모닥불 주위에서 많은 사람들이 춤추었고, 푸른 산 옆

에서 고기를 쌓아 두고 구워 먹고 있었다. 그 장면을 보면서 난 심통 맞게 중얼댔다. "쿠르디스탄에서 얼마나 멋지게들 사는지 보라고요. 우린 작은 마을에서 이렇게 사는데." 그러면 어머니는 나를 나무랐다. "저 사람들은 멋지게 살 자격이 있단다, 나디아. 사담 치하에서 집단 학살을 겪었잖니."

쿠르디스탄에서 난 이방인이었다. 마을 이름이 뭔지, 주민들이 어떻게 사는지 몰랐다. 키르쿠크나 술라이마니야에 아는 이도 없었다. 조카 사바가 에르빌의 호텔에서 근무하고, 사오우드 오빠가 두혹 인근 공사장에서 일한 적은 있지만 쿠르드족과 가깝지는 않았다. 쿠르디스탄에 돈을 벌러 온 방글라데시나 인도 노동자들과 같이 지냈으니까. 그들은 에르빌이나 두혹을 집으로 삼지 못했다. 어쩌면 난 이라크 전역에서 이방인이었다. 고초를 겪은 모술로 돌아갈 수도 없었고, 그렇다고 바그다드나 티크리트나 나자프에 가 본 적도 없었다. 훌륭한 박물관들이나 고대 유적지를 본 적도 없었다. 제대로 아는 곳은 코초뿐이었다. 그러나 이제 그곳은 ISIS의 땅이었다.

택시 운전사는 자긍심이 강한 쿠르드인인 듯했다. 그는 가는 길 내내 여러 곳을 손짓하며 쿠르드어와 아랍어를 섞어 신나게 설명해 주었다. 또 모술의 상황을 알고 싶어 했다. "도시 전체가 다에시에게 점령되었소?" 그가 고개를 저으면서 물었다.

"네. 많은 사람들이 빠져나오길 바라지만 어렵습니다." 나세르가 대답했다.

"페슈메르가가 놈들을 이라크에서 쫓아낼 거요!" 운전사는 단호한 말투였다. 나세르는 대꾸하지 않았다.

택시를 타고 가면서 긴장이 더욱 풀렸다. 논란이 많은 지역과 진짜 쿠르디스탄 사이에 있는 다음 검문소에서 나세르가 조사받을 가능성이 있었다. 하지만 아까와는 달리, 신자르에 있는 히샴의 친구가 우리 뒤에 있었다. 그는 상당히 권위 있는 사람임이 분명했다. 또한 적어도 이제는 뒤에서 IS 차량이 쫓아올까 봐 불안하거나 주변 사람들이 테러범일까 봐 걱정되지는 않았다.

"저기 산 가까이 있는 건물들이 보이지요?" 운전사가 나세르 옆 창문을 손짓하면서 물었다. 오른쪽으로 이라크 동쪽 산의 그림자 속에 건설 중인 대규모 주택 단지가 있었다. 프로젝트를 홍보하는 대형 간판도 있었다. 완성된 단지의 모형이 그려진 간판을 보며 택시 운전사가 말했다. "완공되면 미국의 아파트 건물 같을 겁니다. 아주 새롭고 대단히 멋지지요. 쿠르디스탄에 근사한 일들이 일어나고 있어요."

운전사는 백미러로 나를 보면서 물었다. "부인의 이름이 뭡니까?"

"소우산." 나세르가 내 신분증에 나온 이름을 말했다.

"소우산! 정말 예쁜 이름이군요. 부인을 수수라고 부르겠소." 운전사가 내게 미소 지으면서 말했다. 그때부터 그는 뭔가 손짓하면서 내 주의를 끌려고 했다. "수수! 저기 있는 호수가 보이지요? 봄에 정말 아름다워요." 혹은 "수수, 우리가 방금 지난 타운 있지요? 거기 최고로 맛난 아이스크림 가게가 있습니다."

그 운전사를 떠올리면 궁금해진다. 신자르도 쿠르디스탄처럼 집단 학살을 회복하고 전보다 훨씬 나아질 수 있을까? 그러기를 간절히 바라지만, 가능성은 희박하다고 인정해야 했다. 신자르는 쿠르디스탄과 다르다. 쿠르디스탄은 인구 대부분이 쿠르드족으로 이루어져 있으며, 그들의 적인 사담 군대는 외지에서 왔다. 반면에 신자르에는 야지디와 아랍족이 함께 산다. 서로 장사를 하고 상대의 동네를 지나다닌다. 우린 친구가 되려고 애썼지만, 신자르 안에서 자연스레 적이 될 수밖에 없었다. 신자르에는 마치 뭐든 서로 죽이려는 목적을 가진 병이 도는 듯했다. 미군과 다른 세력이 야지디를 돕는다 한들 야지디가 어떻게 아랍족 사이에서 예전의 삶으로 돌아갈 수 있을까? 물론 우리에게 얻을 것이 없으니, 그들이 우릴 도울 리도 만무하지만 말이다.

"수수!" 운전사가 또 내 관심을 끌고 싶어 했다. "소풍 좋아해요?" 내가 고개를 끄덕였다. "당연히 좋아하겠지요! 아, 여기로 소풍을 와야 해요, 술라이마니야 외곽의 산으로. 봄철에 여기가 얼마나 아름다운지 믿기지 않을 거예요." 내가 다시 고개를 끄덕였다.

나중에 나세르와 나는 운전사에 대해 이야기하면서 깔깔댔다. 나세르는 말했다. "우린 다에시가 나디아를 잡아가는 건 막았어요. 하지만 운전사와 더 오래 있었으면 그가 당신을 놔주지 않았을 거예요."

::

새벽 네 시가 되어서야 술라이마니야에 도착했다. 에르빌까지 갈 택시를 구할 차고지를 포함해 모든 곳이 닫혀 있었다. 검문소에 가까워지자 택시 운전사는 걱정하지 말라고 말했다. "내가 이 친구들을 알거든요.” 과연 쿠르드어 몇 마디가 오간 뒤 경비병들은 우리를 통과시켰다.

“어디로 데려다 드릴까요?” 운전사의 말에 우리는 고개를 저었다.

“차고지 인근까지만 가 주십쇼.” 나세르가 말했다.

“지금 닫혀 있는데요.” 운전사가 대답했다. 친절한 사람이라 우릴 염려하고 있었다.

“괜찮습니다. 기다리면 되지요.” 나세르가 말했다.

운전사가 택시를 세웠고 나세르는 택시비를 냈다. “수수, 행운을 빌어요!” 운전수는 이렇게 말하고 떠났다.

우리는 차고지 인근 슈퍼마켓 밖에 앉아서 벽에 등을 기댔다. 거리는 비었고 도시 전체가 조용했다. 높은 건물들, 어두운 창들이 우리 위에 솟아 있었다. 돛같이 생긴 한 건물에는 파란색 불이 환하게 켜져 있었다. 이게 두바이의 어느 건물을 따라서 지었다는 걸 나중에야 알았다. 서늘한 바람이 불었다. 술라이마니야를 목걸이처럼 에워싼 산 풍경이 익숙함과 위로를 주었다. 화장실을 가고 싶었지만 부끄러운 나머지 나세르에게 말하지 못했다. 그저 지친 몸으로 주저앉아 상점들이 문을 열어 요깃거리를 살 수 있게 되기만을 기다렸다.

“전에 여기 와 본 적 없어요?” 나세르가 물었다.

“없어요. 하지만 아름다운 곳이라는 건 알았어요.” 내가 대답했다. TV에서 보았던 새해 축하 장면은 설명해 주었지만, 사담이나 알 안팔 작전에 대해서는 언급하지 않았다. 나세르에게 말했다. “여기는 물이 풍부해서 식물이 훨씬 오래도록 파래요. 게임기와 놀이 기구가 있는 놀이공원도 있어요. 이란인들이 공원을 구경하려고 국경을 넘어오지요.

산을 보니 고향 생각이 나네요." 이어서 나는 나세르에게 물었다. "내일 우린 어디로 가나요?"

그가 대답했다. "택시를 타고 에르빌로 갈 거예요. 당신 조카가 일하는 호텔에 가야지요. 조카를 만난 다음 나디아는 자코에 가서 헤즈니와 지내겠지요."

"나세르는 같이 안 가요?" 그가 고개를 끄덕였다. 난 나세르가 안쓰러웠다. "나세르의 가족이 쿠르디스탄에 왔으면 좋겠어요. 다에시 아래에서 살지 않게 되기를 빌어요."

"어떻게 해야 그렇게 할 수 있을지 모르겠어요. 언젠가는 그렇게 되겠지요." 나세르는 슬퍼 보였다.

장시간 택시를 타느라 몸이 아팠고, 첫 번째 쿠르드 검문소까지 걷느라 발이 아팠다. 결국 둘 다 잠들었지만 오래 자지는 못했다. 한두 시간 뒤 아침의 차량 소리와 여린 새벽 햇살이 우릴 깨웠다. 나세르가 내게 고개를 돌렸다. 그는 내가 잠을 잤다는 게 기쁜 모양이었다. "오늘 아침에는 두려움 없이 태양이 나디아를 비추었네요." 그가 말했다.

"두려움 없이 맞이한 아침이네요. 여긴 아름다워요." 내가 대답했다.

배가 출출했다. "가서 뭘 좀 삽시다." 나세르가 제안했고, 우린 가까운 상점에 가서 달걀과 가지 튀김을 넣은 샌드위치를 샀다. 별로 맛은 없었지만 배가 고팠던 난 얼른 샌드위치를 먹어 치웠다. 이제 토할 것 같지 않았다.

식당 화장실에 가서 아바야와 캐스린의 옷을 벗었다. 둘 다 땀내가 지독했다. 수건을 적셔서 겨드랑이와 목덜미를 닦아 냈다. 가방에서 바지와 셔츠를 꺼내서 입었다. 거울을 쳐다보지 않으려고 조심했다. 함다니야에서의 아침을 마지막으로 내 얼굴을 본 적이 없었다. 사실 어떤 모습일지 확인하기가 겁났다. 난 캐스린의 옷을 얌전히 개서 가방에 넣었다. '캐스린이 풀려날 때까지 내가 갖고 있다가 돌려줘야지.' 속으로 중얼댔다. 그러고 나서 아바야를 쓰레기통에 버리려다가 마지막 순간에 멈추었다. ISIS가 내게 저지른 짓의 증거품으로 보관하기로 했다.

밖에 나오니 거리에는 직장과 학교에 가는 사람들로 넘쳐 나기 시작했다. 도로에 차들이 많아지면서 여기저기서 경적을 울렸고, 상점들은 철문을 위로 올려 영업을 시작했다. 돛 모양의 고층 건물에 햇빛이 반사되었다. 이제 보니 건물이 파란색 유리로 덮여 있었고, 꼭대기에 원형 전망대가 있었다. 모든 활기가 도시를 더 아름다워 보이게 했다. 아무도 우리를 쳐다보지 않았고 우리 역시 아무도 두렵지 않았다.

곧 사바에게 전화했다. "내가 술라이마니야로 데리러 갈게." 사바가 제안했지만 나세르와 나는 사양했다. 내가 말했다. "그럴 필요 없어, 우리가 너를 찾아갈게."

처음에 나세르는 나를 에르빌에 혼자 보내려고 했다. 그는 말했다. "이제 나디아에게 내가 필요 없어요." 하지만 나는 고집을 부렸고 결국 나세르가 동행하기로 했다. 내 예전 황소고집이 되살아났다. 난 아직 그에게 작별 인사를 할 준비가 되지 않았다. 내가 사바에게 말했다. "우린 에르빌에 같이 갈 거야. 내가 탈출하게 도와준 분을 너도 만나 봐야지."

::

그날 아침 붐비는 술라이마니야 차고지에서 우린 에르빌에 태워다 줄 택시를 기다렸다. 이미 운전사 네 명에게 거절당했다. 그들은 이유를 밝히지 않았지만, 우리가 모술에서 왔고 나세르가 아랍족이라는 것 때문에 거부한 듯했다. 택시 운전사들은 매번 신분증을 요구했고, 찬찬히 들여다보다가 우리를 흘끔대고 다시 신분증을 보고는 돌려주었다. "에르빌에 가고 싶다고요?" 그들이 물으면 우린 고개를 끄덕였다.

"왜요?" 그들은 이유를 알려고 했다.

"가족을 만나려고요." 그럼 그들은 한숨을 쉬면서 신분증을 도로 주었다. "미안해요, 난 예약이 차서. 다른 차를 알아보슈." 운전사들은 하나같이 그렇게 말했다.

"우리가 모술에서 와서 겁내는 거예요." 나세르가 말했다.

"누굴 탓하겠어요? 다들 다에시를 두려워해요." 내가 말했다.

"아직도 쿠르드어로 말하지 않을 건가요?" 나세르의 말에 나는 고개를 저었다. 그들에게 내가 진짜 누구인지 알릴 준비가 되지 않았다. 우린 아직 정말로 곤란한 지경에 빠지지는 않았다.

거기 앉아 있으려니 햇볕이 점점 뜨거워졌고, 에르빌까지 갈 택시를 잡을 수 있을지 점점 걱정되기 시작했다. 마침내 태워다 준다는 운전사가 나타났지만, 우리가 첫 승객이라 좌석이 찰 때까지 기다려야 했다. "저기 앉아 계슈." 운전사가 골목을 손짓하면서 말했다. 이미 많은 사람들이 좁은 그늘에 들어차서 타고 갈 택시 운전사가 부를 때까지 기

THE LAST GIRL

다리고 있었다.

나는 차고지에 가득 찬 사람들을 훑어보았다. 아무도 우리를 쳐다보지 않았다. 이제 두려운 마음은 사라졌지만, 기대했던 안도감은 들지 않았다. 자코에 도착하고 나서 내게 어떤 삶이 기다리고 있을지 그것만이 걱정스러웠다. 너무 많은 식구가 죽거나 실종되었다. 게다가 난 집에 돌아가는 게 아니었다. 잃어버린 가족이 남긴 그 많은 빈자리들로 돌아가는 것이었다. 행복한 동시에 마음이 허전했다. 이런 때 이야기를 나눌 나세르가 곁에 있어서 고마웠다.

내가 그에게 물었다. "다에시가 바로 지금 이 차고지에 들어온다면요? 무슨 일이 벌어질 거라고 생각해요?"

"모두 겁을 먹겠지요." 그가 말했다. 나는 시꺼먼 차림의 무장병이 자동소총을 들고, 이 정신없고 분주한 사람들 속으로 들어오는 광경을 상상했다.

내가 말했다. "그러면 다에시가 누구를 맨 먼저 잡으려고 할까요? 누가 더 가치 있을까요? 탈출한 사비야인 나? 아니면 나를 도와주고 모술을 떠난 수니파인 나세르?"

나세르가 웃음을 터뜨리더니 말했다. "이거 수수께끼 같은데요."

"저기, 난 답을 알아요. 다에시는 우리 둘 다 잡겠죠. 둘 다 죽일 거예요." 내가 말했다. 우린 웃었지만 금방 웃음을 멈추었다.

7.

쿠르디스탄은 엄밀히 말해 여러 행정구역으로 이루어진 지역이다. 최근까지 두혹, 에르빌, 술라이마니야의 세 구역으로 이뤄져 있었으나, 2014년에 쿠르드 자치 정부(KRG)는 사담의 알 안팔 작전 시에 최대 목표지였던 할라브자도 행정구역으로 편입시켰다(사담 후세인은 1988년 3월, 이라크군으로 하여금 이라크 내 할라브자 마을의 쿠르드족에게 치명적인 독가스를 살포하도록 했는데, 이는 쿠르드족을 말살하고 그들의 저항을 뿌리 뽑고자 하는 의도였다: 옮긴이).

그 지역들 모두 쿠르디스탄의 정체성을 강조하며, 독립에 대해 논의한다. 그러나 사실 각 지역은 서로 다르고, 확실히 구분되어 있는 듯 보인다. 쿠르디스탄의 주요 정당에는 바르자니의 쿠르드민주당(KDP), 탈라바니의 쿠르드애국연맹(PUK), 신생 정당인 고란당, 그리고 이슬람 세 정당의 연합이 있다. 이 정당들 모두 지지받는 지역이 다르다. 특히 바르자니의 KDP와 탈라바니의 PUK 사이의 분열이 눈에 띈다. 쿠르드족은 그들 사이의 분열에 대해 언급하기를 꺼린다. 이라크에서 독립을 하려면 일단 연합해야 하기 때문이다. 그러나 쿠르드족의 내전은 격렬했고 깊은 상흔을 남겼다. 어떤 이들은 ISIS와의 전쟁이 쿠르드족을 단결시키기를 바랐지만, 그렇지 못한 듯하다. KDP와 PUK의 지지를 받는 지역을 각각 여행해 보면, 여전히 둘이 다른 나라인 것 같은 기분이 든다. 양당은 각각 그들만의 '페슈메르가'와 '아사이쉬'라는 안보와 정보부대를 보유하고 있다.

이란 국경과 접해 있는 술라이마니야는 PUK와 탈라바니 일가의 본거지다. KDP 지역인 에르빌보다 더욱 자유롭다고 평가받는다. PUK 지역들은 이란의 영향을 받는 반면, KDP는 터키와 협력한다. 쿠르드 정치는 대단히 복잡하다. 나는 IS로부터 탈출해 인권 운동을 시작한 뒤로, 왜 신자르가 IS에게 점령당할 수밖에 없었는지 그 이유를 깨닫게 되었다.

에르빌로 가는 첫 검문소는 PUK를 지지하는 페슈메르가와 아사이쉬가 지켰다. 그들은 우리의 신분증을 확인한 뒤, 택시 운전사에게 한쪽에 차를 대고 기다리라고 지시했다.

우린 커플로 보이는 젊은 남녀와 동승했다. 나세르와 내가 아랍어로 대화하자 여자 동승자가 깜짝 놀란 눈치였다. "쿠르드어도 할 줄 아나요?" 그녀가 내게 물었고, 그렇다는 대답을 듣자 만족하며 안도하는 듯했다. 나는 두 사람과 뒷좌석에 앉았고 나세르가 앞자리에 앉았다. 우리와 동승한 남녀 승객은 쿠르디스탄 출신인 데 비해, 나세르와 나는 타지 출신이라 제지당한 듯했다. 경비병은 운전사에게 기다리라고 지시했다. 여자는 자기 신분증을 손에 톡톡 치면서 창밖을 내다보며, 시간이 얼마나 걸릴지 가늠하려 했다. 난 그녀를 노려보았다.

페슈메르가가 나와 나세르를 손짓했다. "거기 두 사람, 우리를 따라 오시오." 그가 말했다. 그러더니 운전사에게 "당신들은 가도 좋소."라고 말했다. 우리는 짐을 챙겨 택시에서 내려 도로에 섰다. 경비병을 따라서 초소로 가는데 문득 다시 공포가 밀려왔다. 쿠르디스탄에 들어와서 이런 어려움을 겪을 줄은 예상하지 못했다. 생각해 보면, 여기서 내가 키르쿠크 출신의 소우산을 자처하는 한 쿠르디스탄 여행이 순탄치 않을 게 뻔했다. 그들이 우리를 IS 동조자로 의심할 수도 있었고, 에르빌에 있다는 지인이 의심스럽다는 이유만으로 우릴 돌려보낼 수도 있었다.

초소에 들어가자 경비병이 질문을 던졌다. "누구입니까?" 질문이 이어졌다. "신분증을 보면 한 명은 모술 출신이고, 한 명은 키르쿠크 출신으로 되어 있네요. 그런데 에르빌에 가는 이유가 뭡니까?" 그는 IS 조직원이 될 만한 나이인 나세르를 특히 의심했다.

우린 기진맥진했다. 내 바람은 에르빌에 가서 사바를 만나는 것밖에 없었다. 그러려면 가짜 신분 행세를 멈추고 본래의 나를 인정하는 길밖에 없음을 깨달았다. 난 나세르에게 말했다. "이만하면 충분해요. 저들에게 내가 누군지 밝힐 거예요."

그리고 나서 난 경비병에게 쿠르드어로 말을 걸었다.

"난 나디아예요. 코초 출신의 야지디지요. 내 신분증은 가짜예요. 모술에서 다에시한테 붙잡혀 있다가, 위조 신분증을 구한 거예요." 그렇게 말하고 나세르를 손짓하며 말을 이었다. "이 사람이 제가 탈출할 수 있도록 도와주었고요."

경비병은 경악했다. 그는 우리를 빤히 쳐다보다가 마음이 진정되자 입을 뗐다. "아사이쉬에게 이야기해야 합니다. 날 따라와요."

그는 통화를 하더니 우리를 근처 건물로 데려갔다. *아사이쉬* 보안본부 건물의 대형 회의실에서 한 무리의 군인이 기다리고 있었다. 큰 탁자의 상석에 나와 나세르가 앉을 의자가 놓여 있고, 탁자 위에는 비디오카메라가 의자 쪽으로 설치되어 있었다. 나세르는 카메라를 보자 즉시 고개를 저었다. 그가 내게 아랍어로 말했다. "아뇨, 난 촬영 못 해요. 내 얼굴을 아무도 알면 안 돼요."

내가 군인들에게 고개를 돌렸다. 난 그들에게 말했다. "나세르는 저와 동행하느라 큰 위험을 감수하고 있어요. 그의 가족이 아직 모술에 있습니다. 누군가 나세르를 알아보면 나세르나 가족이 해를 입을 수 있어요. 왜 이걸 녹화하고 싶으시죠? 누가 이걸 보나요?" 나 역시 PUK의 아사이쉬가 우리 인터뷰를 녹화하려는 데 발끈했다. 나는 모술에서의 경험을 시청자에게 말할 준비가 되지 않았다.

그들은 말했다. "그저 기록을 남기기 위해서요. 나세르의 얼굴은 흐릿하게 처리할 거요. 우리와 상관들만 이 필름을 볼 거라고 쿠란에 걸고 맹세하겠소."

결국 우리는 그들의 말에 동의할 수밖에 없었다. 그러기 전에는 우릴 통과시켜 주지 않을 것이 확실했기 때문이다. "누구도 나세르를 알아보지 못해야 해요. 그리고 페슈메르가와 아사이쉬만 이 비디오를 본다고 맹세하셔야 해요." 내가 말했다. "물론이요, 그러겠소." 그렇게 시작된 인터뷰는 몇 시간이나 계속됐다.

고위 장교가 질문했다. "당신은 코초 출신의 야지디입니까?"

내가 대답했다. "네. 신자르에 있는 코초 마을 출신의 야지디예요. 페슈메르가가 철수하고 나서도 우린 마을에 있었어요. 신자르에 온 다에시는 우리 학교의 칠판에 '이 마을은 다울라 알 이슬라미야(ISIS의 아랍어: 옮긴이) 소속이다.'라고 썼습니다." 나는 주민이 강제로 학교에 소집되었으며, 곧 여자들과 소녀들이 솔라로 끌려갔다가 모술로 다시 가게 된 과정을 설명했다.

"모술에 얼마간 체류했소?" 그가 물었다.

내가 대답했다. "정확히는 몰라요. 어두운 방에 감금되어 각 장소에서 시간이 얼마나 흘렀는지 알기 어려웠어요." 아사이쉬는 신자르에서 무슨 일이 벌어졌는지 알고 있었다. 야지디 남자들은 살해되었고, 여자들은 모술로 이후에는 이라크 전역으로 보내졌다는 것을 말이다. 그들은 내 사연을 속속들이 알고 싶어 했다. 특히 감금되어 정확히 어떤 일을 당했는지, 그리고 나세르가 어떻게 나를 돕게 되었는지 경위를 궁금해했다. 나세르는 두 가지 다 신중하게 답하라고 내게 아랍어로 속삭였다. 그의 가족에 대해 이야기하는 대목에 이르자 나세르는 내게 말했다. "우리 집에 갔을 때 가족이 밖에 앉아 있었다고 말하지 말아요. 자정에 왔다고 말해요. 안 그러면 우리가 정원에 앉아 있을 정도로 느긋하니, 다에시와 한통속이라고 오해할 거예요." 나는 걱정하지 말라고 말했다.

강간 대목에 이르자 PUK 장교들은 세세히 말하라고 압박했지만, 난 그런 일이 있었다고 인정하지 않았다. 가족은 날 사랑했지만, 내가 처녀성을 잃은 걸 알면 가족이나 일반적인 야지디 공동체가 어떤 반응을 보일지 알 수 없었다. 하지 살만이 날 강간한 직후에 속삭인 기억이 선명했다. 그는 달아나 봤자 가족들이 날 죽일 거라고 말했다. "너는 망가졌어. 아무도 너랑 결혼하지 않겠지. 아무도 널 사랑하지 않겠지. 가족은 네가 탐탁지 않을 거야." 나세르조차 우리 가족이 강간 사실에 대해 어떻게 반응할지 걱정할 정도였다. PUK 사무소에서 그는 내게 속삭였다. "나디아, 지금은 녹화 중이에요. 난 저들을 믿지 않아요. 가족이 당신에게 어떻게 할지 두고 봐야 해요. 아마 그동안에 일어났던 일을 알면 당신을 살해하려고 할 거예요." 나를 키워 준 사람들을 두고 이런 의심을 하다니 고통스러웠지만, 그럴 수밖에 없었다. 보수적인 야지디는 혼전 성관계를 허용하지 않는다. 그렇게 많은 야지디 여자들에게 동시에 이런 일이 벌어졌을 줄은 아무도 짐작하지 못했다.

장교가 물과 음식을 주었다. 난 떠나고 싶어 안달이 났다. 내가 말했다. "우린 자코에 가서 내 가족을 만나기로 했어요. 점점 늦어지고 있네요."

그들은 내게 말했다. "이것은 대단히 중요한 사건이에요. PUK 고위직들은 당신이 어떻게 붙잡히고 어떻게 빠져나왔는지 소상히 알고 싶을 겁니다." 그들은 KDP 페슈메르가들이 어떻게 우리를 버렸는지에 유독 관심을 보였다. 나는 그 일과 함께 다에시가 노예시장에 왔던 일을 설명했다. 최고 미인부터 선택되었다는 점은 솔직히 말했지만, 내가 팔린 대목에서는 거짓말을 했다.

"누가 당신을 데려갔습니까?" 조사하는 군인이 물었다.

"거구의 사내가 날 선택하면서, 너는 내 것이라고 말했어요." 그렇게 대답하는데 살완을 떠올리는 것만으로도 덜덜 떨렸다. "나는 싫다고 말했어요. 센터에 남아 있다가 어느 날 경비병이 없는 걸 알고 달아날 수 있었습니다."

이제 나세르가 말할 차례였다.

"밤 열두 시 반이나 한 시경 문을 두드리는 소리가 났습니다." 그가 말했다. 나세르는 줄무늬 티셔츠를 입고 약간 구부정하게 앉아 더 젊어 보였다. "우린 다에시가 무기를 들고 찾아온 건 아닌지 몹시 걱정했습니다." 그는 나를 겁에 질린 아가씨로 묘사했다. 그러면서 나에게 신분증을 만들어 주고 내 남편 행세를 하며 모술에서 빼낸 경위를 설명해 주었다.

PUK 페슈메르가와 아사이쉬는 나세르를 무척 흡족해했다. 고맙다고 인사하면서 나세르를 영웅 대접했고, ISIS 치하의 삶이 어떤지 묻더니 선언하듯 말했다. "우리 페슈메르가는 테러범 전원이 이라크에서 사라질 때까지 싸울 겁니다." 그들은 쿠르디스탄이 모술에서 피란한 사람들에게 안전한 천국이라고 자부했다. 그리고 신자르를 버린 병사들은 PUK에 충성하는 부대와 관련이 없음을 상기시키며 으스댔다.

나세르가 그들에게 말했다. "모술에는 나디아 같은 여자들이 수천 명 있습니다. 그중 한 명인 나디아를 내가 여기로 데려왔을 뿐이지요." 오후 네 시가 되어서야 심문이 끝났다.

"이제 어디로 갈 예정입니까?" 조사관이 물었다.

"두혹 인근의 캠프로요. 하지만 먼저 에르빌에서 조카를 만날 거예요." 내가 대답했다.

"두혹에 누가 있습니까? 당신이 위험한 상황에 처하면 안 되니까요." 조사관이 말했다.

나는 이복 오빠 왈리드의 전화번호를 알려 주었다. 왈리드는 집단 학살 이후 IS에 맞서 싸우고 싶어서, 또 현실적으로 돈이 필요하기도 해서 많은 야지디 남자들과 같이 페슈메르가에 입대했다. "왈리드라는 사람, KDP의 페슈메르가입니까?" 조사관이 전화를 끊은 뒤 물었다. "그러면 왈리드와 지내는 것은 안 됩니다. 그쪽 페슈메르가들이 당신을 보호하지 않고 버렸다고요."

나는 대꾸하지 않았다. 쿠르드 정세를 잘 모르지만, 한쪽 편을 드는 건 똑똑하지 않은 처세임을 이미 알아챘다. 조사관이 말했다. "인터뷰했을 때 그 부분을 더 자세히 말했어야지요. KDP 페슈메르가가 당신들을 죽게 내버려 뒀다는 것을 세상이 알아야 합니다."

그가 계속 말했다. "여기 머무르면 내가 도와줄 수 있습니다. 집에 돌아갈 여비는 충분합니까?"

우리는 잠시 실랑이를 벌였다. 조사관은 내가 PUK 영토에 있는 게 더 안전하다고 주장했고, 나는 가야 한다고 버텼다. 결국 그는 날 설득할 방도가 없다는 걸 알았다. 내가 말했다. "KDP든 아니든 가족과 지내고 싶어요. 가족을 보지 못한 지 몇 주나 됐거든요."

"좋습니다." 마침내 그가 고개를 끄덕이고 나세르에게 서류를 주었다. "나머지 여정은 이걸 갖고 다니도록 해요. 검문소를 통과할 때 신분증을 쓰지 말고 이걸 보이십시오. 경비병들이 통과시켜 줄 겁니다."

그들은 우리를 에르빌까지 태워 갈 택시를 대절해서 운임을 선불로 내주었다. 그리고 오래 머물러 주어 고맙다고 인사했다. 나세르와 나는 택시를 타고 가면서 아무 말도 하지 않았지만, 검문소를 통과하자 그도 나만큼 안도하는 게 느껴졌다.

이후 검문소마다 조사관으로부터 받은 서류를 제시하면 즉시 통과되었다. 나는 구부정하게 앉아서 에르빌에서 사바와 만나기 전에 조금 잠을 자 두려고 했다. 이즈음 풍경이 더 푸르스름해졌다. 바깥을 보니 농지와 초지가 버려지지 않고 잘 관리되어 있었다. 코초와 비슷한 진흙 벽돌집들과 트랙터들이 있는 작은 농촌 마을들이 보이다가 큰 타운들이 나타나더니 도시들로 바뀌었다. 몇몇 도시에는 신자르보다 큰 웅장한 빌딩들과 모스크들이 있었다. 택시를 타고 있으니 안전한 느낌이 들었다. 창문을 여니 공기까지도 더 시원하고 상쾌했다.

얼마 지나지 않아 나세르의 휴대폰 진동음이 울렸다. "사바예요." 그는 내게 말하더니 곧 욕설을 중얼댔다. "그가 우리 인터뷰를 봤대요! 결국 놈들이 공유했군요."

사바가 전화했고 나세르가 전화기를 내게 넘겨주었다. 사바가 물었다. "왜 인터뷰를 했어? 기다렸어야지."

"저들이 내용을 공유하지 않겠다고 말했어. 약속했다고." 내가 말했다. 부아가 치밀어 메스꺼웠고, 나세르와 그의 가족이 ISIS에 노출될까 봐 걱정됐다. 금방이라도 다에시가 히샴과 미나를 응징하려고 대문을 두드리고 있을 것만 같았다. 나세르는 아는 다에시가 많았고 그들도 그를 잘 알았다. 얼굴을 흐릿하게 처리했더라도(PUK 아사이쉬는 적어도 그 약속은 지켰다) 나세르를 알아볼 수 있을 것 같았다. 단지 몇 명만이 알고 있던 내 사연이 뉴스에 나오다니 아연실색했다. 너무나 두려웠다.

"이건 나세르의 가족과 우리 가족의 생명이 걸린 일이야! 그들이 왜 그런 짓을 했을까!" 사바가 탄식했다.

나는 앉은 채로 얼어붙었다. 울음이 터질 지경이었고, 무슨 말을 해야 할지 난감했다. 비디오는 나세르에 대한 철저한 배신이었다. 난 비디오를 뉴스 방송에 넘긴 PUK 아사이쉬를 증오했다. 그들은 KDP가 야지디를 버렸다고 주장하면서 더욱 우월해 보이려고 그런 짓을 했음이 분명했다. "이 비디오가 사람들에게 다 공개되고 여기 있으니, 차라리 모술에서 죽는 게 좋았을걸." 난 사바에게 말했다. 진심이었다. PUK는 우리를 이용했다.

그 비디오는 오래도록 날 따라다녔다. 오빠들은 내가 얼굴을 노출하고 가족의 신분을 밝혔다고 화냈고, 나세르는 스스로의 안전을 염려했다. 헤즈니는 말했다. "만약 히샴에게, 널 도왔다는 이유로 아들이 죽었다고 전해야 하는 상황이 생기면 얼마나 끔찍하겠니." 그들은 내가 카메라에 대고 KDP 페슈메르가를 힐난했다고 화냈다. 결국 야지디를 위한 난민 캠프는 KDP 구역에 건설되는 중이었고, 우린 다시 그들에게 의지할 수밖에 없었다. 나는 개인의 비극으로 여겼던 내 사연이 남들의 정치적 도구로 쓰일 수 있다는 사실을 깨닫게 되었다. 이라크 같은 곳에서는 특히 그랬다. 조심해서 말해야 했다. 누군가는 내 말을 다른 의미로 받아들일 수 있었다. 또한 내 말이 나를 겨누는 무기가 되기 십상이니까.

8.

에르빌 외곽의 검문소부터는 PUK가 건넨 서류가 통하지 않았다. 이곳은 대형 검문소였는데, 자살 폭탄 차량에 대비하여 차량 줄 사이에 콘크리트 벽이 설치되어 있었다. 그 벽마다 마소우드 바르자니의 사진이 도배되어 있었다. 페슈메르가가 택시에서 내리라고 지시했고, 이번에 우린 둘 다 놀라지 않고 그를 따라갔다. 그의 상관이 쓰는 사무실은 작은 방이었다. 지휘관이 방 끄트머리 나무 책상 뒤에 앉아 있었다. 카메라도 없고 군인들도 없었지만, 난 조사를 받기에 앞서 사바에게 전화해 검문소 위치를 알려 주었다. 조카는 왜 이렇게 시간이 걸리는지 궁금해하며 내게 계속 문자를 보내고 있었다. 이번 조사는 시간이 얼마나 걸릴지 알 수 없었다.

지휘관은 PUK 보안대와 똑같은 질문을 했다. 나는 일일이 대답했지만, 역시 강간과 나세르 가족과 관련된 자세한 사항은 생략했다. 이번에는 KDP 페슈메르가를 악평하지 않으려고 조심했다. 그는 내 말을 전부 기록했고, 조사가 끝나자 미소 지으면서 일어났다.

"당신이 해 준 일을 잊지 않겠소." 지휘관이 나세르에게 이렇게 말하면서 양 볼에 키스했다. "알라는 당신이 한 일을 사랑하십니다."

나세르의 표정에는 변화가 없었다. 그가 말했다. "저 혼자 한 일이 아닙니다. 우리를 쿠르디스탄에 보내려고 가족 모두 목숨을 걸었습니다. 인간의 도리를 아는 사람이면 누구라도 같은 일을 했을 겁니다."

내 위조 신분증은 압수당했지만 나세르는 신분증을 돌려받았다. 그때 문이 열리고 사바가 들어왔다.

우리 집안 남자 중에는 투사가 많았다. 예를 들면 아버지의 영웅담은 사후에도 계속 회자되었다. 잘로는 탈 아파르에서 미군과 같이 싸웠고, 어릴 적부터 용맹을 증명하고 싶어 안달하던 사이드는 팔다리에 총상을 입고도 집단 학살의 무덤에서 빠져나왔다. 하지만 조카 사바는 나보다 겨우 두 살 위인 학생이었다. 그는 언젠가 대학에 가고 좋은 직장에 취직해서, 농부나 목동보다 나은 삶을 살고 싶어 했다. 그래서 학비를 모으기 위해 에르빌의 호텔에서 일했던 것이다. ISIS가 신자르에 오기 전에 사바는 그런 삶을 위해 고군분투했다.

집단 학살이 모든 사람을 바꾸어 놓았다. 헤즈니는 사비야 구출자들을 돕는 데 인생을 걸었다. 사이드는 생존한 날의 악몽 속에 살면서 투쟁에 집착하게 되었다. 사오우드는 난민 캠프에서 단조롭게 시간을 보내면서 생존자의 죄책감에 적응하려 애썼다. 조카 말릭은, 집단 학살이 시작될 무렵 어린 소년이었던 가여운 말릭은, 테러범이 되어 인생 전부와 어머니에 대한 사랑마저 ISIS에게 바쳤다.

사바는 군인이나 경찰관이 되기 싫어했었다. 그러나 집단 학살 이후 그는 신자르 산에 가서 싸우기 위해 에르빌의 호텔과 학교를 떠났다. 그는 늘 수줍음이 많고 감정을 드러내지 않는 사람이었다. 그런데 이제 보니 전에 없던 남성적인 면이 생긴 듯했다. 검문소에서 내가 그와 포옹하면서 흐느끼기 시작하자, 사바는 진정하라고 말했다. "여기 병사들이 많아, 나디아. 저들 앞에서 울면 안 돼. 지금껏 너무 많은 일을 겪었겠지만, 이제는 안전해." 그는 몇 주 사이 몇 살은 더 먹은 것 같았다. 우리 모두 그랬다.

나는 마음을 다잡으려고 애썼다. "어느 분이 나세르야?" 사바의 물음에 내가 손짓을 했다. 두 사람은 악수했다. 사바가 말했다. "우린 호텔로 가야 합니다. 야지디 몇 명이 거기 머무르고 있어요. 나세르는 저와 지내고 나디아는 다른 방에서 다른 여자들과 지내면 됩니다."

검문소에서 도심까지 가까운 거리를 차를 타고 갔다. 크고 울퉁불퉁한 원 모양의 에르빌은, 고대 성채를 중심으로 도로와 집들이 뻗어 나간 모양새를 하고 있다. 일부 고고학자들은, 사람이 거주하는 곳으로서는 이 성채가 세계에서 가장 오래되었다고 말한다. 도시 어디서나 높은 누런색 성벽들을 볼 수 있는데, 이는 새롭고 현대적인 오늘날의 에르빌과 대조를 이룬다. 에르빌의 도로마다 많은 흰색 SUV 차들이 속도 제한 법규가 없어 과속을 하며 지나다니고, 거리마다 쇼핑몰과 호텔이 빼곡하다. 어디나 건물들이 새로 지어지고 있다. 우리가 도착했을 때는 많은 공사 현장이 임시 난민 캠프로 바뀐 상태였다. KRG는 이 지역으로 탈출한 엄청난 수의 이라크인과 시리아인들을 어떻게 처리할지 고심하고 있는 상황이었다.

우리가 도착한 호텔은 작고 평범한 곳이었다. 호텔 로비에는 짙은 색 소파들이 놓여 있었다. 창문마다 얇은 커튼이 드리워지고, 바닥에는 반들대는 회색 타일이 깔려 있었다. 야지디 남자 몇 명이 로비에 앉아 있다가 내게 인사를 했다. 나는 자고 싶은 마음뿐이었다. 곧 사바가 날 방으로 안내해 주었다. 방에는 한 가족이 있었다. 늙은 어머니와 호텔 직원인 아들, 그리고 그의 아내였다. 그들은 작은 테이블에 둘러앉아 호텔 식당에서 가져온 수프와 밥과 채소를 먹었다. 노부인이 나를 보자 손짓했다. 그녀가 말했다. "와서 앉아요. 우리랑 같이 먹읍시다."

그녀는 내 어머니 연배로, 어머니처럼 얇은 흰 드레스와 흰 스카프 차림을 하고 있었다. 그녀를 보자 모술의 IS 거처를 떠난 뒤부터 꾹 눌러 왔던 모든 감정이 솟구쳤다. 난 발광했다. 온몸으로 절규하느라 제대로 서지도 못 했다. 그리고 통곡했다. 아직 어머니가 어떻게 됐는지 알 수 없었다. 그러다 트럭에 실려 죽으러 가는 오빠의 모습이 생각나서 다시 눈물이 났다. 또 살아남은 이들과 앞으로 평생 가족들의 빈자리를 메우려 애쓰며 살아야 할 사람들 때문에 울었다. 아직 잡혀 있는 캐스린과 왈라아와 언니들 때문에 울었다. 내가 탈출하는 행운을 누릴 자격이 없는 사람이란 생각이 들어서 울었다. 생각해 보면 이게 행운일까 의심스러웠다.

노부인이 나를 안아 주었다. 그녀의 몸이 내 어머니처럼 푸근했다. 조금 마음을 가라앉히고 보니 가족들이 눈에 들어왔다. 노부인이 울고 있었고, 아들과 며느리도 마찬가지였다. 부인이 내게 말했다. "인내심을 가져요. 아가씨가 사랑하는 사람 모두 돌아올 거야. 자신을 너무 닦달하지 마요."

　나는 그 가족과 식탁에 앉았다. 몸이 허깨비 같아서 언제라도 둥둥 떠다닐 수 있을 것 같았다. 그들이 권하는 통에 나는 수프만 몇 숟가락 떴다. 노부인은 나이보다 훨씬 늙어 보였고 거의 백발이었다. 갈색 반점이 있는 분홍색 두피가 훤히 보였다. 텔 에제르 출신인 그녀에게 그간의 삶은 기나긴 비극에 가까웠다. 그녀가 내게 말했다. "총각인 아들 셋이 2007년 폭격 때 죽었지. 난 아이들의 시신을 보게 될 때까지는 목욕하지 않겠노라 스스로 다짐했어. 세수하고 손은 닦아요. 하지만 목욕을 한 적은 없다오. 내 새끼들의 시신을 염해서 장례를 치르기 전에는 몸을 정갈하게 하고 싶지 않아."

　그녀는 내가 얼마나 지쳤는지 알았다. 노부인이 말했다. "아가, 자거라." 나는 그녀의 침대에 누워서 눈을 감았지만 잠을 이루지 못했다. 부인의 세 아들, 찾지 못하는 시신들, 내 어머니만 생각날 따름이었다. 내가 그녀에게 말했다. "어머니를 솔라에 두고 떠났어요. 어떻게 되셨는지 몰라요." 내가 다시 울기 시작했다. 밤새도록 우린 나란히 누워서 울었다. 아침이 되자 난 캐스린의 원피스로 갈아입고, 노부인의 양 볼에 키스했다.

　노부인이 말했다. "전에는 어미로서 견디기 힘든 최악의 일을 아들들이 당했다고 생각했지. 그 아이들이 다시 살아 오면 얼마나 좋을까 간절히 바랐어. 그런데 내 아들들이 그때 죽은 덕에, 신자르에서의 일을 당하지 않게 되었으니 얼마나 다행인가 싶어." 그녀는 남은 머리칼 위에 쓴 흰 스카프를 바로잡았다. 부인이 말했다. "신의 뜻이라면 어느 날 어머니가 돌아오실 거야. 모든 걸 신께 맡겨요. 우리 야지디는 신 외에 아무도, 아무것도 가지지 않았으니."

::

아래층 호텔 로비에서 낯익은 소년이 보여서 다가갔다. 코초에 살던 시절 내 친구의 동생이었다. 그가 물었다. "우리 누나가 어떻게 됐는지 알아요?"

그 친구를 마지막으로 본 것은 모술의 노예시장에서였다. 거기서 난 처음으로 하지 살만에게 팔렸다. 로지안과 내가 떠날 때 친구는 아직 선택받지 않았지만, 얼마 뒤 팔렸을 거라고 짐작할 수 있었다. "언젠가 누나도 안전하게 돌아올 거야." 내가 말했다. 쿠르디스탄에서 나는 여러 야지디에게 나쁜 소식을 전하게 되리란 걸 차츰 알아 갔다.

친구의 동생이 말했다. "누나가 아직 전화 한 통도 안 했어요."

"전화하기가 쉽지 않아. 놈들은 우리가 전화기를 갖거나 서로 연락하는 걸 못마땅해하거든. 나 역시 탈출할 때까지 헤즈니에게 전화하지 못했어."

사바가 로비에 와서 자코에 갈 때가 되었다고 알려 주었다. "나세르는 저 방에 있어. 가서 작별 인사를 나눠." 사바가 복도 아래쪽의 문이 열린 방을 손짓했다.

나는 그 방으로 가서 문을 밀고 들어갔다. 나세르가 가운데 서 있었다. 나는 그를 본 순간 울기 시작했다. 그가 가여웠다. 그의 가족과 있을

343

때 난 남의 인생을 거닐고 있는 이방인 같았다. 미래에 대한 나의 희망은 탈출과 함께 시작되고 끝났다. 그리고 이제 여기 에르빌에서는 조카와 다른 야지디와 재회하게 되었다. 하지만 나세르는 두려운 여정을 되짚어 IS 구역으로 돌아가야 했다. 내가 나세르 때문에 겁을 먹어야 할 차례였다.

나세르도 울기 시작했다. 사바가 문간에 서서 우리를 지켜보았다. 나세르가 물었다. "사바, 나디아와 2분만 대화할 수 있을까요? 그런 뒤 떠나야겠어요." 사바가 고개를 끄덕이고 나갔다.

나세르가 심각한 표정으로 내게 고개를 돌렸다. "나디아, 이제 사바와 함께이고, 나머지 가족과도 합류하게 생겼네요. 내가 동행하지 않아도 될 거예요. 하지만 물어보고 싶은 게 있어요. 안전하다는 느낌이 들어요? 혹시 사비야였다는 이유로 해코지를 당하거나 사람들이 어떻게 할까 봐 불안하다면 내가 곁에 있어 줄게요."

내가 대답했다. "아니에요, 나세르. 사바가 나를 어떻게 대하는지 봤잖아요. 별일 없을 거예요." 사실 확신이 들지 않았지만 난 나세르가 자기 길을 가기를 바랐다. 여전히 PUK 비디오 때문에 그에게 엄청난 죄책감을 갖고 있었다. 언제 누군가 나세르를 알아볼지 알 수 없었다. 내가 말했다. "다에시가 야지디에 대해 한 말을 믿지 마요. 난 나세르 때문에 우는 거예요. 나를 위해 이렇게 해 줬으니까요. 당신이 내 목숨을 구해 줬어요."

"내 의무였어요. 그뿐이에요." 나세르가 말했다.

우리는 같이 방에서 나왔다. 그가 주었던 도움에 대한 고마움을 제대로 표현할 말이 생각나지 않았다. 지난 이틀간 우리는 모든 공포스럽고 슬픈 순간을 함께했다. 모든 걱정스러운 눈빛과 모든 소름끼치는 질문을 함께했다. 내가 메스꺼우면 그가 달래 주었다. 모든 검문소에서 그의 침착한 태도 덕분에 난 두려움으로 무너지지 않을 수 있었다. 나세르와 가족이 베푼 은혜를 난 결코 잊지 않을 것이다.

왜 나세르는 선량한데 모술의 수많은 사람들은 그리 잔인했는지 모르겠다. 마음 깊이 선량한 사람이라면 IS 근거지에서 나고 자라도 여전히 선량한 것 같다. 강제 개종을 당해도 내가 그 종교를 믿지 않고 여전히 야지디인 것처럼. 그런 인품은 내면에 달려 있다. 내가 나세르에게 말했다. "조심해요. 몸을 잘 챙기고, 가능한 범죄자들과 멀리 지내요. 자, 헤즈니의 전화번호를 받아요." 나는 헤즈니의 휴대폰 번호를 적은 쪽지와 그의 가족이 내준 택시비를 내밀었다. "언제라도 헤즈니에게 전화해도 돼요. 내게 베푼 은혜를 잊지 않을게요. 당신은 제 목숨을 구해 줬어요."

그가 말했다. "행복하게 살기 바라요, 나디아. 지금부터 쭉 멋진 인생을 살아요. 우리 가족은 당신 같은 사람들을 도우려고 애쓸 거예요. 모술에서 탈출하려는 여자들을 알게 되면 우리에게 전화해요. 우리가 도와주려고 노력할게요."

나세르가 다시 말했다. "어쩌면 언젠가, 모든 여자들이 해방되고 다에시가 이라크에서 없어지는 날, 다시 만나 이번 일을 이야기해요." 그러더니 그가 웃음을 터뜨렸다. "모든 게 어때요, 나디아?" 그가 물었다.

"더워요." 내가 생긋 웃으면서 대답했다.

그가 놀리면서 말했다. "잊지 마요. 아주 더워요, 나세르. 아주 덥네요."

그러더니 웃음기를 거두면서 나세르가 말했다. "신이 당신과 함께하시기를, 나디아."

"신이 당신과 함께하시기를, 나세르." 내가 답했다. 그가 몸을 돌려 출구를 향해 걷자, 나는 타우시 멜렉에게 나세르와 가족이 안전한 곳에 이르게 해 달라고 기도했다. 그 기도가 끝나기도 전에 그는 가 버렸다.

9.

나세르가 에르빌을 떠난 뒤, 나는 그와 가족의 안부를 알아보려고 애썼다. PUK가 찍은 비디오를 생각하면 치욕스러워 울컥했고, 그 일로 나세르의 가족이 위험에 처하지 않기를 기도했다. 나세르는 가난한 동네 출신일 뿐이었지만, 헤즈니와 나는 그가 다에시와 엮이는 건 시간문제라며 걱정했다. 오랜 세월 ISIS는 불만으로 가득 찬 수니파와 불안정한 이들을 포섭할 작정으로 도시에 뿌리를 내렸다. 그곳 사람들은 테러 집단이 바스당과 비슷한 이들이며, 권력을 되돌려 주리라는 희망을 품었었다. ISIS는 곧 그러한 환상을 깨 주었다. 그런데도 나세르가 쿠르디스탄에서 돌아갈 즈음 소년들은 병사가 되었으며, 더 나쁘게는 ISIS의 신실한 추종자가 되었다. 미나의 아들들이 전쟁터를 피할 수 있었을까? 지금도 난 알지 못한다.

헤즈니는 그들이 겪을지도 모를 일을 무척 걱정했다. 오빠는 말했다. "그들은 너를 도와줬어. 그런 이유로 그 가족이 벌을 받는다면 우리가 어떻게 견딜 수 있겠니?" 헤즈니는 우리 집안의 가장 역할을 아주 충실히 해 나갔다. 그렇지만 나세르가 돌아간 이후 헤즈니가 할 수 있는 일은 없었다. 헤즈니는 두어 차례 히샴, 나세르와 통화했지만, 어느 오후부터는 전화를 걸면 중지된 번호라는 안내음이 나왔다고 한다. 그 뒤 헤즈니는 여러 정보망을 통해 나세르와 가족의 안부를 확인해야 했다. 그리고 어느 날, 나세르가 날 도왔다는 사실을 ISIS가 알게 되었으며, 곧 ISIS가 바쉬르와 히샴을 체포했다는 소식이 전해졌다. 그때 그들은 나세르의 단독 행동이었다며 다에시를 설득했다고 했다.

2017년 이라크군이 모술을 해방하기 시작한 시기에 가족은 여전히 그곳에 살았고, 정보를 입수하기가 더욱 어려워졌다. 헤즈니는 사람들을 통해 나세르의 형제 한 명이 2017년 ISIS와 이라크군의 전투 중에 사망했다는 소식을 들었다. 양측은 모술과 와디 하자르를 잇는 도로의 통제권을 놓고 싸웠다. 하지만 그가 어떻게 죽었는지, 그것이 사실인지 여부는 지금도 모른다. 가족이 살던 모술 동부는 그해 도시가 해방될 때 첫 번째 대상이 된 지역이었다. 가족은 피란했거나 전투 중에 사망했을 가능성도 있었다.

이라크 병력이 진입하자 ISIS는 주민들을 인간 방패로 사용했다고 들었다. 미군이 폭격하려는 건물들에 민간인을 머물게 한 것이다. 모술로부터 피란해 온 이들은 정말 지옥 같은 생활이었다고 회상했다. 나세르의 가족이 안전하기를 기도하는 것밖에 아무것도 할 수가 없었다.

자코의 이모 집에 가기 전, 난 두혹에 있는 병원부터 찾아갔다. 사이드와 칼레드가 그 병원에 여전히 입원하여 치료를 받고 있었다. 난민 캠프는 아직 완공되지 않았고, 쿠르디스탄에 피란 온 야지디는 아무 데서나 잠을 잤다. 야지디 가족들은 도시 외곽의 공사가 중단된 아파트 건물들에 들어가, 구호단체에서 얻은 콘크리트 바닥에 텐트를 쳤다. 높은 건물들의 외벽이 완성되지 않아, 그 앞을 지날 때마다 안에 사는 사람들이 염려됐다. 어린아이들이 위층에서 추락한 사고도 몇 번 일어났다. 하지만 그들은 갈 곳이 없었다. 신자르 전역에 이런 황량한 건물들이 많았고, 야지디 피란민들은 가진 게 없었다. 구호단체들이 식량을 나눠 주러 오면, 사람들은 배급 주머니를 받으려고 인파를 뚫고 밀치면서 달음질했다. 엄마들은 우유 한 깡통을 얻으려고 죽어라 다리를 움직였다.

병원에 도착하니 헤즈니, 사오우드, 왈리드, 이모가 기다리고 있었다. 우린 서로 얼싸안고 눈물을 흘렸다. 그런 뒤에는 질문 세례가 이어졌다. 마침내 시끌벅적한 분위기가 가라앉고 나서야 가족들의 이야기를 들을 수 있었다. 나는 강간 부분만 빼고, 그동안 겪은 일들을 간단히 이야기해 주었다. 이모는 울면서 곡을 하기 시작했다. 평소 장례 때 조문객들은 시신 주위를 돌면서 곡하고, 자기 가슴을 힘껏 때려 고통을 드러내는 의식을 한다. 이는 목소리가 갈라지고 다리와 가슴팍이 고통에 무감각해질 때까지 몇 시간 지속되기도 한다. 이날 이모는 움직이지 않고 곡만 했지만, 이모의 큰 고함에 방 전체, 아니 두훅 전체가 울릴 정도였다.

헤즈니는 침착했다. 평소 감성적인 오빠는 가족이 아프면 함께 우는 성격이었다. 질란과 연애할 때의 헤즈니 오빠는 마치 연애시의 주인공 같았다. 그러나 이제 그는 자신이 살아남은 이유에 집착했다. 헤즈니는 말했다. "왜 신이 나를 구하셨는지 모르겠어. 하지만 남은 내 인생을 좋은 일에 써야 한다는 건 알아." 작은 콧수염이 난, 넓적하고 다정한 구릿빛 얼굴을 보자마자 난 울음이 터져 나왔다. 헤즈니는 날 안으면서 말했다. "울지 마, 이게 우리 운명이야."

나는 사이드의 병상으로 걸어갔다. 부상당한 몸 역시 아팠겠지만, 집단 학살의 기억과 많은 이가 죽었는데 자신은 살았다는 죄책감에 비할 바가 아니었다. ISIS로부터 살아남은 이들도 삶을 잃어버렸다. 오빠들과 나 같은 길 잃은 야지디는 마음 한구석에 가족에 대한 기억을, 머리에는 ISIS를 법의 심판대에 세울 의지를 담고 세상을 휘적휘적 걸어 다녔다. 사이드는 페슈메르가의 야지디 분대에 합류하여 싸우고 싶은 마음뿐이었다.

칼레드는 사이드보다 맞은 총알 수가 적었지만 더 많이 다쳤다. 총알 두 개가 팔꿈치를 부수어서 인공 관절이 필요했지만, 두훅의 병원에서 그런 치료는 받을 수 없었다. 오늘날까지 그의 팔은 죽은 나뭇가지처럼 뻣뻣하게 늘어져 쓰지 못한다.

::

내가 처음 자코에 도착했을 때, 헤즈니는 이모네 근처의 짓다 만 집에서 살고 있었다. 그는 산에서 탈출한 뒤로 그곳에서 살았다. 그 집은 이모와 이모부가 마련한 곳으로, 이모네 집 옆으로 아들 내외가 살 작은 별채를 마련한 것이었다. 그러나 가난하여 단번에 집을 완성할 수는 없었고, 돈이 생길 때마다 조금씩 완성해 가는 식으로 공사를 하고 있었다. 그러다 ISIS와 전쟁하면서 공사는 완전히 중단되었다. 내가 도착했을 때 집은 달랑 휑한 콘크리트로 만든 방 두 칸뿐이었다. 창문을 가리지도 않았고 콘크리트 슬래브의 이음매가 벌어져 바람과 먼지가 들어왔다. 늘 어머니와 왔던 곳인데, 이제 어머니 없이 이곳에 있었다. 어머니의 부재는 마치 내게 팔다리가 없는 것처럼 크게 느껴졌다.

나는 짓다 만 집에서 친오빠인 헤즈니와 사오우드, 이복 남매인 왈리드, 나와프와 살게 되었다. 곧 사이드와 칼레드가 퇴원해 우리에게 왔다. 집 같은 집으로 만들기 위해 우린 모두 최선을 다했다. 구호단체가 방수포를 나눠 주자 그걸로 창을 가렸고, 배급받은 식량을 신중하게 나눠서 주방으로 쓰는 작은방에 최대한 비축했다. 헤즈니가 본채에서 우리 집까지 전선을 연장하고 천장에 전구를 달아 불을 켤 수 있게 해 주었다. 그런가 하면 우린 재료를 사서 벽 사이 틈을 메웠다. 우리는 끝없이 전쟁에 대해 이야기했지만, 서로의 마음을 상하게 할 수 있는 세세한 부분까지는 언급하기를 꺼렸다.

남자 형제들 중에서는 사이드와 나와프만 미혼이어서, 결혼한 이들보다 외로움을 덜 탔다. 헤즈니는 아직 질란의 소식을 듣지 못했다. 우린 그녀가 함다니야에 니스린과 함께 있다는 것만 알고 있었다. 사오우드의 아내 쉬린이나 이복 오빠 부인들의 소식은 전혀 알 수 없었다. 나는 ISIS에 대해 아는 사실과 모술이나 함다니야에서 본 일들을 오빠들에게 말했다. 하지만 감금당해 겪은 일은 애매하게 넘겼다. ISIS가 야지디 여자들에게 자행한 짓을 끔찍한 악몽으로 여기는 오빠들에게,

내가 굳이 사실을 확인해 주어서 더욱 괴롭게 만들기 싫었다. 난 코초에서 벌어진 집단 학살에 대해 묻지 않았다. 사이드와 칼레드에게 기억을 상기시키기 싫어서였다. 아무도 서로의 절망을 보태지 않으려 했다.

생존자들이 사는 곳인데도 집은 비통한 분위기였다. 활기가 넘쳤던 오빠들은 빈껍데기가 되었다. 종일 잘 수는 없기에 낮에 깨어 있을 뿐이었다. 여자는 나 혼자여서 청소와 요리를 맡아야 했지만 할 줄 아는 게 별로 없었다.

코초의 집에 있을 때는 내가 공부하는 사이 언니들과 올케들이 집안일을 맡았다. 이제 난 쓸모없는 멍청이가 된 기분으로, 임시 부엌에서 더듬대고 어설프게 빨래를 해야 했다. 내가 살림을 배우지 않은 걸 아는 오빠들은 날 친절하게 거들었다. 하지만 일단 배우면 다 내가 떠맡아야 하는 건 분명했다. 이모는 내가 빵을 만들 줄 모르는 걸 알고 여분의 빵을 구워서 가져다주었지만, 그 역시 내가 배워서 해내야 할 일이었다. 학교는 먼 기억이 되었다.

ISIS를 탈출해서 가족과 살게 되었지만, 여전히 내 삶은 긴 고통들로 묶인 사슬의 한 부분에 있는 것 같다는 생각이 들었다. 난 ISIS에 감금되는 고통을 겪었다. 다음으로는 극도로 빈곤한 생활을 하는 고통을 겪게 되었다. 아무것도 없이, 내 것이라 부를 집도 없이 먹을 것을 타인들에게 의존한다. 땅도 없고, 양도 없고, 학교도 없이 대가족의 일부만 남아 난민 캠프가 세워지기만을 기다리고, 텐트 대신 컨테이너가 생기기를 기다린다. 그러다 코초의 해방을 기다리지만 그런 일은 생기지 않을 것 같았다. 솔라에서 언니들이 풀려나고 어머니가 구출되기를 기다리지만 그런 일이 일어날까 싶었다. 매일 울었다. 때로 이모나 오빠들과, 어떤 때는 이불 속에서 혼자 울었다. 꿈을 꾸면, 늘 ISIS에게로 돌려보내져서 다시 탈출해야 하는 상황에 놓여 있었다.

우리는 구호물자를 잘 활용하는 법을 배웠다. 1주에 한 번 대형 트럭이 식용유와 토마토 캔과 함께 쌀, 렌틸콩, 파스타 부대를 싣고 왔다. 식품 저장고나 냉장고가 없어 가끔 아껴 둔 식품이 상하거나 쥐가 갉아먹는 일이 생겨서, 설탕과 밀가루가 잔뜩 든 부대를 버려야 할 때가 있었다. 나중에 빈 기름통을 구하고 나서는 깨끗이 씻어서 식품을 보관하는 데 썼다. 음식을 버리는 것은 고통스러운 일이었다. 음식을 살 돈이 없으니 다음에 트럭이 자코를 지날 때까지 덜 먹을 수밖에는 없었다. 날씨가 점점 추워지자 이모에게 따뜻한 옷을 몇 벌 얻었지만, 속옷이나 브래지어나 양말 같은 것은 없었다. 아무 부탁도 하기 싫어서 가진 것으로 버텼다.

헤즈니의 휴대폰은 자주 울렸다. 그때마다 헤즈니는 우리를 피해 밖에 나가 통화했다. 난 그가 어떤 종류의 정보를 얻는지 간절히 알고 싶었지만, 그는 대략적으로만 알려 주었다. 날 속상하지 않게 하려고 그랬겠지. 어느 날 그는 아드키 언니의 전화를 받고서는 마당에 가서 통화를 했다. 헤즈니는 눈이 빨개져서 돌아왔다. "아드키가 시리아에 있어." 그가 우리에게 말했다. 솔라에서 조카를 아들이라고 주장했던 언니는, 가까스로 조카들을 데리고 지냈다. 언제라도 ISIS에게 거짓말이 들통나서 조카를 빼앗길까 봐 걱정했다고 한다. 헤즈니가 우리에게 말했다. "내가 시리아의 구출 안내원을 찾아보는 중이야. 그런데 거기서 여자들을 빼내는 게 이라크보다 훨씬 어려워. 그리고 아드키는 다른 사람들을 두고 혼자서는 떠나지 않으려고 해." 설상가상으로 시리아 내 구조 조직은 이라크의 조직과는 별개라서, 헤즈니가 아드키를 빼내기가 훨씬 어려웠다.

나는 이모에게 처음으로 강간을 포함한 모든 이야기를 털어놓았다. 이모는 나를 딱하게 여기며, 울면서 꼭 안아 주었다. 누군가에게 말하니 한결 마음이 놓였다. 그간의 일 때문에 야지디에게 거부당하거나 비난받을 걱정도 덜었다. ISIS 때문에 너무 많은 야지디가 살해되거나 납치되었다. 생존자들은 무슨 일을 겪었든 힘을 합해 남은 것을 복구하려 노력해야 했다. 처음에 내가 그랬듯, 대부분의 탈출한 사비야들은 다에시에게 억류된 시기에 대해 함구했다. 그 마음을 충분히 이해할 수 있었다. 이것은 그들이 직접 겪은 비극이었으며, 그들은 그 경험을 아무에게도 말하지 않을 권리를 갖고 있었다.

나 이후 조카 로지안이 처음으로 탈출했다. 새벽 두 시에 이모 집에 도착했을 때, 로지안은 여전히 ISIS가 준 아바야 차림이었다. 내가 묻기 전에 로지안이 물었다. "다른 가족들은 어떻게 됐어?" 헤즈니는 세세한 소식을 전해야 했다. 사실을 말하는 것은 무거운 짐이었다. 마을과 가족이 당한 일을 들으면서 일그러지는 로지안의 얼굴을 보려니 끔찍했다. 남자들은 죽었고, 나이 든 여자들은 어떻게 됐는지 생사를 알 수 없었으며, 사비야로 끌려간 여자들은 대부분 아직 ISIS에게 잡혀 있었다. 이야기를 들은 뒤 난 로지안이 큰 슬픔에 빠진 나머지 이모네서 스스로 목숨을 끊으려 하지는 않을까 걱정했다. 헤즈니가 코초의 집단 학살 소식을 알고 나서 자결하려고 했던 것처럼 말이다. 그러나 우리 모두 그래야 했듯이 슬픔을 버텨 냈다. 로지안이 도착한 날 아침 우리 는 난민 캠프로 돌아갔다.

10.

캠프로 가는 길은 좁고 흙투성이였다. 아스팔트를 깔기 전의 코초로 접어드는 길을 떠올리게 했다. 그날 아침 거기 도착하면서, 난 실제로 집에 간다고 상상하려 애썼다. 하지만 낯익은 모든 것은 예전 삶에서 얼마나 멀리 왔는지 분명히 보여 주었고, 슬픔만 더 깊어졌을 뿐이다.

멀리서 북부 이라크의 완만한 산비탈에 컨테이너 수백 개가 있는 캠프가 보였다. 하얀 컨테이너는 마치 담장의 벽돌 같았다. 컨테이너 사이사이의 흙길은 비나 목욕물, 급조한 부엌에서 나온 물이 스며서 늘 진창이었다. 울타리가 캠프를 에워쌌지만—우리의 안전을 위해서라고 했다—여기저기 개구멍이 있었다. 아이들이 축구하러 들판에 쉽게 나가려고 철망과 땅바닥이 만나는 곳에 뚫은 것들이었다. 캠프 출입구에 놓인 더 큰 컨테이너들은 구호단체와 정부의 사무실, 진료소, 교실로 사용되었다.

우리는 북부 이라크가 추워지기 시작하는 12월, 캠프에 들어가게 되었다. 겨울에는 자코의 짓다 만 집이 더 안전했지만, 그래도 이곳에

서 내 것이라고 부를 수 있는 공간을 갖는다는 기대가 컸다. 컨테이너
는 널찍한 편이었다. 우린 나란히 놓인 컨테이너들을 얻어서 하나는 침
실로, 하나는 거실로, 하나는 부엌으로 사용했다.

캠프는 북부 이라크의 계절과 잘 맞지 않았다. 겨울이 되자 컨테이
너 사이의 통로가 진흙탕이 되었고, 우린 흙을 집 안으로 묻혀 들이지
않으려고 애썼다. 하루 한 시간만 물이 나왔고, 히터를 나눠 써서 난방
을 했다. 온기가 없으면 찬 공기가 벽에 모여 침대에 물이 흘러내렸다.
그러면 젖은 베개를 베고 잠들어야 했고, 깨면 곰팡내가 코를 찔렀다.

캠프 전역에서 사람들은 빼앗긴 일상을 다시 일구려고 버둥댔다.
집에서 하던 일들을 반복하는 것만으로도 위로가 되었다. 두혹에서, 캠
프에서 사람들은 신자르의 일상을 그대로 반복했다. 여자들은 식사 준
비와 청소에 집착했다. 일을 잘 해내면 고향 마을로 갈 수 있는 것처럼
매달렸다. 남편들을 공동묘지에서 깨워 예전 삶으로 돌아갈 수 있는 것
처럼 말이다. 매일 대걸레를 구석에 세워 두고 빵을 굽노라면, 돌아갈
집도 남편도 없다는 사실이 새롭게 억장을 무너뜨려서 울었다. 대성통
곡이 컨테이너 벽을 흔들었다. 코초에서 집집마다 늘 사람 소리가 났던
데 비하면 캠프는 조용했다. 가족들이 작은 일로 입씨름하던 소리가 그
리울 지경이었다. 싸우는 소리가 머릿속에서 천상의 음악처럼 퍼졌다.
우린 일거리를 얻거나 학교에 갈 방법이 없었다. 그곳에서는 죽고 실종
된 사람들을 애도하는 게 우리의 일이 되었다.

남자들에게 캠프 생활은 훨씬 더 힘겨웠다. 차가 없어서 도시에 나
가 일을 구할 수도 없었다. 그들의 아내, 누이, 어머니는 억류되었고, 형

제와 아버지는 죽었다. 남자들이 페슈메르가나 경찰에 들어가기 전까지는, 우리는 이라크 정부와 몇몇 구호단체에서 주는 연금 외에 수입이 없었다. 그런 단체들의 선봉에 '야즈다'라는 야지디 인권 단체가 있었다. 야즈다는 코초 학살 직후에 조직된 단체로, 집단 학살의 생존자들에게 연금을 지급했다. 야즈다는 집단 학살 희생자들을(결국 나도 그들에게 인생을 바칠 운명이었다) 도우려고 자신의 인생을 포기한, 전 세계의 야지디 집단이 이끌었다. 야즈다는 곧 전 지역의 야지디에게 희망이 되었다. 구호단체들이 식량을 가져오면 우린 그들을 향해 달렸다. 때로는 구호 트럭들을 놓치는 일도 있었다. 어느 날은 트럭이 캠프의 이쪽에 멈추었고, 다음 날은 다른 쪽에 멈추었기 때문이다. 가끔 상한 식품을 받는 날도 있었다. 구호단체에서 얻은 쌀로 지은 밥에서 악취가 날 때면 불평하곤 했다.

여름이 오자 난 직접 일을 하기로 작정하고, 인근 밭에 품을 팔러 갔다. 밭 주인인 쿠르드인 농부는 난민들을 고용해 멜론을 수확하고 있었다. "당신들이 종일 일하면 우리가 저녁밥을 제공하겠소." 그는 품삯 몇 푼 외에 식사를 약속했고, 나는 해 질 녘까지 남아 묵직한 멜론을 줄기에서 땄다. 하지만 농부가 식사를 내왔을 때 난 토할 뻔했다. 캠프에서 주는 악취 나는 맨밥이 접시에 담겨 있었다. 농부에게 이런 대접을 받으니 울고 싶었다. 그는 우리가 캠프에 사는 가난한 이들이니, 아무거나 먹여도 고마워할 줄 알았던 것이다.

'우린 인간이라고!' 이렇게 외치고 싶었다. '우리도 집이 있었고 제대로 된 삶이 있었어. 우린 하찮은 존재가 아니야.' 하지만 계속 입 다물고 구역질 나는 음식을 삼킬 수 있는 만큼 먹었다.

그러나 다시 밭에 나오자 점점 부아가 치밀었다. 난 생각했다. '오늘 일은 *마칠 거야. 하지만 내일 이 집 일을 해 주러 여기 다시 올 일은 없어.*' 다른 일꾼 몇 명이 ISIS에 대해 이야기하기 시작했다. 테러범들이 들이닥치기 전에 피신한 난민들에게 우리 억류자들은 호기심의 대상이었다. 그들은 ISIS 치하의 생활이 마치 액션 영화의 내용이라도 되는 것처럼 늘 물어 댔다.

농부가 우리 뒤쪽으로 걸어왔다. "다에시와 있다가 온 사람이 누구요?" 그가 묻자 사람들이 날 손짓했다. 나는 일손을 멈추었다. 난 그가 푸대접해서 미안하다고 사과할 줄 알았다. 캠프에 ISIS 생존자가 있는 줄 알았으면 더 잘해 줬을 거라고 말할 줄 알았다. 그런데 농부는 페슈메르가가 얼마나 대단한지 자랑하고 싶어 했다. 그가 말했다. "그래, 다에시는 끝장날 거야. 페슈메르가가 얼마나 대단한지 알잖소. 그들이 놀라운 실력을 발휘해서 이라크의 넓은 지역을 해방시켰어. 그동안 많은 병사를 잃었고 말이오."

난 그에게 쏘아붙이지 않을 수가 없었다. "우리는 어떤지 아세요? 야지디족 수천 명이 죽었어요. 페슈메르가가 철수해 버린 탓에 그들이 목숨을 잃었다고요." 농부는 입을 다물고 가 버렸고, 젊은 야지디 남자가 불안해하면서 내게 고개를 돌렸다. 그가 말했다. "제발 그런 말 좀 하지 말아요. 그냥 일만 하라고요." 그날 일이 끝나고 나서 나는 야지디 책임자에게 갔다. 이 농부의 일은 하지 않겠다고 알리기 위해서였다. 그러나 책임자는 분노해서 날 쳐다보았다. "농부가 우리 모두 다시 오

359

지 말라고 했소." 그가 말했다.

내가 한 말 때문에 모두 일거리를 잃었고, 난 그에 대한 커다란 죄책감을 느꼈다. 하지만 곧 이 일은 우스운 이야깃거리가 되어 캠프에 퍼졌다. 시간이 지나 내가 이라크를 떠나 외국에서 내 사연을 전하기 시작한 뒤, 친구가 캠프에 찾아가 그곳의 내 지인들을 만났다. 친구는 내가 페슈메르가를 너무 너그럽게 봐준다고 불평했다. "나디아는 그들이 우리에게 저지른 짓을 세상에 알려야 한다고요!" 친구가 토로하자, 캠프의 야지디 한 명이 깔깔대기 시작했다. "나디아는 처음부터 할 말을 했어요. 그 덕에 우리 모두 해고됐는데 무슨 소리를 하는 거예요!"

::

2015년 1월 어느 날, 새벽 네 시에 디말이 캠프에 도착했다. 디말 언니는 캠프에 와 보니 내가 자다 깨서 끌어안기만 했다며 지금도 놀린다. 디말은 말한다. "내가 죽어라 달려오는데 너는 쿨쿨 자고 있었다니, 기가 막혀서!" 난 언니에게 대꾸한다. "새벽 네 시까지 밤을 새웠단 말이야. 언니가 늦었으면서!" 나는 참을 수 있는 한 깨어 있다가 현기증을 느꼈고, 정신을 차리니 언니가 침대를 내려다보며 서 있었다. 디말은 터키와 시리아의 국경을 따라 몇 시간 동안 뛰었다. 그사이 국경의 철망에 긁혀서 다리에서 피가 흘렀다. 물론 디말에게 더 나쁜 상황이 닥칠 수도 있었다. IS 조직원에게 발각되어 총을 맞거나 지뢰를 밟는 일들 말이다.

디말이 돌아오자 커다란 상처 하나가 아문 느낌이었다. 하지만 우린 행복하지 않았다. 서로 부둥켜안고 울다 보니 어느새 아침 열 시가 되었고, 그제야 디말은 옆에서 같이 울던 손님들에게 인사했다. 다음 날 아침까지 다른 식구의 안부에 대해서는 이야기하지 않았다. 그 소식들을 듣는 게 디말이 돌아와서 겪은 가장 힘든 순간이 될 터였다. 그날 아침, 침대에 나와 나란히 누운 언니가 울어서 쉰 목소리로 말했다. "나디아, 다른 식구는 어디 있니?"

그달이 가기 전에 아드키도 탈출할 수 있었다. 우린 아드키가 걱정되어 미칠 것 같았다. 아드키에게 무슨 일이 생겼는지 알지 못했기 때문이다. 몇 주 전에 한 여자가 시리아에서 탈출하여 캠프에 왔다. 그녀는 시리아에서 아드키와 같이 있었다고 말했다. 우린 아는 것을 다 알려 달라고 간청했다. 그녀가 말했다. "그들은 아드키를 아이 엄마라고 믿었어요. 그래서 그녀를 건드리기 전에 기다렸지요." 아드키는 조카 미란을 안전하게 보살피는 것에만 신경 썼다. 여인은 우리에게 말했다. "아드키가 내게 말하더군요. 내가 미란을 보살펴 주겠다고 약속하면 자기는 스스로 목숨을 끊겠다고. 나는 인내심을 가지라고, 언젠가 우린 그곳을 벗어날 거라고 달랬어요. 하지만 아드키는 심란해했죠."

그 말을 듣고 우린 아드키가 잘못됐을까 봐 염려했다. 가족은 언니와 귀여운 조카를 하염없이 걱정했다. 여자니까 운전을 배울 수 없다고 말하는 남자들에게 악을 썼던 아드키. 그런데 갑자기 아드키가 헤즈니의 휴대폰으로 전화했다. "두 사람은 아프린에 있어!" 오빠가 흥분해서 우리에게 전했다. 아프린은 쿠르드족이 점령한 시리아의 지역으로,

ISIS 영토가 아니었다. 시리아에서 쿠르드족이 지키는 곳이었다. 난 야지디족이 산을 벗어나게 도와준 쿠드르족 병사들이, 언니 역시 도와줄 거라고 기대했다.

아드키와 미란은 로카를 탈출하여, 아랍족 목동과 가족의 도움을 받고 있었다. 두 사람은 목동의 집에서 한 달 하고도 이틀을 더 지냈고, 그사이 우린 그들을 IS 영토에서 가장 안전하게 빼낼 방법을 찾으려고 노력했다. 목동 딸의 약혼자가 아프린에 거주하고 있었는데, 가족은 결혼식 날을 기다리는 중이었다. 결혼식 참석은 그들 모두 북부로 가야 하는 그럴듯한 핑계가 될 수 있었다. 나중에 헤즈니는 아드키가 목동의 가족과 지낸다는 사실을 알고 있었지만, 우리가 너무 큰 기대를 할까 봐 말하지 않았다고 설명했다.

아프린에서 처음 전화가 오고 이틀 뒤, 드디어 아드키는 미란을 데리고 캠프에 도착했다. 이번에 나는 디말과 새벽 여섯 시까지 기다렸다. 아드키에게 죽거나 실종된 가족 이야기를 알려야 한다는 게 겁이 났지만, 그럴 필요가 없었다. 아드키는 이미 알고 있었다. 곧 그녀는 작고 슬픈 세상에서 우리와 같이 살았다.

언니들이 빠져나온 것은 기적이었다. ISIS가 처음 신자르에 들어오고 3년 뒤, 야지디는 독특한 방식으로 노예에서 탈출했다. 일부는 나처럼 지역 주민들의 도움을 받은 반면, 가족들이나 정부가 구출 안내원이나 다에시에게 직접 돈을 지불하고 되사는 형식으로 구제된 이들도 있었다. 때로 엄청난 거액이 오갔다. 여자 한 명을 빼내는 비용은 5,000달러에 달했고, 더 큰 액수—헤즈니의 표현대로 '신차 한 대 값'—가 작전

책임자에게 전해졌다. 그는 아랍족과 쿠르드족이 통치하는 이라크 내의 연줄을 동원해 구출 작전을 지휘했다. 여자 한 명을 해방시키는 데 많은 중개인들—운전사들, 구출 안내원들, 서류 위조범들—에게 돈이 뿌려졌다.

모든 탈출 이야기가 믿을 수 없는 경험담이다. 코초 출신의 한 여자는 IS의 시리아 내 수도인 라카로 끌려가, 결혼식장에서 한 무리의 여자들과 함께 억류되어 다른 고장으로 보내지기를 기다렸다. 필사적이었던 그녀는 라이터로 프로판가스통에 불을 붙여 홀을 태우려 했지만, 그러기 전에 발각되었다. 그러자 그녀는 억지로 구토를 했다. 다에시가 밖으로 나가라고 지시하자, 그녀와 여자들은 결혼식장 주변의 어두운 들판으로 도망쳤다. 결국 지나던 농부가 신고해서 여자들은 붙잡혔지만, 그녀는 운이 좋았다. 몇 주 뒤, 그녀를 산 농부의 아내가 그녀가 시리아에서 탈출할 수 있도록 도움을 주었다. 얼마 뒤 농부의 부인은 맹장염으로 사망했다. IS 내부에는 부인을 구할 능력을 갖춘 외과 의사가 없었다.

헤즈니는 가장 복잡하고 위험한 작전을 벌인 끝에, 아내 질란을 데려올 수 있었다. 질란은 2년 이상 억류된 뒤에야 돌아오게 되었다. 질란을 억류한 자의 아내가 헤즈니에게 전화하여 도움을 주겠다고 제의했다. 자기 남편이 야지디 여자들을 유린하는 데 신물이 났다는 것이다. IS 고위직 인사인 그녀의 남편은, 칼리프 영토를 압박하는 반(反)ISIS 연합체의 표적이 되었다. 헤즈니는 그 부인에게 말했다. "남편이 죽는 꼴을 보셔야 될 텐데요. 그 방법밖에는 없습니다." 그녀는 그래도 좋다고 동의했다.

헤즈니는 미군과 IS 목표물을 공격하는 쿠르드 지휘관에게 그 부인을 연결시켰다. "남편이 집에서 나가는 시간을 지휘관에게 알려 주세요." 헤즈니는 부인에게 이렇게 지시했다. 다음 날, IS 고위직 인사의 차가 공습당했다. 처음에 부인은 남편이 죽었다는 헤즈니의 말을 믿지 않았다. "왜 아무도 그 사실을 말해 주지 않는 거지요?" 그녀는 반문했다. 부인은 남편이 살아서 모든 사실을 알게 될까 봐 두려웠다. 그래서 남편의 시신을 확인하고 싶어 했다. 헤즈니가 그녀에게 말했다. "시신이 심하게 손상됐습니다. 차가 녹아 없어졌어요."

이제 여자들은 다른 지시가 떨어지기를 기다려야 했다. 질란을 안전하게 빼낼 길은 작은 창문 하나밖에 없었다. 이삼일 뒤에 질란을 데리고 있던 고위직 인사가 사망했다는 사실이 확인되었고, 다에시는 질란을 데려가 새 주인에게 넘기려고 집에 찾아왔다. 그들이 문을 두드리자 부인이 문을 열었다. "우리 사비야는 남편과 차에 같이 타고 있었어요. 그녀도 죽었지요." 부인은 떨리는 목소리를 내지 않으려고 애쓰면서 말했다. 다에시는 만족해서 떠났다. 그들이 시야에서 사라지고 나서, 질란과 부인은 이라크군 주둔지로 갔다가 마침내 쿠르디스탄으로 오게 되었다. 그들이 떠나고 몇 시간 뒤, 그 집도 폭격당했다. 헤즈니가 내게 말했다. "다에시는 그들이 다 죽은 걸로 알고 있지."

다른 사람들은 그런 행운을 누리지 못했다. 난 2015년 솔라에서 공동묘지가 발견되었다는 것을 알게 되었다. 내가 디말과 함께 난민 캠프를 떠나서 독일에 간 뒤로 몇 달이 지나서였다. 그때 나는 ISIS의 노예가 된 야지디 희생자를 도우려는 독일 정부 프로그램에 참여하기 위해 독일에 갔었던 것이다. 아침 일찍 나는 휴대폰을 확인했다. 아드키와 헤즈니가 보낸 메시지가 줄줄이 있었다. 그들은 나에게 자주 전화해, 캠프에 남은 가족들의 소식을 계속 알려 주었다. 특히 사이드는 소원을 이루어 KDP 페슈메르가 소속의 신생 야지디 부대와 함께 신자르에서 싸웠다. 내가 전화하니 아드키 언니가 말했다. "사이드는 솔라 가까이 있어. 곧 거기서 무슨 일이 있었는지 알려 줄 거야."

그날 디말과 나는 독일어 수업에 가야 했지만 아무것도 할 수 없었다. 하루 종일 아파트에 앉아 소식을 기다릴 뿐이었다. 나는 솔라 재탈환을 위한 전투를 취재하는 쿠르드족 기자와 연락했다. 그 기자와 사이드, 아드키, 내 전화기가 종일 쉴 새 없이 울려 댔다. 연신 휴대폰을 확인하면서 디말과 나는 어머니가 살아서 발견되기를 기도했다.

오후 나절에 기자가 전화했다. 낮은 목소리를 듣자 난 나쁜 소식이 있음을 눈치챘다. 기자가 말했다. "집단 묘지가 발견됐어요. 학교 근처에 있는데 약 80구의 시신이 있는 것 같아요, 여자들이에요." 그의 말을 듣고 난 전화기를 내려놓았다. 가까이에 있는 디말에게 소식을 전할 수 없었다. 아드키나 헤즈니에게 전화해서, 오랜 세월 수많은 위기를 넘긴 어머니가 돌아가셨다고 차마 말할 수 없었다. 손이 덜덜 떨렸다. 그러자 디말의 휴대폰에서 진동음이 울렸다. 언니는 이미 가족에게 문자메시지를 받았다. 모두 비명을 지르고 있었다.

난 움직일 수 없었다. 사이드에게 전화했더니, 오빠는 내 목소리를 듣자마자 울었다. 그가 말했다. "여기서 내가 하는 일은 다 헛수고였어.

1년간 싸웠는데 아무것도, 누구도 찾지 못했어." 나는 헤즈니에게 캠프로 돌아가서 장례식에 참석할 수 있도록 해 달라고 애원했지만, 그는 거절했다. 오빠는 말했다. "어머니의 시신이 없는 데다, 솔라에는 아직도 군대가 있어. 네가 와도 그들은 널 묘지 근처에 얼씬도 못하게 할 거야. 너는 안전하지 않아." 이미 인권 운동가로 활동하기 시작한 난 IS로부터 위협을 받고 있었다.

어머니의 사망을 확인한 뒤, 난 캐스린과 재회하리라는 희망에 매달렸다. 내 조카이자 단짝인 캐스린은 누구에게나 사랑받는 사람이었다. 내가 어머니 없이 남은 인생을 살려면 캐스린이 곁에 있어야 했다. 형의 딸을 자식처럼 사랑하는 헤즈니는 몇 달간 캐스린을 안전하게 빼낼 방도를 강구했지만 허사였다. 캐스린은 함다니야와 모술에서 여러 차례 탈출을 시도했지만 늘 실패했다. 헤즈니는 휴대폰에 캐스린의 음성 메시지를 보관했다. 음성 메시지에서 캐스린은 삼촌에게 간청했다. "이번에는 제발 저를 구출해 주세요. 저들이 저를 억류하게 놔두지 말아요. 이번에는 구해 주세요." 헤즈니는 메시지를 재생시키고 울면서 노력하겠다고 맹세하곤 했다.

2015년 정말 엄청난 사건이 일어났다. 헤즈니는 키르쿠크 외곽의 작은 타운에 사는 쓰레기 청소부로부터 걸려 온 전화를 받았다. 그곳은 전쟁 초기부터 IS의 근거지인 지역이었다. 청소부가 오빠에게 말했다. "이슬람 의사 소유의 집에서 쓰레기를 치우는데, 그곳에 캐스린이라는 소녀가 있었소. 소녀가 당신한테 전화해서 살아 있다고 말해 달라고 부탁했소." 청소부는 통화한 사실을 ISIS에게 들킬까 두려워서, 헤즈니에게 다시 연락하지 말라고 했다. 그는 말했다. "난 다시는 그 집에 가지 않을 참이요."

탈출은 몹시 어려워 보였다. 캐스린이 있는 곳은 최소 수십만 명이 거주하는 수니파 아랍족의 본거지였다. 게다가 캐스린을 억류한 사내는 ISIS 내에서 위상이 높았다. 다행히 헤즈니는 그 지역에 인맥이 있었고, 메시지 앱인 텔레그램을 이용해 캐스린과 연락할 수 있었다. 구출 안내원이 캐스린에게 병원에 가라고 귀띔했다. 그는 말했다. "근처에 약국이 있어요. 내가 손에 노란 서류철을 들고 그 안에 있을 겁니다. 나를 보면 말을 걸지 말고, 그냥 의사의 집으로 걸어서 돌아가요. 당신이 어디로 가는지 살피고 내가 장소를 알아 두겠소." 캐스린은 그러겠다고 했다. 병원에 거의 다 도착했을 때 갑자기 공습이 일어났고, 캐스린은 겁에 질려서 구출 안내원과 접선하지 못하고 곧장 집에 돌아갔다.

그 시도 다음으로, 헤즈니는 ISIS를 지지하지 않지만 IS 점령지에서 살아야 하는 아랍족들을 통해 탈출시키려고 시도했다. 그들은 캐스린을 억류한 자의 인근 마을 주민이라, 주요 검문소들을 지나지 않아도 캐스린과 접촉할 수 있었다. 그들은 캐스린을 집에 숨겨 주기로 했고, 그들을 통해 캐스린과 헤즈니는 연락을 주고받을 수 있었다. 캐스린은 병원 공습이 있었던 뒤로, 같은 시의 다른 집으로 옮겼다고 말했다. 사정을 상세히 들은 새 구출 안내원은 아내와 함께 그 동네로 갔다. 그리고 집집마다 문을 두드리고는 근처에 셋집을 구하고 있다고 말했다. 그런 방식으로 캐스린이 억류된 집에 찾아갈 수 있었다. 그런데 캐스린이 있는 집의 문을 두드리자 다른 사비야가 문을 열었다. 코초에 살던 아홉 살 먹은 알마스였다. 그는 알마스 뒤에 서 있는 내 조카와 내 친구 왈라아의 언니 라미아를 볼 수 있었다. 세 사람 다 캐스린을 억류한 자와 함께였다. 구출 안내원은 캐스린에게 속삭였다. "내일 아침 다에시가 집에 없으면 창가에 담요를 걸어 놔요. 오전 아홉 시 삼십 분 이후에 담요가 보이면, 다시 와도 안전한 걸로 알겠소." 캐스린은 겁이 났지만 그러겠다고 했다.

그날 아침 구출 안내원은 천천히 차를 몰고 그 집 앞을 지나갔다. 창밖에 담요가 걸려 있자 그는 차에서 내려 문을 두드렸다. 야지디 사비야 세 명이—캐스린, 라미아, 알마스—달려 나와 차에 탔다. 소녀들이 근처 마을에 안전하게 도착하자 구출 안내원은 헤즈니에게 전화했고, 오빠는 돈을 송금했다.

사흘 후 헤즈니는 1만 달러에 세 소녀와 그들을 도운 아랍족 가족을 안전하게 데려오겠다는 구출 안내원들을 섭외했다. 그런데 필요한 서류가 없는 탓에, 그들은 밤에 걸어서 쿠르드 접경지대를 넘어야 했다. 구출 안내원들은 헤즈니에게 말했다. "우린 일행을 강까지 데려갈 겁니다. 그 후 다른 사람이 여자들을 당신에게 데려다줄 겁니다." 자정에 첫 번째 구출자가 헤즈니에게 전화해서 그들을 인계했다고 알렸다. 우리 가족은 캐스린을 캠프에서 맞이할 채비를 했다.

헤즈니는 캐스린이 쿠르드 지역에 들어왔다는 소식을 알리는 전화를 밤새 기다렸다. 그는 조카가 애타게 보고 싶었다. 하지만 밤새도록 전화벨이 울리지 않았다. 그 대신 다음 날 오후 한 시 삼십 분경, 쿠르드인이 전화해서 캐스린, 라미아, 알마스가 가족이냐고 물었다. "지금 그들은 어디 있습니까?" 헤즈니가 물었다.

"라미아는 심한 부상을 당했습니다." 사내가 헤즈니에게 말했다. 그들은 쿠르디스탄으로 들어오려다가 사제 폭탄을 밟았고, 그들 밑에서 폭발이 일어났다고 했다. 라미아는 몸 전체에 3도 화상을 입었다. "나머지 둘의 영혼이 축복받기를 빕니다. 그들은 죽었습니다." 사내가 말했다. 헤즈니는 전화기를 떨어뜨렸다. 헤즈니는 마치 총에 맞은 듯한 충격을 받았다.

이 일이 생겼을 때 난 이미 이라크를 떠나 있었다. 헤즈니는 캐스린 일행이 첫 구조자의 집에 도착한 뒤로, 내게 전화해 그들이 안전하다고 알려 주었다. 난 조카와 재회할 생각에 들뜰 수밖에 없었다. 그러나 그날 밤 난 끔찍한 악몽을 꾸었다. 꿈에서 코초에 전기를 공급하는 발전기 옆에 서 있는 친척 술라이만을 봤다. 나와 마소우드 오빠와 어머니는 함께 걷다가 술라이만에게 다가갔다. 그런데 술라이만은 죽어 있었으며, 동물들이 그 시체를 먹고 있었다. 난 식은땀을 흘리며 꿈에서 깨어나 일찍 헤즈니에게 전화를 걸었다. "어떻게 됐어?" 내가 묻자 오빠가 사실을 말해 주었다.

이번에는 오빠도 내가 장례를 지내러 귀국하는 데 동의했다. 우리는 새벽 네 시에 에르빌 공항에 도착하여, 먼저 라미아를 만나러 병원으로 갔다. 다음에 키르쿠크에 가서 캐스린 일행의 탈출을 도와준 아랍족 가족을 만났다. 캐스린의 시신을 찾아 야지디 전통 장례를 제대로 치르고 싶었지만 가족은 도움을 주지 못했다. 그들이 우리에게 말했다. "폭탄을 밟았을 때 캐스린과 알마스는 그 자리에서 죽었어요. 우린 라

미아를 병원으로 옮겼지만 시신들을 가져갈 수가 없었지요. 지금 다에
시가 시신들을 갖고 있어요."

우린 헤즈니를 위로할 수가 없었다. 그는 자신이 조카를 죽게 했다
고 생각하고 있었다. 지금도 오빠는 애원하는 캐스린의 음성 메시지를
들으면서 자책한다. 조카는 '이번에는 날 구해 줘요.'라고 말한다. 그 음
성을 들으면 캐스린의 희망적인 얼굴과 눈물범벅이 된 헤즈니의 얼굴
이 떠오른다.

우리는 차를 타고 난민 캠프로 갔다. 거의 2년 전 처음 오빠들과 이
사했을 때와 비슷한 풍경이었다. 이제 사람들이 외부에 방수포로 그늘
막을 치고 컨테이너 안에 가족사진을 걸어 가정 분위기를 내긴 했지만.
그중 일부는 일자리를 얻었다. 컨테이너들 사이에 차들이 늘어나기도
했다.

곧 밖에 나와 있는 아드키, 이복자매들, 이모들이 보였다. 그들은
머리를 쥐어뜯으면서 손을 하늘 높이 올려 기도하고 울었다. 캐스린의
어머니 아스마르는 앞이 보이지 않을 정도로 울어서, 의사가 실명을 걱
정할 정도였다. 차가 캠프 정문을 지나기도 전에 곡소리가 들렸다. 컨
테이너 앞에 도착하자 나도 자매들과 함께 원을 돌면서 가슴을 치며 곡
했다. 억류와 탈출의 상처가 다시 밀려오는 기분이었다. 캐스린과 어머
니를 다시 볼 수 없다니 믿기지 않았다. 바로 그 순간, 우리 가족이 완전
히 망가졌다는 사실을 깨달았다.

11.

야지디는 타우시 멜렉이 인간과 신을 이어 주려고 처음 온 곳이 북부 이라크의 랄리시라는 아름다운 계곡이었다고 믿는다. 우리는 야지디 신과 타우시 멜렉 천사와 다시 연결되고자, 가능한 한 자주 그곳을 찾아가 기도한다. 랄리시는 외지고 한적한 곳에 있다. 그곳에 가려면 푸른 계곡의 구불구불한 좁은 도로를 달려 원뿔 모양의 지붕을 얹은 작은 무덤과 사원 들을 지나야 한다. 언덕을 오르면 마을이 나온다. 설날 같은 중요한 명절 때는 야지디 순례자들이 도로를 메우고, 마을 가운데 서는 잔치가 일어난 듯 활기차다. 그 외의 시기에는 어두운 사원들에서 야지디 몇 명이 기도할 뿐 조용하다.

랄리시에서는 본래의 관습을 지켜야 한다. 방문객은 신발을 벗고 맨발로 거리를 지나야 한다. 매일 자원봉사자들이 사원과 주변 관리를 돕는다. 그들은 마당을 비질하고, 성스러운 나무를 다듬고, 통로를 닦고, 하루에 몇 번씩 어두운 돌 사원 안을 돌면서 등불을 켠다. 그리고 등잔에 랄리시의 올리브나무로 짠 향긋한 기름을 채운다.

우리는 사원에 들어가기 전에 문틀에 입 맞추고, 입구를 밟지 않으려고 조심한다. 입구에도 입 맞추고, 사원 안에서는 화려한 비단을 매듭짓는다. 각 매듭은 소원과 기도를 나타낸다. 중요한 종교 행사가 있을 때는 야지디교의 지도자 바바 셰이크가 랄리시를 방문하여, 중앙 사원에서 순례자들을 기다렸다가 나란히 기도하여 축복해 준다. 그 사원은 12세기의 야지디교 전파자로서 성자로 칭송받는 셰이크 아디의 무덤이다. 개천 화이트 스프링이 랄리시를 흐른다. 우리는 물이 대리석 수조로 흘러드는 곳에서 세례를 받는다. 셰이크 아디의 무덤 아래에는 어둡고 습한 동굴들이 있다. 그 동굴의 거친 벽에서 물방울이 떨어지는데, 거기 물줄기가 갈라지고 끝나는 자리에서 기도하면서 몸에 물을 끼얹는다.

최적의 방문 시기는 4월, 야지디 설날 즈음이다. 이때는 계절이 바뀌고 새로 비가 내려서, 성스러운 화이트 스프링에 물이 많다. 4월이면 돌이 서늘해져 맨발로 지나기가 수월하고, 물이 시원해서 정신이 맑아진다. 계곡은 다시 새로워져서 싱그럽고 아름답다.

코초에서 랄리시까지는 차로 4시간 걸리는 거리다. 가는 데 돈이 많이 들어서 자주 갈 수는 없다. 여러 가정이 제물로 바치는 동물값은 차치하고서라도 차 연료비와 식비, 밭일을 못 하는 기회비용까지 많은 돈이 들었다. 하지만 나는 그곳에 가는 꿈을 꾸곤 했다. 집에 랄리시 사진이 잔뜩 있었다. TV를 통해, 랄리시와 그곳의 성스러운 지도자들을 다룬 프로그램과 순례자들이 함께 춤추는 장면도 볼 수 있었다. 코초와 달리 랄리시에는 물이 많다. 수목과 꽃이 그 물을 머금고 계곡을 물들인다. 오래된 돌로 지어진 사원은 종교 이야기에 나오는 상징들로 꾸며져 있다. 무엇보다 중요한 것은 타우시 멜렉이 처음에 세상과 접하고 인간을 신과 연결시킨 곳이 랄리시였다는 점이다. 야지디는 어디서나 기도해도 되지만, 랄리시 사원에서 드리는 기도는 가장 뜻깊게 여겨졌다.

난 열여섯 살에 랄리시에서 세례를 받았다. 세례받기 몇 주 전부터 그날이 오기를 안절부절못했다가 어머니에게 주의를 받았다. 어머니는 다른 순례자들과 계곡의 모든 것을 존중하라고 타일렀다. 신발을 신는 등의 행동으로 사원을 지저분하게 만들어서는 안 된다고 했다. 어머니는 우리에게 주의를 주었다. "침을 뱉으면 안 된다. 욕해선 안 되고, 불경스럽게 행동해도 안 돼. 사원의 입구 통로를 밟아도 안 돼. 거기에 입맞추어야 한다."

장난꾸러기 사이드조차 어머니의 주의에 신중하게 귀 기울였다. "여기가 네가 세례를 받을 곳이야." 어머니는 땅에 박힌 석조 수반의 사진을 가리키며 내게 말했다. 거기부터 화이트 스프링의 시원한 물줄기가 가닥가닥 큰길까지 흘러나왔다. "그리고 여기가 네가 바로 가족을 위해 기도 드릴 곳이야." 난 열여섯 살이 되도록 세례받지 못한 것을 잘못이라고 생각하지 않았다. 세례를 못 받았다고 '진정한' 야지디가 아니라는 뜻은 아니었으니까. 우린 가난했고, 신은 우리가 순례를 미룰 수밖에 없는 것을 죄라고 여기지는 않을 터였다. 그래도 마침내 세례를 받으러 가게 되자 정말 기뻤다.

나는 형제자매 몇 명과 함께 화이트 스프링에서 세례받았다. 랄리시 관리인인 여인이 작은 알루미늄 그릇을 냇물에 담가 시원한 물을 떠서 내 머리에 부었다. 그러고는 내가 기도하는 도중에 얼굴과 머리에 물을 더 끼얹었다. 그녀가 흰 천으로 내 머리를 감쌌고, 난 헌금으로 약간의 돈을 옆의 돌에 놓았다. 캐스린도 같이 세례를 받았다. 나는 신에게 속삭였다. "당신을 실망시키지 않겠습니다. 뒤로 가지 않겠습니다. 앞으로 나아가며 이 길을 걷겠습니다."

ISIS가 신자르에 들이닥친 뒤로, 우린 모두 랄리시가 어떻게 될지 걱정했다. 무장 단체가 다른 지역들처럼 우리 사원들을 파괴할까 봐 염려스러웠다. 야지디는 ISIS를 피해 성스러운 도시를 피란처로 삼았으며, 사제 바바 샤이시와 야지디교의 정신적인 지도자 바바 셰이크의 기도가 그곳을 지켰다. 집을 떠나 성스러운 계곡으로 달아난 야지디는 불안에 시달렸다. 집단 학살로 인해 정신이 피폐해지고 육체는 지쳤다. 그들은 언제라도 ISIS가 사원들에 들이닥칠 것이라고 확신했다.

어느 날 야지디 피란민인 젊은 아버지가 사원 뜰의 입구에 아들과 앉아 있었다. 그는 오랜 시간 잠을 자지 못했다. 머릿속에는 죽은 사람들과 납치된 여자들만이 가득했다. 이 기억의 무게는 어마어마했다. 그는 허리띠에서 총을 빼서, 누가 말릴 겨를도 없이 자신에게 총을 쐈다. 사원 입구에서, 아들 옆에서. 총소리를 듣자 거기 사는 야지디들은 ISIS가 온 줄 알고 쿠르디스탄으로 도망치기 시작했다. 관리인들과 바바 샤이시만 남아서, 죽은 사내의 피를 닦고 장례를 치르고, 이제 닥쳐올 일을 기다렸다. 그들은 ISIS가 오면 죽을 각오가 되어 있었다. 바바 샤이시는 말했다. "이곳이 파괴되면 내게 뭐가 남겠소?" 하지만 테러범들은 마을까지 오지 않았다. 신이 그곳을 지켜 주었다.

집단 학살 이후 ISIS에게 억류된 여자들이 차츰 탈출하자, 앞으로의 랄리시행은 어떠할지 염려되었다. 우리에게는 사원들과 그곳이 주는 위로가 필요했다. 하지만 처음에는 탈출한 사비야들이 신전에 거하는 종교 지도자들에게 어떤 대접을 받을지 아무도 확신하지 못했다. 우린 이슬람교로 개종한 데다가, 대부분은 처녀성을 잃었다. 어쩌면 두 가지 모두 우리 의지와 달리 강제로 행해졌다는 사실은 중요하지 않을지도 몰랐다. 우린 그것들이 야지디 공동체에서 추방될 만한 죄임을 배우면서 자랐으니 말이다.

종교 지도자들을 그렇게 과소평가하는 게 아니었는데. 8월 말, 아직 집단 학살의 충격이 생생했을 때, 종교 지도자들은 최선의 대응책을 마련하기 위한 회의를 열었다. 곧 결론이 났다. 그들은 사비야가 공동체의 환영을 받을 것이며, 그간 겪은 일로 심판받지 않을 것이라고 선언했다. 강요된 개종이었으므로 우린 무슬림으로 간주되지 않았다. 또 강간당했으므로 우리는 몸을 망친 여인들이 아니라 희생자들이었다. 바바 셰이크는 탈출한 생존자들을 직접 만나 가르침을 주고, 우리가 여전히 야지디라고 안심시켰다. 9월, 종교 지도자들은 모든 야지디에게 알리는 성명서를 썼다. 우리에게 벌어진 일은 우리의 잘못이 아니며, 신실한 신자들은 공동체로 돌아온 사비야들을 환영해야 한다는 내용이었다. 그 온정의 순간만큼 내 공동체가 사랑스러운 적이 없었다.

하지만 바바 셰이크의 말이나 행동이 우리를 완전히 정상으로 돌려 놓지는 못했다. 우리 모두 무너진 기분이었다. 여자들은 자신을 정화하기 위해 무슨 일이라도 감수했다. 많은 생존자들이 강간의 기억과 낙인을 지우려는 소망으로 처녀막을 복구하는 '처녀 재생' 수술을 받았다. 캠프에서 생존자들을 치료하는 의사 두어 명이 수술을 제안했다. 그들은 평범한 검진이라도 되는 것처럼 '치료 받으러 오세요.'라고 흔연스레 말했다. "20분이면 끝납니다."

나도 호기심이 생겨서, 여자 몇 명과 진료소에 찾아갔다. 의사들은 말했다. "간단한 과정이면 처녀성을 되찾을 수 있습니다." 아는 소녀 몇 명은 수술을 받기로 결정했지만 난 싫다고 말했다. 하지 살만이 날 강간하던 때의 기억, 그리고 그가 경비병들에게 강간을 허락했던 때의 기억을 어떻게 '간단한 과정'으로 지울 수 있을까? 그런 공격이 가하는 피해는 인체의 한 부분, 아니 몸에만 가해진 게 아니어서, 수술로는 고칠 수가 없었다. 물론 난 다른 여자들이 수술받으려는 이유를 이해할 수 있었다. 우리는 어떤 위로든 간절히 원했다. 그 수술이 장차 결혼하고 가정을 일구는 정상적인 미래를 꿈꾸도록 도와준다면, 그들에게 좋은 일이었다.

난 내 미래를 생각하느라 힘든 시기를 보냈다. 어렸을 때, 나는 세상이 아주 작고 사랑으로 넘쳐 나는 곳이라고 생각했다. 내 가족만 걱정하면 그만이었고, 모든 상황이 전부 나아질 거라는 확신이 들었다. 이제 자매들이 모두 살아서 상처를 회복하려고 부단히 노력한다고 해도, 배필감인 야지디 청년들은 어디 있나? 신자르의 공동묘지에 있었다. 우리 사회 전체가 거의 파괴되었다. 야지디 처녀들은 어릴 적 상상과 아주 다른 삶을 살겠지. 우린 행복을 찾는 게 아니라, 그저 목숨을 부지하기를, 가능하다면 덤으로 얻은 생을 의미 있게 살 수 있기만을 바랐다.

내가 난민 캠프에 들어오고 몇 달 뒤, 활동가들이 찾아왔다. 그중 한 사람은 내게 아바야를 달라고 부탁했다. 그녀는 말했다. "난 집단 학살의 증거를 수집하고 있어요. 언젠가 박물관을 열고 싶어요." 다른 활동가는 내 사연을 들은 뒤, 혹시 영국에 가서 관료들에게 경험담을 말해 줄 수 있는지 물었다. 나는 한 번의 여행이 인생을 얼마나 바뀌게 될지 모른 채 그러겠다고 대답했다.

캠프에서 마지막 몇 달간은 독일에 갈 준비에 몰두했다. 디말과 나, 둘 다 이주할 계획이었지만 아드키는 거절했다. 그녀는 우리에게 말했다. "난 이라크를 떠나지 않을 거야." 아드키는 늘 고집이 셌다. 난 그런 언니가 부러웠다. 독일은 안전과 학교와 새로운 삶을 약속했다. 그래도 내가 생각하는 내 집은 언제까지나 이라크였다.

이주를 위해 준비해야 할 서류는 정말 많았다. 여권을 만들기 위해 바그다드에도 가야 했다. 그때 이라크의 수도에 처음 가 봤고 비행기도 처음 타 봤다. 거기서 12일간 체류하면서 매일 다른 관공서에 들렀다. 지문을 등록하고, 사진을 촬영하고, 여러 가지 이상한 병을 막아 준다는 예방접종을 했다. 그런 과정들이 끝나지 않을 것 같더니, 드디어 9월의 어느 날 떠날 때가 다 됐다는 통보를 받았다.

영국 정부가 우릴 에르빌로 데려가 옷을 살 약간의 돈을 주었다. 디말과 나는 캠프에 남는 모든 가족, 특히 아드키와 울면서 작별 인사를 나누었다. 난 헤즈니를 떠올렸다. 여러 해 전, 그는 유럽에서 큰돈을 벌면 질란의 부모가 결혼을 승낙할 거라 짐작하고, 독일에 밀입국하려고 시도한 적이 있었다. 그의 시도는 성공하지 못했지만, 이제 난 정부가 사 준 비행기 표를 들고 있었다. 이것은 지금껏 내가 해 본 일 중 가장 어려운 것이었다.

독일로 떠나기 전에 우린 랄리시에 갔다. 사비야였던 이들 수십 명이 신성한 마을의 거리를 메우고 검은 상복 차림으로 울면서 기도했다. 디말과 나는 셰이크 아디 사원의 문틀에 입 맞추고 화려한 비단을 매듭지었다. 각각의 매듭은 기도를 담고 있었다. 생존한 모든 이의 무사귀환을 비는 기도, 어머니처럼 죽은 이들의 사후 행복을 비는 기도, 코초가 해방되기를 비는 기도, ISIS가 우리에게 저지른 짓의 대가를 치르게해 달라는 기도. 우린 화이트 스프링의 찬물을 얼굴에 끼얹었고, 어느 때보다 타우시 멜렉에게 더욱 간절히 기도했다.

그날 랄리시는 평온했다. 곧 바바 샤이시가 순례자들을 맞으러 나왔다. 성스러운 지도자는 키가 크고 호리호리한 체구에 수염이 길었으며, 그의 친절한 눈빛은 주변 사람들의 마음을 열게 했다. 사원 마당에서 바바 샤이시가 양반다리로 앉자 바람에 흰 옷자락이 펄럭였다. 그의 나무 파이프에 담긴 초록색 담배 가루에서 나오는 진한 연기가 인사하러 온 여자들 위로 퍼졌다.

우리는 바바 샤이시 앞에 무릎을 꿇었다. 그러자 바바 샤이시는 우리의 이마에 입 맞추고 물었다. "무슨 일을 겪었소?" 우린 ISIS에 억류되었다가 탈출해서 이제 독일로 떠난다고 대답했다. "잘됐소." 그가 부드럽고 처연한 목소리로 말했다. 수많은 야지디가 고향을 떠나는 것을 지켜보는 건 지도자로서 괴로운 일일 것이다. 그의 목전에서 공동체가 작아지고 있었다. 하지만 그는 우리가 계속 나아가야 한다는 사실을 알고 있었다.

바바 샤이시는 우리에게 더 자세히 물었다. 어디 출신인지? ISIS와 얼마나 오래 있었는지? 캠프는 어떤 상황인지? 그러다 파이프가 거의 비고 하늘에서 해가 뉘엿뉘엿 기울자, 그가 간단한 질문을 던졌다. "누구를 잃었소?"

그는 앉아서 여자들의 말에 귀를 기울였다. 전에는 수줍어서 입도 벙긋 못 하던 이들까지도 지금껏 죽고 실종된 가족, 친구, 이웃, 자녀, 부모의 이름을 줄줄이 읊었다. 대답은 몇 시간이나 계속되는 듯했다. 공기가 점점 서늘해지고, 사원의 돌벽이 컴컴해지는 빛 속에 검게 변해 갔다. 야지디의 이름들이 끝없는 합창이 되어 신이 들을 수 있는 하늘까지 뻗었다. 내 차례가 되자 말했다. 오빠 잘로, 피세, 마소우드, 카이리, 엘리아스. 남자 조카 말릭과 하니. 올케 모나, 질란, 스마헤르. 여자 조카 캐스린과 니스린. 이복형제 하지. 잡히고 탈출한 많은 사람들. 죽어서 우리를 구해 주지 못한 아버지. 어디 있든지 내 어머니 샤미.

ISIS가 코초에 들어오고 1년 3개월이 지난 뒤인 2015년 11월, 난 UN의 소수집단 문제를 다루는 포럼에서 연설하기 위해 독일을 떠나 스위스로 향했다. 대규모의 청중 앞에서 내 이야기를 하기는 처음이었다. 전날에 밤새도록 여행을 주선한 활동가인 니스린과 함께 어떤 강연을 해야 할지 궁리했다. 난 모든 것을 말하고 싶었다. ISIS를 피하려다가 탈수증으로 죽은 아이들, 아직도 산에 발이 묶인 가족들, 계속 억류 중인 수천 명의 여자들과 아이들, 내 오빠들이 집단 학살 현장에서 목격한 상황. 나는 야지디 희생자 수십만 명 중 한 명에 불과하다. 내 공동체는 쪼개져서 이라크 안팎에서 난민으로 살고 있으며, 코초는 여전히 ISIS가 점령하고 있다. 야지디가 무슨 일을 당했는지 세계가 알아야 할게 너무 많았다.

　여행은 기차를 타고 독일의 검은숲 슈바르츠발트를 지나면서 시작되었다. 내 창문 가까이 나무들이 흐릿하게 휙휙 지나갔다. 난 신자르의 계곡이나 들과 전혀 다른 숲이 무섭게 느껴졌다. 나무들 속을 직접 걷는 게 아니라 기차를 타고 옆을 지나는 것이라 다행이었다. 그래도 숲은 아름다웠다. 곧 나는 새로운 집이 좋아지기 시작했다. 독일인은 우리를 환영했다. 탈출한 시리아인과 이라크인이 탄 기차와 비행기를 보통 시민들이 환대했다는 일화를 많이 들었다. 우린 독일에서 주변인으로 사는 게 아니라 사회의 일원이 될 수 있기를 바랐다. 야지디가 타국에서 살기는 더욱 어려워졌다. 어떤 야지디는 이라크에 발이 묶여서 떠날 기회만 간절히 기다리고 있었다. 그 기다림은 그들에게 또 다른 고통이었다. 이런 상황에서 일부 국가는 난민을 절대 받지 않기로 결정했다는 말을 들었다. 난 화가 났다. 무고한 사람들을 안전하게 살지 못하게 할 타당한 이유가 없었다. 그날 UN에서 이런 이야기들을 다 하고 싶었다.

훨씬 많은 조치가 취해져야 한다고 말하고 싶었다. 이라크의 소수 종교 집단에게 안전지대를 마련해 줘야 했다. ISIS의 지도자들부터 잔악한 행위에 협조한 민간인까지, ISIS와 관련된 이들을 집단 학살과 반인류적 범죄로 처벌해야 했다. 그리고 신자르 전역을 해방시켜야 했다. ISIS를 탈출한 여성들과 소녀들이 복귀해서 사회를 다시 만들도록 도와야 했다. 그들이 당한 학대가 IS의 전쟁 범죄 목록에 더해져야 했다. 이라크를 비롯해 미국의 학교에서도 야지디교에 대해 가르쳐서, 고대 종교를 보전하는 것이 얼마나 가치 있는 일인지 알게 해야 했다. 종파의 규모가 아무리 작아도 신자들을 보호해야 한다고 알려야 했다. 다른 소수 종교, 소수 인종과 더불어 야지디도 한때 이라크를 훌륭한 국가로 만든 구성원이다.

하지만 내게 주어진 연설 시간은 고작 3분이었다. 니스린은 내용을 간추리라고 채근했다. "본인의 사연을 말해." 내 아파트에서 차를 마시면서 니스린은 그렇게 말했다. 그건 끔직한 이야기였다. 내 사연이 영향력을 가지려면 감당할 수 있는 최대한 솔직해야 된다는 걸 알았다. 하지 살만과 성폭행, 모술 검문소에서 보낸 무시무시한 밤, 목격한 모든 학대 행위를 청중에게 밝혀야 했다. 정직하자는 결정은 가장 어렵고도 중요한 결정이었다.

난 떨면서 연설문을 낭독했다. 어떻게 코초가 점령당하고 나 같은 여자들이 사비야로 끌려갔는지 최대한 차분하게 말했다. 어떻게 반복해서 강간과 폭행을 당하다 결국 탈출했는지 설명했다. 오빠들이 살해당한 이야기도 전했다. 청중은 조용히 경청했다. 연설이 끝나고 나서, 나중에 한 터키 여성이 내게 다가왔다. 그녀는 울고 있었다. 그러더니 내게 이렇게 말했다. "내 오빠 알리도 살해됐어요. 그 일로 온 가족이 충격에 빠졌지요. 어떻게 한꺼번에 오빠 여섯을 잃고 버틸 수 있는지 모르겠네요."

"정말 힘들어요. 하지만 우리보다 더 많은 가족을 잃은 집도 있어요." 내가 대답했다.

독일로 돌아간 뒤, 난 필요하다면 어디든 가서 무슨 일이든 하겠다고 니스린에게 말했다. 곧 내가 '야즈다'를 운영하는 활동가들과 일하면서 새로운 삶을 시작할 줄은 몰랐다. 나에게 자행된 범죄들 속에서 내가 태어났다는 걸 이제는 안다.

::

　처음 독일에서 시작한 생활은 이라크의 전쟁 통에서 사는 것과 별로 다르지 않았다. 디말과 나는 방 두 개짜리 작은 아파트로 이사해 친척 두 명과 살았다. 우린 세상을 떠났거나 두고 온 가족들의 사진으로 집을 도배했다. 밤이면 난 어머니와 캐스린의 커다란 사진 아래서 잤다. 우린 죽은 가족들의 이름이 새겨진 목걸이를 걸고 매일 모여 애도하며 울고, 타우시 멜렉에게 실종자들의 무사 귀환을 빌었다. 매일 밤 꿈에서 코초를 봤지만, 이제 코초는 없다는 사실을 상기하며 깨어났다. 그건 정말 헛헛한 감정이다. 잃은 곳에 대한 갈망은 자신도 사라져 버린 듯한 기분을 안긴다. 난 활동가가 되어 여행하면서 아름다운 나라들을 많이 봤다. 그래도 가장 살고 싶은 나라는 이라크였다.

　우린 독일어 강의를 들었고, 건강진단을 받으러 병원에도 갔다. 가족 일부는 병원에서 제공하는 심리 치료를 받기도 했지만, 그건 차마 견딜 수 없는 시간이었다. 우린 음식을 만들고 살림을 했다. 청소를 하고, 디말이 거실에 들인 소형 철제 오븐으로 빵을 굽기도 했다. 하지만 양젖 짜기나 농사일처럼 제대로 시간을 보낼 일거리는 없었다. 또 모두가 이웃사촌인 작은 마을이 주는 사교 생활도 없어서, 내겐 빈 시간이 너무 많았다. 처음 독일에 왔을 때 난 집에 돌아가겠다고 계속 헤즈니를 졸랐지만, 오빠는 독일에서 기회를 가져 보라고 타일렀다. 내가 독일에 머물러야 한다고, 결국은 거기서 삶을 영위하게 될 거라고 말했다. 하지만 난 오빠의 말을 믿을 수 없었다.

곧 무라드 이스마엘을 만났다. 무라드는 전 세계의 야지디 그룹과 함께—하디 피르, 아흐메드 쿠디다, 아비드 샴딘, 과거 미군 통역병으로 잘로 오빠가 죽기 전까지 통화한 하이데 엘리아스를 포함해—야즈다를 설립한 사람이다. 야즈다는 야지디를 위해 지칠 줄 모르고 싸우는 집단이었다. 처음 그를 만난 무렵, 난 어떻게 새로운 삶을 살아야 할지에 대해 여전히 확신이 없었다. 누군가를 돕고 싶었고, 나 스스로 필요한 사람이라고 느끼고 싶었으나 방법을 몰랐다. 그런 와중에 무라드에게 야즈다란 단체의 활동을 듣게 되었다. 특히 ISIS의 성 노예였던 여성들을 해방시키고 그들을 돕는다는 이야기를 듣고는 나의 미래를 더욱 명확히 그릴 수 있었다.

야즈다의 활동가들은 ISIS가 신자르에 왔다는 소식을 듣자마자 생업을 접고, 이라크 내 야지디 돕기에 나섰다. 야지디에 대한 집단 학살이 시작됐을 무렵, 무라드는 휴스턴에서 지구물리학을 공부하는 중이었다. 다른 이들은 교사나 사회복지사로 일하다가 우리를 도우려고 모든 걸 내려놓았다. 무라드는 워싱턴 D.C. 인근의 작은 호텔방에서 2주간 뜬눈으로 보냈다고 말했다. 그곳에서 그와 하이데와 하디를 비롯한 그룹은 지속적으로 이라크 내 야지디의 전화에 대응하면서, 야지디를 안전하게 구하려고 애썼다. 그리고 자주 구출에 성공했으며, 이따금 실패했다. 코초를 구하려고 최선을 다해 노력했다고 무라드는 말했다. 그들은 에르빌과 바그다드에 거주하는 지인 모두에게 전화했다. 미군과 일한 경험에 기초하여 방법을 찾고자 했고 (무라드와 하디 역시 점령 기간 중 통역병이었다) 모든 도로와 마을에서 ISIS를 추적해 나갔다. 구출에 실패했을 때는, 남은 생존자를 돕고 정의를 다시 세우기 위해 무슨 일이든 하겠다고 맹세했다. 그런 그들의 몸에는 슬픔이 박혀 있었다. 하이데는 계속 등이 아프다고 했고, 무라드의 얼굴은 지쳐서 주름이 자글자글했다. 그러나 나도 그렇게 되고 싶었다. 무라드를 만난 뒤 오늘의 나로 변화하기 시작했다. 애도는 멈추지 않았지만, 독일에서 우리의 삶이 다시 의미를 띠기 시작했다.

ISIS에게 억류되었을 때 난 무기력했다. 저들이 어머니와 날 떼어 놓으려 할 때, 내가 강했다면 아마 어머니를 지켰을 것이다. 테러범들이 나를 팔거나 강간하는 것을 막을 수 있었다면 그랬을 것이다. 탈출을 돌아보면—잠기지 않은 문, 조용한 마당, IS 동조자들이 우글대는 동네에서의 나세르의 가족—어긋난 결과가 생길 수도 있었을 것이라는 생각에 등골이 오싹하다. 신이 나의 탈출을 도운 이유와 그 이후로 야즈다의 활동가들을 만나게 된 데는 이유가 있을 것이다. 난 그렇게 얻은 자유를 당연시하지 않는다. 테러범들은 야지디 소녀가 달아날 수 있을 줄은 몰랐다. 혹은 우리가 그들에게 당한 일을 세상에 낱낱이 밝힐 용기가 있을 줄은 몰랐겠지. 우린 그들이 지은 죄를 책임지게 만드는 것으로 저항한다. 매번 경험담을 말할 때마다 난 테러범들의 힘을 빼앗는다고 느낀다.

첫 제네바 연설 이후, 수천 명에게 내 이야기를 했다. ISIS 점령 이후 이라크에 관심을 갖게 된 정치가, 외교관, 영화 제작자, 기자, 수많은 보통 사람들에게 말이다. 난 수니파 지도자들에게, 그들이 공개적으로 강력히 ISIS를 비난해야 한다고 간청했다. 또한 야즈다의 모든 활동가들과 힘을 합해서, 끔찍한 경험을 하고도 일상을 살아야 하는 나 같은 생존자들을 돕고 있다. 물론 야지디가 당한 일을 집단 학살로 인식해야 하고, ISIS를 법적으로 처분해 달라고 세상을 설득하는 것도 나의 일이다.

다른 야지디도 나와 같은 의무를 지고서 같은 일을 하고 있다. 우리의 고통을 아물게 하고, 남은 공동체를 살리기 위해 노력하고 있다. 우리 이야기는 듣기에 고통스럽지만 변화를 가져왔다. 지난 몇 년 사이, 캐나다는 야지디 난민을 더 많이 받기로 결정했다. UN은 ISIS가 야지디족에게 저지른 짓을 집단 학살로 공식적으로 인정했다. 여러 정부가 이라크에 종교적 소수자들을 위한 안전지대를 설치하는 일에 대해 논의하기 시작했다. 가장 중요한 것은 도와주겠다는 변호사들이 생겼다는 점이다. 이제 야지디가 가진 것은 정의밖에 없다. 그리고 모든 야지디는 투쟁한다.

이라크에서 아드키, 헤즈니, 사오우드, 사이드는 나름의 방식으로 싸운다. 독일에 가기를 거부한 아드키를 비롯하여 이들은 캠프에 남았다. 전화 통화를 할 때면 난 가족이 그리워 견딜 수가 없다. 캠프의 야지디에게는 하루하루가 투쟁이다. 그래도 그들은 공동체 전체를 돕기 위해 무슨 일이든 하고 있다. 그들은 ISIS에게 저항하는 시위를 하고, 쿠르드족과 바그다드에 더 많은 조치를 취하라고 청원한다. 공동묘지가 발견되거나 탈출을 시도하다 죽은 여자가 있으면, 캠프의 난민들은 맨 먼저 소식을 듣고 장례를 준비한다. 컨테이너 집마다 사랑하는 이들의 귀환을 비는 사람들이 넘쳐 난다.

모든 야지디 난민은 지금껏 겪어야 했던 일들이 남긴 정신과 육체의 상처에 적응하려 애쓰고, 공동체를 복구하려고 노력한다. 몇 년 전만 해도 농부, 학생, 상인, 주부였던 이들이 야지디 교리를 전파하기로 작정하고 종교학자가 되었다. 그들은 교사가 되어 작은 컨테이너 집을 교실 삼아 가르치고, 나 같은 인권 운동가로 변신했다. 우리는 우리 문화와 종교를 존속시키고, ISIS의 범죄를 법정에서 심판받게 할 수 있기를 바란다. 나는 우리가 공동체로서 저항하기 위해 해 온 일들이 자랑스럽다. 늘 야지디인 게 자랑스러웠다.

운이 좋아서 독일에서 안전하게 지내지만, 그래도 난 여전히 이라크에 남아 있는 이들이 부럽다. 언니와 오빠들은 고향집과 가까이에 살며, 내가 애타게 그리는 이라크 음식을 먹으면서 아는 이들과 이웃해 산다. 타운에 가면 상점 주인들, 승합차 운전사들과 쿠르드어로 대화할 수 있다. 페슈메르가가 야지디를 솔라에 들어갈 수 있도록 허용하면, 언니와 오빠들은 어머니의 무덤에 갈 수 있을 것이다. 우린 매일 서로 통화하고 메시지를 남긴다. 헤즈니는 여자들의 탈출을 돕는 활동이 어떻게 되어 가고 있는지 말하고, 아드키는 캠프 생활에 대해 들려준다. 대부분 속상하고 애처로운 이야기지만, 가끔 활기찬 언니 덕에 난 소파에서 떨어질 정도로 웃어 댄다. 그리고 다시 이라크 때문에 애가 탄다.

2017년 5월 말, 캠프에서 코초가 ISIS의 관할에서 해방되었다는 소식을 전달받았다. 사이드는 이라크 민병대 하시드 알샤비의 야지디 부대원으로 코초에 들어갔다. 그의 소원대로 전사가 되어서 난 기뻤다. 코초는 안전하지 않았다. 다에시가 남아 싸웠으며, 떠난 자들은 달아나기 전에 사방에 사제 폭탄을 설치해 놓았다. 그러나 난 귀국하기로 결심했다. 헤즈니의 동의를 얻고, 난 독일에서 비행기를 타고 에르빌로 갔다. 그리고 거기서 캠프로 이동했다.

막상 코초를 보면 어떤 기분이 들 것인지 알 수 없었다. 우리가 헤어졌던 곳, 내 오빠들이 살해된 곳 말이다. 디말, 무라드(이즈음 무라드를 비롯한 야즈다 활동가들은 가족과 다름없었다)를 비롯해 일부 가족과 함께 있다가, 이제 코초에 가도 안전하다는 판단이 들자 함께 이동했다. 우리는 전투를 피해 먼 길을 돌아갔다. 마을은 썰렁했다. 학교의 창문은 깨지고 안에는 일부 시신이 남아 있었다. 지붕의 나무까지 빼앗겼을 정도로 우리 집은 약탈당했고, 남은 것은 뭐든 소각되었다. 신부 사진이 담긴 사진첩은 잿더미로 변했다. 우리는 대성통곡하다가 바닥에 쓰러졌다. 파괴된 곳이라고 해도 대문을 들어선 순간 그곳이 내 집이라는 걸 알 수 있었다. 한순간 ISIS가 들이닥치기 전에 느낀 감정이 되살아났다. 일행이 떠날 시간이라고 일러 주었지만, 나는 한 시간만 더 머물게 해 달라고 간청했다. 무슨 일이 있어도 야지디가 신과 타우시 멜렉에게 더 가까워지려고 금식하는 12월에는 코초에 있겠다고 맹세했다.

::

코초로 돌아가기 약 1년 전, 그러니까 제네바에서 첫 연설을 하고 채 1년이 되지 않은 때에 야즈다 회원들과 함께 뉴욕에 갔다. 아비드, 무라드, 아흐메드, 하이데, 하디, 마헤르 그하넴이 내가 UN '인신매매 생존자들의 존엄을 위한 친선 대사'로 임명되는 자리에 함께했다. 다시 수많은 청중 앞에서 내가 겪은 일을 말해야 했다. 자기 사연을 말하는 일은 여러 번 해도 쉽지 않다. 매번 이야기할 때마다 기억이 되살아난다. 검문소에서 사내들에게 성폭행당한 일이나 하지 살만에게 담요 위로 채찍질당했던 일을 말할 때면, 다시 그 순간과 공포로 돌아가는 듯하다. 도와줄 사람들을 찾아 어두워지는 모술 하늘 아래를 헤매던 이야기를 할 때도 마찬가지다. 내 말을 듣는 다른 야지디도 이런 기억 속에 잠긴다. 때로 내 이야기를 아주 여러 번 들은 야즈다 회원들도 내가 말할 때 흐느끼곤 한다. 그래도 이제는 연설하는 요령이 생겼고, 수많은 청중에 주눅 들지 않게 되었다. 진솔하고 담담하게 전하는 사연은 내가 테러에 맞서는 최고의 무기다. 나는 테러범들을 법정에 세울 때까지 이 무기를 사용할 계획이다. 아직 해야 할 일이 정말 많다. 세계 지도자들과 특히 무슬림 종교 지도자들이 앞장서서 압제당하는 이들을 보호해야 한다.

나는 간단히 연설했다. 내 사연을 말한 다음 계속 이야기했다. 나는 연설을 잘하는 교육을 받지 않았다고 말했다. 모든 야지디는 ISIS가 집단 학살 죄로 기소되기를 바라고 있으며, 청중들은 세계의 약한 자들이 보호받도록 도울 만한 권력을 갖고 있다고 강조했다. 난 우릴 유린한 남자들의 눈을 똑바로 보고, 그들이 벌받는 것을 보고 싶다고 말했다. 무엇보다도 이 세상에서 나 같은 사연을 가진 마지막 여자가 되고 싶다고 말했다.

정의와 가해자 처벌만이
존엄성을 되살리는 유일한 상이라는 사실에는
변함이 없습니다.

-나디아 무라드, 2018 노벨 평화상 시상식에서

공경희

서울대학교 영문학과를 졸업하고 성균관대학교 번역TESOL대학원 겸임 교수를 지냈다. 대표 역서로는 『모리와 함께한 화요일』, 『천국에서 만난 다섯 사람』, 『사랑은 끝났고 여자는 탈무드를 들었다』가 있다. 이 밖에 『시간의 모래밭』, 『메디슨카운티의 다리』, 『호밀밭의 파수꾼』, 『파이 이야기』, 『우리는 사랑일까』, 『행복한 사람, 타샤 튜더』 등 많은 베스트셀러를 우리말로 옮겼다. 지은 책으로 북 에세이 『아직도 거기, 머물다』가 있다.

북트리거 포스트

THE LAST GIRL

노벨 평화상 수상자 나디아 무라드의 전쟁, 폭력 그리고 여성 이야기

북트리거 페이스북

1판 1쇄 발행일 2019년 4월 25일
1판 2쇄 발행일 2019년 6월 20일

지은이 나디아 무라드, 제나 크라제스키 | 옮긴이 공경희
펴낸이 권준구 | 펴낸곳 (주)지학사
본부장 황홍규 | 편집장 윤소현 | 팀장 김지영 | 기획·책임편집 전해인
디자인 정은경디자인 | 마케팅 송성만 손정빈 윤술옥 이승혜 | 제작 김현정 이진형 강석준
등록 2017년 2월 9일(제2017-000034호) | 주소 서울시 마포구 신촌로6길 5
전화 02.330.5265 | 팩스 02.3141.4488 | 이메일 booktrigger@naver.com
홈페이지 www.jihak.co.kr | 포스트 http://post.naver.com/booktrigger
페이스북 www.facebook.com/booktrigger

ISBN 979-11-89799-08-3 03840

이 도서의 국립중앙도서관 출판예정도서목록(CIP)은 서지정보유통지원시스템 홈페이지(http://seoji.nl.go.kr)와 국가자료공동목록시스템(http://www.nl.go.kr/kolisne)에서 이용하실 수 있습니다. (CIP제어번호: CIP2019012946)

북트리거

트리거(trigger)는 '방아쇠, 계기, 유인, 자극'을 뜻합니다.
북트리거는 나와 사물, 이웃과 세상을 바라보는 시선에 신선한 자극을 주는 책을 펴냅니다.